amore

identidade

世界文学アンソロジー

La vie et la mort

いまからはじめる

تنهایی

kötülük

परिवार

Umwelt

Language

война

秋草俊一郎
戸塚学
奥彩子
福田美雪
山辺弦
編

Akikusa Shun'ichiro
Totsuka Manabu
Oku Ayako
Fukuda Miyuki
Yamabe Gen

三省堂

第4章　家族——かけがえのない重荷

第5章 戦争——崩れゆく日常

第6章 環境——わたしたちを取り巻く世界

第7章 愛――いつだってつなわたり

まえがき

1

あなたがいま読んでいるこの本には、二七人の著者が書いた、二七の作品がおさめられています。だから、作品集（アンソロジー）なわけです。

しかし、本書のタイトルの前半部分の「世界文学」とはなんでしょうか。この四字熟語はあまりにも大仰で、思わず力がはいりすぎてしまいそうです。「世界のいろいろな場所で、いろいろなことばで書かれた話」、ぐらいにまずは思ってもらったほうがよさそうです。

現在、私たちの身のまわりには、めまぐるしいほどの情報があふれています。常に更新されるTwitterのタイムラインを追うだけで時間はすぎていきます。それなのに、いま、この場所から、時間も距離も遠くはなれたことを、なぜ読まないといけないのでしょうか。

また、この本を手にとってくれた方のほとんどは日本語話者だと思いますが、なぜ最初から日本語で書かれたものではないものを読むのでしょうか。

言語だけではありません。環境も、境遇も、思想も、年齢も、人種も、国籍も、性別も、時代もちがう人の話をなぜ読むのでしょうか。

また、それだけのちがう人々の書いた、膨大な作品をどうやって読めばいいのでしょうか。

2

いまとなっては隔世の感がある話ですが、みなが遠い外国の話を読んでいた時代がありました。半世紀ほど前の日本では、『世界文学全集』がよく読まれていました。そこには、イギリスやアメリカ、フランスやドイツ、ロシアといったヨーロッパやアメリカの大国の、たとえばバルザック、スタンダール、ディケンズ、ドストエフスキー、トルストイのような「巨匠」たちが書いた大作が占めていました。いかめしい顔をして、ひげを生やした肖像画が残っている人々です。収録作品も、長編小説が中心でした。『赤と黒』や『戦争と平和』のような、何百ページもある大作です。

そもそも『世界文学全集』は、何十巻も、何千ページもあるものでした。その多くはハードカバーで、一冊一冊箱にはいっていました。人々は『世界文学全集』を読むことで、精神的にも物質的にも人生を豊かにしようとしました（これを「教養主義」と言います）。本当にはしからはしまで読んだひとがどれくらいいたのかはわかりませんが、実際に何万人というひとが『世界文学全集』を買って（場合によっては購読して）、家にインテリアのように置いていたのは事実です。きっちりした箱にはいったハードカバーの本が書棚におさまっている姿は、かっちりしたハードウェアにおさまった「教養」を想起させます。こんな風に、所有しておくことに価値があったのです。

そしてなぜか、『世界文学全集』には基本的に日本のものははいっていませんでした（かわりに、『日本文学全集』が編まれました）。これは、その時代の日本人が西洋の国々のことを、今よりも意識していたことと関係があるのかもしれません。外国の情報がいまよりもずっと手にはいりにくいぶん、あこがれも強かった時代です。

3

『世界文学全集』も本書『世界文学アンソロジー』も、「世界のいろいろな場所で、いろいろなことばで書かれた話」が載っているという意味では似ています。もちろん似ていないところもあります。本書にも、『世界文学全集』の常連だったカフカやジョイスも収録されています。ほかにも、ひょっとしたらどこかで名前を聞いたことがある作家が書いたものがはいっているかもしれません。しかしその一方で、あまりなじみのない国の、なじみのない名前をしたひとが書いたものもあるかもしれません。

国についても、中国やインドのような人口のとても大きな国から、イスラエルやウェールズのように日本よりは人口の少ない国や地域の作家や詩人が書いたものまで、さまざまな国（や場所、言語）で書かれた作品がはいっています。

こうしたさまざまな国（や場所、言語）のひとつとして、日本（語）の作家も本書には収録しました。

また、かつての『世界文学全集』とはちがい、短編小説、詩を中心に作品をあつめました。特に詩は、小説よりも歴史が古く、世界中のさまざまな文化圏に存在する普遍的な表現です。

短編小説や詩のコンパクトさは、わずか一冊、四百ページに満たない本書のかたちにもあっています。当然ながら、本書におさめられた作品は、どれもみなそれぞれに個性的でばらばらです。詩であれば詩のかたちがちがいます。出てくる登場人物の名前もちがいます。もちろん、これは意図したものです。「世界のいろいろな場所で、いろいろなことばで書かれた話」である世界文学がもし音楽なら、それは、同じようなもの同士がシームレスに連続していく、耳ざわりはよいけれども引っかかりのない音楽ではなく、異質なもの同士が奏でる不協和音なのです。

それは単純に、ちがう時間や場所の話が書かれているから、というわけではありません。文化も宗教も、政治もなにもかもちがうのです。

元の作品が書かれた言語もさまざまです。英語やフランス語、ドイツ語だけではありません。ペルシャ語、デンマーク語、ヘブライ語で書かれた作品もあります。

たとえ、日本語や英語のようなよく知っている（だろう）言葉で書かれた作品でも油断できません。本書に収録されている作家、ナイジェリアのチヌア・アチェベは、イボ語が母語であり、アフリカ人はアフリカの言語で書くべきだという意見の中で、あえて英語で書くことを選びとった作家でもあります。アチェベは外国人がもたらしたことばである英語に、現地のさまざまな言いまわしを混ぜていくことで、また別の、自分の英語をつくろうとしました。

カフカやペソーア、プレームチャンドやツェラーンなど、本書に収録した作家や詩人で、選択肢がある中で、自分の創作言語を選びとった人物はほかにもいます。「ことば」の選択そのものが作家のアイデンティティとなって、作品と不可分になっているのです。

世界文学を読むとは、そのような雑多な音色に耳を澄まし、交感を試みることにほかなりません。

ことばの問題は、必然的に翻訳の問題とつながってきます。この本におさめられた、「世界のいろいろな場所で、いろいろなことばで書かれた話」が日本語で読めるようになっているのも、ひとえに翻訳のおかげです。

4

外国の文章は、いくら日本語に訳されても、元から日本語で書かれた文章とはどこかちがいますが、それは元の言葉の痕跡をたたえているからです。これを完全になくしてしまったりすれば、なんのために外国の話を読むのかわからなくなってしまうでしょう。

翻訳であるということは、誰かがその言葉を日本語で書きなおしているということでもあります。つまり、元のことばと訳文のことばのあいだに立って翻訳するひとが変われば、作品もまた変わったものになるということです。そしてきちんとした翻訳は、グーグル翻訳や翻訳アプリでボタンひとつで自動的にでてくるものでは（今のところ）ありません。ましてやどこかに「正解」があるものでもないのです。

そのため、ひとつの作品に対して何通りもの翻訳があってよいということになります。時代が変われば、翻訳に求められるものも少しずつ変わってきます。また、作品の異なる解釈が翻訳によって打ち出されることもあります（もちろん、他方で長く親しまれてきた「名訳」と呼ばれるものもあるでしょう）。本書に収録した作品のうち、半分近い一二編が本書のために新たに訳されたものになります。

5

翻訳ひとつとってもそうですが、「文学」ということばのもつ硬質なイメージとはちがって、読むべき、読まなくてはいけない、決まりきった、絶対に変わらないものがあるのではありません。時代によっても変わりますし、選ぶ人によっても変わりますし、訳す人によっても変わりますし、読む人によっても変わります。読者と作品との距離が遠いほど、その変数は大きくなります。世界文学を読むとは、実はそのようなぐらぐらした、不安定な流れの中に身をゆだねることなのです。たとえるなら、きっちりとしたかたちのあるものではなく、不断に更新されるソフトウェアなのです。

この本をつくった編者たち、私たちは、膨大な選択肢の中から、詩や短編を持ちよって、時間をかけて議論をして二七の作品を選びだして、ひとつの「世界」を編みました。そして二七の作品をさらに内容から「言葉」「自己」「孤独」「家族」「戦争」「環境」「愛」「悪」「生死」という九つのテーマにふりわけました。

数学の用語を使って言うのなら、「世界のいろいろな場所で、いろいろなことばで書かれた話」が無数の作品からなる巨大な「集合」だとすれば、本書は小さいけれども、提示しうるひとつの「部分集合」です。それは世界がこれで終わり、これだけ読めばあとは読まなくていい「必読作品」のようなものを提示することではありません。その意味で、かつての「全集」とは対義的なものでさえあります。

なにかを選ぶこと、それは必然的になにかを選ばないことでもあります。ページの都合もありますが、たとえば隣国の、韓国・朝鮮のことばの文学を今回の本には入れられませんでした（代わりに在日韓国人の作家、李良枝（イヤンジ）の「由熙（ユヒ）」をいれましたが）。本書を読んだあとは、ぜひ本書にないものを見つけてみてください。そして、ここからはじめて、あなたなりの「部分集合」をつくってみてください。そのためのヒントも、本書にはいれておきました。

読書案内には、この作品からはじめて、どう別の世界に足をすすめていくかのヒントを、コラムには、世界中に散らばる無数の作品を読む方法のヒントを示しました。

どちらも、膨大な——星の数ほどもある作品を読む道しるべになってくれることでしょう。本書から足を踏みだして、もっと長い作品を読んでいくのもいいでしょう。長編小説を読みながら、時間をともに過ごすことでしかわからないこともたくさんあります（本書には長編の抜粋も数編、はいっています）。

6

先ほど世界文学は不協和音だと書きました。そのことはつまり、かならずしも楽しく心地いい読み物だけではないということです。このまえがきのしめくくりに、そんな世界文学を読むことを描いた作品をひとつあげてみましょう。イギリス（といっても、イランで生まれ、南ローデシアでそだった複雑な経歴の持ち主ですが）の女性作家ドリス・レッシングの「イサーク・バーベリ讃歌」（一九六一年）という短編です。

その日、語り手（作者自身であることが暗示されています）は、年の離れた友人、十三歳のキャサリンを、十五歳の男の子のフィリップが通う学校に遊びに連れていくことになっています。

キャサリンは年上のフィリップのことをなんでも知りたがります。フィリップが読んでいる小説を持ち出し、電車の中で読もうとします。しかし、その翻訳本の内容はキャサリンの頭になかなかはいってきません。

じきにキャサリンは下を向いて本とにらめっこをはじめたが、それもつかぬま、また顔を上げて言った。「この人、すごく有名な作家?」

「素晴らしい作家よ、見事よ、最高の作家の一人ね」[…]

「ふうん。この人のこと、知ってるの? ロンドンに住んでるの?」

「ううん、もう亡くなったわ」

「あ、そう。じゃあどうしていま――だってなんだか、いかにも生きてるみたいな言い方したじゃない」

「ごめんなさいね。きっと死んだ人というふうには考えてなかったのね」

「いつ死んだの?」

「殺されたのよ。二十年くらい前だと思う」[…]

「このなかでどの話が一番いいと思う? ねえ、正直に答えてよ、どれがほんとに一番だと思う?」

私はガチョウを殺す話を選んだ。キャサリンはゆっくり読みだした。私はそれを見守りながら、本をその手から奪い取りたかった。この可憐な子供を、イサーク・バーベリから護(まも)ってやりたかった。

結局、キャサリンはバーベリをうまく理解できず、本を投げだしてしまいます。語り手は作家の境遇に思いをはせるように言いますが（「でも考えてみなくちゃ、［…］まず第一に、ロシアに住むユダヤ人だった。［…］おまけに生涯は革命や内乱の連続で……」）、最後には「もう少し経っ」てから読んでみるように諭します。語り手にとってバーベリは「いま」生きているように感じられるほど近い作家ですが、フィリップのことで頭がいっぱいなキャサリンにとってはそうではないのです。

レッシングの「イサーク・バーベリ讃歌」の読後感は複雑です。バーベリは、十三歳の子供が想像もつかないほど過酷なある現実を描いていて、語り手が自分で勧めながら思わずそれから「護ってやりた」くなるほどの劇薬なのです。幸か不幸か、キャサリンはバーベリを理解できません。しかし、キャサリンには時間がたっぷりありますし、バーベリを読むときがくるのを待てばいいのです。

レッシングの「イサーク・バーベリ讃歌」は、ジェームズ・トーマス、ロバート・シャパード編『超短編小説・世界篇 Sudden Fiction 2』（柴田元幸訳、文春文庫）にはいっています。この作品も「世界文学を読むこと」——異なる場所と時間との交感（あるいはその無さ）を描いている——という意味で、すぐれて世界文学的な作品と言えるでしょう。関心のある方はぜひ読んでみてください。

そして、『世界文学アンソロジー——いまからはじめる』も、読者を護りません。「ロシアに住むユダヤ人」で、「革命や内乱の連続」の生涯を送ったバーベリの、「ガチョウを殺す話」は、この本にはいっています。あなたにとっての、異なる場所と時間との交感の物語を、ページをめくればいつでもはじめることができます。

二〇一九年　六月

秋草俊一郎

本書について

●本書に採録した作品のうち、底本のあるものは原則として底本の表記のままとしたが、常用外漢字については作品初出でふりがなを追加した。

●「読書案内」で紹介した作品については、
★☆☆＝最初に読みやすい本、
★★☆＝少し歯ごたえのある本、
★★★＝さらにハードな本
の三段階で難易度の目安をしめした。

巻末に書誌情報（訳者名、出版社名、刊行年）をまとめたので、本を選ぶときの参考にされたい。

Chapter 1

1章

Language

言葉

すべてのはじまり

こんな素敵なことがあった、悲しいことがあった。誰かに伝えたい。その気持ちをかなえてくれるのが言葉です。言葉が世界を作ります。ヘレン・ケラーが、「water」という「生きた言葉」を知ることで、希望、喜び、そして光をえたように。

ですが、言葉は発せられた瞬間に、わたしたちから離れていく、はかないものでもあります。相手がその言葉をどう受けとめるかわからない。もしかしたら、その言葉を理解してもらえないかもしれない。そもそも、自分は言葉を十分に把握できているのだろうか……自分と言葉、言葉と相手のあいだに存在する中間域が、不安と葛藤を生み出します。実際に言葉がすれ違うことも、少なくありません。誤解はこれまでもさまざまな物語を生み出してきました。

それでも、言葉は人とともにあり続けます。さあ、まずは声を出してみましょう。喜びも悲しみも、すべてはそこからはじまります。

ことば

エミリー・ディキンスン
Emily Dickinson

口にされたときに
ことばは　死ぬ
と　ひとは言う

でも　わたしは言う
その日から
ことばは　生きはじめる

谷崎由依 訳

エミリー・ディキンスン（一八三〇―八六）

アメリカの詩人。マサチューセッツ州アマーストの旧家に生まれ、女学校を中途で辞めたのちは、ほとんど自宅を離れることなくすごした。一八〇〇編近い詩を残したが、生前に発表された作品は十編にも満たない。男性による重厚な詩がもてはやされた時代にあって、彼女の詩は型破りなものとされ、死後ようやく出版された詩集にすら改変が加えられた。みずみずしいその感性が正当な評価を受けるには、二〇世紀のモダニズム運動を待たなければならなかった。今日ではディキンスンは、一九世紀におけるもっとも重要な詩人のひとりと位置づけられている。

由熙

李良枝（イヤンジ）

「私」と叔母が暮らすソウル市内の家に下宿していた在日韓国人の由熙（ユヒ）は、留学先のS大学を卒業することなく、日本に帰ってしまう。由熙は自分の部屋のタンスに日本語で文字が書かれた紙の束を入れた茶封筒を残して去り、「私」は由熙が残したその紙の束を手にしながら、由熙と過ごした日々を振り返っていく。

休みでも由熙は旅行に行くわけでもなく、外出も滅多にしなかった。一日中とも言っていいくらい部屋にいて、勉強していた。そんなある日に、由熙の部屋をのぞいた。由熙は毎日、国語大辞典を端から読んでいたのだった。韓日辞典をひきながら読み、読んだ単語ごとに赤鉛筆で線をひいていた。

——そうだわ、고문（コムン）（拷問）をひいてみよう。

由熙は言い、ページを開くと意味を口に出して読み上げた。その箇所にも同じように赤鉛筆で印をつけた。真面目なのかふざけているのかわからない雰囲気だった。言葉が大げさで私はくすっと笑ったが、由熙の集中力には異様な感じがあった。すでに、ノートにまとめた数冊分の文章を丸暗記し、試験勉強をしている由熙を知っていた。

記憶の束をめくるようにしながら、勉強していたさまざまな日の由熙を思い返し、私は長い溜息をついた。

風は相変わらず強かった。窓が揺れ、渦巻くようにしてガラスを打ちつける風の音が、居間の中に響いていた。

叔母は床の上に両脚を伸ばし、左の膝を揉み始めていた。

――あの子はね、韓国に来て自分が思い描いていた理想がいっぺんに崩れちゃったのよ。だからきっと、韓国語までがいやになってしまったんだわ。言葉ってそういうものだと思うの。

黙っていた叔母が話し始めた。

――あなたの叔父さんも、亡くなる前にこんなことを話していたわ。慶尚道の叔父さんの生まれたトンネはね、日帝時代から反日意識がその村全体に強かったところだった。有名な反日の闘士も大勢出た場所でね。そういうトンネに生まれて、あの人のアボジも反日感情が強かったから、自分はそんな環境に育ってきたせいか、どうしても日本をよく思えないって言っていたわ。出張で年に一、二度は日本に行くし、十年以上もそうしてきたのに、いまだに日本語がうまく喋れない。読むことも書くこともみなできるのに、話すという段になるとどうしてもだめなんだって。心の底にある自分でも知らない間に培われてきた感情のためなのか、別にうまくなりたいとも思わないものだから、自分でも自分に困っているって、そんなことをよく言っていたわ。

――…………。

――私も娘も、そういうあの人にやっぱり知らない間に影響を受けていたのね。どうしても日本人は好きになれない気がしたもの。娘も第二外国語に日本語は絶対に選ばなかった。だからかも知れないわ。由熙のことが何となくわかるの。とっても悲しいけれど、他人事とは思えないのね。いつだったか、私つくづく考えた。自分の主人と由熙が先輩と後輩で、どういう因縁か由熙がこの家に住むようになって、一人は日本がだめ、もう一人は韓国がだめ、それでいて同じ同胞なんだもの、何てことかと思ったわ。

私には、叔母が話していることがよくわかった。因縁という言葉にも、自分ながらの実感を当てはめさせることができた。しかし、何かすっきりとしなかった。言葉を捜そうとし、自分の少し苛立ちもしている思いを何とか表現できないものかと思った。韓国のいやな面ばかりを見、父親からも悪口を聞かせられてきたから、韓国語までがいやになる、そんな単純なことではないのではないかと思えてしかたがなかった。由熙の日本語に対するこだわりは、韓国語からの反動という風にはとても思えなかった。

本棚のひき出しにしまった由熙の残した紙の束が思い出された。日本語の文字で書かれた一枚一枚の印象が、鮮やかに立ち現われてくるようだった。机の前にかがみこみ、狭い空間に自分を押しこんだ由熙が、大笒(テグム)の音を聴き、右手に楽器を見ながらそれらの文字を書き綴(つづ)っている姿も浮かび上がった。

釈然としない胸やけしたような息苦しさはやはり消えなかった。

叔母はテレビの方に顔を向けながら、左膝を揉み続けていた。この一ト月ほど前から痛み始めたのだ。裏の岩山にも、登らなくなっていた。叔母は音量を上げようとはしなかった。テレビを見ていないことは私にもわかった。叔母は今、由熙のどんな日の姿を思い出しているのだろう。由熙のどんな仕草や声を思い出しているのだろう。

——あの子はテレビを絶対に見ようとはしなかったわね。

そのうちに叔母は言い、左膝をゆっくりと立てた。またゆっくりと開いて伸ばし、揉み始めた。

——あなたの叔父さんも言ってたわ。日本に出張に行き始めた頃、カラーテレビがとってもめずらしかったって。でも、見る気が全く起こらなくてね。テレビから聞こえてくる日本語の響きがいやでしようがなかったって言ってたわ。由熙も決して見ようとはしなかったでしょう。言葉の勉強になるし、時代劇は歴史の勉強にもなるから、いい番組があると、見なさいって由熙によく言ってみたわ。でも、あの子絶対に二階から降りてこなかった。宿題があるとかなんとか、いつも理由をつけてテレビを見ようとはしなかった。あなたの叔父さんのことをふっと思い出したら、そうかって段々わかってきたんだけれどね。

叔母は言い、少しの間黙った。

——私、由熙には言わなかったけれど、心の中で応援してたのよ。もう少しだって。今の苦しい気持ちを乗り越えればもう大丈夫だって。日本も韓国も変わりない。人がどう生きていて、自分がどう生きていくかを見つめるのが大切。見つめられるようになれるまで、もう少しの辛抱よって、いつも由熙を応援してたわ。

叔母は、ひとりで口の中に残った言葉を嚙(か)みくだき、自分で自分に頷(うなず)いているように首を何度も前に振った。

私は黙っていた。叔母が知り、自分が知っている由熙がどう違おうと、叔母の言葉には同感だった。

由熙自身の問題だったのだ。私たちがいくら気遣い、応援しても、由熙自身が考え、感じ、力を摑まえていくしかなかったのだ。決して弱い子だとは思えなかった。若過ぎたということなのだろうか、とふと考え、そのことを叔母に言ってみようとして、言葉を呑みこんだ。

居間の斜め上が、由熙の部屋に当たっていた。叔母がいい番組があると由熙に言い、私と叔母がその番組を見ていた間中、同じ家の中で、同じ時間に、由熙はあの日本語の文字を書き綴っていたのかも知れなかった。その想像は、私に口を閉じさせ、また何か釈然としない息苦しさを感じさせた。

小さくしているテレビの音よりも、風の音の方が大きいくらいだった。窓は揺れ、そのうちに細かい雨脚が当たるようになった。

——りんごでも剝くわね。

私は言い、台所に立った。居間に戻った私は、叔母と向き合うようにして坐り、りんごをのせた盆を床に置いた。

りんごを剝きながら私は言った。

——由熙は、東京の自分の家に着いているかしら。

——そうね、成田空港から三時間近くかかるって言っていたからね。四時にきちんと飛行機が発ったとして、六時には空港に着くでしょう、そうね、今頃ようやく着いた時分かも知れないわね。

——日本も雨かしら。

叔母は窓を見上げ、私の言葉に、やはり、そうね、と思いにふけっているような虚ろさで答えた。

——日本に着いたら、由熙はまっ先に何をすると思う？　叔母さん。

——そうね。

私は笑いをこらえた。胸の奥の小さな塊りがかすかに動くのが感じられた。悲しく息苦しい嗚咽（おえつ）が小さな塊りから弾け、胸に滲（にじ）んでいくのを感じ取ってもいた。由煕の嗚咽と自分自身の胸の痛みが、わけもわからずに歪（ゆが）んで笑いになり、吹き出しそうになるのを私はこらえた。

——叔母さん、あの子、まっ先にテレビを見るわ。

私は吹き出した。叔母も私につられ、

——そうね、きっとそうね。

と言いながら、困りきった辛そうな表情で吹き出した。

——ね、叔母さん覚えてる？　由煕のりんご、ほら、こんな風になるの。

りんごの皮を無理に厚く、切れ目の線も無理やり乱れさせながら、五センチほど切った皮を叔母の顔の前に掲げた。叔母は笑った。今度は明るい表情で、互いがある日の同じ由煕を思い浮かべながら笑い合った。

この居間で、いつか私がりんごを剝き、そのうちに思いついたように由煕にりんごを剝かせてみたのだった。由煕は自分が食べたい時でも、いつも私か叔母にりんごを持ってきては、剝いてくれ、と頼んだ。剝けないからだとは思っていなかった。叔母も同じで、ただ由煕独特のあの甘えん坊のような一面なのだろうと思っていた。

りんごがもったいないもの、と言って由煕は逃げた。そんな由煕にようやく剝かせた。厚くぎざぎざに切られた五センチほどの皮が、すぐにぽとりと落ちた。ナイフを持つ手も危なかしかった。

——クロニカ、アッカプチャヤナヨ（だから、もったいないじゃないですか）

その日の由煕を真似て唇を尖がらせ、わざと拙い発音で肩をすぼませながら、私は言った。叔母はひとしきり笑い続けた。

雨粒が大きくなっていた。雨は明日の朝まで、一晩中は多分降り続くだろう。明日は一日雨かも知れない。日本も雨が降っているだろうか。

叔母は笑い終えると、息をつきながら楊枝にさしたりんごを取った。そして、また大きな溜息をつき、りんごを食べた。私も叔母も、雨の音を聞きながら黙ってりんごを食べた。盆の上に、他の皮と混って由熙の表情を滲ませた小さな皮のかけらが載っていた。

——あの子、これからどうなっていくかしら。日本の大学も中退、それにS大学も中退、……いい人が見つかるといいんだけれどねえ、でないとあなたみたいに婚期を逃してしまうわ。

私は笑いながら、叔母を睨(にら)んだ。盆の上の、さっき由熙を真似て剝いた皮を取って掲げた。

——りんごを食べない男の人を捜さなくちゃだめね。

私が言うと、叔母も苦笑した。

何故(なぜ)かその時ふと、坂道の向こうに見える岩山の光景が思い出された。じんと胸が詰まった。小さな塊りが急にふくらんだような気もした。

——叔母さん、由熙は大丈夫ですよ。いつかだんなさまと子供を連れて、ここに来るかもしれないわよ。

私は言った。岩山の光景がちらついて離れなかった。

——由熙は、また韓国に来るかしら、私たちに会いに来てくれるかしら。

叔母が言った。

——来ますよ、きっと。

私は答えた。つき上げてくる強い何かにからだまでが動かされていくようだった。私は叔母にすり寄り、その左膝を替わって揉み始めた。

テレビは音を全く消され、画面だけが映されていた。

外は大雨になっていた。

大きな雨粒が窓に当たって弾け飛び、水を叩きつけたように雨が流れ落ちていた。

叔母は居間の入口のカーテンを開けたままにして、敷居のすぐ横にある電話機を持ってきた。電話機を床の上に置き、その前に坐りこんだ。

――娘が出たら私が先に話して、あとであなたに替わってあげるからね。

叔母は言い、老眼鏡をケースから取り出した。手帳の番号を確かめた叔母が、ニューヨークにいる娘の家のダイヤルを回し始めた。

しばらくすると、向こうが受話器を取り上げたらしい。叔母は高い声を上げ、目を見開き、今そこに娘の姿を見ているようにいとこの名前を呼んだ。

突然掛けると言い出したのだった。

私はニューヨークの時刻を計算した。朝七時か八時の間ぐらいのはずだった。だんなさまを会社に送り出す一番忙しい時間かも知れないわよ、と言ったのだが、叔母は私の言葉など耳にも入らないようだった。すでに敷居のところまで行き、電話機を取り上げていた。

居間の中に、雨の音と娘の名前を呼ぶ叔母の声が、一瞬ぶつかり合い、散っていった。叔母は電話機を床の上で抱きかかえるようにしてかがみこんでいた。話は続き、雨の音と競い合いながら、音と声が居間いっぱいに弾け続けた。

　私は家具の扉に背をもたれさせ、窓を伝う雨の流れを見つめていた。すぐ近くに叔母がいて、その横顔も、丸くかがめられた背中も、手を伸ばせば触れられるくらい真近にありながら、少しずつ、叔母の声も雨の音も遠くに聞こえていくようだった。

　――アジュモニとオンニの声が好きなんです。お二人の韓国語が好きなんです。……お二人が喋る韓国語なら、みなすっとからだに入ってくるんです。

　由熙の声が、雨の音と絡み合った叔母の声の向こうから、まるで由熙が歩いて近づいてくるように聞こえてきた。

　娘とではなくても、叔母が外から掛かってきた電話を取り、相手と話している時、その近くにいた由熙が、あの応接間のソファでも食堂の椅子からでも、そしてこの居間ででも、叔母の声にじっと聞き入っている姿を何度も見た。初めてこの家に来た日、親し気に、にじり寄ってくるように私や叔母の話す声を聞いていた姿も思い出された。

　あまりに長く一緒にいて、その声を聞き過ぎ、耳に慣れきってしまったせいか、特に叔母の声や韓国語が由熙がことさら言うほどすてきなものなのか、よくわからなかった。自分自身も照れ臭かった。しかし、こうして距離を置いて聞いていると、由熙の言ったことが何となくわかるような気もする。視線も仕草もからだも、由熙が言うように人の声なのかも知れなかった。

　――아(ア)

　私は呟(つぶや)いた。

　目を一度閉じ、ゆっくりと薄く目を開けながら、ある日の由熙と同じように、아、とまた呟いた。

記憶の中の由熙の表情を思い浮かべ、眼鏡の中の、その澄んだ目が動くのを、今もすぐ近くにいるようにくっきりと思い描いた。

岩山の光景がちらついた。堂々とした岩肌を晒（さら）し、大胆な稜線（りょうせん）の流れを見せつけながら聳（そび）え立っている岩山の連なりが、何度も何度も、近寄ってきては遠のいた。そのうちに、頂上の岩の一つに大きな亀裂が入った。みるみるうちに裂け目は広がり、岩は二つに割れ、砕け散った。

私ははっとした。胸の奥の小さな塊りも二つに割れて砕け散っていくような気がした。鈍い痺（しび）れが、血を伝って全身に広がっていくようだった。

叔母は、まだ電話で話していた。

私がそばにいることなど忘れ、ますます電話機を抱きかかえるようにかがみこみ、受話器の向こうの声を聞きもらすまいとして夢中になっていた。

砕けた破片を集め、元の通りの塊りにまとめるように、立てた両膝を強く抱き、胸を縮ませた。痺れの感覚は少しずつ消えていった。しかし、脆（もろ）く、今にも裂け目が入りそうな危うさは、じくじくと胸の奥を痛ませた。

由熙が近くにいるようだった。

瞼（まぶた）を閉じると、ある日と同じように真近に由熙がいて、私を見上げてくる気がした。

その日は楽しく、明るい日だったが、今になると辛い記憶に変わっているのがわかった。由熙がいなくなってしまったからこそ新鮮に思い返すことができ、辛くならずにはいられない記憶だとも言えた。

今年に入り、新学期が始まってまもない頃のことだった。二人は登山から帰ってくる時間に登山口で叔母と待ち合わせる約束をした。いつも山から汲んでくる薬水を待ち合わせた私たちが持って帰ることになっていた。外にあまり出ようとしない私たちを歩かせようと、叔母が思いつき、言い出したことだった。

——若い女の子たちが、何てことかしら。山登りは健康にとってもいいのに。ソウルはすてきな都市よ。こんな風にいつも登山ができるのだもの。ソウルに住んでいて、若い人たちが何てことなの。情ない。

一緒に登るのだけは、と断わった私たちに、叔母は笑いながらそう言い、早朝に家を出て行った。散歩しようということになった。私たちは時間より早めに家を出て、ゆっくりと登山口に行くことに決めた。

いつもとは逆に、家の前の道を上の方に歩いていった。坂道が右に折れるところで、手前にある左側に伸びた坂道を下りていった。下りきると、広い道路に出た。道路の向こうにはトンネルがあった。道路を横切り、由熙が初めて歩くと言った向かい側の坂道を上っていった。傾斜のゆるいその坂道を歩き出すと、人家がぷっつりととだえた。両側には広々とした木立が続き、道の左側に小川が流れていた。二人は欄干の近くをゆっくりと歩いた。

前方には岩山が聳え立っていた。大胆な凹凸の線をくっきりと空の下に浮き上がらせ、視界の端から端までその裾を連ならせていた。

道幅はかなり広かった。

ほんの時折、タクシーが背後から走り寄り、私たちの横を走り過ぎて行った。前方の左側の高台に、西洋風のレンガ造りの家が数軒建ち並び、木立の上にそれらの屋根が見えた。たまに走るタクシーの音以外は、人の姿もなく、鳥の声と小川の水音しか聞こえないしんとした静けさだった。

——ずっと上の方に行くとね、右側の木立の奥に修道院があるのよ。

私は横を歩く由熙に言い、指さした。

——ソウルとは思えない場所ね。オンニ、ここももちろんソウル市なのね。

由熙の言葉に、私は笑って合い槌を打った。

山には登りたくない、と言っていた由熙が、山の近くまで行くことには頷いた。由熙は機嫌がよく、満足そうだった。夜、由熙の部屋で見る張りつめた暗い表情や、不安気な言葉遣いが、その場の由熙を見ていると全く思い出せないくらいだった。

——岩山は美しいってあなたは言うけれど、堂々としていて、勇ましくて、そしてこうしてじっくり見ていると、どこか悲しい感じもするわね。

——そうね、オンニ。

由熙はまっすぐに前方を見上げ、時間をかけてゆっくりと、稜線の流れを辿り、視線を移していった。

——一つ一つの岩に表情がある。オンニはそう思わない？

——ええ、さっきから私もそんなことを考えていたの。

いい天気だった。

風もなく、朝の陽差しは柔らかだった。岩肌の色合いも空の青さも、目に入ってくる光景の何もかもが、おだやかで澄んでいた。

由熙が急にくすりと笑った。

私はそんな由熙を振り返った。

――オンニ、ソウルの岩山って、韓国と韓国人を象徴しているような気がするわ。

笑いをこらえながら言う由熙に、私は何故、と訊(き)いた。

私をちらりと見上げ、山の方を見返しながら、

――だって、みんな岩みたいに裸。何も着てない。いつも曝(さら)け出してるの。

由熙は言い、自分の言葉に自分で笑うように吹き出す口許(くちもと)を手で押さえた。

――そうね。

言葉よりも、笑っている由熙を見るのがうれしかった。

欄干に並んで立ち、小川の流れを見つめた。由熙の表情は明るく、おだやかだった。欄干の上にかがみこんで黙っていた由熙が、そのうちに顔を上げ、私を見上げた。

――オンニ。

――何？

――オンニは朝、目が醒(さ)めた時、一番最初に何を考える？

由熙が訊いた。

答えが急で思い浮かばず、

――あなたは何を考えるの？

私の方が訊き返した。由熙の答えが聞きたくもあった。

――考えって自分で言ったけれど、考えと言うのとも実は違うの。

由熙はそう言ってふいに口をつぐんだ。言葉を続けようかどうかと迷っている表情だった。少しし

て、また口を開いた。

——あれをどう言ったらいいのかなあ。目醒める寸前まで夢を見ていたのか、何を考えていたのか、よく思い出せないのだけれど。私、声が出るの。でも、あれは声なのかなあ、声って言ってもいいのかなあ、ただの息なのかなあ。

——どういうこと？

私は訊いた。

——アーって、こんなにはっきりとした声でもなく、こんなに長い音でもないものが口から出てくるの。

思いもかけなかった答えに、私は笑った。由熙も、そうでしょう、オンニ、おかしいでしょう、と笑って続けた。

欄干からからだを起こし、由熙は私と向き合った。真面目な表情に戻っていた。そして目を閉じ、ゆっくりと薄くかすかに目を開け、アー、と小さく声を出した。ううん、こんなんじゃないな、とひとりで呟き、また同じように目を閉じ、同じ仕草を繰り返した。

黙りこみ、由熙は小川の方に目を落とした。その口の中で、言葉にならない言葉がうごめいているのが感じられた。

——ことばの杖（つえ）。

——…………。

——ことばの杖を、目醒めた瞬間に摑めるかどうか、試されているような気がする。

——…………。

――아(ア)なのか、それとも、あ、なのか。아(ア)であれば、아(ア)、야(ヤ)、어(オ)、여(ヨ)、と続いていく杖を摑むの。でも、あ、であれば、あ、い、う、え、お、と続いていく杖。けれども、아、なのか、あ、なのか、すっきりとわかった日がない。ずっとそう。ますますわからなくなっていく。杖が、摑めない。

由熙は、ことばの杖、とも言い、ことばからなる杖、とも言い替えた。

その声が、今でもありありと、瞼に映る由熙の表情とともに思い返された。

記憶が遠のくと、少しずつ叔母の声が間近に聞こえ、窓を打つ雨の音も、耳に迫って響き出した。

私は立ち上がった。

電話は終わりそうになかった。

歩き出し、居間を出た私のことにも叔母は気づいていない様子だった。

応接間のソファのうしろ側に立ち、ソファの肩に指先をつけた。厚い布地の感触を味わいながら、そこに線を描き、ゆっくりと指をくいこませた。

二階に行き、由熙の残していったあの紙の束を見るつもりだった。由熙の文字に引きつけられ、まるで呼ばれたような気にもなって、いたたまれずに居間を立ったのだった。

だが、しばらく同じようにして立ち、私は暗い庭に吹きまくる風と雨を見つめた。

厚く、重い吐息がこぼれた。

この国にはもういない。どこにもいない……。胸の中に自分の呟きが浸み渡っていった。小さな塊りがかすかに慄(ふる)えた。

妙な痺れを、足先に、手に、胸に、全身に覚え始めた。吐息がその痺れで歪み、息が乱れた。

うしろに向き返り、階段の前に立った。足許がはっきりとせず、重心がとれなくなったようにふらついた。

小さな塊りがぐらりと動いて弾け、由熙の顔が浮かんだ。

――아(ア)

私はゆっくりと瞬きし、呟いた。

由熙の文字が現われた。由熙の日本語の文字に重なり、由熙が書いたハングルの文字も浮かび上がった。

杖を奪われてしまったように、私は歩けず、階段の下で立ちすくんだ。由熙の二種類の文字が、細かな針となって目を刺し、眼球の奥までその鋭い針先がくいこんでくるようだった。

次が続かなかった。

아の余韻だけが喉に絡みつき、아に続く音が出てこなかった。

音を捜し、音を声にしようとしている自分の喉が、うごめく針の束に突つかれて燃え上がっていた。

李良枝(一九五五—九二)

日本の作家。山梨県で在日韓国人一世の両親のもとに生まれ、九歳で日本に帰化。高校在学時に太宰治(だざいおさむ)やドストエフスキーを読み、日本舞踊や琴を学ぶ。両親の不和に悩み高校を中退、京都の観光旅館に住み込む。編入先の高校の日本史の教師に導かれ、日韓の歴史に興味を向けた。一九七五年に早稲田大学社会科学部に入学したが一年生の時に中退する。八〇年から韓国に行き来し始め、伽耶琴(かやきん)やパンソリの弾き語り、巫俗(ふぞく)舞踊サルプリを学んだ。八二年にソウル大学国文科に入学、在学中に書いた「ナビ・タリョン」（八二）が芥川賞候補となる。八八年にソウル大学を卒業、『由熙』（八八）で芥川賞を受賞したが、九二年に急性心筋炎で急逝。在日として生きることの困難や家族への複雑な思い、祖国や言語との葛藤を主題とする珠玉の作品を著した。

ヘルツル真夜中に消える

Sayed Kashua
サイド・カシューア

細田和江 訳

ヘルツル・ハリーワは恐怖のあまり叫び声を上げて枕から頭をもたげた。そしてすぐに平静を取り戻した。初めてじゃなかった。黙って横臥(よこた)わったまま息を吸って吐いて、呼吸を整えて気持ちを落ち着け、それからほんの少しだけ身体をくねらせてベッドに潜り込み、もう一度明け方の深い眠りへと戻ろうとした。だけど明らかに誰かがそばにいる気配、もう名前も覚えていないけれど、確かアンナ・フォン・某(なにがし)とかいった娘が微睡(まどろ)んでいるのに気が付くと、ベッドから抜け出し、そこからズボンを引きずり出して、まるでストッキングに足を滑り込ませるように履く。まずは右脚を、音を立てないようこらえてゆっくりと。それから左脚を、音がしないようベルトのバックルを持ちながら。ズボンのファスナーもベルトも緩めたままシャツを羽織ると、床から靴を拾い、抜き足差し足でドアに向かって、ドアの取手を静かに引くと、最後にチラっと見たドイツ娘のボランティア、フォン某嬢、たしかにかわいいな、と思いながらも部屋を出る。

まだ明け方、ホテル、いいやホステルの廊下は思った通り人気がなかった。ハリーワは一夜の部屋のドアからたっぷりと離れた場所で靴を履き、ズボンのファスナーをあげて、シャツのボタンを留めると、階段でフロントへ降りていった。フロント係は何時間か前にフォン某嬢といっしょに来たときと同じだった。その前を通ると、フロント係はハリーワに微笑(ほほえ)みかけ、「お客さま、おはようございます」と英語で丁重に挨拶する。入ってきた客に挨拶をするその態度には、まったく敵意なんてものはなかった。しかし続けざまにフロント係はアラビア語に換えると、怪しい客だと言わんばかりに一泊分を先払いするよう要求した。そいつはハリーワが誰だか覚えておらず、宿泊客ではなく、地元の人間かあるいは観光客だと思っていたのだ。それもハリーワにとって驚くことじゃない。「やあ、おはよう」自分の訛(なまり)が出ないように、言葉を飲み込み英語で応えると、ホテルから旧市街の路地へ出た。

ちょうど朝日が昇ってきた時分で、まだ外の光は青みがかっている。冷気がハリーワを捕らえ背筋まで上がる。ハリーワは両手を擦り合わせ早足で歩きながら、今ではすっかり恐怖を感じるこの区域の外に出る近道を思い出そうとしていた。

だが、自分がどこに向かっているのか、ハリーワには見当もつかなかった。昨日、ドイツ人観光客を(1)シェイフ・ジャーラのパブから旧市街の宿へ連れて来た張本人だし、この場所は自分の庭みたいなものなのに。ハリーワはおのれの勘に頼って、路地よりも広い道を探し出し、朝日を背にして西へ向かって歩こうとする。そのほうが確実だ。土曜日でまだ朝が早かったのに、古めかしいドアの向こう側の中庭から、誰かが目覚めた声が聞こえてくる。煙草(たばこ)飲みが痰(たん)を吐く音、赤ん坊の泣き声、トイレを流す音。誰かに気付かれる前にここから立ち去ろうとハリーワは歩みを早めた。ほんの少しでもいいから、旧市街に来たときに感じたのと同じくらいの安心感を持ちたかったけれど、それは無理なことだ。今やどうしようかと迷ったが、右に曲がろうと決意した。

ハリーワはほとんど駆け足だった。店はちらほら開店していたけれど、目もくれずその前を通り過ぎてゆく。開いている店はだいたいパン屋で、香しい匂いが彼の鼻孔を刺激する。でもそれがザアタルのピタの香りだと気づく余裕は、今の彼にはない。けれど後ろから騒がしい声がし、ハリーワがおそるおそる眼をやると、黒い服に身を包んだイェシバーの学生が、ハリーワほど急いでいないにしても、早足で歩いて来た。やつらから離れなければ。結局、ああいう連中はアラブ人の格好の標的だ。ハリーワは怪我をしたくなかった。旧市街の端が見えた。疑われるきっかけになるから、走るのは得策でない。目の前にあるのがヤッフォ門であることを願って彼はさらに急ぎ足になる。ともかく門に向かって歩みを早める、この大きな門、開かれた門、ここから外へ。

＊＊＊

どんなにほっとしたことか。警戒を緩めゆっくりと歩いていると、境界警備の警官が自分の後ろにいるのに気がついた。警官の誰一人からも見咎められずにこんな時間に旧市街の外に出たのはヘルツルだけだった。もう今なら昨夜の武勇伝だって思い出せる。ヘルツルはズボンのポケットからタバコを取り出し、火をつける。朝一番の深い一服が肺を満たしていく。ふっと微笑む。今、彼は上機嫌だ。煙たいインペリアルを吸っていても、だ。

自宅の前のウシュシキン通り[8]を肩で風を切って歩く。新聞の週末版がアパートの郵便受けにもう届いている頃だろう。一段飛ばしで階段を上がり、二階まで階段を上がったところで、彼は釘付けになった。アパートのドアに背をもたせかけ、恋人のノガが座っていたのだ。目を真っ赤に充血させてこちらを見つめている。「やあ」、とヘルツルは彼女の髪に触れようと手を伸ばした。ノガはその手を払い除けて、「触らないで、このろくでなし！」、そう言って階段から立ち上がった。

「やあ、どうも」とヘルツルは猫なで声を出し「説明するよ」と言った。きっと夜通しそこに座っていたのだろう。何かを確かめるだけのために恋人を待っていた。でも今は立ち上がり、泣きながら帰ろうとしている。「ろくでなし、このごろつき！」と呟きながら。彼女の腕を掴もうと追いかけ、階段を下りたヘルツルはすっと押し返されてしまった。「ねえノガ、僕が君を愛しているって、わかるだろう？」こう言ったのに、彼女はアパートから出て行った。

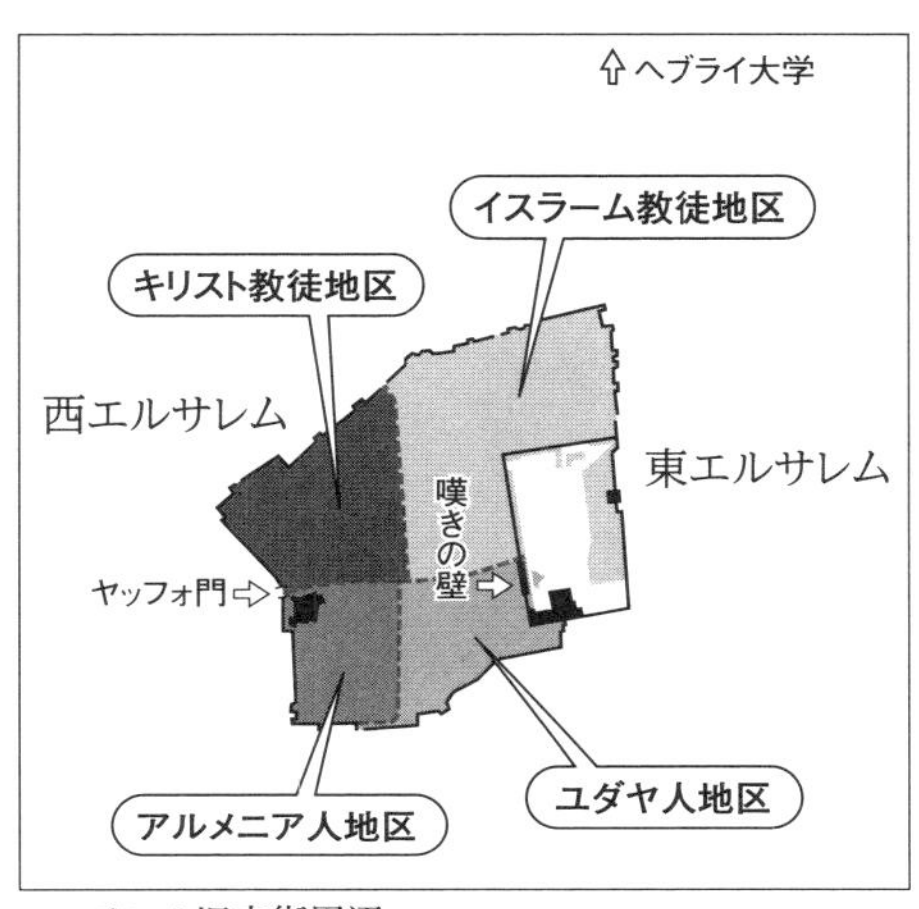

エルサレム旧市街周辺

嗚呼、チクショウ。ヘルツルは本気でノガのことを愛している、彼女だけを。もう二年も付き合っているのだ。弁護士事務所で実習をしているときに出会って、そこでの仲間みんなが、とりわけ秘書たちははじめから二人がお似合いの恋人同士だと思っていた。そしてまさにその通りだった。ノガを諦めるなんてできない。彼女のためなら何だってできる。ヘルツルはノガを追いかけて車の傍(そば)まで駆けていき、大好きだよ、と繰り返した。
「やっぱりろくでなしね」、ノガは車に乗り込んで言った。「いったい今までどこにいたのよ?」ヘルツルは黙り込んだ。そうして、彼の恋人は車のドアを閉め、走り去っていった。真実を伝えなければ。二年間いっしょにいて、彼女が知るときがやって来たのだ。けれども信じてくれるだろうか? ヘルツルはベッドに体を横臥えた。頭がクラクラする。昨日の晩はしこたまアラク[9]を飲んだ。それにその前、夕食のときにノガとワインを一本空けた。チャンポンがよくないってことは知っている。けれど真夜中を過ぎると、アラク以外のどんな酒も受け付けなくなるんだ。

ひどく頭が痛い。こんなときは眠れないってことくらい、彼にはわかっている。それよりもいったい何て言えばいい? どんな言い訳をすれば? もちろんありのままを、本当のことだけを言わなきゃならない。だけどいったい何から? たぶん結論から? 深夜零時を過ぎると、まさにシンデレラみたいに(実際には違うけれど、まあ同じようなものだ)アラブ人に変身するってことを? それがいい、ノガはきっとすぐに信じてくれるだろう。だってあの子は本当にお人好(ひとよ)しなんだ。

それとも、ことのきっかけからがいいのか? ヘルツルが生まれた三十数年前の新年(ローシュ・ハシャナー)から。いやむしろその前の年、「戦争」[10]の前の新年からか? 当時まもなく四十歳に達しようとしていたのに子どもに恵まれなかった敬虔(けいけん)な女性であった彼の母親が、たとえ生まれてくる子が半分アラブ人であってもよいから息子が欲しいと、「嘆きの壁」の前でどれだけ神に祈ったのかから話しはじめるのがいい。それから何を言うべきか？　母親の祈りが叶（かな）って、毎晩零時を過ぎると「アラブ人」になることを言おうか？　ノガは信じてくれるだろうか？　信じてくれたとしても、変わらず彼を愛し続けてくれるのか？　結局、ヘルツルはノガのことが大好きで、だからこそ、恋人が事実を知って離れていってしまうのが不安だった。それで今まで隠し通して来たのだ。

　真夜中、ヘルツルは全くの別人に変わる。とても言葉だけでは説明できない。理解するにはその場に居合わせなきゃいけない。自分ではよくわかっている、真夜中に自分が別の人間となり、別の感情を持つことを。別の恐怖と別の願望を持つことを。いくつかの変化のなかで、唯一はっきり違っているのは言葉だ。真夜中から夜明けにかけて、彼はヘブライ語がまったくわからなくなる。「ＯＫ（ベ・セデル）」、「シェケル」[11]、「検問所（マフツム）」以外は。なぜかって？　アラブ人も、こうした単語をまるで自分たちの言葉みたいに使っているんだから。

ひどい耳鳴りに苦しんでいた。きっと出ないとわかっているのに、ヘルツルは五分ごとに電話をかけている。ノガのところに行かなければ。けれど「毎晩どこにいるのか説明してよ？」という単純な疑問に答えるのに、何と言えばいいんだ？　結局、もう二年も付き合っているというのに、ヘルツルは恋人と夜を過ごしたことがない。二年間、日中は二人で愛し合っていても、深夜零時が近づくと、いつも恋人の傍を離れて逃げ出しては、いなくなる言い訳をしていた。

　親パレスチナのドイツ人観光客の、もう名前も忘れてしまったような女の子と一夜を過ごしたことなんて、絶対ノガに言えっこない。アラブ人になるといつもどうなるのかとか、抵抗運動や占領に反対する勢力のメンバーと会っていることについても言わないようにしよう。真夜中から明け方まで、アラブ人の女の子との出会いに熱を上げていて、恋人のノガのことなんてコロリと忘れてしまう。真夜中を過ぎてもアラブ人の女の子が見つからなきゃ、なんてことはめったにないんだけれど、自分の政治観に釣られたヨーロッパのボランティア娘と過ごすんだ。

ヘルツルの変身した姿は、よくいるような平凡なアラブ人とは違う。それは気高き芸術家なのだ。侮辱や連行されることなど耐えられず、だから西エルサレムなどへはけっして行こうとしない人物なのだ。真夜中になると、外見はどこも変わらないのに自分が別の人格に変わってしまうと、自分ではよくわかっている。その自覚はある。そんなものだと諦めている。夜明け前のウシュシキン通りへの道すがら、境界警備の警官に止められることは一度だってありはしない。つまり変化は別のところ、おそらく臭いとかあるいは恐れの中にあるのだ。彼自身はそれに気付いている。真夜中から夜明けにかけて、どんどん深みに嵌り込んでいる気がするのだ。迫害されている感覚を持ちながら同時に憎悪の念を表している気が。

でも彼はノガのことを愛していた。この数ヶ月のあいだに交わった、十人並みの外国人娘となんて比べようもなかった。今はまだ彼女と別れる気などない。話さなければ。ノガは絶対にわかってくれるさ。そうしてヘルツルはもう一度電話してみたけれど、それは虚しい努力だった。

＊＊＊

その日の晩、ヘルツルはノガの家へ向かった。彼女のルームメイトがドアを開けてくれた。ノガは顔を枕に埋めて毛布に包まり、ベッドに俯せになっていた。その傍でレナード・コーエン[12]がやかましく歌っている。ヘルツルは音を小さくして、ベッドの彼女の横に座った。ノガは毛布をさらに固く握りしめて頭からすっぽり被った。ヘルツルはその頭のあたりを優しく触れながら、「本当のことを言わなくちゃね」と言った。

「ねえ聞いて」とヘルツルは切り出した。「まずわかってほしいのは、僕が君を愛しているってこと。君だけをね。説明しにきたんだ。とんでもなく馬鹿げていると思うかもしれないけれど、実は僕、半分アラブ人なんだよ」。この最後の言葉を聞いて、彼女の身体が動いた気がした。おそらく自分の言葉で笑ったんだ、とヘルツルは思った。どれだけノガのことを愛しているか、自分のユーモアで二人の距離が縮まり、だから二年もの間、一晩もいっしょに過ごしてなくたって、彼女から別れを切り出されなかったのだと今は思える。ヘルツルは新年から大贖罪日[13]の日々について話した。彼の母親とその祈りを。自分の子どもの頃の話を。夜のことを。こわくて目が覚めると、何だかおかしな気分がして、その夜は覚えていたのに、朝になるとすっかり忘れてしまっている別の言語で夢を見ているのだと気付いたこと。母親は彼の感情に蓋をして、別の物語を植え付けようとした。ラビ[14]や医者のところ、はたまた邪視[15]を追い払おうとアラブの聖職者のところにまでも息子を連れて行ったけれど、一向に良くならなかった。追放や戦争、難民についての夢、そんなことがどこから来るのかも彼には分からなかった。

ヘルツルはノガに打ち明けた。彼女は毛布を握ったまま、たまにくすりと笑ったり、鼻をすすりながら聞いているような様子だった。けれども顔はまだ、頭を覆っている枕の下にあった。彼は説明を続けた、彼の母親が、どうやって時間通りに寝かしつけていたか、どうやっていつも夜が明けてから起きるように躾(しつ)けていたのかを。どうやって息子が近所の子どもたちとの夏休みのキャンプに行くのをまるで父親のいない子どもみたいに禁じたのか、どうやって毎年の修学旅行を避けていたのかを。それから、自分が戦闘部隊に入りたいと願っても兵役につくことを禁じられたことなどを。

ノガはベッドの上で仰向(あおむ)けになると、頭に被っていた毛布を取って、枕に寄りかかった。目は赤く腫れあがり、俯(うつむ)きながら電気スタンドの傍からティッシュをとると鼻をかんだ。ヘルツルの話は面白かった。この言い訳話を聞いて、許そうかなと思った。この人のやり方はいつもうまくいく。ノガはそんな自分に腹が立った。「なにそれ、夜に髭(ひげ)でものびるの？」とノガは笑って尋ねた。

「いや」ヘルツルは答えて続けた。「子どものころ気が付いたのだけど、変わるのは内面だけなんだ。ある晩トイレに行きたくなったとき、自分の〈モノ〉が普段見慣れているものよりも重く、少し大きくなっているように感じたりするくらい」。もうノガは爆笑していた。彼の顔を見て、深刻そうに振る舞うのを認めると、さらに大きな笑い声を出した。「信じてくれないって思っていたよ」とヘルツルは言った。「だけどもしよければ、今晩僕はいっしょにいるよ」「OK(べ・セデル)、アフマド」とノガは答えて大笑いした。

＊　＊　＊

すでにノガはこのやり取りにウンザリし始めていた。だからヘルツルにもうやめるようお願いした。でも二人がまるまる一晩一緒に過ごすまで、その馬鹿げたゲームを続けるのだと彼は言い張った。ヘルツルはもうノガの言葉が全く理解できなくなっていて、英語で話してくれと頼んだけれど、ノガはただ呆れるだけで、こんなゲームに付き合うのはもうごめんだと思った。それでも彼は自分が夜を過ごしている場所に連れて行くと、英語で約束した。ノガが出かける準備をし、ラシュバグ通り(16)からガザ通りまで出ると、二人はバス停でタクシーを待った。最初のタクシーが止まると、ハリーワは頭をガラスに押し付けて、英語で「いや、結構だ」と運転手に言った。ノガは訳が分からなかった。なんでもそのタクシー会社が「アラブ人運転手を雇用しない」という方針を採っているのでボイコットするのだそうだ。そしてしまいには人類を憎むファシストに対して、と英語で呪いの言葉を口にした。

ハリーワはとても居心地の悪さを感じていた。その晩イスラエルのユダヤ人女性を連れていたことに。パブの常連には「タアーユシュ」(17)の女の子も何人かいたけれど、彼はその子たちが大嫌いだったし、イスラエル内部の紛争と論争があの子たち活動家の動機であって、その動機はしかるべきところから出てきたものではないのだと感じていたからだ。

他に選択肢も浮かばなかったので、ハリーワはノガを人権協会の弁護士だと紹介した。彼の作り話にノガは調子を合わせた。その後もノガは、これがこの人のやり方なのだと、どうにか心に言い聞かせていたけれど、ついつい彼が話していないときも相槌を打っていた。今夜起こっていることも、おそらく昨日の晩も、このゲームの一部だったとノガは思い込んでいた。どうしようもないじゃない？ヘルツルっていつもおかしいところがあるんだから。

ヘルツルがパブのドアを開けて中に入ると、彼の友人みんながそこで待っていて、「びっくりした！」と声を掛けるのだろう、とノガは思っていた。でも何も起こらなかった。アラビア語をまるで生まれたときから使っているかのように操って、次から次へと挨拶をし、握手をして回り、いつものテーブルのところまで辿り着いた男の後ろを、彼女はただ付いていった。ヘルツルは明らかにアラブ人とわかる若者数人と抱擁し、挨拶のキスを交わしていた。何かが決定的に違う。外見は全く変わっていないのに、ヘルツルは全く別人になってしまっている。ノガは会話に付いていけず呆然とし、理解できない言葉に囲まれ唖然とした。ガザやラマッラーという単語が聞こえたのは一度ではなかった。ノガは自分の恋人に目を向ける。そこに一時間前にいた人のことを思い出そうとして、アラクをぐいっと飲んでタバコを吸う、初めて見る彼の姿を見つめていた。ハリーワのほうは、彼女をちっとも見ていなかった。明らかに無視していた。偶然目が合ったときも、彼が疑心と嫌悪の眼を自分に向けているように、ノガは感じていた。

もうこれ以上この場所に留まっていたくない、でも会話の邪魔をしたり、打ち切ったりしたくもなかった。どうしたらいいのかなんて、誰にもわからない。

結局、二人はそれほど長くは滞在しなかった。せいぜい一時間半くらいだろうか。ハリーワは仲間と抱き合い、別れのキスを済ますと、シェイフ・ジャーラにタクシーを拾いに行った。アパートに帰る道すがら、二人はずっと無言だった。ただ、近所の犬がヒステリックに吠えたとき、彼はアラビア語で悪態をついていた。家に到着すると、彼は鍵束を手に取り、アラビア語の本でいっぱいの、鍵のかかった戸棚を開けに行き、その中から一冊選んで座って読み始めた。「何なの？」ノガは尋ねた。このときは英語で。その声は少し震えていた。「あなたはハマス[18]かなにかの人間なの？」「お前には関係ない」、とハリーワは今にも説教をしそうな様子でノガに悪態をついたが、「PFLP[19]だ」と答えた。そして彼は本を読みながら眠ってしまった。ノガは十分に距離をとってソファに座った。それから一晩中目を離すことなく、彼氏が眠る姿を見つめていた。眠っていたとしても、この人はいつもと同じではないのだから。

＊　＊　＊

朝の光で目が覚めたヘルツルはあたりを見渡して、自分が安全な場所にいることを確かめた。それから、ノガが愛情の籠った眼差(まなざ)しで自分を見つめているのに気がついた。

ヘルツルはノガに微笑みかけて、「おはよう、ダーリン」、と言った。彼女はとても落ち着いていた、この人はよく知っている人だったから。

「それで？」ノガは笑顔で言った。

「何だい？」

「このアラブのお話って、いったいどうなるの？」

「そうだなあ、」バスルームに向かいながらヘルツルは言った。「全部燃えて灰になってしまう、のかもね？」

訳注

（1）旧市街からヘブライ大学へ向かう途中にある東エルサレムのアラブ人地区。
（2）中東地域で食される、乾燥タイム（ハーブ）やごまなどを混ぜた調味料。オリーブオイルとともにパンに付けて食べることが多い。
（3）丸くて平たいパン。
（4）ユダヤ教の神学校。
（5）エルサレムの旧市街にある出入り口の一つ、西エルサレム方面への出口で最も大きい門。
（6）エルサレムは旧市街がありアラブ人が多く住む東エルサレムと、ユダヤ人が多く住む西エルサレムに分かれている。その境界線付近を巡回している警官のこと。
（7）イギリスのタバコの銘柄の一つ。
（8）西エルサレムの閑静な住宅街がある地域にある通りの名。
（9）主にぶどうを発酵、蒸留させて作る中東・アフリカ地域伝統のお酒。
（10）第四次中東戦争（ヨム・キプール戦争のこと）。
（11）イスラエルの通貨単位。
（12）Leonard Cohen（一九三四〜）カナダのユダヤ系詩人。作詞家としても著名。
（13）ユダヤ教の祭日の一つ。一年を悔い改めて断食を行う日。
（14）ユダヤ教の聖職者。
（15）他人からの妬みの視線によって災難が降り掛かるという、中東諸国を中心に世界中に広がっている土着の信仰の一つ。
（16）実際の地図では、ラシュバグ通りはエルサレム南部にある。カシューアはおそらくラシュバ通りか、ラバック通りと勘違いしたのかもしれない。
（17）アラビア語で「共存」の意。イスラエルの平和団体の一つ。
（18）一九八七年に結成されたイスラーム主義を掲げるパレスチナ人組織。「ハマス」は「イスラーム抵抗運動」の略称。
（19）パレスチナ解放人民戦線の略称。一九六七年、マルクス主義を掲げて結成された。

サイイド・カシューア（一九七五―）

イスラエル中部にあるティラ生まれ。イスラエル国籍のパレスチナ人作家。ムスリム（イスラーム教徒）として初のヘブライ語作家として注目をされる。大学卒業後、コラムニストとして執筆活動を始め、二〇〇二年『踊るアラブ人』で作家デビュー、二〇〇四年には『そして朝となった』を発表した。作家以外にも日刊紙ハアレツのコラムやTVドラマ・シリーズ『アラブのお仕事』の脚本も担当した。二〇一〇年『二人称単数』で人気作家の地位を確立していたが、二〇一四年夏、イスラエル軍のガザ侵攻を支持したイスラエル社会に絶望し、家族とともに移住を決意。現在はアメリカ在住、イリノイ大学で教鞭（きょうべん）に立っている。二〇一七年最新作『変更履歴』発表。本作「ヘルツル真夜中に消える」は新聞小説としてハアレツ紙に掲載されたものである。

Cross Current

1読書案内 言葉

「言葉、言葉、言葉」。何を読んでいるのですかとポローニアスに尋ねられて、ハムレットはそう答えました。このときハムレットが何を読んでいたかは明らかではありません。父の亡霊から死の真相を聞かされた若者が読む書物とは何でしょうか。ルネサンス時代を生きたシェイクスピアの考えはともかく、わたしたちがこれを小説だと考えるなら、ロマン主義から現代までの言葉をめぐる議論につながります。言葉の空しさ、世界の捉えがたさは、現代文学において、重要な主題となってきました。

二〇世紀において、言葉の限界に向き合った作家といえば、本書に『土くれ』が収録されている**ジェイムズ・ジョイス**がまず思い浮かびます。とりわけ、最晩年の作品**『フィネガンズ・ウェイク』**〔★★★〕は、「すっかり目覚めた言語」ではなく、夢見る心に固有の言語で書かれています。暗号解読がお好きな方は挑戦してみてください。ジョイスと同時代の作家**ヴァージニア・ウルフ**の**『ダロウェイ夫人』**〔★☆☆〕はまるで主人公のおしゃべりを聞いているような作品で、「意識の流れ」という文体を確立したと言われています。こうしたクセのある言葉はもちろん、一見わかりやすい言葉にも注意が必要です。**フランツ・カフカ『城』**〔★★☆〕では、測量士を自称する男が「城」の測量士として雇われることになりますが、山の上にある「城」にはどうしてもたどり着くことができません。**ウジェーヌ・イヨネスコ**の戯曲**「禿**(はげ)**の女歌手」**〔★☆☆〕では、空疎な日常会話の連なりのなかで言葉が意味を喪失していきます。語ることへの強迫観念は、ジョイスと親交の深かった**サミュエル・ベケット**の戯曲**『名づけえぬもの』**〔★★☆〕で、嫌というほど体感できるでしょう。「不条理」とは言葉が生み出す迷宮でもあります。

このような「言葉」に対する疑念を、エミリー・ディキンスン「ことば」はあざやかに転回

自分ひとりの部屋
（平凡社）

させてくれます。文学の言葉は、氾濫する情報ではなく、発せられたあとにこそ生き続けます。**ホルヘ・ルイス・ボルヘス**の短編「**パラケルススの薔薇**（ばら）」［★☆☆］では、伝説的な錬金術師パラケルススが若者に告げます。「この薔薇を火中に投ずれば、それは燃え尽きたと、灰こそ真実だと、おまえは信じるだろう。だが、よいか、薔薇は永遠のものであり、その外見のみが変わり得るのだ。ふたたびその姿をおまえに見せるためには、一語で十分なのだ」。懐疑的な若者を前に、錬金術師は薔薇を蘇らせることができるでしょうか？　フィクションではなく現実に言葉が命を支えることもあります。シベリアでの十五年以上の収容所体験を綴（つづ）った**ヴァルラーム・シャラーモフ**の連作短編『**極北コルィマ物語**』［★★☆］では、憎しみを骨に刻み込み、死を待つだけの「わたし」の脳裏に、ある日、一つの言葉が戻ってきます。意味が理解できないまま大声で何度も繰り返す日々。そしてついに音と意味が一致したとき、彼は恐れと喜びに震えながら、自分の内部に生命が蘇（よみが）るのを感じたのでした。

「言葉」の土台となる言語が一つであるとは限りません。複数の言語を使いこなす人びとはいつの時代も存在しました。先に述べたジョイスとベケットも、アイルランドに生まれ、英語とフランス語で創作した作家です。カフカはドイツ語とチェコ語の境域で育ちましたし、イヨネスコはルーマニアとフランスを行き来する少年時代を過ごしました。社会の周縁に位置するほど、言葉に対して鋭敏にならずにはいられないのかもしれません。**ウルフ**だって女性であるがゆえの困難を随想『**自分ひとりの部屋**』［★☆☆］で語っていたではありませんか。本書に収録された李良枝（イヤンジ）『由熙（ユヒ）』とサイイド・カシューア『ヘルツル真夜中に消える』は、緊張関係にある二つの言語とともに生きる苦悩を描いています。「わたし」は何者なのか。この切実な物語に心惹（ひ）かれた方はアルジェリアのフランス語作家**アシア・ジェバール**の小説『**愛、ファンタジア**』［★★☆］を手にとってみてください。アイデンティティーが国家に強く結びつけられる時代にあって、引き裂かれた自己に向き合い、周縁に留まりつづける主人公たちに、心を締めつけられずにはいられません。そうして、わたしたちはつぶやくのです、「言葉、言葉、言葉」と。

（奥）

column 1

翻訳

コラム

本書に収録されたジュール・シュペルヴィエルのコント、「沖合の少女」は、日本では一九三五年の四月に、「沖の小娘」という題で初めて翻訳された。作者シュペルヴィエルはウルグアイ生まれだが、スペイン語ではなく両親の母語であるフランス語で詩やコントを発表した。訳者の堀口大學(ほりぐちだいがく)はウルグアイ滞在中にこの作家を知って本作を訳出する。この大學の翻訳をきっかけに、シュペルヴィエルは日本で広く愛読される作家となった。

堀口大學は大正期から昭和期にかけて活躍した詩人である。自身で創作詩も書いたが、むしろ翻訳者として名を広く知られた。一九二〇～三〇年代の日本は翻訳の流行時代で、多くの作家や研究者が同時代の欧米の作品を次々と訳出した。その中でも大學の翻訳は原作の魅力を引き出すものとして一目置かれ、時に作家の創作以上に同時代の文学者に影響を与えたのである。

その大學の代表的な翻訳作品に、次の詩がある。

シャボン玉の中へは
庭は這入(はい)れません
周囲(まはり)をくるくる廻(まは)つてゐます

Dans la bulle de savon ／le jardin n'entre pas.
Il glisse ／autour.

翻訳詩のアンソロジー、『月下の一群』(第一書房、一九二五)に「シャボン玉」という題で収められた、フランスのジャン・コクトーの詩である。シャボン玉の膜に周りの庭の光景が映っていて、その庭がシャボン玉の球体の表面で滑り(glisse)、シャボン玉の中に入れないように見えるというのである。最後の二行は、シンプルに訳せば「周りを滑っている」とでもなるところだが、大學は「周囲をくるくる廻つてゐます」と動詞を置き換え、擬態語を付け加えて訳している。シャボン玉をゆっくりふくらませると、吹いた息の勢いで透明な皮膜が不規則に回っているように見える。大學はそんな風にコクトーの詩行を自身の頭の中でいったん映像へと変換し、もとの動詞であるglisserの背後に回転のイメージを見てとったのだろう。

この大學の訳文は、シャボン玉の動きを強調し、無生物である庭の意志のようなものを浮き彫りにしている。そうすることで、透明なシャボン液の流れ、射(さ)し込む太陽の光線、回転する球体の動き、もどかしがるかのように動く庭の反射像が、私たちに鮮明な映像として迫ってくる。庭という外の世界と、シャボン液の膜で閉ざされた小さな内の世界。この二つの世界が逆転しようとする瞬間が、七色に光る薄い透明な皮膜の回転運動の上に定着されているのである。

　だがその一方で、glisserを「廻る」と置き換えたのは、やや訳しすぎの感もある。原文は動詞glisserの一語に意味を圧縮して托すことで、抽象的で簡潔な表現を生み出している。付け加えられている「くるくる」という擬態語は、軽やかなイメージを訳詩に与えているが、それは原文のニュアンスに比べて、やや軽やかすぎるともいえる。

　この堀口大學の短い一編の翻訳詩には、文学作品の翻訳をめぐってこれまで議論されてきた、いくつかの論点が見やすい形で現れている。まずは、「直訳か意訳か」という対照的な二つの方法の問題がある。直訳とは、原文の語順や文の構造などを再現し、余分な語句の付加や省略もなるべく行わない翻訳の方法である。これに対して意訳は、時に大胆な言い換えや語句の省略・付加を駆使して、原文の意味の核をわかりやすく伝えようとする翻訳の方法である。このように対照的な二つの翻訳方法の長所や短所については、聖書のラテン語翻訳の時代から現代に至るまで、形を変えながら長く議論されてきた。一見、大學が行ったような意訳の方が、原文の意味を読者にわかりやすく伝えるという点では有効に見える。だが、「異化」（シュライアマハー）という概念によって直訳の意義が見出されて以来、直訳というものの持つ役割もさまざまな角度から改めて議論されている。

　もっとも、大學自身は自らの翻訳の方法に十分に意識的だった。大學は、自らの翻訳の過程を、「原作にフランス語の着物を脱がせ、一度裸にした上で、これに僕の言葉の着物を着せる」（『翻訳こぼれ話』）ことだと説明し、原詩を直訳しては「当然言葉が違うんで移している間に原詩の中で失われるものが多分にある、それを失いっ放しにしておいたのでは、訳詩がそれこそ砂をかむみたいなものなので読めやしない、味が足りない、何とか味をつけなくちゃいけない、それは訳者の責任だ」（座談会「詩人の業と響」）と述べている。ここには、本来翻訳とは困難なものであり、時に不可能な行為なのだという認識がうかがえる。このような翻訳不可能性、あるいは困難性も、古くから翻訳論の中で議論されてきた問題の一つである。

　翻訳し、翻訳されるそれぞれの言語の間には、文法や文の構造などの違いが横たわっていて、それを乗り越えて語句を変換することには困難が伴う。たとえば、私たちが高校の漢文の授業で習う訓読という方法は、孤立語である中国語と、膠着語である日本語という、形態が全く異なる二つの言語同士を変換することの困難を乗り越えるために編み出された翻訳の技術である。また、ある言語には存在する単語が、別の言語ではぴったりと言い換えられない場合も多い（日本語のわび、トルコ語の

hüzün、ポルトガル語の *saudade*、タガログ語の *kilig* など）。さらに言えば、二つの言語の間で似通っている音声の間にも、越えがたい壁が存在することがある。本書収録作の李良枝（イヤンジ）『由熙（ユヒ）』の中に、主人公の由熙が「ア」という音を発声する場面がある。これは韓国語の「아」と日本語の「あ」との間に越えがたい境界があることを表している。そして、そのように乗り越えることが時に難しいからこそ、翻訳者は自らの責任において、時に大胆な飛躍をも辞さないのである。

　このような時、翻訳という行為は限りなく創作という行為に近づいてくる。たとえば大學が訳出した「シャボン玉」という題の三行詩は、コクトー自身の作品としては実は存在しない。大學は、コクトーの *Aide-mémoire*（備忘録）という詩の全体の中からこの部分の詩句を選びとって、独立した詩のように訳したのである。「シャボン玉」という詩はその意味で、世界中で日本でのみ知られている詩だといってよい。詩を創作したのはコクトーであり、大學はそれを日本語に変換した人物なのだが、にもかかわらず大學は結果的に新しい一編の詩を創造しているのである。

　一般に翻訳というと、オリジナルな言語やテクストに対して、二義的なものを生み出す行為だと捉えられがちである。だが、翻訳という行為の過程では、むしろさまざまなレベルで創造性が発揮されているのである。たとえば翻訳によって生み出された言葉は、従来の常識的な言葉の用い方に揺さぶりをかけ、新鮮な言葉の使い方を創出することがある。文学者が時に自身でも翻訳を行うのは、そうした経験を自己の創作に生かすためでもあるだろう。また、一見すると原文の意味を正確に移しかえているように見える翻訳でも、その一文一文にはしばしば翻訳者がこらした創造的な工夫が刻みこまれている。翻訳文学を読むことは、このような二重の創造性を受け取ることであり、その意味で二度美味しい読書行為だといえるのかもしれない。

　ところで、そもそも私たちが本書で世界の文学を読めること自体、翻訳という行為に多くを負っている。一冊の書物の形で「世界」を手中にできるのは、さまざまな外国語で書かれた作品が翻訳されたからなのだ。このことは実はとても不思議なことではないだろうか。これらの文学が原語でのみ存在していたとしたら、私たちは世界に多くの作品が存在することを知ってはいても、その内容に到達することはできない。いくつかの外国語を学ぶことができるとしても、世界の全ての文学を原語で読むことなど不可能なのだ。

　翻訳という行為のおかげで、私たちは異なる言語で書かれた多様な世界と出会うことができる。翻訳はこれまで開かれていなかった通路を異言語の間に作り出し、作品同士の、そして人間同士の交流を生み出す。この意味で、世界文学は翻訳によって存在するとさえいいうるのである。

（戸塚）

Chapter 2

Identidade

2章

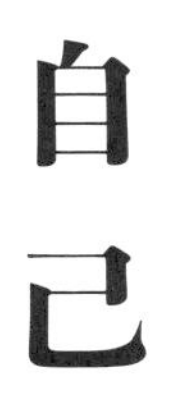

まるで檻のような

いま部屋で鏡を見つめているこの「私」。昨日の夜は少し元気がなくて、でも電話で友達と話したら少し元気が出て、ベッドに入って眠りについた昨日の「私」と、今鏡を見つめているこの「私」は同じ「私」であるはず。でも、本当にそうなのでしょうか。もし仮に今朝起きた「私」は、昨日までの「私」の記憶を最新の技術によって脳に植えつけられたまったく別の「私」であったのなら。だとしたらこの「私」とは何なのか、つまり自己が自己であることを支えているものは何なのでしょうか。

自己とは何か。それは文学や哲学の大切なテーマの一つでした。自分の生まれた場所を離れて別の場所で生きはじめた時、新しい誰かと出会って異なる価値観と向き合った時、とても堪えられない辛い状況に陥った時。このように自己という枠組みが揺らいだ時に私たちは自己を問いはじめます。そして普段は自身にとって親しげだった自己は、ひとたび問いはじめると私たちを縛るまるで檻（おり）のようなものに変貌します。そんな風に危機に陥った自己、分裂した自己、私たちを縛るようになった自己こそが、多くの豊かな文学作品を生み出してきたのです。

わたしは逃亡者

Fernando Pessoa
フェルナンド・ペソーア

福嶋伸洋 訳

わたしは逃亡者
生まれてすぐに
わたしのなかに閉じ込められて
でもわたしは逃がれ出た。

同じ場所に
飽きることがあるなら
同じ存在に
飽きないことがあるだろうか?

わたしの魂が　わたしを探しているけれど
わたしは雲隠れしている。
どうか決して
見つかることがありませんように。

存在とは牢獄（ろうごく）。
わたしであることとは　非在であること。
逃げながら生きることで
わたしは真に生きている。

フェルナンド・ペソーア（一八八八―一九三五）

リスボンで生まれる。父の死後、母の再婚にともなって、南アフリカのダーバンに移住、英語で教育を受ける。一九〇五年にポルトガルに帰国、文学部に通うが、中退。商用文の翻訳で生計を立てながらおもにポルトガル語で創作を続ける。サー＝カルネイロ、アルマーダ・ネグレイロスら友人とともに詩誌『オルフェウ』を発刊し、ポルトガルのモダニズムを切り開く。

フェルナンド・ペソーアの詩業は、本名で書いた詩の他に、さまざまな別人格を作り上げて、それぞれの名前で詩を書いたことに大きな特徴がある。自然と調和した穏やかな生を讃えるアルベルト・カエイロ、技術革新を経た二〇世紀初めの大都市に目を瞠るアルヴァロ・デ・カンポス、現実世界からの逃避のうちに幸福を見出そうとするリカルド・レイスなど。

そのように複数の「詩人」を創作することそれ自体が、ここで取り上げた詩に描かれた自己からの「逃亡」の実践でもあるだろう。日常生活の時間や空間がますます細分化されてゆく現代にあって、アイデンティティのこのような分散は、すでにきわめて身近な現象と感じられるようになっていると言えるかもしれない。

影法師

ハンス・クリスチャン・アンデルセン
Hans Christian Andersen

大畑末吉 訳

あつい国、そこでは、太陽はほんとうに燃えているんですよ！　人びとはすっかりマホガニー色になります。いえ、それどころか、一番あつい国では、日に焼けて黒人になってしまうんです。でも、ある時一人の学者が寒い国からやって来たのは、そんなにあつい国ではありませんでした。ですから、この学者は、そこへ行っても、自分の国と同じように、歩きまわることができるものと思っていました。ところが、ここに来てみるとさっそく、その習慣をやめなければならなくなりました。この学者ばかりでなく物のわかった人たちは、だれも家に引きこもっていなければなりませんでした。窓のよろい戸とドアは、一日じゅうしめきりで、まるで、家じゅうの人がねているか、それとも、だれもいないとしか思われませんでした。そのうえ、学者の住んでいる高い家の並んでいる狭い通りは、朝から夕方まで日がそこをさすようにできていました。これは、ほんとうにたまらないことでした！——寒い国から来たこの学者は年の若いりこうな人でしたが、まるでまっ赤に焼けたストーヴのなかにすわっているような気持ちでした。これは、からだにこたえて、学者はすっかりやせてしまいました。学者の影法師まで、ちぢこまって、国にいた時よりもずっと小さくなってしまいました。太陽は影法師でも容赦しなかったのです。――夕方になって太陽が沈むと、やっと、学者も影法師も生き返ったようになりました。

　さあ、そうなると、なかなかおもしろいことが見られました。あかりが部屋のなかに持ちこまれるがはやいか、影法師は壁にそってのびあがりました。そうです。天井までも、長くのび上がりました。元気を取りもどすには、どうしてもこのくらいのびをしなければなりませんでした。学者も背のびをするために、バルコニーに出ました。星が、きれいに晴れ渡った空にあらわれますと、生きかえったような気持ちになるのでした。通りのどのバルコニーにも――あつい国では窓ごとにバルコニーがついているのです――人びとが出ていました。だれだって、涼しい空気を吸わなければなりません。たとえ、ふだんからマホガニー色になっている人でさえも！　こうなると上も下もひどく賑（にぎ）やかになります。くつ屋も仕立て屋も、そのほかネコも杓子（しゃくし）もみな、通りへ出て来ました。テーブルと椅子が持ち出され、そうです、ロウソクが千本以上もともされるのです。おしゃべりをする人もあれば、歌をうたう人もあり、散歩をする人もありました。馬車はがらがら走る、ロバは、カランカラン！と歩いて行きました。みんな鈴をつけているのでした。賛美歌に送られて死んだ人が葬られました。宿なし子たちが花火をあげました。教会の鐘が鳴り渡りました。いやまったく、下の通りはたいへんなさわぎでした。ただ、よそから来た学者の住んでいるちょうど向かいの家一けんだけは、ひっそりかんとしていました。でも、バルコニーに花がおいてあるところを見ますと、だれかが住んでいるのでした。それらの花は、あつい太陽の熱を受けていながら、美しく咲いていました。これは、水をかけてもらわなければ、あり得ないことです。だれかが水をやっているにちがいありません。人がそこにいるにちがいありません。そう言えば夜おそくなると、きまってそこのドアが開きました。けれども、そのなかはまっ暗でした。少くとも、一番前の部屋のなかはそうでした。それよりもっと奥のほうから音楽が聞こえて来ました。よそから来た学者には、この音楽がまったくすばらしいものに思われました。けれども、この人だけがそう思ったのかも知れません。なぜなら、あつい国へ来てからというもの、太陽さえ出ていなければ、何もかもすばらしいと思ったからです。家の主人に聞いてみても、だれが向かいの家を借りているのか、知らない、というのでした。それればかりか、人の姿を見たことがない、音楽にしても、おそろしく退屈なものとしか思えない、と言うのでした。「だれかが家のなかにいて、一つ曲を練習しているらしいのです。それが、どうもうまくいかないらしく、しょっちゅう同じ曲なのです。『どうしても物にする！』と言っているみたいですが、なあに、いくらひいたって、物にはなりませんよ。」

ある晩のこと、学者は夜なかに目をさましました。気がつくと、バルコニーのドアをあけはなしにしたまま、うっかりそのそばで寝ていたのでした。ドアの前のカーテンが風にあおられました。そして、向かいの家のバルコニーから、不思議な光がさして来たように思いました。見ると、そこにある花という花が炎のように、たとえようもないほど美しい色に輝きました。そして、その花のまんなかに、すらりとした若い女の人が立っていました。光はその人からも、さして来るように思われました。その光に学者は目がくらくらしました。けれども、むりに目を大きくあけました。そのとたんに目がさめました。すぐさま、床にとびおりて、そっとカーテンのうしろに忍びよりました。けれども、その時はもう、女の人は見えず、光も消えてしまっていました。花も、べつに輝いていないで、いつものように美しく咲いているだけでした。ドアは半開きになっていて、奥のほうで音楽がそれは静かに、そして美しく鳴っていました。それを聞いていますと、自然と甘い物思いに沈まないではいられませんでした。まるで魔法の音楽のようでした。それにしても、だれが住んでいるのでしょう？　いったい入口はどこにあるのでしょう？　その家の一階は残らず、店つづきになっていますから、そこを通りぬけることはできないはずでした。

ある晩のこと、学者はバルコニーに出て、腰をかけていました。うしろの部屋に、あかりがついていました。ですから、この人の影法師が向かいの家の壁にうつるのに、なんの不思議がありましょう。そうです。その影法師はまむかいのバルコニーの花のなかに腰かけていました。そして、学者がからだを動かすと、影法師もからだを動かしました。それは、影法師が自分でからだを動かしたからです。——

「あそこで生きてるものといえば、僕の影法師だけのようだな！」と若い学者は言いました。「どうだ、なんとおとなしく、花のなかにすわっていることだ！　ドアが半開きになっているし、どうだね影法師君！　気をきかせて、ひとつ、なかへはいって、その辺を見まわして、それから出て来て、ようすを話してはくれないかね。そのくらいの役に立ってくれてもいいだろう！」こう、学者はじょう談に言いました。「はいっていただけますか？　どうです？　はいるかい！」こう言いながら影法師に向かってうなずきました。すると、影法師のほうでもうなずきかえしました。「ああ、そうかい、じゃ、行ってくれたまえ。だが、行きっきりじゃいけないよ。」こう言って学者は立ち上がりました。すると、向かいのバルコニーにいるこの人の影法師も、同じように立ち上がりました。学者は後をふり向きました。すると影法師も同じようにふり向きました。いえ、そればかりでなく、もしだれか、注意して見ていたら、影法師が向かいの家のバルコニーの半開きのドアから、なかへはいって行くのがはっきりと見えたでしょう。と同時に、学者も、自分の部屋のなかにはいったのです。そして長いカーテンをうしろにおろしました。

あくる朝、学者は、コーヒーを飲みながら新聞を読もうと思って、外に出ました。ところが、日なたに出た時「おや、どうしたんだろう」と言いました。「影法師がないぞ！　さてはほんとうにゆうべ行ったっきり、帰って来ないんだな！　これはけしからん！」

学者は腹立たしくなりました。けれども、それは、影法師が行ったきりだからではなくて、じつは、影を失った男があることを知っていたからです。この話は、学者の故郷の寒い国々ではだれでも、知らないものはありません。ですから、学者が国へ帰って、自分の話をしても、それは有名な話のまねだととられるでしょう。そんなことは言われたくありません。そこで、この話は、だれにも言うまいと思いました。これは、もっともな考えでした。

晩になりますと、学者はまたバルコニーに出ました。あかりはちゃんと、自分のうしろにおいておきました。なぜなら、影法師というものは、いつも自分の主人を日よけにしたがることを知っていたからです。ところが、それでも影法師をさそい出すことはできませんでした。学者はからだを、小さくしたり大きくしたりしました。それでも、影法師は姿を見せません。いっこう出て来そうもありませんでした。今度は「エヘン！　エヘン！」と言ってみましたが、なんにもなりませんでした。

どうもまことに腹だたしいことでした。ところが、あつい国では、なんでも早く大きくなるものです。一週間たって、たまたま学者が日なたに出たとき、足のところに新しい影法師が生えていたのに気づきました。その時の学者のよろこびようは、どんなだったでしょう！　きっと、影法師の根が残っていたのにちがいありません。三週間後には、もう一人まえの影法師になりました。そして、学者が北の国へ帰る旅の途中でも、ずんずん大きくなりました。とうとうしまいには、その半分でもいいと思うほど、長く大きくなってしまいました。

こうして、学者は自分の国へ帰りました。そして、この世のなかで何が真であるか、何が善であるか、何が美であるか、ということについて、なん冊も本を書きました。こうして、日がたち、月がたって、なん年かが過ぎました。

ある晩のことです。学者が部屋のなかにすわっていますと、ドアを静かにたたくものがありました。「おはいり」と学者は言いました。ところが、だれもはいって来ません。そこで、自分でドアを開きますと、びっくりするほどやせこけた人が立っていました。まったく変な気持ちになるほどでした。それにしても、その人は、まったくすばらしい身なりをしていました。きっと、りっぱな身分の人にちがいありません。

「失礼ですが、どなたでしょうか?」と学者はたずねました。

「いや、おわかりにならないのも、ごもっともです。」と、そのりっぱな人は言いました。「ごらんのとおり、からだができまして、ちゃんと肉もつき、着物も着られるようになりました。私がこんな元気な様子でお目にかかるとは、よもやお考えにはならなかったでしょう。先生のむかしの影法師がおわかりになりませんか。そう、私がまたやって来ようなどとは、お思いにならなかったでしょうね。先生とお別れしてから、何もかもうまく行きましてね、あらゆる点から見まして、今ではひとかどの財産家になりましたよ。金で自由を買って、一本立ちになろうと思えば、それもできるんです。」こう言って、時計に下げてある高価な印形のたばをがちゃつかせました。そして、首のまわりにかけてある太い金鎖に手をいれました。ところが、どうでしょう。どの指にもダイヤモンドの指環(ゆびわ)がきらきら光っているではありませんか。しかも、それが全部ほんものなのです。

「どうも、さっぱりのみこめませんよ！」と、学者は言いました。「いったい、どうしたってわけなんです！」

「そうですね、あまりありふれたことではありませんね。」と影法師は言いました。「しかし、先生だって、ありふれた人の仲間ではないでしょう。ところで、先生もご存じのように、私は子供の時からずっと、先生の足跡をふんで来ました。ところが、私が世間を一人歩きできるまで成熟したと、先生がお思いになった時、私はすぐ自分の道を歩き出しました。今では、申し分のない輝かしい境遇になりました。ところが、先生がおなくなりにならないうちに、一度お目にかかりたいという、あこがれみたいなものにおそわれましてね。そうです、先生だっていつかは死ぬんですよ！　それに、この国も、もう一度見ておきたいと思ったんです。いつだって故郷は懐しいものですよ。――先生に別の影法師ができたことは、知っております。その影法師君か、もしくは先生に、お返しするものがありますか？　ご遠慮なく、おっしゃってください。」

「いや、こりゃ驚いた！　ほんとに君なんだね！」と学者は言いました。「じつに不思議だ！　むかしの影法師が人間になって、またもどって来るなんて、とても信じられん！」

「さあ、どのくらいお支払いしたらいいか、おっしゃってください！」と影法師はいいました。「だれにも借金していたくありませんからね。」

「どうしてそんなことを言うのだい！」と学者は言いました。「借金だなんて、そんなこと、どうでもいいじゃないか。ほかのものと同じように自由にしてたらいい！　僕は君の幸福がとても嬉（うれ）しいよ！　まあ君、かけたまえ！　そして、あれからどうしたか、かいつまんで話してくれないか！　あのあつい国で、向かいの家のなかで見たことを話したまえ！」

「よろしい、お話しましょう。」と、影法師は言って腰をおろしました。「しかし、その前にお約束ねがいたいことがあるのですが。それは、これから先、この町のどこで人に出会っても、私があなたの影法師だったことは、けっしてだれにもおっしゃらないでいただきたいのです。じつは、わたしは婚約しようと思っているのです。一家を養うくらいはなんでもありませんからね！」――

「安心したまえ！」と学者は言いました。「僕は、君がなんであるか、だれにも言わん。さあ手をにぎろう！　僕は誓う！　男子の一言！」

「影法師の一言！」と影法師は言いました。影法師ですからこう言わなければならなかったのです。

それにしても、この影法師がまったく人間になりきっているのは、ほんとうに驚くほかはありませんでした。全身黒ずくめ、しかも、とびきり上等の黒い服を着、エナメル皮のくつをはいていました。手に持っている帽子は、ぱたんと畳んで、山とつばだけにすることができました。そのほか、前にも言ったとおり、印形や、金の首飾りや、ダイヤモンドの指環など、今さら言うまでもありません。まったく、影法師の服装は、なみはずれてたいしたものでした。もっとも、影法師がまんまと人間になったのも、じつは、この服装のおかげだったのです。

「ではお話しましょう。」と影法師は言いました。そして、エナメルぐつをはいている足で、学者の足もとにむく犬のように横になっている、新しい影法師の袖を、力まかせにふんづけました。それは、高ぶった気持ちからか、もしくは、その新しい影法師を自分にくっつけてしまうためか、どちらかでしょう。横になっている影法師は、話をよく聞こうとじっと静かにしていました。この影法師も、どうしたら自由の身になって一本立ちになれるか、それが知りたかったのです。

「あの向かいの家には、だれが住んでいたと思います？」と影法師は言いました。「それは、あらゆるもののなかで、一番美しいもの、すなわち詩だったのですよ！　わたしは、あそこに三週間おりました。この三週間は、人が三千年も生きていて、詩にうたわれたり、本に書かれたりしたものを、全部読んだのと同じ効果がありました。わたしがそう言うのですから、まちがいありません！　わたしはすべてを見たんです。すべてを知っているんです！」

「詩だったのか！」と学者は思わず大きな声で言いました。「なるほど、なるほど――詩は、しばしば大都会のなかの隠者だ！　詩だったのか！　うん、僕もほんの短いあいだだったが見たよ。けれども、その時はどうにも眠たくてね！　詩はバルコニーに立っていて、オーロラのように輝いていたよ。さあ、話してくれ、つづけて話してくれ！　君はバルコニーにいたんだったね。それから、ドアのなかへはいって、それから、それから――」

「それから、控えの間にはいったのです。」と影法師は言いました。「あなたがいつもすわって見ていたのは、この控えの間だったんです。その部屋には、あかりというものはありませんが、一種の微光がただよっていました。ところが、その奥はドアが一つ一つ向かいあって開いていて、部屋や広間がずっと並んでいるのが見とおしでした。そこは、明るい光がさしていました。もし、わたしがじかに、その女の人のところへ行ったら、光にうたれて死んでいたかも知れません。けれども、わたしは大事をとって、ゆっくりかまえていましたよ。だれでもこうありたいものですね！」

「で、君はいったい何を見たんだい？」と学者はたずねました。

「なにもかも見ましたよ！　これからそれをお話しますよ。だが、その前に――これはけっして、わたしの高ぶった気持ちから言うのではないのですが――自由人として、またいろいろの知識を持った人間として申すので、わたしのよい身分や、りっぱな境遇のことは何も申さないとして――あなたにお願いがあるのです。どうか、わたしのことを、これからあなたと呼んでいただきたいのです！」

「これは失礼！」と学者は言いました。「どうもむかしからの習慣で、くせになっているもんだから！――まったくおっしゃるとおりだ！　これから気をつけましょう。さあ、では、あなたが見たことを残らず話してください！」

「あらゆるものです！」と影法師は言いました。「わたしはすべてを見、すべてを知っているんです！」

「一番奥の広間はどんなふうでしたか？」と学者はたずねました。「青々とした森のなかのようでしたか？　神聖な教会のなかのようでしたか？　それとも、それらの広間は高い山の頂にのぼった時にあおぐ星の明るい空のようでしたか？」

「そこにはすべてがありました。」と影法師は言いました。「もっとも、わたしはそのなかへすっかりはいっていったのではありません。いちばん手前の部屋の薄明りのなかに立っていたのですが、かえってそれが好都合だったのです。わたしは何もかも見たんです。何もかも知っているんです！　わたしは詩の宮殿の控えの間にいたのです！」

「しかし、あなたは、何を見たんです？　その大きな広間を、古代の神々でも、みんな歩いていましたか？　むかしの英雄たちがたたかっていましたか？　それとも、かわいらしい子供たちが遊んでいて、自分たちのみた夢の話でもしていましたか？」

「いいですか、わたしはそこにいたんですよ。そう言えば、そこで見るべきものはすべて見たことぐらいは、あなたもおわかりでしょう！　もしあなたがそこへ行こうものなら、とうてい、そのままの人間ではいられなかったでしょう。しかし、わたしはその人間になったんです。同時に、わたしは、わたしの本質と天分とを知るようになりました。わたしは詩と親類関係を持ったのです。そうです、わたしがあなたのそばにいたあのころは、こんなことは少しも考えませんでした。しかし、あなたもご存じのように、太陽がのぼる時と沈む時にはいつも、わたしは驚くほど大きくなりました。月の光のなかでは、あなた自身よりも、かえってはっきりしていたくらいでした。あのころはわたしは、自分の本性というものがわかっていなかったのです。詩の宮殿の控えの間のなかで、それがわたしの前にあらわれたのです！　そして、わたしは人間になったのです！　——一人まえになって、そこから出て来たら、もうあなたはあつい国にはいなかったんです。さて、人間になってみると、そのままで歩きまわるのは、はずかしくなりました。くつも入用、着物も入用になりました。つまり、人間を人間らしく見せるための、人間のうわぬりがほしくなったのです。——そこでわたしは、そうだ、これはあなただからお話するんですが、本には書かないように願いますがね、わたしは出て行って、菓子売り女のスカートのなかにかくれましたよ。おかみさんは、どんなに偉いものがかくれているか、そんなことは思ってもみませんでした。日が暮れるのを待って、わたしは外へ出ました。そして、月の光に照らされた通りを走りまわりました。壁にそって長く、からだをのばしますと、背なかがそりゃ気持ちよくくすぐられましてね！　そこをかけ上がったり、かけ下りたり、一番上の窓や、広間をのぞいたり、屋根の上を眺めたりしました。こうして、だれものぞくことのできないところをのぞいたり、だれも見ないもの、いや、見てはならないものを見たんですよ！　結局、くだらない世のなかですよ！　人間であることが、何か意味あるらしく世間で思われているからいいようなものの、もしそうでなかったら、わたしは人間にはなりたくなかったんです。わたしは、世のなかの妻や、夫や、両親や、かわいらしい、とてもいい子供たちのところで、思いもよらない事を見ました。——そうだ、わたしは見たんだ」と、影法師は言いました。「どんな人間も知ってはならないことを！　そのくせ、だれもが知りたがっていることを！　つまり、『隣人の悪』ってやつを！　――わたしが新聞に書いたら、きっとずいぶん読まれたことでしょう。けれども、わたしは直接その人に書いてやりました。そこで、わたしの行く先々の町はどこでも、たいへんな恐慌でした。みんなはわたしを恐れる一方、おそろしく大事にしてくれました。大学教授はわたしを教授にしてくれました。仕たて屋はわたしに新しい着物をくれました。こうして、わたしは十分にしたくができたんです。造幣局長は、わたしのために貨幣を造ってくれました。女たちは、なんてりっぱなかたでしょうと、言ってくれました。――こうして、わたしはご覧のとおりの男になったのです。では、おいとまいたします。名刺をおいて行きましょう。わたしは日なた側に住んでいます。雨の日はいつも家におります。」こう言って影法師は行ってしまいました。

「不思議なことがあればあるもんだな！」と学者は言いました。

それから、なん年かたちました。ある日、影法師がまたやって来ました。

「その後はどうです？」と影法師はたずねました。

「いや、さっぱり！」と学者は言いました。「わたしは真善美について書いているんですが、こういう事には、だれも耳を傾けようとはしないのです。がっかりしてしまいましたよ。なにしろ、わたしにとってはたいせつな問題ですからね！」

「だが、わたしにはそんなことはありませんね！」と影法師は言いました。「わたしはふとってきましたよ！　だれでも、そうなるべきですよ。そうだ、あなたはまだ世間というものがわからないんだ。そんなことでは、病気になってしまいますよ。旅行をしなさい。わたしもこの夏、旅行に出かけますが、いっしょにどうです？　旅の道づれが、じつはほしいんです。あなたは、影法師になって行く気はありませんか。あなたといっしょだと、わたしも大いに嬉しいが、旅費はわたしが持ちますよ！」

「でも、それはあんまりだ！」と学者は言いました。

「そりゃ、もののとりようですよ！」と影法師は言いました。「旅行はきっとあなたのためになりますよ。どうです、わたしの影法師になりませんか？　旅行ちゅうはいっさい自由にしてあげますよ！」

「そんなばかげたこと！」と学者は言いました。

「でも、世間はそうしたもんですよ！」と影法師は言いました。「そして、いつまでも、そのとおりさ！」こう言って影法師は行ってしまいました。

その後も、学者はさっぱり芽が出ませんでした。心配や苦労にいためつけられるばかりでした。真善美について何を言ったところで、たいていの人には、豚に真珠、牛にバラでした！　――とうとう、ほんとうに病気になってしまいました。

「先生はまるで影法師のようですよ！」と人びとは言いました。学者は思わず、ぞっとしました。ちょうど自分もそのことを考えていたものですから。

「温泉へ行かなけりゃいけません！」と、またおとずれて来た影法師が言いました。「そうするほかはありませんよ！　むかしからの友だちのよしみで、つれてってあげましょう。わたしが旅費を持つから、あなたは記録がかりをやってください。そうすりゃ、少しは途ちゅうの楽しみにもなりますからね！　じつは、わたしは温泉へ行きたいんですよ。ひげが思うようにのびないんでね。これも一つの病気でしょう。ひげだけはどうしても、生やさなければねえ！　そこの道理をわきまえて、わたしの申しでを受けてください。旅は道づれというじゃありませんか！」

こうして二人は旅に出ました。影法師は主人に、主人は影法師になりました。二人はいつもいっしょに船に乗り、馬に乗りました。そして、その時その時の太陽の位置によって、並んだり、あとさきになったりしました。影法師はいつも上席につくことを忘れませんでした。学者はそれを見ても、かくべつ気にしませんでした。もともと、この人は心持ちのいい人で、ことに、おだやかなやさしい人だったのです。ある日のこと、影法師に向かって言いますには、「こうしてわれわれは旅の道づれになったんだし、それに、二人は子供の時からいっしょに育って来たんだから、どうだろう、兄弟の杯(さかずき)をして、君僕の仲になろうじゃないか！　そうすれば、いっそう親しみも増すと思うが。」

「それは、いい考えだ！」と、今ではすっかり主人になりすましている影法師は言いました。「よく率直に好意をもって言ってくれました！　じゃ、僕も同じように好意から率直に言わしてもらおう。あんたは学者だから、もちろん知っていなさると思いますが、人間の性質というものはじつに奇妙なものですね！　人によると灰色の紙に、どうしても手をふれようとしない者がいます。それにさわると気持ちが悪くなるんですよ。そうかと思うと、釘(くぎ)で窓ガラスをこすると、からだのすみずみまでびくという人もあります。ところで、わたしもあなたに『君！』といわれるたびに、ちょうどそれと同じ気持ちがするんです。むかしあなたのところにいた時のように、地面に押しつけられているような気がするんです。これは、あなたも知ってのとおり、一つの感じであって、けっして高ぶって言うのじゃないんです。わたしはあなたに『君！』と言われるのはがまんができないんですが、そのかわり、あなたのことは、よろこんで『君！』とよぶことにしましょう。そうすれば、半分は実行されたことになりますからね！」

こうして、影法師は、もとの主人のことを「君！」とよぶことになりました。

「そりゃあんまりばかげている。」と学者は考えました。「僕にあなたと言わせて、あいつが君と呼ぶなんて！」けれども、今となっては、それで我慢しなければなりませんでした。

二人はある温泉場に来ました。そこには、外国人がたくさん来ていました。そのなかに、一人の美しい王女がいました。この人の病気というのは、物があまり見えすぎるということでした。そのため、いつも不安な気持ちにかられていました。

王女は、こんど新しく来た人が、ほかの人たちとはまったくちがっていることに、すぐ気がつきました。「あの人は、ひげを生やすために、ここへ来たっていううわさだけれど、わたしには、ほんとうの理由が見えるわ！　あの人は、影法師がさしていないのよ。」

そう思うと、王女はもっといろいろ知りたくなりました。そこでさっそく散歩の折にこの外国紳士と言葉をかわしました。なにしろ王女様の身分ですから、たいして遠慮する必要はありませんでした。王女はすぐ言いました。「あなたのご病気は、影法師がさしていないということでしょう！」

「王女様は、たいへんおよろしいようでございますな！」と影法師は言いました。「王女様のご病気は、物があまりにも見えすぎることだと承っておりますが、それならば、もう退散いたしました。王女様は、もうすっかりおなおりになりましたよ。と申しますのは、私には、世にもめずらしい影法師があるのでございます。私といつもいっしょにいる男にお気づきになりませんか。ほかの人たちはふつうの影法師ですましておりますが、私は平凡なことがきらいでございます。よく自分の召使いに、自分のよりもりっぱな着物をお仕着せにやる人がおりますが、私もそれをまねて、私の影法師を人間なみに飾りたててやりました。いえ、そればかりでなく、ごらんください！　あのとおり影法師までつけてやりましたよ。ずいぶん費用もかかりましたが、自分だけのものにしておくのが好きなものですから――」

「まあ、なんですって？」と王女は考えました。「わたし、ほんとうになおったのかしらん！　もしそうなら、この温泉は、どこよりも一番いいのよ！　ここのお湯には、今でも、不思議なきき目があるのね！　でも、わたし、かえりたくないわ。今になって、やっとおもしろくなってきたんですもの。あの外国のかた、わたし、とても好きよ。どうかいつまでもひげが生えませんように！　だって、もしそうなると、あのかた行ってしまうんですもの。」

その晩、大きな舞踏室で、王女は影法師とダンスをしました。王女は身の軽いほうでしたが、影法師はそれよりももっと身軽でした。今までこんなに身の軽い相手と踊ったことはありませんでした。王女は自分の国の話をしました。影法師はその国を知っていました。その国に行ったことがあったからです。その時は王女は国にいませんでした。影法師はお城の窓を上のほうも下のほうものぞいて、いろいろのことを見て知っていましたから、王女の問いに答えたり、また、暗示を与えたりすることができました。王女はあっけにとられてしまいました。この人は世界じゅうで一番賢い人にちがいない！　王女はこう思って、影法師の知識をたいへん尊敬するようになりました。そして、もう一度ダンスをした時には、すっかり心を奪われてしまいました。影法師にはそれがよくわかりました。なぜなら、王女のまなざしは、影法師を今にも見とおすかと思われるほどでしたから。二人はもう一度踊りました。王女はもう少しで、心のなかを打ち明けようとしました。けれども、考え深い人で、ゆくゆく治めて行かなければならない国のことや、大ぜいの人びとのことを考えました。「この人は賢い人だわ」と王女は自分自身に言って聞かせました。「それはけっこう！　また、ダンスもたいへんじょうずだわ。これもけっこう！　けれど、しっかりした学問をした人かしらん？　これもたいせつなことだわ！　それをためしてみなければ。」そこで王女は、自分でも答えることのできないような、それはむずかしい問題をいくつか出してみました。影法師はとても変な顔をしていました。

「あなたは、お答えがおできになりませんのね！」と王女は言いました。

「それくらいのことは、子供の時に習いました。」と影法師は言いました。「あそこのドアのそばにいる私の影法師だって、答えられますよ！」

「あなたの影法師が？」と王女は言いました。「そんな珍しいことってあるでしょうか！」

「いや、必ずできるとは申しませんが」と、影法師は言いました。「そう信じたいのです。なにしろ、今までなん年も私のそばについていて、いろいろと、聞きかじって来たのですから。――そう信じたいのです！　しかし、王女様にお許し願ってひとことご注意申しあげておきますが、あれは、人間と見られることに、たいへん誇りを感じているのでございます。よい返事を聞き出すためには、あれのきげんがよい時でなければなりません。したがって、ぜひ人間として取り扱ってやらねばならないのでございます。」

「それくらいかまいませんわ！」と王女は言いました。

そこで、王女はドアのそばにいる学者のところへ行きました。そして、太陽や月のこと、また人間の外や内のことなどを、いろいろと聞いてみました。学者は、いちいち賢明にりっぱに答えました。

「こんなりこうな影法師を持っているなんて、まあ、なんてすばらしいかたなんでしょう！」と王女は考えました。「こういうかたをわたしの夫に選んだら、国のためにも国民のためにも、ほんとうにしあわせなことになるんじゃないかしらん！　――それにきめたわ！」

こうして、二人、つまり王女と影法師とのあいだには、すぐ話がまとまりました。けれども、王女が国へ帰るまでは、だれにも知らせないことにしました。

「だれにも、私の影法師にさえも！」と影法師は言いました。これには、自分だけのおもわくがあって、そう言ったのです。

やがて、学者と影法師の二人は、王女が帰国して治めている国へやって来ました。

「おい、君！」と影法師は学者に向かって言いました。「僕はいよいよ、考え得られる限りの幸福と権力とを持つことになった。そこで、君にも何か特別のことをしてあげたいと思う。これからはずっと、僕といっしょにご殿に住んでよろしい。僕といっしょに王室馬車にも乗ってよろしい。そして、十万リグスダーラーの年金をあげよう。そのかわり、君はだれからも、影法師、と呼ばれなければいけない。かりにも、もとは人間だったなどと言ってはならん。それから、年に一度、僕が日のあたるバルコニーに出て、人びとに姿を見せる時は、ほんものの影法師のように、ぼくの足もとに横になっていなければならないのだ。ここではっきり君に言っておく、僕は王女と結婚するのだ！　そして今晩が、その結婚式なのだ。」

「いやだ！　あまりにもばかげている」と学者は言いました。「僕はいやだ！　僕には、できない！　それは国じゅうをだまし、おまけに王女までもだますことじゃないか！　僕はなにもかも言ってしまうぞ！　僕が人間で、君が影法師だってことを！　ただ、人間の着物を着ているだけだってことを！」

「そんなこと、ほんとにするものがいるもんか！」と影法師は言いました。「むちゃなことは言わないがいい！　でないと、番兵を呼ぶぞ！」——

「僕は、これからすぐ王女のところへ行く！」と学者は言いました。「なに、ぼくのほうが先だ！　君は逮捕だ！」と影法師は言いました。——そして、学者は捕えられてしまいました。なぜなら、番兵たちは、影法師の命令に従わねばならなかったからです。みんなは、これが王女の結婚の相手だということを知っていたのです。

「まあ、あなたは、ふるえていらっしゃるのね！」と王女は、影法師がはいって来たのを見て言いました。「何かございましたの？　今晩だけは、ご病気になってはいけませんわ！　私たちの結婚式ですもの！」

「ああ、これほど恐ろしい目にあったことはありません！」と影法師は言いました。「まあ、考えてもみてください！　──そうだ、あんな貧弱な影法師の頭には、荷が重すぎたんです！　考えてもみてください！　わたしの影法師が、気が狂ったんです。あいつは、自分が人間だと信じているんです。そして、わたしが──まあ、考えてもみてください！　──わたしがあいつの影法師だなんて！」

「まあ、恐ろしいこと！」と王女は言いました。「監禁なさったでしょうね！」

「もちろんです！　私は心配です、もう、なおらないかも知れません。」

「かわいそうな影法師！」と王女は言いました。「ほんとうに不しあわせね！　いっそのこと、はかない命から自由にしてやったほうが、ほんとうの情ではないでしょうか。そして、よく考えてみますと、これはごく内々でやる必要があるように思いますの。」

「たしかに、つらいことです。」と影法師は言いました。「あれで、忠実な家来でしたからね！」こう言いながら、溜息をつくようなふうをしました。

「あなたは、なんてけだかいかたなんでしょう！」と王女は言いました。

夜になると、町じゅうイルミネーションがつきました。祝砲がドーン！　ドーン！　と鳴りました。そして、兵隊たちは捧げ銃をしました。こうして、結婚式がおこなわれました。王女と影法師とはバルコニーに姿をあらわしました。そして、もう一度人びとの万歳を受けました。

学者はこのにぎわいを、何も聞きませんでした。なぜなら、もうとうに命を奪われてしまっていたからです。――

ハンス・クリスチャン・アンデルセン（一八〇五―七五）

デンマークの作家。オーデンセ生まれ、十四歳でコペンハーゲンに移住した後は、ほとんど定住しなかった。幼少期に折り合いの悪かった家族との関係は、母をモデルとした「マッチ売りの少女」（一八四五）や「あの女はろくでなし」（五三）、異父姉をモデルとした「赤い靴」（四五）に反映。「人魚姫」（三七）、「みにくいアヒルの子」（四三）、「雪だるま」（六一）などの童話や『即興詩人』（三五）、『ただのバイオリン弾き』（三七）などの小説には、貧しい家に生まれて国民作家へ上昇する経験や身分違いの男性・女性に対する恋慕、旅暮らしの生涯における経験を反映した。他に「裸の王様」（三七）、「親指姫」（三五）、「絵のない絵本」（三九）、「雪の女王」（四五）など。『完訳版　アンデルセン童話集』（全七巻）、『アンデルセン小説・紀行文学全集』（全一〇巻）として、ほぼすべての作品がデンマーク語から日本語に完訳されている。

なにか首のまわりに

Chimamanda Ngozi Adichie
チママンダ・ンゴズィ・アディーチェ

くぼたのぞみ 訳

アメリカではみんな車や銃をもってる、ときみは思っていた。おじさんやおばさん、いとこたちもそう思っていた。きみが運良くアメリカのヴィザを取得したとたん、みんなそろって、ひと月もすれば大きな車をもって、すぐに広い家に住むようになるだろうけど、アメリカ人みたいに銃だけは買わないで、といった。

そろそろと、きみが父親、母親、それに三人の弟や妹と暮らしているラゴスの部屋までやってきて、みんなに行き渡る椅子がないのでペンキの塗っていない壁にもたれて、大きな声でさよならをいい、小さな声で送ってほしいものをあげた。彼らの望み——ハンドバッグ、靴、香水、衣服——なんて、大きな車や家（それにひょっとすると、銃）とくらべたら、ささやかなものだ。いいよ、わかった、ときみは答えた。

きみの家族全員の名前をアメリカのヴィザ抽選の申し込み用紙に書き込んだのはアメリカに住むおじさんで、おじさんは、自分でなんとかやれるようになるまでいっしょに住んでいいといってくれた。空港まで迎えにきたおじさんが買ってくれたのは大きなホットドッグで、黄色いマスタードにきみは胸がむかついた。アメリカ・デビューの第一歩だな、といっておじさんは大きな声で笑った。おじさんはメイン州の、白人ばかり住むちいさな町に住んでいた。湖畔にたつ築三十年の古い家だ。勤めている会社が、給料に平均額よりさらに二、三千上乗せして、ストックオプションもつけよう、といってくれたという。会社が自分たちの多様性を必死でアピールしようとしているからだそうだ。あらゆるパンフレット類に、おじさんが働く部署とは無関係のパンフレットにまで、おじさんの写真を載せていた。おじさんは笑っていった。仕事はわるくない、住人は白人ばかりだがこの町に住む価値はある、女房が黒人の髪をあつかえるヘアサロンに行くのに一時間も車を飛ばさなければならないとしてもだ。アメリカを理解すること、アメリカはギブ・アンド・テイクだと知ること、それがこつだ。諦めることもたくさんあったが、得るものも多かった、と。

　大通りのガソリンスタンドでレジ係の仕事に就くにはどうすればいいか教えてくれたおじさんは、公立のコミュニティカレッジの入学手続きもしてくれた。カレッジでは太い腿(もも)をした女の子たちが爪を真っ赤に塗っていて、セルフタンニングのせいでオレンジ色に見えた。女の子たちがきみに質問してきた。どこで英語おぼえたの？　アフリカにはちゃんとした家があるの？　アメリカに来るまでに、車を見たことはあった？　みんなきみの髪にはあっけに取られた。ブレーズをほどくと、ぴんと立つの？　それとも垂れるの？　と知りたがった。全部ぴんと立つの？　どんなふうに？　なぜ？　櫛(くし)は使うの？　その手の質問がきたとき、きみはしっかり微笑(ほほえ)んだ。そう質問されるぞ、とおじさんからいわれていたから。無知と傲慢の混ぜ合わせだ、とおじさんはいった。さらに、おじさんたちがここに引っ越してきて数カ月後、近所の人たちがなんといったかも教えてくれた。リスが姿を消しはじめた、といったのだ。アフリカ人は野生の動物ならなんでも食べてしまうと聞きかじっていたせいだ。

おじさんといっしょに大笑いするきみは、おじさんの家で、とてもくつろいだ気分になった。奥さんはきみを「ンワンネ（妹）」と呼び、学校へ通っているふたりの子どももきみのことを「おばちゃん」と呼んだ。彼らはイボ語を話すし、お昼にはガリ[1]を食べるし、まるで故郷みたいだった。でもそれは、古いダンボール箱なんかといっしょにきみが寝泊まりしている、狭苦しい半地下の部屋におじさんがやってきて、きみをぐいっと引き寄せ、きみのお尻をもみしだき、うめき声をあげるまでのことだった。彼は本当のおじさんではなくて、きみの父親の妹が結婚した相手の兄弟だったから、血のつながりはなかったのだ。きみがおじさんを押しのけると、おじさんはきみのベッドに腰かけて——結局そこは彼の家だったから——にやにや笑いながら、二十二歳にもなって、もう子どもじゃあるまいし、といった。やらせてくれたらいろいろ面倒みてやるのに、頭のいい女はいつだってそうしてきたんだ、といった。故郷のラゴスで高給取ってる女はみんなそうやって職を手に入れてると思わないか？　ニューヨークの女だってそうだろうが？

きみがバスルームに閉じこもって鍵をかけると、おじさんは上の階にもどっていった。きみは翌朝、家を出た。風の強い長い道を歩いていくと、湖の近くで稚魚の臭いがした。おじさんが車できみの横を通り過ぎるのがわかった。いつも大通りできみを降ろしてくれたのに、おじさんは警笛さえ鳴らさなかった。奥さんに、きみが家を出ていったことをどう説明するんだろう。そのとき、きみはおじさんがいったことを思い出した。アメリカはギブ・アンド・テイクだ。

コネティカット州の小さな町にたどりついた。そこが、きみの乗ったグレイハウンドバスの終点だったから。鮮やかな、きれいな日除け（ひよけ）の出ているレストランに入っていって、ほかのウェイトレスより二ドル安く働く、といってみた。インクのように黒い髪をしたマネージャーのフアンは、ニッと笑うと金歯が見えた。ナイジェリア人はこれまで雇ったことはないが、移民はみんなよく働く。自分もそうだったからわかる。一ドル安く、だが内緒で、きみのために税金を払わされるのはこまる、といった。

学校へ通う余裕はなかった。部屋代を払うことになったからだ。染みだらけのカーペットが敷いてある狭い部屋だった。おまけにコネティカット州のその小さな町にはコミュニティカレッジがなくて、州立大学の入学金はとても手が出なかった。そこできみは公立図書館へ行って、大学のウェブサイトで講義要綱を調べて本を何冊か読んだ。ときどき、ツインベッドのごつごつしたマットレスに腰をおろして、故郷のことを考えた――干し魚やプランテーン(2)を売りあるき、うまいことといって客をのせたり、買わない客には悪態をついたりするおばさんたち、地酒ばかり飲んで家族をたった一部屋に押し込んで生活させているおじさんたち、きみが出発する前にさよならをいいにやってきて、きみがアメリカのヴィザに当たったことを喜び、本当はうらやましいと打ち明けた友人たち、日曜の朝、教会まで歩いていくとき、よく手をつないでくれた両親、それを見て隣室から笑ってひやかした人たち、仕事先のボスが読んだ古い新聞を持ち帰って弟たちに読ませた父親、弟たちを中等学校へ通わせるための学費にしかならなかった母親の給料、それも、茶封筒を手に滑り込ませると子どもにAをつけるような教師のいる中等学校へ。

きみはAをとるため金銭を使う必要はなかったし、中等学校で教師に茶封筒をこっそり渡したこともない。でも、きみはいま横長の茶封筒を使って、月々の稼ぎの半分を両親へ送っていた。母親が掃除婦をしている半官半民組織の住所宛に、いつもフアンがきみに渡す紙幣を送った。客がくれるチップと違って、ピン札だったから。毎月。お金は白い紙に丁寧に包んで送ったけれど、手紙は書かなかった。書くことがなかったのだ。

それでも数週間もすると書きたくなった。伝えたい話ができたからだ。アメリカの人たちはびっくりするほど開けっぴろげなことを書きたかった。自分の母親がガンと果敢に闘うようすや、義理の姉が早産したことを——故郷では絶対に表沙汰にしてはいけないし、回復を願う身内にだけこっそり打ち明けるようなことを——熱心に話すようすを伝えたかった。人が皿にたくさん食べ物を残し、しわくちゃのドル札を数枚、まるでお供えみたいに、無駄にした食べ物への罪滅ぼしみたいに置いていくことも書きたかった。子どもが泣き出して自分の金髪をかきむしり、テーブルからメニューを払い落としたりすると、両親がいわさずその子を黙らせる代わりに、五歳ほどの子どもに懇願して、それから全員立ちあがって出て行ってしまうことも伝えたかった。お金持ちなのにみすぼらしい服を着て、ぼろぼろのスニーカーをはいている人たちのことも書きたかった。彼らはラゴスの大きな邸宅の正面に立つ夜警みたいに見えた。お金持ちのアメリカ人は痩せていて、貧しいアメリカ人は太っていること、大きな家や車をもっていない人も大勢いることを書きたかった。でも銃については、まだよくわからなかった。もっているとしてもポケットにいれていたから。

きみが手紙を書きたいと思った相手は両親だけではなかった。友だちにも、いとこにも、おばさんやおじさんにも書きたかった。でもウェイトレスをして稼いだお金では、みんなに行き渡るだけの香水や衣服やハンドバッグや靴を買って、さらに部屋代を払う余裕はなかったから、手紙はだれにも書かなかった。

だれもきみの居場所を知らなかった。きみが教えなかったからだ。ときどき自分を見えない存在のように感じて、部屋の壁を通り抜けて廊下に出ていけそうな気がしたけど、やってみると壁にぶちあたって腕に打ち身のあとが残った。フアンが、きみを殴るやつがいるのか、いるなら俺がそいつの面倒みてやるぞ、というので、そんなときは曖昧な笑いを返しておいた。

夜になるといつも、なにかが首のまわりに巻きついてきた。ほとんど窒息しそうになって眠りに落ちた。

レストランでは、いつジャマイカからやってきたの？　と質問する人が大勢いた。聞き慣れないアクセントでしゃべる黒人はみんなジャマイカ人だと思っているのだ。きみのことをアフリカ人だと察した人のなかには、象は大好きだ、サファリに行ってみたい、という人もいた。

だからきみがその客に、薄暗いレストランのなかでその日のおすすめ料理を読みあげたあと、アフリカのどの国から来たの？　と質問されたので、きみはナイジェリアと答え、次はきっとこの人、ボツワナのエイズ撲滅のために寄付をしたというな、と身構えた。ところが彼のした質問は、ヨルバ人？　それともイボ人？　きみはフラニ人の顔つきじゃないもんな。[3]　それを聞いて、きみはびっくり――この人ぜったい州立大学の人類学の教授だ、二十代後半にしては、ちょっと幼いけど、でもほかに考えられる？　と思いながら、イボ人よ、と告げた。彼はきみの名前をたずねて、アクナって名はきれいだ、といった。名前の意味をたずねなかったのでほっとした。『父の富』だって？　つまり、きみの父親は実際にきみを夫に売るってことかい？」とだれもがたたみかけてくるのにうんざりしていたのだ。

彼はガーナとウガンダとタンザニアにいたことがあって、オコト・ビテックの詩やエイモス・チュツオーラの小説が大好きで、サブサハラ・アフリカの国々について、その歴史や複雑さについて、たくさん本を読んだという。注文された料理を運んでいくきみは、自分が感じている侮蔑感を示してやりたいと思った。というのは、アフリカを過度に好きな白人とアフリカを全然好きじゃない白人はおなじ――腰は低いが人を見下す態度をとるからだ。ところが彼は、メイン州のコミュニティカレッジでアフリカでの脱植民地化についてクラス討論したとき、コブルディック教授がやったように、えらそうに首を横に振ったりしなかった。自分が知ってる民族について、当の民族よりずっとよく知ってると思い込んでいる人の表情をしなかったのだ。彼は次の日もやってきて、おなじテーブルにつき、きみがチキンでいいかときくと、ラゴスで育ったの？ ときいた。三日目もやってきて、注文するまえに、ボンベイへ行ったときのことや、次はラゴスに行ってそこで人が実際に、スラムみたいなところに、どんなふうに住んでいるか見てみたい、と話しはじめた。だって海外に行ったとき自分は、愚かしい観光客がやるようなことは絶対にやらないからと。彼は夢中になってしゃべりつづけ、ついにきみは、これはレストランのポリシーに反すると告げねばならなかった。水の入ったグラスをテーブルに置くきみの手を彼はさっと撫(な)でた。四日目、彼がやってくるのを見たきみは、フアンに、あのテーブルの係はもうしたくないと告げた。その夜、勤務が終わると、彼が店の外で耳にイヤホンを突っ込んだまま待っていて、つきあってくれないかな、ときみにいった。きみの名前はハクナ・マタタと韻を踏んでる、「ライオン・キング」は感傷的映画のなかで例外的に好きな映画だし、といった。きみは「ライオン・キング」がどんな映画か知らなかった。明るい光のなかで見ると、彼の目がエクストラ・ヴァージン・オイルの色をしていることに気づいた。緑色がかった金色。エクストラ・ヴァージンのオリーブオイルはきみがアメリカにきて、たったひとつ、心の底から気に入ったものだった。

彼は州立大学の最終学年に在籍していた。年齢を教えられて、なぜまだ卒業していないのかときみはたずねた。そして、そうか、これがアメリカなんだ、自分が育ったところとは違うんだ、と思った。大学があんまりしょっちゅう閉鎖になるので通常コースに三年も追加しなければならなかったり、講師陣がいくらストライキをやっても給料がいまだに払われない、そんなところとは違うんだ。彼は二、三年休学して、自分を発見するためにおもにアフリカとアジアを旅したとか。それで、どこで自分をみつけたわけ？　ときくと、彼は声をあげて笑った。きみは笑わなかった。人が学校へ行かない道を選択できるなんて、人生の方向を自分で決定できるなんて、思ってもみなかったから。きみは、人生があたえてくれるものをただ受け取ることに、人生が声に出して命じることを黙って書き留めることに馴染（なじ）んできたから。

それから四日間、きみは彼とつきあうことに、ノーといいつづけた。じっと顔を見つめられるのは気詰まりだった。きみの顔をひたすら、穴があくほど見つめるのでさよならしてしまったけど、一方では離れがたい気持ちもあった。そして五日目の夜、勤務が終わったあと、彼が戸口に立っていないのを知ってパニックになった。祈るような気持ちになったのはずいぶん久しぶりだったので、後ろから彼があらわれ、やあ、と声をかけてきたとき、誘われないうちから、つきあってもいいよ、ときみはいってしまった。ひょっとしてもう誘ってくれないかも、と不安になってしまったのだ。

次の日、彼は晩ご飯を食べにきみをチャンの店へ連れていった。きみのフォーチュンクッキーには紙が二枚入っていたけど、二枚とも白紙だった。

きみがレストランのＴＶで「ジェパディ」を観ること、有色の女性、黒人男性、白人女性、そして最後に白人男性、の順序でファンになって応援してる、と彼にいってしまうと、すごく気持ちが楽になったのが自分でもわかった。その順序では、ようするに白人男性は応援しないことになる。彼は笑って、自分は応援されないことに慣れてる、母親が女性学について教えてるから、といった。

そして、ラゴスの父親はじつは教師ではなくて、建設会社の運転手助手だと打ち明けたとき、彼と親密になれた。きみは父親が運転するおんぼろプジョー５０４のなかで、ラゴスの交通状態を体験した日のことを話した。雨が降って、錆びて穴のあいた屋根のせいでシートがぬれていたこと。すごい渋滞のこと、ラゴスの道路はいつも、ものすごい渋滞で、雨が降るともうメチャクチャになること。道路が泥沼になって、車が抜け出せなくなると、いとこが車の後ろを押してお金をもらったりすること。あの日、父親がブレーキを踏み遅れたのは、雨が降って、沼みたいになっていたせいだ、ときみは思っていた。身体で感じる前に音でわかった。父親が突っ込んでしまった車は大型のダークグリーンの外車で、ヒョウの目のような金色のヘッドライトがついていた。父親は大声で許しを乞いはじめて、車を降りるや平身低頭、身を投げ出して、まわりからさんざん警笛をあびることになった。すみません、サー、すみません、サー、とひたすら謝りつづけた。わたしと家族を売り渡しても、あなたさまの車のタイヤ一個ほどにもなりませんので、といいつづけたのだ。ごかんべんを。

バックシートの「ビッグマン」は車から出てこなかったが、運転手が降りてきて、車の被害を調べ、きみの父親がひれ伏すように謝るようすを横目でちらりと見た。まるで懇願することがポルノグラフィーの演技かなにかみたいで、本当は見て楽しんでいるくせに、それを認めるのは恥だといわんばかりに。ついに、運転手が父親に、行っていい、さっさと立ち去れ、と手を振って合図した。ほかの車は警笛を鳴らしっぱなし、運転手は悪態をつきっぱなしだった。父親が車にもどってきたとき、きみは断固、父親を見ないことにした。市場のそばの湿地をよたよたと歩きまわる豚みたいだったから。きみの父親は「ンシ」のようにみえた。糞。

きみがこのことを話すと、彼は口をきゅっと結んで、きみの手を握り、わかるよ、きみの気持ち、といった。きみは急にむかっときて、その手をふりほどいた。彼は、世界が自分のような人たちでいっぱい、いや、いっぱいであるべきだと思っていた。きみは、わかるなんてことはない、ただそうだってことで、それだけ、といった。

彼はハートフォードのイエローページでアフリカンストアを見つけ出し、きみを車で連れていった。いかにも慣れた調子で歩きまわり、ヤシ酒のびんを傾けて、どれくらい沈殿物があるか調べたりするので、ガーナ人のオーナーが彼に、ケニアや南アフリカの白人かという意味で、アフリカ人かい、とたずねた。彼は、そう、でもアメリカにきてからずいぶんになるな、と答えた。店のオーナーが彼のことばを真に受けたので、彼は嬉(うれ)しそうだった。その晩、きみは買い入れたものを使って料理をした。ガリのオヌグブスープ添えを食べたあと、彼はきみの部屋のシンクに吐いた。でも、きみは全然気にならなかった。だって、いまでは肉の入ったオヌグブスープを料理できるようになったんだから。

彼は肉を食べなかった。動物を殺す方法が正しくないと考えていたからだ。動物のなかに「恐怖の毒」を放出させ、その毒が人びとを偏執症にするのだといって。故郷できみが食べた肉片は、肉があればの話だが、指半分ほどの大きさだった。でもきみはそのことはいわなかった。カレー粉やタイムが高すぎるので、きみの母親が料理という料理に使う「ダワダワ」のキューブがＭＳＧ（グルタミン酸ソーダ）入りだと、いや、ＭＳＧそのものであることもいわなかった。彼はＭＳＧには発ガン性がある、チャンの店が好きな理由はＭＳＧを使わないからだ、ともいった。

一度、チャンの店で彼はウェイターに向かって、上海に行ってきたばかりだ、中国語が少し話せるんだ、と話しかけたことがあった。ウェイターが話にのってきて「どのスープがいちばん美味しかった？」とたずね、さらに「それで上海にガールフレンドができたの？」ときいた。彼はニッと笑って、なにもいわなかった。

きみは食べる気がしなくなった。みぞおちのあたりがきゅっと詰まったように感じた。その夜、彼がきみのなかに入ってきても、きみは唸り声をあげなかった。唇を噛んで、行きそうもないふりをした。そうすれば彼が気にするのを知ってたから。あとになってきみは、なぜ自分がうろたえたか、その理由を話した。こんなにしょっちゅうきみがチャンの店にいっしょに行っているのに、メニューを持ってくる直前にきみがキスしてるのに、あの中国人の男はきみが彼のガールフレンドであるはずがないと決めつけたから、それにあのとき彼がニッと笑うだけでなにもいわなかったから。彼は謝るまえに、ポカンときみを見た。だからきみは、彼が全然わかっていないことを知った。

彼がきみにプレゼントを買ってきたとき、そんな高いものダメよ、といってきみは反対した。すると彼は、ボストンの祖父は金持ちだったからといい、それから慌てて、その老人が多額の寄付をしたから彼の信託資金はたいしたことないんだ、と言い足した。きみは彼のプレゼントに惑わされた。振ると内部でピンクの衣装を着たスリムな人形がスピンする、こぶし大のガラス球。触れるとその表面が触れたものの色に変わる、きらきらした石。メキシコで手描きされた高価なスカーフ。ついにきみは彼にむかって、皮肉っぽく長く引き延ばした声で、これまでのきみの人生では、プレゼントはいつだってなにかの役に立つものだった、といってしまった。たとえば大きな石、それなら穀物を挽ける。彼は大きな強い声で長いこと笑ったけど、きみは笑わなかった。彼の人生では、プレゼントというのはプレゼントするために買うものであって、それ以上のものではなく、役に立つものでもないことにきみは気づいた。彼がきみのために靴や服や本を買いはじめたとき、そんなことしないで、ときみはいった。もうプレゼントなんてほしくなかった。それでも彼は買ってきたので、きみはそれをいとこやおじさんやおばさんのために、そのうち故郷に帰れるようになったら、と思って取っておいた。といっても、きみはどうしたら航空券を買って、さらに、部屋代まで払えるようになるか、まったく見当がつかなかった。彼は、本気でナイジェリアを見たいと思ってるんだ、二人分の航空券を払ってもいいよ、といった。故郷に帰るために、彼にチケット代を払ってもらうのは嫌だった。彼がナイジェリアへ行って、ナイジェリアを、貧しい人たちの生活をぼんやりながめてきた国のリストに加えるのも嫌だった。そこの人たちは「彼の」生活をぼんやりながめることなどできはしないのだから。ある晴れた日に、きみはそのことを彼にいった。彼がきみをロングアイランド湾に連れていった日だ。口論になって、静かな水辺を歩いているうちに、きみの声がどんどん大きくなった。彼は、きみが彼のことを独りよがりだなんていうのはまちがってる、といった。きみは、ボンベイの貧しいインド人だけが本当のインド人だという彼はまちがってる、といった。それじゃ、ハートフォードで見かけた太った貧しい人みたいじゃない彼は、本当のアメリカ人ではないってこと？　彼がきみを追い抜いてぐんぐん先に歩いていく、裸の、青白い上半身を見せて、ビーチサンダルで砂をちょっと跳ねあげて。でも彼はもどってきて、片手をきみにむかって差し出した。きみたちは仲直りして、セックスをして、たがいに相手のヘアのなかに指を走らせた。成長するトウモロコシの穂軸に揺れる房みたいに柔らかくて黄色い彼の毛、そして枕の詰め物のような弾力のある黒っぽいきみの毛。彼の肌は太陽にあたりすぎて熟れた西瓜（すいか）のようになり、その背中にきみがキスしてローションをすり込んだ。

きみの首に巻きついていたもの、眠りに落ちる直前にきみを窒息させそうになっていたものが、だんだん緩んでいって、消えはじめた。

きみはまわりの人たちの反応から、きみたち二人がふつうではないことを知った――いやな人たちはものすごくいやな感じで、すてきな人たちはものすごくいい感じなのだ。年をとった白人の男女は小声でなにかつぶやいて、彼をじろりと見た。黒人の男たちはきみにむかって首を振った。黒人の女たちの哀れむ視線が、きみの自負心のなさと自己嫌悪を嘆いていた。それでも黒人の女たちのなかには一瞬、ひそかな連帯の微笑みを見せる人もいた。黒人の男たちのなかには、きみを許そうと努力するあまり、彼にあからさますぎる「ハーイ」をよこす人もいた。白人の男女のなかには「すてきなペアだこと」と、いかにも明るく、大声でいう人もいた。まるで自分の偏見のなさを自分自身に納得させようとしてるみたいに。

でも彼の両親は違った。それがごくふつうのことだと思わせてくれたのだ。彼の母親は、これまで息子はハイスクールの卒業ダンスパーティのとき以外、女の子を親のところに連れてくることはなかった、といった。彼は強ばった表情でニッと笑って、きみの手を握った。テーブルクロスがきみたちの握った手を隠していた。彼の手がぎゅっと握りしめてきたので、きみもぎゅっと握り返しながら、なぜ彼はこんなに強ばった顔をしてるのかしら、なぜ彼のエクストラ・ヴァージン・オイル色の目が、両親と話をするとき暗くなるのかしら、と不思議に思った。彼の母親は、ナワール・エル＝サーダウィは読んだ？ ときみにきいて、きみが、ええ、と答えると嬉しそうだった。彼の父親はインド料理とナイジェリア料理がとても似ているといい、勘定書がきたとき支払いのことできみたちをからかった。彼らを見ていて、きみは感謝の気持ちでいっぱいになった。きみを象牙製品のように、エキゾチックな戦利品みたいに品定めしなかったからだ。

あとから、彼が両親とのあいだに抱えている問題をきみに話してくれた。両親がその愛をバースデイケーキのように分けあたえるやり方を、彼がロースクールへ入学することに同意すれば、どれほど大きなスライスをあたえるつもりかを。きみは共感を感じたいと思った。でもその代わりにきみは怒った。

彼が、両親といっしょにカナダに行くのを断った、ケベック州の田舎にある夏のコテージで一、二週過ごさないかといってたけど、といったとき、きみはさらに怒った。きみも連れておいでといってくれたという。彼はきみにそのコテージの写真を見せた。なぜそれがコテージと呼ばれるのか、きみにはわからなかった。きみの住んでいた土地では、銀行や教会ほどもある大きな建物だったからだ。きみはグラスを落とし、グラスは彼のアパートの堅い木の床で粉々に砕けた。いったいなにがうまくいかないの、と彼はきいた。きみは、うまくいかないことなんて山のようにあると思ったけど、なにもいわなかった。そのあと、シャワーをあびながらきみは泣きはじめた。水が涙を薄めていくのをじっと見ながら、なぜ、自分が泣いているのかわからなかった。

ついにきみは家に手紙を書いた。両親にあてた短い手紙をパリパリのドル札のあいだに滑り込ませた。自分の住所も書いておいた。ほんの数日後、宅配業者が返事を持ってきた。手紙は母親の自筆だということが、よれよれの字体と誤字からわかった。

お父さんが死んだ。会社の車のハンドルに被いかぶさるようにして。もう五カ月になる、と母親は書いていた。送ってくれたお金でちゃんとしたお葬式を出せた。客のために山羊を屠り、ちゃんとした棺で父親を埋葬したと。きみはベッドのうえで身をまるめ、両膝をしっかり胸に引き寄せて、父親が死んだとき自分はなにをしていたのか、父親が死んだあとのこの数カ月ずっとなにをしていたのか、思い出そうとした。ひょっとすると父親が死んだのは、きみの全身に、火を通さない米粒のようにぶつぶつと鳥肌が立ったあの日だったかもしれない。うまく説明できずにいると、シェフと交替したらどうだい、キッチンの火で暖まれるぞ、とファンにからかわれたあの日だったかもしれない。ひょっとすると、父親が死んだのはきみがミスティックまでドライブした日、あるいはマンチェスターで劇を観た日、それともチャンの店で晩ご飯を食べた日だったかもしれない。

きみが泣いているあいだ、彼はきみを抱いていてくれた。髪を撫で、きみのチケットを買うよ、いっしょに行って家族に会うよ、と彼はいった。きみは、いいの、ひとりで帰らなければ、といった。もどってくるんだろ、ときくので、きみは自分のグリーンカードが一年以内にもどってこなければ失効することを彼に思い出させた。いってる意味はわかってるんだろ？　もどってくるよな？　くるよな？

きみは顔をそむけてなにもいわなかった。彼がきみを車で空港まで送ってくれたとき、きみは彼を長く、長く、しっかりと抱きしめて、それから手を放した。

訳注
（1）おもにキャッサバをすりおろして発酵させ顆粒状に乾燥させた保存食。
（2）料理用バナナ。
（3）多民族国家ナイジェリアには、ヨルバ、ハウサ、イボ、フラニなど二五〇を超える民族が住んでいる。
（4）エジプトの著名なフェミニスト作家、医師。

チママンダ・ンゴズィ・アディーチェ（一九七七―）

ナイジェリアの作家。大学教授の父と大学職員の母、六人兄弟姉妹の家庭で育つ。幼いころから物語を書くのが好きで、ナイジェリア大学で医学薬学を学んだが十九歳で奨学金を得て渡米、文系の学部に通いながら創作を開始。初小説『パープル・ハイビスカス』（〇五）でコモンウェルス初小説賞を、ビアフラ戦争を背景にした『半分のぼった黄色い太陽』（〇七）でオレンジ賞を受賞。全米批評家協会賞受賞の『アメリカーナ』（一三）ではナイジェリアと、米国や英国の移民社会をリアルに描いた。アフリカへのステレオタイプな視線やジェンダーによる不平等について平明なことばで語りかけるTED講演などで、世界中から熱い視線を集めている。短編集『なにかが首のまわりに』（〇九）所収のこの作品は日本ではオリジナル短編集『アメリカにいる、きみ』（〇七）で初期バージョンが紹介されたが、今回は最新版の新訳である。

Cross Current

2読書案内

自己

自己を描く文学といえば、やはりドイツの教養小説がまず挙げられます。**ゲーテ『ヴィルヘルム・マイスターの修業時代・遍歴時代』**［★★★］がその代表ですが、一人の人物の成長を枠組みとして書かれたこの作品には、人間が生きていくことの中に含まれるほとんどの要素がつまっています。打ちこめる仕事の探求、恋愛、父との対立、友情や信仰、家族への愛、そして大きな社会的な変革に個人がどう関わっていくのか。人間を描く物語の魅力に満ちたこの作品は、後続の作家にも影響を与えました。そうした後続作品の中から手にとりやすい一冊として、**トーマス・マン『トニオ・クレーガー』**［★☆☆］をおすすめします。物語の後半で、主人公はある不思議な出来事に遭遇しますが、本作で最も美しく描き出されるこの場面の出来事が芸術家としての自己の覚醒を導きます。女性の自己の成長の物語としては、**イプセンの戯曲『人形の家』**［★☆☆］を是非手にとってほしい。有名なラストシーンにたどりつくまでに、女性であることを越えて一人の人間としての自己とは何かという問題が周囲の人々との対話の中で深められていきます。

教養小説が、社会との葛藤の中での自己の形成過程を描いた作品群だとすれば、自己の分裂、つまり自己が自己たりえないことを描いた小説もあります。**ドストエフスキー『二重人格』**［★★☆］、**エドガー・アラン・ポー『ウィリアム・ウィルソン』**［★☆☆］、**オスカー・ワイルド『ドリアン・グレイの肖像』**［★★☆］は、いずれも怪奇現象や幻想・妄想による、自己の分身との出会いをモチーフとしています。分身という現象があぶり出すのは、普段は表に現れないもう一人の自己という問題です。たとえばワイルドの作品は、隠された自己の醜い内面が肖像画に現れ、その絵の中の真実に自己が苦しめられるという事態を、鮮やかに描き出しています。

分身は、自己が外界に見出される現象ですが、そもそも自己とは、自らの中に自らを見出す、

若き日の哀しみ
（東京創元社）

というやや複雑な関係性を内包した概念です。そのように自己を意識すること、つまり自己意識をテーマとして描いた作家といえば**太宰治**でしょう。**『人間失格』**[★★☆]も有名ですが、ここでは**「道化の華」**[★☆☆]をおすすめします。「僕」と「大庭葉蔵」という同一人物が並行して描かれるのですが、一方は自己を書く私であり、他方は書かれる私という関係に置かれています。なぜそんなふうに自己を対象化する必要があるかというと、それはこの人物が一人では抱えきれないある秘密を抱えていて、そのことが次第に浮き彫りになっていくのです。

自己意識は心の中で作り出されるものですが、自己は外界からの影響によって形成されるものでもあります。二〇世紀の小説は、しばしば自己というものに社会や国家の複雑な情勢がどう関わってくるのかを描き出します。たとえばユーゴスラビアの作家、**ダニロ・キシュ**の**『若き日の哀しみ』**[★★☆]は、連作の形で少年時代の自己を描いていきますが、そこにはユーゴスラビアの複雑な歴史が影を落としています。また**アゴタ・クリストフ**の**『悪童日記』『ふたりの証拠』『第三の嘘』**[★☆☆]は、双子の「ぼくら」の自己形成の物語であり、自己を書くことをめぐる物語でもあり、そこに戦争や民族、亡命や国境線といった問題がからんできます。長い作品ですが、魅力的な細部やミステリー仕立てのストーリー、驚きのどんでん返しが仕組まれていて飽きさせず、ぐいぐいと物語に引き込まれていきます。

自己というものと国家やその歴史との関係をつきつめた作品として、インドの分離独立の歴史を不思議な能力を持った子供たちの存在を通して描き出した**サルマン・ラシュディ**の**『真夜中の子供たち』**[★★★]が挙げられます。長い作品ですが、現代の世界文学の持つ醍醐味を存分に味わうことができる傑作です。内戦下の南アフリカに生まれた主人公が、自由を求めて手押し車に乗せた母を運んで逃亡していく**J・M・クッツェー『マイケル・K』**[★★☆]や、家族の持つそれぞれの自己が予言者の言葉で崩壊していくこととナイジェリアの複雑な現代史とをからめた**チゴズィエ・オビオマ『ぼくらが漁師だったころ』**[★★☆]も、国家や自己をめぐる状況の多様性を魅力的な物語の展開の中で知ることができておすすめです。

（戸塚）

コラム 2 Column アダプテーション

聞きなれない言葉かもしれないが、作品に何らかの変更を加えて、別の文脈もしくはメディアに置き換えることを言う。小説の映画化、漫画のアニメ化、映画の舞台化といったメディア展開ばかりではなく、ときには翻訳も範疇に入る。ただし、アダプテーションにおいては「オリジナル」を忠実に再現することに重きを置かないことに留意したい。アダプテーション作品は、むしろ、「オリジナル」に新たな価値を付与したときに、自律した作品とみなされる。

　たとえば、アンデルセンの「影法師」は、主人公の発言からわかるように、シャミッソー『影をなくした男』（一八一四）を念頭に置いて書かれた作品である。子供たちのために書かれたメルヘンふうの「オリジナル」に比べて、アンデルセンの作品は子供向けとは言えない不気味さを漂わせている。シャミッソーの物語に心を奪われたのはアンデルセンだけではない。E・T・A・ホフマンもまた「大晦日の夜の冒険」（一八一四）で鏡像を奪われた男の話を書いた。フランスの作曲家ジャック・オッフェンバックは、未完のオペラ『ホフマン物語』第四幕「ジュリエッタ」（一八八一年初演）において、シャミッソーとホフマンの物語を融合させている。

　アンデルセンに話を戻せば、「影法師」は日本ではテレビシリーズ〈アンデルセン物語〉の第一九話「オレの影はどこにいる」（一九七一年五月九日放映）でアニメ化されている。主人公はギャングであり、影が主人公を改心させようとする物語で、いかにも子供向けの教育的な内容に改変されている。直後に発表された『ドラえもん』の「かげがり」（『小学四年生』一九七一年七月号）は、のび太の影が本体を乗っ取ろうとするプロットであり、アンデルセンの「オリジナル」により近い。しかし、影のたくらみは、のび太の母の影によってあっさりと阻止されてしまう。影が完全な他者として本体を脅かす「影法師」に比べると、本体と影の同一性がコミカルに描かれており、読者層への配慮がうかがえる。

　本体がつねに本体であり、影がつねに影であるとは限らない。たとえば、宮崎駿監督の「風立ちぬ」は「影」ではなく、「本体」として立ち現れた。堀辰雄の作品に親しんできた世代のなかには、題名を同じくしながら、内容の大きく異なる作品に戸惑う人も多かったのではないか。しかし、両者は「影法師」のような悲劇を迎えるわけではない。「オリジナル」を知らない若者世代が宮崎駿から堀辰雄へ遡るように、アダプテーションはオリジナルに新たな生命を吹き込み、輝かせる存在となりうるものでもある。

（奥）

Chapter 3

تنهایی

3章

孤独

記憶はさいなむ

つい一週間前、私と一緒にあんなに嬉しそうに笑っていた大切なあなたはもうそばにいない。あなたが使っていた鏡、あなたが着ていた洋服、あなたに私が料理を作った鍋はたしかにまだこの部屋にある。そこにはあなたと過ごしてきた時間がまだある。でもそれらの物とともにあった、肝心のあなたはもう永遠にこの場所に帰ってくることはない。

世界の中でたった一人取り残されたような感覚。孤独。それを感じる時、楽しかったあの日々の記憶はさいなむ。もしかしたら大切な誰かと別れて寂しいような人はまだ幸福だと言えるのかもしれません。生まれてからずっと好意的な眼差しを向けられず、ただ一人取り残され続けてきたような人もたくさんいます。なるほど、孤独は辛いものですがその孤独があってはじまることもある。他人と触れ合おうとすること、切ない思いを誰かに伝えようとすること、誰かの眼差しが自らに向けられるのを望むこと。見方を変えれば、孤独は誰かとつながっていくための希望の種であるとも言えるのです。

あの日々

فروغ فرخزاد

フォルーグ・ファッロフザード

あの日々は行ってしまった
楽しかったあの日々
はちきれんばかりに健やかだったあの日々
キラキラのスパンコールでいっぱいだったあの空
さくらんぼでいっぱいだったあの庭
つたの緑に覆われて互いと一つになっていたあの家々
ワンパクな凧（たこ）たちが遊ぶあの屋根
アカシアの匂いにめまいがしたあの小道

あの日々は行ってしまった

鈴木珠里 訳

わたしのまぶたの間から
わたしの歌声が、あぶくのように溢（あふ）れていたあの日々
わたしの目はその中に飛び込んでくるものは何でも
それを新鮮なミルクのように飲み干した
まるでわたしの瞳の中で
ウサギがウキウキしているようで
いつも朝早くから　昔ながらの太陽と
無智（むち）の平原に向かって探検に出ていた
夜は夜で暗闇の森の奥深くへと進んでいった

あの日々は行ってしまった
静寂な雪のあの日々
ガラス戸越しに暖かい部屋の中で
いつも外をじっと見ていたあの日々
わたしの無垢（むく）な雪は、柔らかい綿毛のように
静かに降り積もっていた
古い木の梯子（はしご）の上に
弛（たる）んだ洗濯用の綱の上に
老いた松の巻き毛の上に

そうしてわたしは思った　明日が来れば、そう
明日が来れば
白いなめらかなものになるのだ

祖母の黒衣(チャードル)のきぬずれの音とともに
その乱れた影が映る　ドアの木枠に
――それは突然光の清涼な感覚へと解き放つ
飛び立ちさまよう鳩(はと)の姿が
ドアの上のステンドグラスに映ると
明日がまた来る……

こたつの暖かさが眠りを誘う
わたしはいそいで無謀にも
母の目の届かぬところで
前の宿題で先生に付けられたバツ印を消した
雪が眠りにつく頃に
気落ちして小庭を歩いた
しぼんだジャスミンの鉢植のもとに
死んでしまったわたしのスズメを埋めてあげた

*

あの日々は行ってしまった
魅惑と戸惑いのあの頃
うたた寝と寝ぼけ眼のあの頃
あの頃　影にはすべて秘密があった
封印された箱にはすべて宝物を隠していた
お昼の静けさの中では　物置部屋の隅はすべて
まるで一つの世界であった
暗闇を恐れない者はすべて
わたしの目には英雄に映った

あの日々は行ってしまった
新春のお祝いのあの頃
太陽と花へのあの期待
香水は震え
しとやかではにかんだ野水仙の中で
冬の終わりの朝

街にやって来たのは
緑が点々と続く路上に響く物売り達の声

バーザールがさまざまな匂いの中に漂う
コーヒーや魚の強烈な臭いの中で
バーザールはどこに歩を進めても広く延びていき
全ての通路の瞬間と混ざって
そして人形たちの瞳の奥でくるくる回った
それは　母のバーザール
ゆらゆらした色鮮やかな方へ急いで歩き
いっぱいになった買物カゴと贈り物の箱を抱え戻って来た母のバーザール
それは雨のバーザール　ふりそそぐ　ふりそそぐ
ふりそそぐ雨のバーザール

*

あの日々は行ってしまった
肉体の秘密の中に当惑したあの日々
青色の血管の美しさを、用心深く知ってゆくあの日々

一本の花を持った手が
こちらの手に
壁のむこうから合図した
インクの小さなしみが
不安で、動揺して怖がっていたこの手のひらに付いていていた
愛は
照れたあいさつの中にあらわれていた

陽炎（かげろう）の出る暑いおひる時には
わたしたちは小路の埃（ほこり）の中で愛を歌った
わたしたちはタンポポの素直な言葉に慣れ親しみ
わたしたちは心を清らかな友情の庭に運び
そしてそれを木々たちに貸し出した
ボールはキスの伝言と共に私たちの手の間を飛び交った
そして愛とは、玄関の暗闇の中で混乱したあの感情であった
それは突然
わたしたちをとり囲み
わたしたちをうっとりさせた　熱を帯びた呼吸と、鼓動と、秘（ひそ）かな微笑（ほほえ）みで

*

あの日々は行ってしまった
太陽の下で腐っていく草花のようにあの日々は
太陽の熱で腐ってしまった
そしてアカシヤの芳香にめまいしたあの小路は無くなってしまった
一方通行の道の喧噪(けんそう)と雑踏の中で

それから、頬にゼラニウムの花びらで
紅をさした少女は、ああ、
今は孤独の女に
今は孤独の女に

フォルーグ・ファッロフザード（一九三五―六七）

イランの詩人、映画監督。テヘランの中流家庭に生まれ、女学校在学中の十六歳のときに結婚し、一子をもうけ家庭生活を営む一方で、初めての詩集『囚われ人（とらわれびと）』（一九五五）を出版した。イランの社会的慣習、文学的伝統に反して、女性が自らの胸のうちを赤裸々に表現したことは、センセーションを巻き起こした。それから程なくして結婚生活は破綻するも、『壁』（五六）、『反逆』（五八）と次々と詩集を発表したのち、映画監督であり作家でもあるエブラーヒーム・ゴレスターンに才能を見出され、ドキュメンタリー映画「あの家は黒い」（六二）を発表。ハンセン病療養所を題材にした同作は、人間の「生」の本質を見事に活写し、イラン映画の礎を築いた。六七年、自動車事故により死去。「あの日々」が収録されている『新たなる生』（六四）と死後出版された『寒い季節の訪れを信じよう』では、人間の深淵を見つめた哲学的・社会的な主題が扱われ、芸術性が高く評価されている。

土くれ

James Joyce
ジェイムズ・ジョイス

柳瀬尚紀 訳

女たちの夕食が済みしだい出かけていいと寮母から許可をもらっていたので、マライアは今宵（こよい）の外出を心待ちにしていた。厨房（ちゅうぼう）はピッカピカになっている。料理番に言わせると、銅製の大鍋はどれも鏡みたいにてかてかだ。火は赤々と燃え、サイドテーブルの一つには特大の乾葡萄（ほしぶどう）入りパンが四つ載っていた。乾葡萄入りパンは四つともまだ切ってないように見えるが、近づいてみると、大きく厚く均等に切り分けられていて、そのままテーブルに配られるようになっているのが分（わか）る。マライアがちゃんと切っておいたのだ。

マライアは、背丈は寸足らずなのに、鼻はするすると伸びているし顎（あご）はやたら長い。ちょっぴり鼻にかかったしゃべり方をして、いつも宥（なだ）める調子で言う。**それはそうよねえ、それは違うわねえ**。女たちが洗濯の最中に喧嘩（けんか）になると、必ず呼び出され必ず仲直りをさせる。いつか寮母が言った。

——マライア、平和ならしめる者ってあなたのことね！

副寮母と委員会の二人の婦人がそのほめ言葉を聞いていた。それにジンジャー・ムーニーはいつも言う。わたしさ、マライアがいなかったなら、火熨斗（ひのし）掛けのあの唖女（おしおんな）に何するか分ったもんじゃない。皆、マライアが大好きなのだ。

女たちは六時に夕食だから、七時には出られる。ボールズブリッジからネルソン塔まで二十分。ネルソン塔からドラムコンドラまで二十分。それから買物をするのに二十分。八時前には着けるだろう。銀の留金のついた財布を取り出して、もう一度文字を読んだ。**ベルファースト土産**。この財布が大好きなのだ。五年前、ジョウがアルフィと聖霊降臨祭の月曜日にベルファーストへ行ったときに買ってきてくれたものだからである。財布の中には半クラウン銀貨が二枚と銅貨が数枚入っている。電車賃を払っても、まるまる五シリング残る。楽しい夜になるだろう、子供たちがみんなで歌って！　ただ、ジョウが酔って帰らなければいいのだけれど。お酒が入るとまるきり別人になるから。

うちへ来ていっしょに暮すといいと、幾度も言ってくれる。しかし気兼ねをするのもなんだし（もっともジョウの奥さんはとてもよくしてくれる）、洗濯施設の生活になれてしまった。ジョウはとてもいい人だ。乳母だった頃から知っているし、アルフィもそう。それにジョウはよく言っていた。

――母上（ママ）は母上（ママ）さ。でもマライアは僕のほんとの母さんだ。

一家が破産したあと、この息子たちが洗濯施設**灯火（ともしび）ダブリン**の仕事を見つけてくれて、自分もここが気に入った。以前はプロテスタントの人たちをずいぶん悪く思っていたけれど、今ではとてもいい人たちだと思っている。ちょっと無口で生真面目（きまじめ）だけれど、いっしょに暮すとてもいい人たち。それに温室で自分の植物を育てていて、その世話をするのが好きなのだ。素敵な羊歯（しだ）や桜蘭（さくらん）を育て、誰かが訪ねてくると、必ずその人に温室の接穂（つぎほ）を一、二本持たせる。一つだけ好かないことがあったが、それは壁に貼られた宗教のビラである。しかし寮母は付合いやすいいい人で、とても上品だ。

料理番が夕食の用意がととのったと言ったので、マライアは女たちの食堂へ行き、紐（ひも）を引いて大きな鐘を鳴らす。じきに女たちが二人、三人と入ってきては、湯気の立つ両手をペチコートでぬぐったり、湯気の立つ赤い両腕にブラウスの袖を引き下ろしたりしていた。めいめいが特大のマグカップを前にして席に着く。料理番と唖女が熱い紅茶をどぼどぼ注いで回った。あらかじめ特大のブリキの容器でミルクと砂糖を掻き混ぜておいたのだ。マライアは乾葡萄入りパンを配る采配をして、めいめいに四切れずつ渡るように見ていた。食事をしながら、さかんに高笑いと冗談が飛び交う。リジー・フレミングがマライアにはきっと指輪が当ると言った。フレミングは毎年毎年ハロウィーンのたびにそう言うのだけれど、マライアは仕方なくけたけた笑って、わたしは指輪も男もほしくないと言った。マライアが笑うと、灰緑色の目が失望を知る恥じらいにキラッと光り、鼻の先が顎の先に届きそうになった。それからジンジャー・ムーニーが紅茶の入ったマグを掲げてマライアの健康に乾杯と言って、ほかの女たちもそろってマグをテーブルでガチャガチャいわせ、それからムーニーは玉たまマグれ当りのいい男がいなくて残念だけどさと言った。それでマライアはまたまた笑い出して鼻の先が顎の先に届きそうになり、小さな躰はバラバラになりそうなくらいにゆすれた。もちろん洗濯女の考えそうなふくみはあるにしても、ムーニーが好意をもってくれているのは知っている。

でも女たちが食事を終えて料理番と唖女が食事の後片付けを始めると、マライアはどんなに嬉しかったことか！　小さな寝室へ行き、翌朝はミサのある日だと思い出して目覚時計の針を七時から六時にした。それから仕事用のスカートと室内履きの深靴を脱ぎ、一番上等のスカートをベッドの上にひろげ、小さな余所行きの深靴をベッドの足もとに置いた。ブラウスも着替えて、鏡の前に立つと、若い娘だった頃、日曜日の朝のミサに行くのにおしゃれをしたのが思い浮ぶ。しょっちゅう着飾っていたちっちゃな躰を妙な愛情を抱いて見つめた。年は取ったけれども、とてもこぎれいな小さな躰だと思った。
　外へ出ると通りは雨に濡れて光っていて、古い茶色の雨外套を着てきてよかったと思った。路面電車は空席がなく、車内の端っこの小さな補助椅子に腰掛けなければならなかった。乗客全員と向き合って、爪先がなんとか床にふれる。心の中でこれからしようとすることを順序立てながら、他人様の厄介になるのではなく自分で稼いだお金を持てるようになってずいぶんよかったと思う。素敵な晩になるのが楽しみだ。きっとそうなるけれど、アルフィとジョウが口をきかなくなったのはとても残念だと思わずにはいられない。今では仲違いばかりしているが、二人とも子供の頃は大の仲良しだった。でも人生とはこういうもの。

　ネルソン塔で電車を降りて、小鼬みたいに人混みの中を急ぐ。ダウンズ菓子店に入ったが、店はたいそうな混みようで、長いこと待ってからやっと応対してくれた。一ペニー菓子の取り合せを一ダース買い、ようやく大きな袋を抱えて店を出た。それからほかになにを買おうか考える。ほんとうに素敵なものを買いたい。リンゴや胡桃ならたくさんあるだろう。なにを買ったらよいかなかなか分らなくて、思いつくのはケーキしかない。プラムケーキを買うことに決めたが、ダウンズのプラムケーキはアーモンド糖衣がたっぷりかかっていないので、ヘンリー通りの店へ足をのばした。この店では気に入った品を選ぶのに長いことかかって、カウンターで相手をしてくれたエレガントな若い女性は、明らかに少し困惑の態で、ウェディングケーキをお求めでしょうかと尋ねた。こう問われてマライアは顔を赤らめ、若い女性に笑みを返す。でも若い女性は至極大真面目で、結局はプラムケーキを分厚く切って、それを包んで言った。

——二シリング四ペンス頂戴します。

ドラムコンドラ行きの路面電車に乗ると、これは座れないだろうと思った。若い男の誰一人として目をとめてくれそうにないからだ。でも初老の紳士が席を譲ってくれた。茶色の山高帽をかぶり、四角い赤ら顔にグレーの口髭を生やしている。恰幅のよい紳士で、マライアは思い、まっすぐ前を見たきりの若い男たちよりもずっと礼儀正しいと感じ入った。紳士はハロウィーンや雨降りのことから話し出す。袋の中身は小さなお子さんたちへのおみやげでしょうと言い、若い人たちは若いうちに楽しむのが当然ですなと言った。マライアはそのとおりですねと相槌を打ち、おしとやかにうなずいたり軽く咳払いしたりして賛意を表した。紳士はとても優しくしてくれて、マライアが運河橋で降りるとき、お礼を言っておじぎをすると、紳士のほうもおじぎをし、帽子をちょっと上げてにこやかに笑みを返した。降る雨にちっちゃな頭を下げて高台をのぼりながら、ちょっぴりお酒が入っていても紳士はすぐに分るものだと彼女は思った。

ジョウの家に着くと、皆が**わあ、マライアだ!**と言った。ジョウも仕事から帰っていて、子供たちはどの子も晴着を着ている。この子たちより上の、隣の家の娘二人も来ていて、遊戯に興じている。マライアは菓子の袋を長男のアルフィに渡し、みんなに分けてねと言い、するとドネリー夫人がこんなにどっさりお菓子をいただいて申し訳ないわと言って、子供たち皆にお礼を言わせた。

——ありがとう、マライア。

でもマライアは、パパとママには特別なおみやげがあるの、きっと気に入ってくれるはずと言い、買ってきたプラムケーキを探し始めた。ダウンズの袋の中、雨外套のポケットの中、それから玄関の外套掛けの上も見たが、どこにも見つからない。それで子供たちに誰か食べちゃったんじゃない——もちろん、間違ってだけれど——と尋ねたが、子供たちは皆、そんなの知らないと言って、盗ったなんて疑われるのならお菓子なんか食べたくないというような顔をした。皆それぞれに謎解きを口にして、するとドネリー夫人がきっと電車に置き忘れたんでしょうと言った。マライアは、グレーの口髭のあの紳士にすっかりどぎまぎしていたのを思い出し、恥じらいと口惜しさと失意に顔が真っ赤になった。せっかく喜んでもらうはずのみやげをなくしてしまい、二シリング四ペンスをただただ捨ててしまったと思うと、わっと泣きだしそうになった。

でもジョウはそんなことは気にしなくていいからと言い、彼女を暖炉のそばに座らせた。とても優しくしてくれる。勤め先の出来事をあれこれ話して、所長にこう切り返して痛快だったと、その言葉を聞かせてくれて、マライアはどうしてジョウがその切り返しを面白がって笑うのか分らなかったけれど、所長さんはとても横柄な人で扱いにくいんでしょうと言った。ジョウは、相手の仕方さえ心得ればそんな悪いやつじゃない、癇に障ることを言わないかぎりいい男だ、と言った。ドネリー夫人が子供たちのためにピアノを弾き、子供たちはダンスをしたり歌ったりした。それから隣の家の二人の娘が胡桃を配って回った。誰も胡桃割りがどこにあるのか知らなくて、ジョウはそのことでだんだん不機嫌になりだして、胡桃割りがなくちゃマライアは胡桃が割れないじゃないかと言った。でもマライアは胡桃が好きじゃないから気にしないでと言った。するとジョウがスタウトを一本どうと言い、ドネリー夫人がもしポートワインのほうがよければありますよと言った。マライアはそんなにかまわないでちょうだいなと言ったけれど、ジョウは退かない。

そこでマライアは彼の好きなようにまかせて、みんなで暖炉のそばに座って昔話を始め、マライアはアルフィのことを取りなそうと思った。でもジョウは天罰が下って死んだって二度と弟とは口をきくものかと大声で言ったので、マライアはそんなことを言い出してごめんなさいと言った。ドネリー夫人が夫に、血を分けた兄弟のことをそんなふうに言うなんてひどすぎるじゃありませんかと言ったが、ジョウはアルフィなんか兄弟じゃないと言って、そのことで口喧嘩になりそうだった。でもジョウは、こういう晩なんだから癇癪を起さないでおこうと言って、妻にもっとスタウトを開けてくれないかと言った。隣の家の二人の娘がハロウィーンの遊戯をいくつか用意してあって、じきにまた陽気な雰囲気に戻った。マライアは、子供たちが陽気にはしゃいでジョウ夫婦がとても上機嫌なのを見て嬉しかった。隣の家の娘たちが受皿を何枚かテーブルに置いて、それから子供たちに目隠しをしてテーブルへ連れて行く。一人が手をのせたのは祈禱書で、ほかの三人は水だった。そして隣の家の娘の一人が指輪を取ったとき、ドネリー夫人は顔を赤くした娘に向って、**あら、ちゃんと分ってるのよ！**と言うように人差指を振った。それから皆が、マライアに目隠しをしてテーブルに連れて行き、なにが当るかやってみようと言い出した。そして目隠しをされながら、マライアはまたしても笑って笑って、鼻の先が顎の先に届きそうになった。

　彼女は笑い声とはしゃぎ声の中、テーブルへ連れられて行き、言われるとおりに片手を上へ差しのべた。その手をそのままあちこちへ動かしてから、受皿の一枚に下ろす。柔くてじとっとしたものが指にふれて、驚いたことに、誰もしゃべらないし目隠しを取ってもくれない。ちょっとの間しーんとして、それからひとしきりざわつく足音とひそひそ声があった。なにか庭のことを言う声があって、最後にドネリー夫人が隣の家の娘の一人にかなりきついことを言い、すぐに外へ捨てなさい、今のは無しよ、と言った。マライアは今のは間違いだったのだと分ったので、もう一度やりなおしをした。そして今度は祈禱書にふれた。

　そのあとドネリー夫人がミス・マクロードのリールを伴奏して子供たちがダンスをし、ジョウはマライアにワインを一杯すすめた。じきに皆、またすっかり陽気になり、そしてドネリー夫人が、マライアは祈禱書にふれたから今年中に修道院へ入るかもしれない、と言った。マライアは、ジョウが今夜ほど優しくしてくれるのは見たことがなく、こんなに次々と楽しい話題や思い出話を持ち出すのも見たことがなかった。みんなほんとうに優しくしてくれて、と、彼女は言った。

とうとう子供たちがくたびれて眠くなり始めると、ジョウはマライアに、帰る前に一つ歌を聞かせてほしいな、なにか昔の歌を、と言った。ドネリー夫人が**ぜひお願い、マライア!**と言うので、マライアは立ち上ってピアノのかたわらに行った。ドネリー夫人は静かにしてマライアの歌を聴くのよと、子供たちに言った。それから前奏を弾いて、**さあ、マライア!**と促し、マライアは、顔を真っ赤にしながら、小さなふるえる声で歌い始めた。彼女は**夢に見しわれは**を歌い、二番の歌詞になってもういっぺん歌った。

夢に見しわれは大理石の館に住(すま)いて
数多(あまた)の家臣と下じも傅(かしず)きてふるまう
皆が皆、館に集いて
希望と誇りなるわれを敬う
かぞえきれぬ富に恵まれ
古き高貴の家名を誇り
あなたの変らぬ愛にくるまれ
夢の華のなお咲き残り

しかし誰も彼女の間違いを言い出そうとはしなかった。彼女が歌い終ると、ジョウはとても感動した。遠い昔ほどよき時代はないし、誰がなんと言おうとも、今は亡きバルフに優る音楽はない、と、彼は言った。そしてその目は涙があふれそうになり、なにかを探しているのに見つけられなくて、しまいには栓抜きはどこへやったと妻に問いかけた。

ジェイムズ・ジョイス（一八八二―一九四一）

アイルランドの作家。敬虔なカトリック家庭に生まれるが、父の破産によって経済的に苦労する。大学の文芸サークルで劇作を手がけ、卒業後はパリにも留学した。しかし浪費癖が災いして、後の妻ノラと駆け落ち同然にスイス、イタリアなどを転々とする。一九一二年、帰省して『ダブリナーズ』の出版を試みるが頓挫し、二度と故郷に戻らなかった。代表作『ユリシーズ』（二二）では、わずか一日の物語の枠組みにおいて、叙事詩さながらの壮大な構成でさまざまな文体実験を試み、二〇世紀のモダニズム文学に絶大な影響を与えた。長編『フィネガンズ・ウェイク』（三九）でジョイスの言葉遊びは頂点に達し、ほとんど翻訳不可能な文体が物議を醸した。いかに難解に見えようと、ジョイスの作品はいずれも、祖国アイルランドの歴史や風俗、故郷ダブリンでの経験や交友関係に根差したものである。本作は、市井の人々の悲喜こもごもを描いた十五の短編集『ダブリナーズ』のうちの一編である。

狂人日記

魯迅（ルーシュン）

橋本悟 訳

　ここにその名が伏せられる某氏の兄弟は、ともに以前、筆者の中学時代の親友であった。長い年月により隔てられ、音信は次第に減少していた。過日、偶然そのうち一人の大病について聞かされることとなり、帰郷に際して迂回（うかい）の上での訪問がなされた。一人とのみ面会が持たれ、病人はその弟との事。遠路の慰問が労（ねぎら）われ、病人の回復の完了と、その任官のための某地への赴任とが報告された。大笑いとともに先方から日記帳二冊の提示があった。当時の病状に関する記述がみられ、旧友の閲覧についてはそれを妨げないとの由。持参のうえ一読がなされ、当人の罹患（りかん）については、「被害妄想」の類と推測された。言語の相当な錯綜（さくそう）、順序の混乱が認められ、荒唐無稽な表現も多見された。また日付の記載がないものの、墨色および字体の非一貫性から、一度の記述によらないことが了解された。なかに若干の脈絡の存在する箇所が認められたため、ここに一編を抜粋の上、医学者の研究に供される。記述中の誤字についても、一字の変更もなされていない。唯一人名についてのみは、皆世に知られない村民ではあるものの、全て変更がなされた。書名に関しては、本人の全快後に題されたもので、変更はされていない。民国七年四月二日記す。

一

今晩は、とてもよい月明かり。

わたしがそれを見なくなってから、もう三十年以上になる。今日はそれが見えて、気分がとくにすがすがしい。こうして気づいてみると、これまでの三十年間は、ずっとぼうっとばかりしていたんだな。でも十分に気をつけなければ。さもなければ、なぜ趙(チャオ)家の犬が、わたしを二度も睨(にら)んだというのか。

わたしが恐れるのには理由がある。

二

今日はまったく月が出ない。これはまずいな。朝、おそるおそる家を出ると、趙貴翁(チャオクイオン)の眼(め)の色からしておかしい。わたしを恐れているのか、それともわたしを殺したいのか。それに七、八人が、ひそひそとわたしのことを話しながら、わたしに見られまいとびくびくしている。道をゆく人々が、ことごとくこの様子だ。そのなかでも一番凄(すご)みのある奴(やつ)が、口を開けてわたしに向かって笑みを浮かべている。わたしは頭のてっぺんから踵(かかと)の先まで寒気が走った。そして、彼らはすでに手はずを整えてしまったのだとわかった。

でもわたしは怖くない。このまま自分の道を行くだけだ。前の方にいる子供たちも、やっぱりあそこでわたしのことを話している。眼の色も趙貴翁そっくりで、顔色もみな真っ青に青ざめている。子供たちはわたしに何の恨みがあって、こんな様子なのか。わたしはたまりかねて大声で言った。「言ってみなさい！」すると彼らは走って行ってしまった。

わたしは思う。趙貴翁はわたしになんの恨みがあるというのか。道ゆく人間たちもまた、わたしになんの恨みがあるというのか。ただあるとすれば、二十年前、古久先生の古臭い帳簿をちょっと踏んでしまったとき、古久先生は非常に気分を害していたよな。趙貴翁は彼の知り合いではないものの、きっとそのことを噂で聞きでもして、代わりにわたしに不満を抱いたのかもしれない。そして道ゆく人間たちと図って、わたしを目の敵にするよう仕向けたのだろう。それにしても、子供たちは？あのことがあったとき、彼らはまだ生まれてもいなかったというのに、なぜ今になって、わたしを恐れるような、わたしを殺したいような、あのおかしな眼をしているのか。このことが、わたしには腹の底から恐ろしい。驚くべき、悲しいことだ。

そうか。それは親にそう教えられたのだ。

三

夜など結局眠れるものではない。なにごとも研究してみないとわからないものだ。

彼ら――なかには、県知事に枷をはめられた者、紳士にひっぱたかれた者、役所の小間使いに妻を寝とられた者、親を債権者による圧力で亡くした者もいる。しかしその彼らにしても、昨日ほどその表情が恐ろしく、凄みに満ちていたことはない。

一番奇妙なのは、昨日道にいたあの女だ。その女は自分の息子をぶっ叩きながら、「わたしゃね、お前に何度か噛みついてやらなきゃ気が済まないんだよ！」とか言っていた。ところがその眼は、実はわたしのことを見ていた。わたしは驚愕を隠すことができなかった。するとあのおぞましい顔をした一群の人間たちが、一斉に笑い出したのだ。すぐさま陳老五（チェンラオウー）が追いついて、無理やりわたしを家のなかに引っぱり込んだのだ。

引っぱられて家に戻ると、家の者はみなまるでわたしのことなど与（あずか）り知（し）らないかのようだった。その眼の色も、まったくもって他人のざまだった。そしてわたしが書斎に入るや、まるで鶏かアヒルでも追い込もうとするかのように、外から鍵をかけたのだ。この一件で、ますます何がどうなっているのか、見当もつかなくなってしまった。

数日前、狼子（ランツ）村の小作人が不作の報告に来て、わたしの兄に、村に大悪人がいたのでみなで叩（たた）き殺し、なかにはその内臓をえぐり出して油で炒（いた）めて食べ、肝っ玉を鍛えようとした者たちがいましたよと話していた。わたしは一言口を挟んだ。するとその小作人と兄は、わたしのことをちらちらと見ていた。今日はっきりわかるのは、そのときの彼らの眼つきが、外にいたあの一群の人間たちと、寸分違（たが）わず同じだったということだ。

思い出すと、頭のてっぺんから踵（かかと）の先まで寒気が走る。

彼らは、人を食うことができる。するとわたしのことを食わないとは、必ずしも言えないではないか。してみると、あの女の「何度か嚙みついてやる」という言葉、あのおぞましい顔をした一群の人間たちの笑い、そして数日前の小作人の話は、確かに暗号だったのだ。彼らの言葉のなかはすべて毒、笑いのなかはすべて刃であるのが、わたしには見える。彼らの歯は、真っ白に磨かれて並んでいる。彼らは、人を食う者たちである。

自分の考えでは、わたしは悪人だとは思わないが、古家（クー）の帳簿を踏んづけてからは、それもそう簡単ではなくなった。彼らには何か別の考えがあるようなのだが、わたしにはそれが何だかさっぱりわからない。ましてや、彼らはひとたび態度を翻すと、すぐに人を悪人呼ばわりする。今でも思い出すが、兄が論文の書き方を教えてくれたときのこと、どんな好人物の書いたものでも、わたしがそれを少々ひっくり返して論じてみせると、兄はいくつもマルをくれたし、悪者を許容するような内容を多少書くと、「天をも翻すかのような妙手、大変独創性に富んでいます」と褒めてくれたよな。そのような彼らが一体何を考えているのか、わたしにわかろうはずもないではないか。ましてや、取って食おうとしているときなのだから。

なにごとも研究してみないとわからないものだ。古くからしばしば人を食っていたというのはわたしも覚えてはいたが、あまりはっきりとしたことは知らなかった。そこでわたしは歴史をめくって調べてみた。するとこの年代のない歴史には、くねくねとすべてのページに「仁義道徳」という幾文字かが書かれていた。わたしはどうせ眠れないので、一晩中詳細に読んでみた。すると文字の隙間から文字が見えてきて、本が一面「食人」の二文字で満たされていた。

本にはこんなに多くの文字が書いてあり、小作人はこんなに多くの話をした。それらはみな、にやにやと怪しげな眼をわたしに向けていた。

わたしも人ではないか。すると彼らは、わたしを食おうとしているのだ。

四

朝方、わたしはしばらく静かに座っていた。陳老五が食事を運んできた。野菜が一皿と、蒸し魚が一皿。魚は眼が白く固まり、口を開いたままで、ちょうど人を食おうとしているあの人間たちと同じだった。箸で何度かつまむと、とろとろして魚なのか人なのかわからなくなって、呑み込んだものを吐き出してしまった。
「老五、息苦しくてたまらないから庭に出て散歩してもいいか、兄に聞いてくれませんか」わたしがそう言うと、老五は返事もせずに去ってしまった。しばらくすると戻ってきて、扉を開けた。

　わたしはじっとしていた。彼らがわたしをどう扱うのか見極めていたのだ。すると彼らはわたしを決して自由にするつもりがないことがわかった。それ見たことか！　兄は一人の老人を連れて、ゆっくりと入ってきた。その老人は凄みのある眼光をたたえていたが、それがわたしにばれるのを恐れて、ただへこへこと下の方ばかり向き、それでいて眼鏡の隙間からはこっそりとわたしのことを窺（うかが）っていた。兄が言った。「お前今日は調子が良さそうだな」。わたしは言った。「そうですね」。兄が言った。「今日は何（ホー）先生にお願いして、お前をちょっと診ていただくから」。わたしは言った。「わかりました」。その実、この老人に扮（ふん）しているのが死刑執行人であることくらい、わたしが気づかないとでも？　こうして脈を診るふりをして肉づきを確かめ、その代価として肉の分け前にあずかろうなどと。わたしも怖くなどない。わたしは人は食わないが、肝っ玉は彼らに比べても大きい。両拳を突き出して、彼がどうやって手を下すのか見定めていた。老人は座って眼を閉じ、しばらく触ってみてはぼうっとしてから、おもむろにあの不気味な眼を開けて言った。「そんなにあれこれ考えないことです。何日か養生していれば良くなりますから。」

　あれこれ考えるな、養生していろ？　養生して肥えれば、おのずと彼らの食うものは多くなる。しかしわたしにとって良いことなど何もない。何が「良くなります」だ？　やつら一味め、人が食いたいくせに、こそこそこそしやがって。どうやって誤魔化（ごまか）そうかとばかり考えて、思い切って手を下そうともしない。臍（へそ）で茶を沸かす！　わたしは耐えかねて、大声を立てて笑い出した。実に気分がスッキリした。自分では、あの笑いの中には、勇気と正気が含まれていたと思う。老人と兄も青ざめて、わたしの勇気と正気に圧倒されていた。

ところが、わたしに勇気があると見るや、やつらはますますわたしが食いたくなったのだ。この勇気にあやかろうというわけだ。老人は門を出ていくらも行かないうちに、兄にひそひそ話しかけた。「とっとと食っちまわんと！」すると兄はうんうんと頷(うなず)いていた。兄さん、やはりあなたもでしたか。この一大発見は意外のようだが、実は意外ではなかった。グルになってわたしを食う人間。それがすなわちわたしの兄だった！

人を食うのはわたしの兄！

わたしは人を食う人間の弟！

自分が人に食われてしまったとしても、やはりわたしは人を食う人間の弟である！

五

ここ何日かは、一歩引いて考えていた。仮にあの老人が、死刑執行人が扮したのではなく、本当に医者だったとしてみよう。そうしたところで、あれは人を食う者だ。彼らの祖師、李時珍(リーシーチェン)の書いた(1)『本草云々(ほんぞううんぬん)』には、人肉は水煮にして食えるとはっきり書いてあるのだから。それでも彼は、自分は人を食わないなどと言えるというのか？

うちの兄のことも、決して言いがかりではない。実際、彼がわたしに本を教えてくれたとき、自分の口から「(2)子ヲ易(か)ヘテ食ス」と言っていた。またあるときは、たまたまひとりの悪人のことが話に出ると、彼はためらわず、殺されて当然なうえ、「肉ヲ食シ、皮ニ寝(い)ヌ」べきだと言っていた。当時わたしはまだ小さかったので、しばらく胸のどきどきがおさまらなかったっけ。そしておととい、狼子村の小作人が来て内臓を食った話をしたときも、彼はなんの疑いもなく頷いてばかりいた。やっぱり、彼の心は前からずっと残虐だったのだ。「子ヲ易ヘテ食ス」ことができるなら、なんでも易えて、どんな人でも食すことができるだろう。以前は、わたしは彼が道理を説くのをただ聞いて、なんとなくやり過ごしていた。しかし今となっては、彼が道理を説くときには、その唇のまわりには人の油がこびりついていて、その頭の中には人を食ってやろうという考えがぎっしり詰まっているのがはっきりとわかる。

六

真っ暗だ。昼なのか夜なのかわからない。趙家の犬がまた吠え出した。
獅子のように凶暴な心、兎の臆病さ、狐の狡猾さ、……

七

わたしには彼らの手口がはっきりわかる。じかに手を下すことはしない。祟られるのも怖いし、わざわざしたくもない。だから彼らはみなで連絡をとりあい、網を張り巡らせ、わたしを自殺へと追い込もうとする。数日前の道での男女の様子と、ここ最近の兄の行動を見てみても、まず十中八九そんなところだ。わたしがベルトを外し、梁に掛け、自分で首を吊ってしまうのが一番よい。すると彼らは、殺人という罪名もつかず、念願もかない、思わず皆歓喜して一種のキャーキャーという笑い声を発する。さもなくば、わたしが怖がり、不安に苛まれ、死んだとする。その場合、肉付きは若干劣るだろうが、まあまあよしとする。

彼らには、屍肉(しにく)しか食えない！ ——以前読んだ本に、眼つきや外見も見苦しく、いつも屍肉を食らい、大きな骨も粉々に嚙み砕いて腹に呑(の)みこんでしまう「ハイエナ」というのがいると書いてあったっけ。思い出すだけでもぞっとする。「ハイエナ」は狼(おおかみ)の親戚で、狼は犬の一族だ。おととい趙家の犬が、わたしをちらちら窺(うかが)っていたのは、あれもその一味で、とっくに連絡がついていたということか。老人は下ばかり見ていたが、そんなことでわたしをだませるとでも？

一番かわいそうなのは、わたしの兄だ。彼も人なのに。なぜ少しも恐れることなく、彼らの一味になってわたしを食ったりできるのか？ それとも、もう慣れてしまって、まずいとも思わないのか？ それとも、良心がもうなくなってしまって、わかっているのに、やってしまうのか？

人を食らう人間を呪詛(じゅそ)するとしたら、兄からまず始めること。人を食らう人間を改心させるとしたら、やはり兄から手をつけること。

八

それにしてもこれくらいの理屈は、今となっては、彼らもとっくにわきまえていていいはずなのだが……。

不意に人がひとりやってきた。年はせいぜい二十歳前後、顔つきはあまりはっきりしなかったが、にやにやしながら、わたしに向かって会釈をしてきた。そのにやつきも、本当の笑みではなさそうだった。わたしはとっさに訊(き)いてみた。「人を食うのは、正しいことか？」彼は相変わらずにやにやしながら、「凶作の年でもありませんよ。人を食べるなんて」と言った。わたしはすぐさま悟った。

こいつもあの一味だ。人を食いたがる奴だ。しめたと思い、無理やり問い詰めてみた。

「正しいことか？」

「そんなこと訊いてどうするんですか？　あなた本当に……冗談がお上手で。……今日はお天気がよろしいですね」

天気はよかった。月も明るかった。だがわたしはあいつに訊くことがあった。「正しいことか？」

彼はそうだとは思わず、もごもごと、「いや……」と答えた。

「正しくない？　それでは、いったいなぜ食っているのか?!」

「そんなありもしないことを……」

「ありもしない？　狼子村では現に食っているし、本にも書いてある、真っ赤な、新鮮な！」

彼は顔色がさっと変わって、真っ青になった。眼をみひらいて、「もしかすると、あることはあるかもしれません。それは昔からそうだったから……」と言った。

「昔からそうだったとしたら、正しいことか？」

「そういうことは、あなたとは話しません。結局、話すべきではないのです。あなたが話したことは、とりもなおさず、あなた自身の誤りです！」

わたしはすぐさま跳び起きて、眼をみはったが、もう彼の姿はなかった。彼は兄に比べて年もだいぶ若いというのに、やはりあの一味になっていた。それはきっと、彼の父母が先に教えてしまったのだろう。ともすると、もう自分の息子にも教えてしまったかもしれない。こんなことだから、小さな子供さえ、わたしのことを憎悪のこもった眼で見るのだ。

九

自分は人を食いたいくせに、他人に食われるのを怖（おそ）れて、みな疑い深い眼つきで互いの様子を窺っている。……

この考えを捨て、安心して働き、道を行き、飯を食い、眠ったとしたら、どれだけすっきりすることか。たったひとつの敷居をまたぎ、たったひとつの山を越えさえすれば。ところが彼らは、親子、兄弟、夫婦、友人、師弟、仇敵（きゅうてき）、それに見知らぬ人間たちまで、皆で固まって、互いの傷を舐（な）めて励まし合いながら、互いに牽制（けんせい）しあって、死んでもその一歩を踏み出そうとしない。

十

朝早く、兄に会いに行った。彼は門の外に立って空を眺めていた。わたしは彼の後ろに回って、入口を塞ぎながら、とりわけ冷静に、とりわけ穏やかに話しかけた。

「兄さん、話があるんだけど」

「話してみろよ」彼はすぐに振り向いて頷いた。

「たいしたことじゃないんだけど、なかなか言いづらいな。兄さん、たぶん昔、野蛮な人々は、みな少しは人を食っていたよね。それから考え方が分かれるようになって、ある人々は人を食わなくなって、ひたすら良くなろうと頑張って、ついに人間になった。まっとうな人間に。でも、ある人々は相変わらず食って、――虫けら同然だった。しかしそのなかにも、魚になり、鳥になり、猿になり、ついには人間にまでなる者たちもいた。ところが、ある人々は良くなろうとしないで、いまだに虫けらのままだ。この人を食う人たちは、人を食わない人たちにくらべて、どれだけ恥ずかしいことだろうね。たぶん、虫が猿にくらべて恥ずかしいよりも、ずっとずっと恥ずかしいことだろうね。

(3)易牙（えきが）がその息子を蒸して桀紂（けっちゅう）に食わせたっていうのは、やっぱりずっと昔のことでしょう。でも誰も知らないことがあるんです。それは、盤古（ばんこ）が天地を開闢（かいびゃく）してからずっと食いつづけて易牙の息子に至ったということ、そして、易牙の息子からずっと食いつづけて徐錫林（シューシーリン）に至り、徐錫林からまたずっと食いつづけて、狼子村で捕らえられた男に至ったということです。去年、城内で囚人を死刑にしたときも、結核を患った人がいて、饅頭（マントウ）にその血を浸して舐めていたでしょう。

あの人たちは、僕のことを食おうとしている。兄さん一人では、そもそも思いもよらないことかもしれないけど、でもだからといって、なにもあの人たちの仲間になることはないでしょう。人を食う人たちに、できないことなんてないよ。僕のことが食えるんだから、兄さんも食うかもしれないよ。仲間同士で食い合うことになるかもしれないよ。ほんの一歩だけ向きを変えて、今すぐ改心すれば、みんなが平和になるじゃない。昔からそうだったんだって言うかもしれないけど、でも僕たちが、今日にでも心機一転して、できないって言えるじゃない！　兄さん、あなたには言えるはずでしょう。おととい、小作人が年貢を減らしてくれと言ってきたときも、兄さんは、できないって言っていたじゃない」

はじめのうち、彼はまだ冷笑するだけだった。やがて、眼つきが凶暴さを帯びだし、彼らの隠し事を暴いてしまうところまでいくと、顔が一面真っ青になっていた。門外には人々が集まっていた。なかには趙貴翁とその犬もいた。みなきょろきょろしながら押し入ってきた。ある者は顔が見えなかったが、布で覆っていたようだ。ある者はいつもどおり凶悪な顔つきで、口をすぼめて笑っていた。あいつらがグルであることは知っていた。みな人を食らう者たちだった。しかし、彼らの考えにはかなりの違いがあることもわかっていた。ひとつは、昔からそうだったのだから、食うべきだという者たち。もうひとつは、食うべきではないと知りながら、食いたがる者たちで、彼らは他人にそれを暴かれるのが怖くて、わたしの話に腸(はらわた)が煮えくり返る思いをしながらも、口をすぼめて冷笑を決め込んでいた。

そのとき、兄も突然形相を変えて、大声でどなった。

「お前たち出て行け！　気違いはね、見せ物じゃないんだよ！」

そのとき、わたしは彼らの巧妙さをまたひとつ悟ってしまった。彼らは改心しないどころか、とっくに手はずさえ整えていた。つまり、気違いというレッテルを準備して、わたしに貼り付けてしまおうと。そうすれば、将来わたしを食うときになんの問題も生じないばかりか、食った者に同情する奴らさえいるかもしれない。小作人が、皆で悪人を食ったと言っていたのも、まさにこの方法を使ったのだ。これは、彼らの常套(じょうとう)手段だったのだ！

陳老五も怒り心頭の様子で入ってきた。わたしの口をふさげるとでも思っていたのだろうか。わたしはあくまで、その一味に向かって述べた。

「あなたたちは改心できます。心の底から改めてください！　わかってください。これから先、人を食う人間など生きていけない世の中になりますよ。

もしあなたたちが改心しないなら、自分たちで食い尽くしてしまうでしょう。たくさん産んで増やしたとしても、まっとうな人間たちに絶滅させられるでしょう。ちょうど猟師が狼を一網打尽にするように！――虫けらみたいに！」

あの一群の人々は、陳老五に追い払われた。兄の行方もわからない。陳老五はわたしに部屋に入るよう言った。部屋は暗く沈んでいた。梁や垂木が、頭のうえで震えていた。しばらく震えていると、突然それが大きくなって、わたしの上にのしかかってきた。

重みに耐えられず、動くことができなかった。彼はわたしにただ死んでもらいたいのだ。するとわたしは、その重みが偽物であることに気がつき、全身汗だくになって、どうにかして這いだした。しかし、わたしはあくまで述べた。

「あなたたち、今すぐ改心しなさい。心の底から改めてください！　わかってください。これから先、人を食う人間など生きていけない、……」

十一

太陽も出ない。扉も開かない。毎日二杯の飯。

箸をつかむと、兄のことを思い出した。そして妹が死んだ原因も、すべて彼にあることがはっきりした。当時わたしの妹は五歳になったばかりで、その可愛いくも哀れな姿がまだありありと思い浮かぶ。彼は涙の止まらない母親に、あまり泣かないよう言っていた。それもきっと、自分が食ってしまったものだから、泣かれると少しはすまない気持ちにならざるをえなかったのだろう。もしまだすまない気持ちが残っていたのなら、……

妹は兄に食われてしまった。母親がそのことをわかっていたか、わたしには知るよしもない。

母親も、おそらくは知っていた。しかし泣きながら、そのことにはまったく触れなかった。きっと、しかるべくしてそうなったと考えていたのだろう。そういえば、わたしが四、五歳のころ、母屋のまえに座って涼んでいると、兄がきて、父母が病の際には、息子たるもの、自らの肉を一片切り取り、煮込んで差し上げてこそ、立派な人間なんだと語っていたのを覚えているが、そのとき母親も、そんなことはいけませんとは言っていなかった。[4] 一片食べられれば、全部でも自然に食べられてしまう。それにしても、あの日の母親の泣きかたといったら、いま思い出しても、実際心が痛む。これはじつに不思議なことだ！

十二

もう考えられない。

四千年来ずっと人を食ってきた場所。わたしもそのなかで、長年いい加減に過ごしてきたのだということが、今日やっとはっきりわかった。兄が家のことを仕切っていたときに、ちょうど妹は死んだのだった。彼が料理にまぜて、こっそり私たちに食わせていなかったとはいえないではないか。

わたしが知らないうちに、妹の肉を何片か食っていなかったとはいえない。そして今度は私の番だ、……

わたしのなかには、四千年間、綿々と人を食ってきた歴史がある。はじめはそのことに気がつかなかったが、それがはっきりしたいま、わたしはまっとうな人間に顔向けできなくなってしまった！

十三

まだ人を食ったことのない子供、もしかしてまだいるのかも？

子供を救え……

一九一八年四月。

訳註

（1）中国明代の李時珍（一五一八—九三）の著した薬物学の書『本草綱目』を指す。本書にある人体各所の薬効に関する記述は、唐代の『本草拾遺』にもとづく。

（2）「子ヲ易ヘテ食ス」と「肉ヲ食シ、皮ニ寝ヌ」は、ともに『春秋左氏伝』の故事にもとづく成語。「子ヲ易ヘテ食ス」は、籠城中に食料が底をつき、自分の子を食うのは忍びないので他人の子と交換して食った故事から、飢餓の悲惨さを表す。「肉ヲ食シ、皮ニ寝ヌ」は、敵に対する憎悪を表す。

（3）「易牙」は古代の料理人。自分の子供を材料にした料理で王の舌を喜ばせ、出世したという伝説がある。「桀紂」は、暴君の代名詞で、夏の桀王と殷の紂王を指す。「盤古」は、中国神話における天地の創造者。「徐錫林」は、同じ発音の徐錫麟を暗示する。徐錫麟（一八七三—一九〇七）は、清末の革命団体光復会に属した革命家で、清朝に捕らえられて処刑され、その内臓が兵卒たちに食われたという。

（4）いわゆる「割股療親」の迷信。古来親孝行の模範行為とされた。

魯迅（一八八一—一九三六）

中国の作家。本名は周樹人、浙江省紹興の生まれ。進士の祖父をもつ士大夫の家の長男として、幼少期から科挙の受験を目指すも、家の没落にあい、一八九八年、南京に赴いて近代科学・工学と西洋語をふくむ新学を修める。一九〇二年、官費で日本に留学。一九〇四年、医師を志して仙台医学専門学校に入学するが、二年ほどで中退、東京で日本語・英語・ドイツ語を介して世界文学に触れながら、執筆・翻訳に従事。一九〇九年、帰国。辛亥革命後は、新政府の教育部で官吏生活を送る。一九一八年、文学革命を主導する雑誌『新青年』に本作を発表、近代白話文学の嚆矢となる。短編小説集『吶喊』（二三）・『彷徨』（二六）、散文詩集『野草』（二七）等で文名を高める一方、晩年は論争的「雑文」の発表に心血を注ぐ。その作品は、中国近代文学のひとつの起源を打ち立てるとともに、各国の世界文学集に収録されている。

Cross Current 3 読書案内

孤独

孤独の文学としてまずあげたいのはフランスの思想家**ルソー**の**『孤独な散歩者の夢想』**[★★☆]です。同書の第一行目は、「ただ一人きりになってしまった」という孤独の吐露から始まります。ルソーが独特なのは、そういう孤独な自己とは何かを徹底して考えたところです。次々と展開されるこの省察が実に興味深い。仕事、幸福、快楽や愛、魂といったさまざまな問題について考察が深められる。その省察からは、孤独は青春と関係が深いことも見えてきます。

ルソーはしばしば自然の中で「夢想」に耽(ふけ)りますが、自然と孤独といえばイギリスの詩人**ワーズワース**です。**『ワーズワース詩集』**[★☆☆]でうたわれるのはさまざまな植物、動物、風景です。ところが、読んでいるとそれがただの風景でないことがわかってくる。そこには自然と向き合う「私」がいて、その孤独、懐かしさ、恍惚(こうこつ)、悲哀など、多彩な感情が託されている。一方、同じく自然の風や星をうたっているのに、イメージの明暗は対照的で、厳しい現実や自己の孤独が浮かび上がる東洋の詩として、戦時下の日本で獄死した**尹東柱**(ユンドンジュ)の詩集**『空と風と星と詩』**[★☆☆]を挙げたいと思います。特に、故郷の母に宛てて残された言葉は痛切で美しい。

人間は、自然のただ中でだけでなく、むしろ多くの人がいる都市の中でこそ孤独を感じるということを見出した作品もあります。代表的な作品が**ボードレール**の散文詩集**『パリの憂愁』**[★★★]です。短い散文詩の各編で、パリという近代都市の中の貧乏な人々、俳優、香具師、狂人といったさまざまな人が描き出され、しばしば孤独についても考察が展開されている。**リルケ『マルテの手記』**[★★☆]も、都市の中の孤独を描いた作品です。手記の形式で、ストーリーはありませんがパリの街やそこに生きる人々がくっきりとした輪郭をもって描かれていく。マルテはそれらの人々や風景を見つめ、パリという街に「死」を見出す。マルテの死の観念に

あたらしい名前（早川書房）

影を落としている、祖父である侍従ブリッゲの死への過程を描いた一節は圧巻です。

同じく都市の中の孤独でも、**テジュ・コール『オープン・シティ』**［★★☆］が描くのは、アメリカのマンハッタンという二一世紀の都市。主人公の精神科医ジュリアスがマンハッタンを散歩すると、街やそこに生きる人々の上に蓄積された歴史や記憶が立ち上がってくる。母国ナイジェリアの幼少期、虐殺されたアメリカ先住民、黒人奴隷、そして「9・11」の犠牲者たち。現代の都市において孤独とは人種と人種との差異がもたらすものであることが、静かな筆致の中から立ち上がっていきます。人種の差異や越境がもたらす孤独を描いた作品としては、**ブラワヨ『あたらしい名前』**［★★☆］も挙げられます。子供の視点で書かれる前半の幼少期の物語は、ジンバブエが置かれた状況をえぐり出し、主人公がアメリカに渡った後半部の物語は、アメリカの中での移民の孤独と、祖国の人々との間に生まれた懸隔から来る孤独を描き出します。

都会で人とつながらないことは孤独を生み出しますが、周囲との微細なずれ、だが決定的なずれによって、人の輪の中にあって孤独に陥ることもあります。この系列の作品の白眉は、やはり**アルベール・カミュの『異邦人』**［★☆☆］でしょう。主人公のムルソーは、母の死にも自らが殺したアラブ人に対しても、常識的な反応を示さない。それは、ムルソーの中で世界とのちょっとしたずれが極限まで拡大しているからです。それは孤独とも言い換えられるものです。**ヘルマン・ヘッセ『車輪の下』**［★☆☆］も神学校という周囲の世界に溶け込めない孤独な魂の物語。そうした孤独な魂の行方を描き出した末尾は、何度読んでも胸を締めつけられます。

題名に孤独が入った作品はけっこう多いのですが、その中でもとっておきは**ガルシア＝マルケス『百年の孤独』**［★★★］です。衝撃的な冒頭から始まり、ブエンディア家の個性的な人々の運命、魅力的でちょっと変な人物たちのエピソードが次々と畳みかけられて、私は初読の時に文字通り読みやめられずに徹夜して読み通しました。しかも、最後の最後で、「え、そんなことが……」という展開が待っているのですが、そこで私たちは「孤独」ということの意味を、物語というものの世界にとっての意味とともに思い知らされます。

（戸塚）

Column 3

オリエンタリズム

コラム

「余は幸にして日本人に生まれたと云ふ自覚を得た[…]支那人や朝鮮人に生まれなくつて、まあ善かつたと思つた。」あたかも、近年ネットや出版界に跋扈する、嫌中・嫌韓論者の心理を代弁しているかのようである。レイシズムという批判も免れないだろう。だがこれが、日本近代文学を代表する、夏目漱石（一八六七～一九一六）による発言だとしたら？　私たちは、漱石にこのような言動をせしめたイデオロギーとは一体何だったのか、問わざるをえないだろう。そして、問う責任があるだろう。「オリエンタリズム」という概念は、その一助になる。

「オリエンタリズム」とは元来、近代ヨーロッパの帝国主義を批判するために、パレスチナ系アメリカ人の学者エドワード・サイード（一九三五～二〇〇三）が、その著作『オリエンタリズム』（一九七八）において提唱した概念である。サイードはこの概念をとおして、ヨーロッパ、とくに一八世紀以降のフランスとイギリスの学者・作家・芸術家・ジャーナリスト等が、自らの「東方」、すなわち「オリエント」に位置する中東やアジアについて語る際の、表象の独特なあり方を分析しようとした。オリエンタリズムの核心にあるのは、世界の歴史はつねに過去から未来にむけてより高度に、より良くなってゆくと考える、近代的な進歩史観である。この考え方に従って、ヨーロッパはその文明を世界史の先端に位置づけるため、自らとは異なる非ヨーロッパ、つまり「オリエント」を発明し、その文明を世界史における遅れた、低次の段階にあると規定した。すなわちヨーロッパは、世界史においてその主体を立ち上げるため、自らがもはやそれではなくなったものとしての、自らの過去ないし起源のイメージを必要とし、それを他者に投影する言説が、「オリエンタリズム」である。

すると「オリエント」は、進歩以前の、いまだ歴史をもたない停滞した文明として表象される。それは、起源の純粋さという、ロマン主義的な理想化の対象となる一方で、そこには、ヨーロッパが近代化のなかで獲得してきた価値（人権・勤勉・清潔等）の反対物（独裁・怠惰・不潔等）が投影される。そのイメージは、必ずしも「現実」や「実態」を反映する必要はなく、むしろ「それらしい」（verisimilar）だけで十分である。「オリエント」は、こうしてヨーロッパの「知」の体制に編入される。そこで「オリエント」は、〈表象する〉主体であるヨーロッパに対して、〈表象される〉客体となり、またヨーロッパの嗜好・趣味によって鑑賞・収集・消費される対象となる。すなわち、それは表象関係における受動的な位置に縛り付けられ、その主体性が抑圧される。こうして、オリエンタリズムという表象機構は、権力を行使することになる。サイードは、この表象に潜む権力構造こそが、「オリエント」を従属させ、経営し、支配するという、近代ヨーロッパの帝国主義を可能にした言説的条件であったと論じたのである。

アジアの一員として、日本も主として一九世紀以降、オリエンタリズムの対象となってきた。一九世紀ヨーロッパのジャポニズムや、ハリウッド映画における「ゲイシャ」の形象はその典型である。しかし、オリエンタリズムは、近代化のなかで、日本人の「アジア」に対する視線にも深くその根を下ろしてしまった。近代日本も、ヨーロッパと同様、自らを進歩的文明と位置づけるため、「日本のオリエント」（ステファン・タナカ）を発明する必要があったのである。近代日本の啓蒙主義を代表する福澤諭吉（一八三五〜一九〇一）の「脱亜論」（一八八五）は、この言説の嚆矢である。「脱亜論」において、日本の西洋化は、中国・韓国の「オリエント」化とまさに表裏一体となっている。

> 日支韓三国相対し、支と韓と相似るの状は支韓の日に於けるよりも近くして、此二国の者共は一身に就き又一国に関して改進の道を知らず［…］其古風旧慣に恋々するの情は百千年の古に異ならず。

福澤はこのように述べ、一方の日本と、他方の中国・韓国のあいだに分割線を引いた上で、日本が西洋化＝文明化したのに対し、中国・韓国は「古風旧慣」に恋々として進歩を知らず、「百千年」の昔から同じ停滞状態にあると表象する。しかし当然のことながら、中国・韓国の歴史がかつて停滞状態にあったためしはない。すなわち、日本が「脱」すべきものとして福澤が論じる「亜細亜」とは、文明化により日本がもはやそれではなくなったところの「オリエント」というイメージの投影でしかないのである。まさにそれゆえ、「近代日本」は、自らが文明国としての主体性を確立するためには「支と韓」をオリエント化しつづけなければならないという、困難な構造を抱えることになったのである。

日本近代文学という制度は、この構造とどのような共犯関係にあったのだろうか？　あるいは、それは「日本」自体がヨーロッパによるオリエント化の対象となったという経験から、その構造にどのように対抗しえたのだろうか？　夏目漱石は、『満州日日新聞』に寄稿した「韓満所感」（一九〇九）という論説で、自らの朝鮮と満州への紀行を振り返って、次のように書いている。冒頭の引用は、ここから取られている。

> 歴遊の際もう一つ感じた事は、余は幸にして日本人に生まれたと云ふ自覚を得た事である。内地に跼蹐してゐる間は、日本人程憐れな国民は世界中にたんとあるまいといふ考えに終始圧迫されてならなかつ

たが、満州から朝鮮へ渡って、わが同胞が文明事業の各方面に活躍して大いに優越者となつている状態を目撃して、日本人も甚だ頼母しい人種だとの印象を深く頭の中に刻みつけられた。同時に、余は支那人や朝鮮人に生まれなくつて、まあ善かつたと思つた。

漱石は『文学論』(一九〇七)の「序」において、自らの英国留学を回顧し、「滞在の当時君等を手本として万事君等の意の如くする能はざりしのみならず、今日に至る迄君等が東洋の孺子に予期したる程の模範的人物となる能はざるを悲しむ」と、「英国人」に向けて、皮肉を込めて述べていた。すなわち彼は、英国人に同化することもできず、また彼らが表象する「孺子」、つまり子供としての「東洋人」に甘んじることもできなかった。この曖昧な、「憐れな」主体性ゆえ、漱石は留学中、近代都市ロンドンで「狼群に伍する一匹のむく犬の如く」生きるしかなかった。しかしその曖昧な主体性はまた、「文学とはどんなものであるか、その概念を根本的に自力で作り上げる」(「私の個人主義」、一九一四)こと、すなわち漢籍にいう伝統的な「文学」と、英文学にいう近代的な「文学」とのあいだの荒野において、近代文学を書くという彼の創造性の根源ともなっていた。そしてそれは、日本の近代的主体性を打ち立てるという課題に取り組む、漱石の試みでもあったのである。ところが、朝鮮と満州を訪れる漱石は、「日本人程憐れな国民は世界中にたんとあるまいといふ考え」から解放される。

「文明事業」の名の下に「優越者」としてこれらのフロンティアで活動する「わが同胞」と交流し、そしてその「事業」の対象となるがままになる「支那人や朝鮮人」を観察することで、「余は幸にして日本人に生まれたと云ふ自覚」をやすやすと得てしまうのである。この視線の構造は、「オリエント」を表象することによって近代的主体性を立ち上げたヨーロッパ、漱石を「孺子」に貶めようとしたヨーロッパと異なるところがない。漱石は朝鮮と満州に「オリエント」を発見することで、逆説的にも、自らが近代文学に課した課題を見落としてしまうのである。

福澤や漱石が、「近代日本」を境界確定しようとして東アジアに引いた切断線は、その歴史のなかで繰り返し引き直され、それが日本の言論・文学・表象空間に落とす影は、二一世紀になったいま、再びその暗さを増している。その影を直視し、批判することは、ヨーロッパによって対象化される客体であると同時に、「アジア」を対象化する主体でもあるという「近代日本」のポジションの二面性により、「アジア」それ自体が急速な進歩を遂げ、日本を追い越してさえいる現代においても、依然として棚上げにされたままである。「オリエンタリズム」とは、ヨーロッパに端を発した近代社会における、表象の権力関係の普遍的問題を提起する概念であるが、それはまた、「近代日本」、そしてその文学の起源に、影のように取り憑いて離れないイデオロギーの構造を指し示してもいるのである。

(橋本)

Chapter 4

परिवार

4章

家族

かけがえのない重荷

近いから、似ているからこそ認めたくないものがあります。離れられないからこそ、離れたい。あまりに理解できてしまうからこそ、理解したくない。血によって結びつけられてしまったもの。それは、切っても切り離せないもの、逃げ出してもどこまでもつきまとってくるものでもあります。投げすててしまえばどれほど楽になることか。でも、それはできないのです。

肉親を隔てるもの、それは時間や距離だけではありません。慣習や教育もときに壁になります。しかし、それも知らないうちに誰かから押しつけられていたものかもしれません。敬意をもって接していたはずの自分の家族に憎しみや蔑み、怒りや悲しみをむけざるをえないとき、自分たちを縛ってきたもの、押しつけられてきたものが明らかになるでしょう。

子供

石垣（いしがき）りん

子供。
お前はいまちいさいのではない、
私から遠い距離にある
ということなのだ。

目に近いお前の存在、
けれど何というはるかな姿だろう。

視野というものを
もっと違った形で信じることが出来たならば
ちいさくうつるお前の姿から
私たちはもっとたくさんなことを

読みとるに違いない。
頭は骨のために堅いのではなく
何か別のことでカチカチになってしまった。

子供。
お前と私の間に
どんな淵(ふち)があるか、
どんな火が燃え上がろうとしているか、
もし目に見ることができたら。

私たちは今
あまい顔をして
オイデオイデなどするひまに
も少しましなことを
お前たちのためにしているに違いない。

差しのべた私の手が
長く長くどこまでも延びて

抱きかかえるこのかなしみの重たさ。

石垣りん（一九二〇―二〇〇四）

日本の詩人。東京赤坂で生まれ、生母と四歳の時に死別。後に継母二人も死去した。高等小学校を卒業後日本興業銀行に入社、定年まで勤めながら詩作を発表した。小学校の時から投稿雑誌に詩を投稿し始め、一九三八年に同人雑誌「断層」を創刊。民衆詩派の詩人福田正夫（ふくだまさお）に指導を受けたことが後年の詩風につながる。戦後、銀行労働組合運動に加わり、職場の組合新聞に「私の前にある鍋とお釜（かま）と燃える火と」を発表、同題の第一詩集（一九五九年）で注目された。本作は第二詩集『表札など』（一九六八年）の収録作。石垣は女性が家庭を守る存在という価値観への異和や戦争に対する怒り、庶民の暮らしを一貫して詩のモチーフとした。

私の兄さん

बड़े भाई साहब

プレームチャンド

坂田貞二 訳

兄さんは、年齢では私より五歳上なのですが、学年は三年だけ上でした。兄さんも私も、同じ年齢で学校に入りましたが、兄さんは教育のように大切なことをせかせかと進めるのが好きでありませんでした。建物は、土台がしっかりしていてはじめて、豪壮な宮殿もできるのです。そういう考えから、兄さんは一年の仕事に二年かけていました。ときには三年かけることもありました。基礎ががっちりしていなかったら、建物が堅牢(けんろう)であろうはずがありますまい。

兄と弟ですし、私が九歳のときには兄さんは一四歳でしたので、私を導き監督する権限が兄さんにはついてまわっています。私としても、兄さんの言うことを至上の法として受けとめるのが道です。

兄さんは、生来勤勉でした。いつも机に向かって本を開き、頭が疲れたときに休めるためでしょう、ノートや本の余白に小鳥、犬、猫などの絵を描いていました。ときには、ある名前、言葉や文章が一〇回も二〇回も書いてありました。

また、抒情(じょじょう)詩を見事な字で写しとったり、意味もつながりもわからない新語を造るようなこともありました。——特別の　誠心誠意　諸君　ラーダー妃とクリシュナ神(1)　拝啓、ラーデーシャーム様一時間。そのあとには人の顔が描いてありました。私はそれがどういう謎を示しているのか解こうとしましたが、わかりませんでした。兄さんに尋ねるわけにもいきません。兄さんは九年生なのに私は五年生だったのですから、兄さんが書いたことを理解しようと思うこと自体が不遜です。

私は、勉強が少しも好きではありませんでした。一時間も本を読むのは、大仕事でした。機会あるごとに寮から脱けだして校庭に行き、小石を投げたり、紙のちょうちょを飛ばしたりしました。仲間がいようものなら、その先は言うまでもありません。塀に登って飛び降りたり、門の扉にぶらさがって前後に動かすことで自動車に乗った気分になるのでした。

でも、部屋にもどると、兄さんの怖い顔を見て、身が縮む思いをするのでした。まず聞かれるのが、「どこに行ってたんだ」ということです。そう聞かれるといつも、答えに窮して沈黙を守るほかありませんでした。「外でちょっと遊んでいました」と、どうして言えなかったのか、自分でもわかりません。何も答えられずにいるということは、非を認めたことになり、それなら兄さんとしては、愛情と怒りのまざった言葉で私に対さざるを得なくなります。

「こんな調子だったら、一生かかって英語を勉強しても、一文字もわからないよ。英語の勉強は遊び半分じゃ駄目なんだ。それですむぐらいなら、猫も杓子も英語の大先生になっちゃうだろ。本当のところはね、日夜、目が痛くなるほどの努力と苦しい思いをして、ようやくわかるようになるんだよ。それも、わかるっていったって、ほんの少しね。偉い先生だって間違いのない英文を書くのは難しいんだ、きれいに話すのはもっと大変なんだ。

兄さんがどんなに一所懸命か、おまえも見て知っているだろう。もしそれがわからないなら、それはおまえに見る目、感じる気持がないからだ。お祭りだ、行事だといっても、兄さんがそれを見物に行ったことがあるか？　クリケットとホッケーの試合は毎日あるけど、兄さんはそれに見向きもしないだろう。いつも勉強、勉強だ。それでも原級に二回、三回ととどまっているのだよ。おまえは、こんなに遊び呆けていて時間を無駄にしておいて、進級できるとでも思っているのかい。いまの学年のままでずっと進級できないことになるぞ。そんなことになるぐらいなら、学校をやめて家に帰ったほうがいいよ。そうして、存分にグッリー・ダンダー(2)をしてればいいんだ。御先祖の残してくれた財産を無駄にしたら申し訳ないと思わないか」

私はこう叱られて涙を流すのでした。言い返すべくもありません。なんといっても悪いのは私ですから、叱られても仕方ないのです。兄さんにこう理を尽くして諭されると、一言一言が胸にしみて、私はすっかりしょげかえってしまうのでした。兄さんみたいに勤勉にということは、私にはとてもできません。それで私は意気消沈して、いっそのこと、学校をやめて家に帰ろうか、とても力の及ばないことに手を出して、自分の一生を台なしにしても……と、そのときは思うのでした。私は、自分が勉強ができないのは気になりませんが、兄さんみたいに勤勉になろうと思うだけで、気が遠くなりました。

でも、一、二時間もたつと、意気消沈の黒雲のあいだから光が射してきて、これからはしっかり勉強するぞ！　と思うのでした。そこで、すぐに予定表を作ります。設計図や予定表がなければ、仕事もできませんから。

予定表には、遊び呆ける時間などありません。寮では朝は六時に起きると、顔を洗い、軽食を部屋に持ってきてもらってとり、すぐに机に向かう。六時から八時は英語、八時から九時までは算数、九時から九時半までは歴史の勉強。そして、食事をしてから教室です。三時半には教室から寮にもどって、三〇分間の休憩、四時から五時は地理、五時から六時は英文法、三〇分ほど寮の前を散歩、六時半から七時まで英作文、それから夕食をとり、八時から九時まで英語翻訳、九時から一〇時までヒンディー語、一〇時から一一時はその他の科目を勉強し、それから休む——という予定表です。

とはいっても、予定表を作るのと、そのとおりにするのとは別です。第一日目からそれがどこかに飛んでいってしまうのです。青々とした校庭の芝の心地よさ、頬をなでる風の薫り、フットボールの熱狂、カバッディー(3)の技、バレーボールの素早い動きが、私を知らぬ間に引きつけるので、そこにいったら最後、何もかも忘れてしまうのでした。あのビッチリとつまった予定表、目が痛くなるような本のことはすっかり忘れ、そのあとで兄さんのお説教と私の反省……となるのです。

私は兄さんの影に怯(おび)えて兄さんの目を逃れ、兄さんに見つからないようにそーっと部屋にもどるのでした。兄さんに見つかると、もう身が縮まります。頭上に抜身の白刃がふりかざされたような思いです。それなのに私は、死に瀕(ひん)しても人が都合のよい迷妄にとらわれているのと同じように、ひどく叱られても遊びまわるのをやめられませんでした。

学年末試験がありました。兄さんは落第でした。私は合格し、学年で一番になりました。それで、兄さんと私の学年のちがいは、二年だけになりました。兄さんに、「あんなに一所懸命やっていたのに、どうしたのですか。ぼくのほうは、遊んでいても学年で一番ですよ」と、皮肉の一つも言おうかと思いましたが、兄さんがすっかりしょげかえっているのを見て、とても気の毒になり、追い打ちをかけるようなことを考えただけでも恥ずかしいと反省しました。

もっとも、私はそれ以来、誇らかになり、自信ももつようになりました。兄さんの権威は、もう私に及びません。気ままに遊ぶようになりました。気が強くなってきたのです。もし兄さんに叱られたら、はっきりとこう言おうとも思いました。

「兄さんはあんなに辛い思いをして、その成果はどうだったのですか。ぼくは遊んでたって、学年で一番ですよ」

口に出してそうはっきり言えないまでも、私が兄さんを少しも怖いと思っていないことは、態度でわかっていたろうと思います。兄さんは勘がとても鋭くて、ある日、私が起きぬけにグッリー・ダンダーの遊びをしに行って、朝食のときにもどったところ、真剣を抜いて切りかかるような勢いで、私を叱りました。

「今年は学年で一番になったんでのぼせあがっているようだけどね、偉い人っていうのは自惚れないものなんだよ。おまえはいったいどういうつもりなんだい。歴史であの魔王ラーヴァナのことは習ったろう。あれから何の教訓も得ていないのかい、文字づらを読んだだけなのかい？　試験に合格しただけでは何にもならないんだよ、大事なのは知能が発達することなんだ。学んだことから何かを得なくちゃ。ラーヴァナは天下を統べる王だったよね。そういうのを覇王というんだ。英国統治はずいぶん拡がったけど、ああいうのは覇王とはいえないね、世界に英国統治下に属さず、独立の国が沢山あるからさ。ラーヴァナは、立派な覇王だった。世界の王という王が貢物を献上したんだからね。神々だってラーヴァナに仕えていたんだ。それなのに、ラーヴァナの最期はどうだった？　自惚れて油断していたために、英雄ラーマ王子に滅ぼされてしまったじゃないか。最期なんか、ラーヴァナに水一滴差しだす者もいないぐらいだったんだよ。人間は、ほかのどんなことをしても赦されるけど、自惚れたら最後、現世も来世も惨めだよ。

悪魔シャイターンだってそうだよ。自分ほど信心深い者はいないと自惚れていたら、神様に天国から奈落につき落とされたじゃないか。ルーム王もそうだよね。たった一度自惚れただけで、物乞いしながら死ぬことになったんだ。

おまえは一回合格しただけで、のぼせてこうなっているが、あれは努力の賜物(たまもの)ではなくて、まぐれだと思っておいたほうがいいよ。そう何回もああはいかないからね。グッリー・ダンダーの遊びでも、たまにはまぐれで的中ということもあるが、それは名人じゃない。名人というのは、けっして的を外さないんだ。兄さんの轍(てつ)を踏むんじゃないよ。兄さんの学年ぐらいになると、それは難しいんだ。代数と幾何は頭が痛くなるし、英国史も習うんだよ。王様の名前を覚えるのが大変でね、ヘンリー王は八世までいるんだよ。どの事件がどのヘンリー王のときに起こったのかなんて、そう簡単に覚えられるわけがないんだ。ヘンリー七世と書くべきところを八世としたら、もうペケなんだよ。ジェームズ王とくると、一〇〇人以上だ。ウィリアム王も似たようなもんで、チャールズ王は一〇〇人もいるとくるよ。目が回ってしまうよ。個人名さえなくて、何世、何世と区別するんだから。それを兄さんは全部覚えたんだけどね……。

幾何となったら、もう神様にすがるほかない。ABCをACBと書いたら、零点。ABCとACBで、どこがどうちがうのか、情け知らずの石頭に聞きたいぐらいだよ。何の意味もないことで、生徒を苛(さいな)むのはやめてもらいたいね。食べ物でいえば、スープ、お米、それにパンを食べたというのと、お米、スープ、それにパンを食べたというのと、どこがちがうっていうんだい。だけど出題者っていうのは、そんなことおかまいなしさ。教科書にあるとおりを、生徒が丸暗記すればいいと思っているんだ。丸暗記のことを、教育なんて立派な言葉でいうけど、下らないことを暗記したって、何の役にも立ちやしない。直線Aに垂線Bを下ろすと、基線は垂線の二倍になる、だってさ。いったい何の意味があるんだ。こっちは二倍にだって、四倍にだって、逆に半分にだって線を引けるけど、試験に受かるにはそんな下らないこともしっかり覚えなくちゃいけないんだ。

こんなのもあるよ。『時間の活用ということについて、四枚以上の文を書け』だって。答案用紙が配られ、ペンを執って、あとは出題者を恨むほかないね。時間の活用が大切なぐらい、だれだってわかってるよね。それができれば人の生活が規則正しくなり、他の人から好かれ、仕事ができて地位が上がるってことぐらい、だれだって書けるよ。だけど、それだけのことになんで四枚も使えっていうんだい。簡単に言えることに四枚もかける必要があるのか。そんなの愚劣だ。それは時間の活用ではなく、時間を浪費して無用のものを詰めこむだけだといいたいね。兄さんとしては、自分の書きたいことを書いたら、それで終わりにしてさっさと帰りたいんだけど、なにがなんでも四枚の紙にインクで線を引かなくちゃいけないんだ。紙だって、普通のじゃなくて、大判（幅三四センチメートル、長さ四三センチメートル）だよ。こんなの、生徒に対する非道だ。おまけに矛盾していて、『簡潔に記せ』っていうんだよ。時間の活用について簡潔に文を書け。ただし、四枚以上とする。簡潔で四枚というんなら、そういわなかったら一〇〇枚、二〇〇枚書けとでもいうのかね。急速に、しかし低速で進め、と矛盾したことをいってるのと同じじゃないか。生徒が変だと思うのに、先生っていうのはそれもわからないんだ。そのくせ、わしは教師だって顔で威張ってさ。

そういうわけでね、兄さんの学年になるとこういう面倒なことに直面して、どんなに難しいかがわかるんだよ。いまの学年で一番になったぐらいでフワフワしていちゃだめだ。兄さんの注意を守りなよ。兄さんは、いくら落第したって兄さんなんだ、おまえより経験があるしね。よーく肝に銘じておいて、あとで悔いないようにな」

始業の時間が迫っていました。そうでなかったら、この説教がどのぐらい続いたかわかりません。その日の食事は、まったく味がしませんでした。合格してもこんなに叱られるのだから、落第したら生命がなくなる思いをするのじゃないかと心配になりました。兄さんの学年の勉強の恐ろしさで、私はすっかり怯えてしまいました。学校を脱けだして家に帰らなかったのが、不思議なぐらいです。それなのに、そんなに叱られたのに、私は本が好きになれないのでした。遊びまわるチャンスは絶対に逃さず、勉強はしてもほんの少し、宿題をこなして教室で叱られなければよい、という程度でした。一度得た自信はすっかり消え、また、盗人のように兄さんの目を逃れてすごすようになりました。


あれから一年たって、また学年末試験になりました。そしてまたもや、私は合格、兄さんは落第ということになりました。私は特に努力したわけではありませんが、学年で一番でした。自分でも不思議でした。兄さんは身を削るようにして、教科書の一語一語を舐めるように読み、夜一〇時まではこれを、朝四時からはこれを、そして学校に行くまえは別の科目をと勉強していて、すっかり生気を失いました。それなのに合格しなかったのです。気の毒になりました。結果の発表で兄さんは泣きだしました。私も泣いてしまいました。自分が合格したことも、あまり嬉しくありませんでした。私も落第していれば、兄さんはあんなに泣かなくて済んだのでしょうが、神のなせる業ですから仕方ありません。

結局、兄さんと私は、学年で一年だけのちがいになってしまいました。ふと、兄さんがもう一回落第して私と同じ学年になったら、兄さんはなんて言って私を叱るのだろうと、歪んだ思いが心を過りましたが、そういう卑しい気持を自分の胸から一掃しました。兄さんは、私のためを思って叱るのですし、そのときはいやでも、兄さんの注意のおかげで私はつぎつぎに進級できて、成績もよいのかもしれないと思います。

　そのころには、兄さんはとても優しくなりました。叱ってよいときも、兄さんはじっと堪えていました。きっと、私を叱る資格がない、あったとしてもそれほどではないと、兄さん自身が気づいたからでしょう。それで、私はいっそう大胆になりました。兄さんが控え目にしているのにつけこんで、私は勉強してもしなくても進級するのだ、運が強いのだからと、思うようになりました。そうなると、兄さんが怖いので多少はしていた勉強も、しなくなってしまいました。そのころ私は、凧揚げの面白さにとりつかれて、時間さえあれば凧揚げをするようになっていました。それでも兄さんを敬って、兄さんの目につかないように凧揚げに行っていました。糸を強くするのに塗料を塗り、凧に糸をつけて、凧揚げ大会の支度をする……ということを、兄さんに隠れてしていました。兄さんへの敬愛の念が薄れたことを、悟られたくなかったのです。

　ある日、私は寮から遠いところで、喧嘩凧で、糸を切った相手の凧をとろうと夢中で追っていました。目は空に向け、風にのって凧がゆらりゆらりと揺れながら落ちてくるのに心が奪われていました。凧のさまは、空から脱けだした魂が、放心状態でつぎの段階に向かうといったさまでした。子供たちが一団となって、竹竿を手に凧をとろうと走っていました。だれ一人として、前後がどうの、まわりがどうのと気にする者はなく、凧といっしょに皆が空を飛んでいるようなものでしたから、地面の凸凹、自動車、汽車なんかまったくおかまいなしです。

　とつぜん、私は兄さんにでくわしました。兄さんは繁華街からもどるところのようでした。私の腕を摑むと、怖い顔で言いました。

「そこいらの餓鬼どもといっしょに安爪を追っかけていて、恥ずかしくないのか！　もう低学年じゃない、八年になっていて兄さんと一学年しかちがわないのに、その自覚がないのか。人間はな、自分の立場というものを考えなくちゃいけないんだ。昔は、八年修了（中学卒業）で郡副長官になっていたんだ。中卒で立派な判事補、警察署長になった人だって大勢いる。政界の指導者、新聞編集長にだって、中卒でなっているんだ。偉い学者がその人たちの下で働いているんだぞ。それなのに、おまえがそこいらの子供といっしょに爪に熱を上げているなんて、兄さんは泣けてくるよ。おまえはたしかに学科はできるが、それが何になる？　矜持を台なしにするだけじゃないか。

兄さんは一学年上なだけだから、もう何もいう資格がないと思っているかもしれないが、そうとしたら間違ってるぞ。兄さんは五歳年上なんだ。いますぐおまえが同じ学年になっても、それは変わらないんだ。おまえも神様もそれは動かせないんだ。試験官が相変らず下らない問題を出し続けるなら、来年はおまえは同じ学年になり、つぎは兄さんが抜かれるにきまっているがな。兄さんはそれでも五歳上でいつづけるんだぞ。兄さんが世間と人生の経験を積んだのには、おまえは太刀打ちできないんだ。それは、おまえが修士になり、博士になっても変わらない。知恵は本で身につくのでなく、世間を見て自分のものになるんだ。

お母さんは学校なんか行ってないし、お父さんだって五年か六年までしか行ってないよ。でも、ぼくたちがどれだけ勉強したって、お父さんお母さんはぼくたちを教え諭す立場にあるんだ。それは、親だからというのではなくて、世間のことをよく知っているからなんだ。アメリカの統治制度がどうの、ヘンリー八世が何回結婚したの、宇宙に星がいくつあるの、というようなことは知らなくても、両親はぼくたちの全然知らないことを沢山身につけているんだ。もし兄さんがいま病気になったら、おまえはうろたえて家に電報を打つぐらいだろうが、お父さんなら、電報を打ったり、慌てたりしないで、まず病気の様子を見て手当てをし、それでよくならなかったら医者を呼ぶだろう。病気のこともそうだが、おまえや兄さんは仕送りで一か月をどうすごすかもできないでいるわけだ。仕送りが二〇日あたりでなくなって、あとは文なし。朝の軽食をとるお金もなくて、洗濯屋、床屋に金の催促をされるのがいやでこそこそしているけど、その半分でお父さんのころは、面子(メンツ)と名声を保って暮らして、一家九人を養ってきたんだ。

ぼくたちの学校の校長先生はどうだ。修士号をもっているよ。それもインドのではなくて、オックスフォード大学のね。月給一〇〇〇ルピーだが、家をとりしきっているのは、あの年老いたお母さんだよ。学位なんて、そこでは役立たずさ。まえは校長先生が自分でやりくりしていたんだけど、いつも足りなくなって給料を前借りしてたんだ。ところがお母さんが家計を見るようになったら富の女神ラクシュミーの到来よろしく……というわけだ。ねえ、おまえ、兄さんと学年が近づいたとか、もう一人前だという気持は捨てるんだよ。いざとなれば、兄さんはおまえをぶつことだってできるんだ。苦い言葉だと思うだろうがね……」

この新しい論法に、私は自然に頭が下がりました。たしかに自分は年下なんだ、兄さんは偉いんだ、という気持になりました。私は目に涙を浮かべて言いました。

「よくわかりました。兄さんのおっしゃるとおりです、兄さんは兄さんですからぼくを叱ってくれていいんです」

兄さんはぼくを抱きよせていいました。

「凧揚げをするなと言ってるんじゃないよ。兄さんだって、凧揚げをしたいんだけど、兄さんまでそうなったらおまえを守る者がいなくなっちゃうだろう？　兄さんのつとめだからな」

ちょうどそのとき、糸を切られた凧が私たちのほうに飛んできました。糸が垂れ下がっていました。子供が何人か、後を追ってきました。兄さんは背が高いほうです。跳びあがって糸をつかむと、全速力で寮のほうに走って行きました。私も後を追いました。

訳注

（1）いつも行をともにして睦(むつ)みあう男女の神。

（2）棒で小枝を飛ばす遊び。

（3）二手に分かれて、敵陣から人をさらってくる遊び。

プレームチャンド（一八八〇—一九三六）

インドの作家。若くして両親を亡くし、一家の家計を家庭教師の職で支えるなど、裕福とは言えない環境で育つ。数学が苦手なため授業料免除をえられず大学進学をあきらめるが、縁あって教員として採用される。県の教育局で副視学官補佐になるが、英国植民地政府への協力をやめるようにというガンジーのすすめもあって一九二一年に官職を辞す。当初、現地の公式の言語であるペルシャ文字表記のウルドゥー語で執筆していたが、インド古来のナーガリー文字で表記されるヒンディー語普及の高まりに応じて、長編『休護所』（一六）と前後してヒンディー語執筆にきりかえた。本作「わたしの兄さん」（一〇）はウルドゥー語で書かれた初期作品に属するもので、のちに著者自

प्रेमचंद

身の手によってヒンディー語に訳された。邦訳はヒンディー語の月刊『ハンス』誌の一九三四年十一月号掲載からの訳になっている。

終わりの始まり

Chinua Achebe
チヌア・アチェベ

秋草俊一郎 訳

「エメカ、お父さんに婚約のこと、手紙で伝えたの？」ある日、ネネはンナ・エメカにこう訊(たず)ねた。ネネの自宅はラゴスのカサンガ街一六番にある。そこで、ネネはンナ・エメカと午後をすごしていた。

「休暇で帰省するときまで、延期した方がよくない？」

「どうして？　休暇まではまだまだ、六週間もあるじゃない。お父さんにも幸せをわけてあげるべきよ」

ンナ・エメカはしばらく黙っていた。それから言葉を手探りするかのように、とてもゆっくりと切りだした。「それが、父にとって幸せだとはっきりわかればいいんだけどね」

「もちろんそうに決まってる」不意をつかれて、ネネは答えた。「そうじゃないなんてことある？」

「きみはラゴスを出たことがないだろう。田舎に住んでいる人のことを知らないんだよ」

「自分の息子が婚約して不幸せになるぐらいちがうってこと?」ネネは訊ねたが、もう自分の驚きを隠そうともしなかった。

「そうだ。自分たちでとりきめた婚約じゃなければ、とっても不幸せになるんだよ。でも、もうひとつ父をもっと怒らせるかもしれないことがある——きみはイボ[1]じゃない」

あまりにあっさり、はっきり言われたので、ネネはすぐには言葉がなかった。国際都市ラゴスの空気を吸って暮らしていたので、同じ種族とだけ結婚するなんて思いもよらなかったのだ。

やっとのことで、ネネは口を開いた。「本当にそんな理由だけで、お父さんは結婚に反対するって思ってるの? イボの人たちはほかの民族に親切だってずっと思っていたのに」

「親切だよ。でも、結婚となると話は別なんだ。それに」ンナ・エメカは言葉を継いだ。「こんなのはイボに限った話じゃない。きみの父親が生きていて、イビビオ族[2]の土地の真ん中に住んでいたら、同じように頑固だったろう」

「そうね。でも、お父さんはあなたのことが大好きなんだから、許してくれるわよ」ネネはまだことの深刻さがすっかり飲みこめてはいなかった。

「でも、手紙で教えるのは得策じゃないだろう。手紙だとショックだろうし」

夜になって歩いて帰る道すがら、父の反対をかわす手立てがないか、ンナ・エメカはじっくり考えてみた。父が結婚に反対するのはまちがいない。でも、ンナ・エメカが同時に信じてもいたのは、いくら激しく反対したところで、最終的にはネネの魅力が勝つだろうということだった。自信がわくと、家に着いたときにはすっかり落ち着き、上機嫌になっていた。その気持ちのまま、父から届いていた手紙を開けた。すぐにエメカは顔をくもらせ、手近な椅子にどっと倒れこんでしまった。父が自分を、唯一の息子を、心から愛しているのはよく知っていた。だからこそ、父の感情を害する気にはなれなかったのだ。

＊　＊　＊

おまえにまさにぴったりな娘を見つけた——ウゴエ・ンウェケ、近所の家の長女だ。キリスト教式にちゃんとしつけられている。もっとも二年前、父親（ちゃんと分別がある人だ）が良き妻になるには十分だと感じたので、学校をやめさせたがね。日曜学校の先生に聞いた話だと、聖書をすらすら読めるみたいだ。十二月におまえが帰ってきたとき、縁談の話をしたい。

＊　＊　＊

六週間がたったある日の夕暮れ、ンナ・エメカはアカシアの木の下で、父とふたり座っていた。そこは老人の隠れ家だった。十二月の乾ききった太陽が沈んだあと、さわやかな風が葉をざわめかせて息を吹き返すとき、そこにいって聖書を読むのだ。

「尊敬する父上」ンナ・エメカは突然切りだした。「許しを乞いに参りました」

「なにを許してほしいのだ、息子よ」面食らって、父は訊ねた。

「結婚のことにほかなりません」

「それがどうかしたのかね？」

「できません――と言いますのは――つまり、ンウェケ家の娘と結婚するのは無理なのです」

「無理？　なぜ？」

聖書から目を離さぬまま、父は返事をした。

「愛していません」

「誰もそんなことは言っていない。嫌いだということか？」父は訊いた。

「そういうわけではまったくないのですが……………………」

「いや、おまえね」父がさえぎった。「妻に必要なのは、善良かどうか、キリスト教徒かどうかだよ」

この線で議論しても仕方がないと、ンナ・エメカにはわかった。

「それだけじゃありません」息子は言った。「ぼくは別の娘と婚約したのです。彼女はンウェケさんと同じ美点をもっています。そして…………」

父は耳を疑った。

「なんだって」ゆっくり、当惑したように訊ねた。

「善きキリスト教徒です」息子はさらに言葉をつづけた。「そして、ラゴスの女学校の教師です」

「教師だって？　それが善き妻の条件だとお前が考えているとしたら、とんでもない。キリスト教の女は教えてはならないんだよ。パウロは書簡で信徒に、女性は沈黙を守るべきと言っている」

父は椅子からゆっくり立ちあがって周囲を歩きながら話をした。この話は父の十八番(おはこ)だった。教会の長たちときたら、女性に教師をやらせようとしている。そう言って、強い口調でなじった。こんこんとお説教をして気もちが落ちついてきたころ、やっと息子の婚約の話に戻った。

「とにかく、いったいどこの娘なんだ」

「ネネ・アタンです」

「なんだって！」名前がイボのものではないとわかると、父はショックをうけた。「ネネ・アタンだと。どういうことかね？」

「カラバルのネネ・アタンです。私が結婚するとしたら、彼女のほかには考えられません」あまりに単刀直入に答えてしまったので、ンナ・エメカは大嵐が吹き荒れるのを予感した。しかし、そうはならなかった。父はつと歩み去ると、自分の部屋に入ってしまった。こんな態度をとられるとは、まったく予想もしなかったので、ンナ・エメカは戸惑った。父が沈黙すると、脅し言葉の洪水を浴びせかけられるよりも、何百倍も威圧的だった。夜、父はほとんど食事に手をつけなかった。息子の信じがたい愚行に心底狼狽（ろうばい）していたのだ。

次の日、父はンナ・エメカを呼びだし、決意を変えさせようと言葉を尽くして説得をこころみた。しかし、息子の決心は固かった。父は最後にはさじを投げた。

「私はおまえに、なにが正しくてなにがまちがっているか教える義務があるのだよ。だれがお前の頭にそんな考えを吹きこんだのかはしらんが、喉をかききったも同然だ。サタンの仕業だよ」父は息子に手をふり、出ていくようにうながした。

「ネネのことを知れば、考えを変えますよ」

「私は絶対に会わん」が答えだった。その晩から、父は息子とほとんど口をきかなくなった。しかし、希望は捨てていなかった。息子がどれだけ馬鹿なことをやろうとしているのか、わかってくれるのではと、どこかで思っていたのだ。日夜、祈りをささげた。

ンナ・エメカの方も、父の悲しみに心底たじろいでいた。しかし、悲しみは過ぎさってしまうとも思っていた。別の言葉を話す女と結婚した男は自分の民族にはいまだかつていない――そう聞いたなら、考えを変えたかもしれない。「そんなのは聞いたことがない」というのが、数週間後、話を聞いてやってきたある老人の出した宣託だった。この短い文章に、民族の哲学が凝縮されていた。老人はオケケをなぐさめようと、同情した村人をつれて訪ねてきたのだ。そのころにはオケケの息子がしでかしたことはすっかり知れわたっていた。すでに息子自身はラゴスに発(た)ったあとだった。

「そんなのは聞いたことがない」頭を悲し気にふって、老人は口にした。

「主がなんと言っていると思う?」齢(よわい)七十をこえた、やせた紳士が訊ねた。「息子は父にそむいて育つもんだ」だれもすすんで答えようとしなかったので、話をつづけた。

「これは終わりの始まりだ」別の男が話をついだ。議論が神学的なものになりかけたので、マドゥボーグという、実務に長けた男が、現実のレベルにまでもう一度話をひきもどした。

「ここの医者に息子のことを診てもらおうとは思わなかったのかい？」ンナ・エメカの父に訊ねた。

「息子は病気なんかじゃない」が答えだった。

「じゃあ、なんなんだい？　心が病んでいる人間を正気に戻せるのは、腕利きの薬草師だけだよ。必要な薬は、アマリレだよ――妻が夫の愛情をなくしてしまったとき、塗れば効果があるのと同じものだ」

「まったく、そのとおり」別の誰かが言った。

「ここの医者は呼ばない」ンナ・エメカの父オケケは、周囲の迷信深い人々よりは、はるかに進んだ考えをもっていた。「オチューバさんがどうなったか忘れたのか？」オケケはたずねた。

「でもあれは、あの女のミスだ」マドゥボーグは言った。「まともな薬草師のところにいくべきだった。それでも、賢い女だということに変わりはないよ」

「あの女はとんでもない人殺しだよ」名門出の紳士が断言した。この男は隣人との議論にめったに首をつっこまないのだが、その理由は（言うところによれば）、ほかの連中は論理的に物事を考えられないから、というものだった。「薬は女の夫のために処方されたもので、薬効はたしかだった。それを薬草師の食べ物にいれるなんて、邪悪だよ」

＊　＊　＊

六か月後、ンナ・エメカは若い妻に、父からの手紙を見せた。

「おまえが自分の結婚式の写真を送ってくるほど馬鹿だとは思わなかった。送りかえしておいた。だが、よく考えて、お前の妻だけ切り離して送りかえすことにした。私とその女とは関係ないからな。おまえとも関係なければよかったと、どれほど願ったことか」

ネネが手紙を読み、切りとられた写真を見たとき、目には涙が浮かんでいた。

「どうしてもお考えを変えてもらえないのかしら」ネネは泣いていた。

「今のところは無理だ」夫は返事した。「本当はいい人だ。いつの日か、結婚をあたたかい目で見てくれるよ」しかし、年月は流れたが、その「いつの日」は来なかった。

八年もの間、父オケケは息子と連絡をとらなかった。手紙を書いたのは、三度（ンナ・エメカが休暇中に訪ねてもいいか聞いてきたとき）だけだった。

あるときは、こう返事した。「家にあがることは許さん。おまえが休暇をどこでどう過ごそうがわたしの知ったことじゃない――お前の妻もそうだ」

ンナ・エメカの結婚が偏見をもって見られたのは、小さな村の中だけにかぎらなかった。ラゴス（とくにそこで働いている人々のあいだ）では、それは別のかたちをとってあらわれた。村の会合で顔をあわせても、そこの女たちはネネに敵意を向けることはなかった。というよりも、ことあるごとにちがいを強調して、自分が仲間外れにされているとネネが感じるようにしむけたのだ。しかし、時がたつにつれ、ネネはじょじょに偏見をのりこえ、数人の女と友人になりさえした。それで女たちの方でも、ネネが自分たちよりも、ずっと家庭を大事にしていることをしぶしぶ認めざるをえなかった。

この話は、しまいにはイボの土地の真ん中にある小さな村までたどりついた――つまり、ンナ・エメカとその若い妻こそ、ラゴスにいる村の仲間でも一番幸せな夫婦だというものだ。そのことを知らないものはわずかだったが、父親もそうだった。息子の話になると、いつもすっと場をはなれてしまうのだ。息子を頭の中から追い出すには、とてつもない努力が必要だった。気が張りつめて死にそうになるほどだったが、父親はなんとかこらえていた。

それからある日、父親はネネから手紙を受けとった。我知らずそれをおざなりにながめてみて、突然ある表現に血相を変え、じっくり読んだ。

「…………二人の息子は、自分におじいさんがいると教えてもらった日から、行くと言ってきかないんです。会いに行けないのよと言っても聞いてくれません。お願いですから、ンナ・エメカに来月の休みのあいだ少しだけでも、二人を家に連れていくことをお許しねがえないでしょうか。私は、ラゴスに残っていますから…………」

その瞬間、老人は長年自分が堅持してきた決意が崩れ去っていくのを感じた。信念を曲げるべきではないと自分に言い聞かせてはいた。情にほだされないよう、心を鬼にしようとした。内心の葛藤は、おぞましいものだった。父は窓辺に体をもたせかけて、外を見た。世にも珍しいことに、自然すら人間の戦いに手を貸していた。空は重苦しい黒雲でおおわれていた。じきに雨になる――今年最初の雨だ。大粒の雨がボタリ、ボタリとふいに落ちてきたと思うと、稲光と雷鳴がとどろき、季節の変わり目を告げた。オケケは孫のことは考えまいとした。しかし、自分が負け戦をやっているということはわかっていた。好きな聖歌の調べを口ずさもうとしたが、大粒の雨が屋根に打ちつける音がひどい伴奏になってしまった。あきらめて、すぐにこどもたちのことを考えた。こどもたちを締め出すなんて、誰にできる？　どうしたものか、父が心に思い描いたのは、自分の孫が悲し気に、びしょ濡れになって立っている姿だ――怒れる荒天の下で――家から閉め出されて。

その夜、父親は後悔で一晩中寝つけなかった。

訳注

（1）イボ　主にナイジェリアの南東部に居住する最大の部族のひとつ。アチェベの民族でもある。その分離独立運動はビアフラ戦争を引き起こした。

（2）イビビオ族　ナイジェリア南東部クロス川流域に居住する部族。

チヌア・アチェベ（一九三〇―二〇一三）

ナイジェリアの作家。イボ族の、キリスト教会学校の教師の家庭に生まれる。大学卒業後、ナイジェリア放送協会に就職し、長編小説四部作を発表。欧米の価値観とアフリカの伝統の文化的摩擦を、アフリカ人の立場から描いた。とりわけ第一作『崩れゆく絆（きずな）』（五八）は五十以上の言語に翻訳され、一大ベストセラーになった。六七年に勃発したビアフラ戦争にビアフラ側に立って参加。敗北後はアメリカにわたり、複数の大学で客員教授を歴任。七六年に帰国した。八一年には政界にも進出した。長編・短編以外にも、児童文学や評論の分野でも仕事を残している。アフリカ英語文学を代表する作家のひとりとして評価される。

Cross Current

4 読書案内 家族

アチェベの「終わりの始まり」に興味をもたれた方は、同じ作家の代表的長編**『崩れゆく絆』**［★★☆］をぜひ読んでみてください。そこでは、やはり父親を中心に血で結ばれたイボ族の風習や伝統が、外からやって来た白人によって決定的に変わってしまう様子が描かれています。

アフリカだけでなく、ほかの地域、たとえば東アジアにも血と因習に囚われた世界はありました。ここでは、在日朝鮮人の作家、**梁石日**が自分の父親をモデルにした**『血と骨』**［★☆☆］をあげておきます。一九三〇年代から戦後の大阪、経営するかまぼこ工場を中心とした小さな世界を舞台に、怪物的なアンチヒーロー、金俊平が暴力で周囲を支配する様子が描かれます。その描写はすさまじく、さほど過去の話でもないはずなのに、どこか神話のようにも思えます。

どうも「強い父親」像の紹介にかたよりすぎたようです。セネガルの作家、**センベーヌ・ウスマン**の短編**「ニーワン」**［★★☆］は、病気で死んだ息子のニーワンを袋に入れて、ひとりで墓地まで運ばなくてはならないティエルノの、バスの中の短い旅を描いた作品です。ティエルノは老い、貧しく、息子をいたわってやれなかったことを悔いています。それでもバスの車中で、息子のなきがらを喧騒や蝿から必死に守ろうとします。

やはりセネガルをルーツにもつ、フランスの作家**マリー・ンディアイ**の短編**「見出されたもの」**［★☆☆］は、同じくバス停までの道のりとバス車内の話ですが、今度は一組の母子が中心人物になっています。幼い息子にがまんならず、虐待し、とうとう捨てに行こうとする母親の葛藤に焦点があてられています。どちらの作品も「子供との別れ」をあつかいながらも、親の動機は対照的ですが、不思議とその心情の切実さは似通っています。

こうして見ると、家族や家庭はひとを縛るものでもあるようです。一九世紀ノルウェーの劇

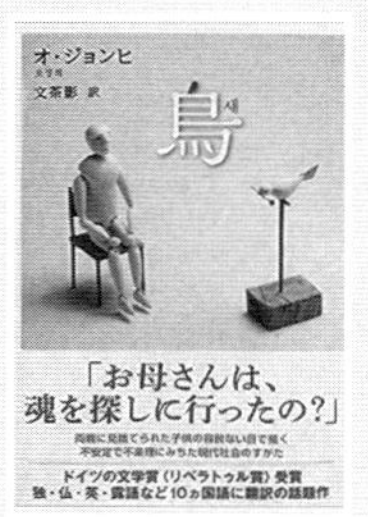

鳥
（段々社）

作家ヘンリク・イプセンの代表作**『人形の家』**［★☆☆］はまさにそうした状況をとりあげています。一家の主婦ノラは、夫や子供に囲まれて一見幸せに暮らしています。しかしふとしたことで、自分がなんの主体性も与えられない「人形」だと気づくと、家族を捨てて旅立っていきます。女性の自立を描いたこの戯曲は、当時、世界中で衝撃をもって迎えられました。

家族の中で縛られ、虐げられるのは、常に弱いものたちです。韓国の女性作家**オ・ジョンヒ（呉貞姫）**の**『鳥』**［★☆☆］を読んでみてください。四人家族の話ですが、母親は貧困と父親の暴力に耐えかねて逃げ出し、父親は家に帰ってきません。幼い姉弟はなんとか生きていこうとしますが、姉は肉体的、精神的に追いつめられ、自分と鳥かごのなかの鳥を重ねます。

家族を描いた作品には、長い作品が多いのも特徴です。ドイツの作家**トーマス・マン**の**『ブッテンブローク家の人びと』**［★★★］や、フランスの作家**ロジェ・マルタン・デュ・ガール『チボー家の人々』**［★★★］などがそうです。いずれも数世代にわたって名家の構成員を追いながら一族の没落を描く、「大河小説」のおもむきです。当時の作家には、古くからつづく家の枠組みと、社会のシステム、そして時代を重ね合わせて、「全部入り」の小説を書きたいという欲求があったのでしょう。『ブッテンブローク家の人びと』は、**北杜夫**（きたもりお）の長編**『楡家の人びと』**（にれけ）［★★☆］に影響を与えたことでも有名です。これは父親の、歌人で精神科医の斎藤茂吉（さいとうもきち）とその周囲の人々をモデルにした小説でした。ここであげた「～家の人びと」がつく小説は、どれも読みごたえがあり、文学の醍醐味（だいごみ）が味わえる内容です。長い小説に挑戦してみたい方におすすめです。

最後に、過酷な時の流れにさらされる一家の話にもかかわらず、とても軽やかな作品を紹介しましょう。イタリアの女性作家、**ナタリア・ギンズブルグ**の長編**『ある家族の会話』**［★★☆］です。この作品は、やはり作者が自分の家族をモデルにして、第二次世界大戦とファシズムに翻弄される一家を描いていますが、タイトルのとおり、家族同士の会話文を中心に構成され、登場人物たちの生き生きとした息づかいが聞こえてくるようです。イタリア文学者の須賀敦子（すがあつこ）の名訳で読むことができます。

（秋草）

Column 4

コラム 自伝文学

いまの時代、SNSの普及によって、世界中の人々のつぶやきがネット空間に氾濫している。「私」を知ってほしいという衝動は、誰の心にもあるのだろう。しかし、生々しい感情や深刻な問題を封じこめ、綺麗なところだけ見せたい、と思うのも人の常だ。だからこそ、時代も言葉も違う作家たちが綴った「自伝文学」は、スタイルや語り口はさまざまだが、普遍的な魅力を湛えている。

いまから二千年前に書かれたマルクス・アウレリウスの『自省録』は、ローマ皇帝の手による紛れもない「私」の物語だ。近代における自伝文学を確立したのは、恥ずべき過去の罪も含めて赤裸々に生涯を告白した、フランスの思想家ジャン＝ジャック・ルソーの『告白』である。いっぽう、書き上げた本人が、死後出版を望む例もある。アメリカの作家マーク・トウェインの『完全なる自伝』は、「死後最低百年経ってから出版すること」という条件で封印され、最近公開されて大きな話題を呼んだ。さらに、他人に読ませるためではなく、作者が自らの内面と向き合うために書いた作品も少なくない。ウクライナの女性画家で、結核によりパリで夭折したマリ・バシュキルツェフの『日記』のように、日記や手紙、あるいは断片的なメモの形をとり、遺族や後世の人々に発見されて、ようやく世に出るものもある。

しかし、自分のありのままの真実を描き出すということは、ほとんど不可能だ。ノンフィクションに見せかけても、時系列や人間関係を改変したり、いかにも作者らしい架空の主人公を設定したりと、読者をはぐらかす仕掛けのある作品は無数に存在する。『わが家の人びと』を著したロシアのセルゲイ・ドヴラートフのように、「家族」の歴史をさかのぼることで、自己のルーツを見つめ直す試みも珍しくない。日本のいわゆる「私小説」、たとえば田山花袋の『蒲団』や島崎藤村の『新生』のように、赤裸々な作者の体験を綴って大きな反響を呼んだ小説も、厳密にはフィクションである。いっぽうで、太宰治の『人間失格』や芥川龍之介の『或る阿呆の一生』など、書き手は「自叙伝」と断っていないのに、作者自身の魂の奥底から絞り出されたような語り手の懊悩が心に迫ってくる作品もある。

現代では、フィクションとノンフィクションの境界をあえて曖昧にした、「オートフィクション」という新たなジャンルの文学が盛んに書かれている。HIV感染で病み衰える自分の写真を挿入した、フランスのエルヴェ・ギベールの『僕の命を救ってくれなかった友へ』は、避けがたい死を凝視する書き手の凄絶な生の感覚を伝える。そもそも自らの経験をまったく糧にせずに、作家人生を終える文学者はいないのだろう。文学とは、「私」を語る試みの変奏である、ともいえるかもしれない。（福田）

Chapter 5

война

5章

戦争

崩れゆく日常

いまこの本を手に取っているあなたは、「戦争」という言葉に何を感じるでしょう? 多くの人にとって、それは何か得体の知れない恐ろしいもの、自分の日常とは縁遠い、理解の及ばぬおとぎ話なのかもしれません。しかし一方で、世界には実際に戦争の犠牲となり、戦争をより切実に感じざるを得ない人たちがいます。そして、戦争とはその人たちにとっても、何か得体の知れないものが自分たちの普段の生活を壊し変貌させてゆく、理解しがたい《崩れゆく日常》の経験であるはずです。私たちにも彼らにも等しく、戦争とはいつだって謎なのです。

この謎に対して、交戦国の指導者たちが持ち出す大義名分、あるいは戦況を伝えるニュース映像や死者の統計数とは違った視点を、文学は垣間見せてくれます。国家のように大きくもなく、映像や統計のように「客観的」でもない、《崩れゆく日常》を生きる小さくか弱い心の声にこそ、文学は光を当て、別の日常を生きている私たちまでもが切実に感じとることのできる物語へと生まれ変わらせる。そう、この章で描かれるのは、国と国との、敵と味方との戦いの物語というより、むしろ人の心のなかで起こる、日常における戦いの物語なのです。

死のフーガ

パウル・ツェラーン
Paul Celan

平野嘉彦 訳

夜明けの黒いミルク私たちはそれを夕方に飲む
私たちはそれを昼と朝に飲む私たちはそれを夜に飲む
私たちは飲みに飲む
私たちは空中に墓を掘るそこなら横たわるのに狭くない
一人の男が家のなかに住んでいる彼は蛇と戯れる彼は手紙を書く
夕闇がせまると彼はドイツにむけて手紙を書く君の金髪マルガレーテよ
彼はそう書くと建物のまえにでる星がきらめいている彼は口笛を吹いて自分の猟犬ども
　を呼びよせる
彼は口笛を吹いて自分のユダヤ人どもを呼びよせる空中に墓を掘らせる
彼は私たちに命令するさあおまえらダンスにあわせて演奏しろ

夜明けの黒いミルク私たちはおまえを夜に飲む
私たちはおまえを朝と昼に飲む私たちはおまえを夕方に飲む
私たちは飲みに飲む
一人の男が家のなかに住んでいる彼は蛇と戯れる彼は手紙を書く
夕闇がせまると彼はドイツにむけて手紙を書く君の金髪マルガレーテよ
君の灰の色をした髪ズラミートよ私たちは空中に墓を掘るそこなら寝るのに狭くない

彼は叫ぶさあおまえらもっと深く地面に鋤(すき)をいれろこっちのやつらそっちのやつら歌え
　そして演奏しろ
彼はベルトのピストルに手をのばす彼はそれをふりまわす彼の眼(め)は青い
さあもっと深く鋤をいれろこっちのやつらそっちのやつらダンスにあわせてもっともっ
　と演奏しろ

夜明けの黒いミルク私たちはおまえを夜に飲む
私たちはおまえを朝と昼に飲む私たちはおまえを夕方に飲む
私たちは飲みに飲む
一人の男が家のなかに住んでいる君の金髪マルガレーテよ
君の灰の色をした髪ズラミートよ彼は蛇と戯れる

彼は叫ぶもっと甘美に死を演奏しろ死はドイツから来た巨匠
彼は叫ぶもっと暗くヴァイオリンを奏でろそうすればおまえらは煙になって空中にたち
のぼる
そうすればおまえらは雲のなかに墓をもてるそこなら寝るのに狭くない

夜明けの黒いミルク私たちはおまえを夜に飲む
私たちはおまえを昼に飲む死はドイツから来た巨匠
私たちはおまえを夕方と朝に飲む私たちは飲みに飲む
死はドイツから来た巨匠彼の眼は青い
彼はおまえを鉛の弾で撃つ彼はおまえをあやまたず撃つ
一人の男が家のなかに住んでいる君の金髪マルガレーテよ
彼は自分の猟犬どもを私たちにけしかける彼は私たちに空中の墓を与えてくれる
彼は蛇と戯れそして夢みる死はドイツから来た巨匠

君の金髪マルガレーテよ
君の灰の色をした髪ズラミートよ

パウル・ツェラーン（一九二〇—七〇）

詩人。ドイツ系ユダヤ人の子として、前年にオーストリア＝ハンガリー帝国からルーマニアに帰属が変わったばかりのチェルノフツィ（現ウクライナ領）に生まれ、一九四八年以降、パリに住みつつ、終始、ドイツ語で詩作した。七〇年、自殺。詩集『罌粟と記憶』（一九五二）、『無神の薔薇』（六三）、『光の縛』（七〇）その他。ここに訳出した「死のフーガ」は、当初、『骨壺からの砂』（四八）に収められたが、あらためて『罌粟と記憶』に再録された。句読点もなく連綿とつづいていく詩行によって、ナチスの殲滅収容所での日常の時間が表現される。「黒いミルク」は、最初、「それ」と三人称で名指されていながら、やがてそれが「おまえ」と二人称に変化していく、それがこの詩を理解するための契機になるだろう。たとえば「黒いミルク」とは、収容されているユダヤ人にとって、日夜を分かたず同胞の死骸を焼却している煙である、などと。

『騎兵隊』より二編

Исаак Бабель
イサーク・バーベリ

中村唯史 訳

ズブルチ河を越えて

本日未明にノヴォグラド＝ヴォルィンスクを奪取したとの第六師団長の報告を受けて、司令部はクラピヴノから出発した。私たちの輸送隊は後衛となり、街道に──ニコライ一世の命令で百姓たちの骨の上に敷かれた街道、ブレストからワルシャワまで延びている不朽の街道に──音をたてて展開した。

周囲は紫色の罌粟（けし）の原。黄色いライ麦畑で真昼の風が戯れている。地平線のあたりには、純潔な蕎麦（そば）の群落が遠い修道院の壁のように浮かんでいる。静かなヴォルイニの野はうねり、私たちのそばから白樺（しらかば）林の真珠色の靄（もや）のなかへと遠ざかっていく。野は花咲く丘のあいだを這（は）い、衰えた両手でホップの茂みをかき分け、そのなかにまぎれ込んでいる。

蜜柑（みかん）色の太陽が、切り落とされた首のように空を転がっていく。雲が醸し出した峡谷で、やさしい光が輝きだす。私たちの頭上では黄昏（たそがれ）の軍旗がはためいている。昨日の戦闘で流れた血と、死んだ馬たちの匂いが、夕方の涼気にしたたり落ちる。黒ずんだズブルチ河がざわめきながら、早瀬の水面に浮かぶ無数の泡をひとつに撚り合わせている。

橋が破壊されていたので、私たちは河を徒歩で渡った。水面の波の上に、月が威容をあらわす。首の下まで水に漬かった何百頭もの馬の脚のあいだで、急流がしずくとなって音を立てる。流された誰かの、聖母を冒瀆する声が響いた。河は一面、荷馬車の黒い正方形に覆われている。河は轟音と風音と歌に満ち、それらのどよめきが、月の蛇と輝く深淵の方へ立ち昇っていく。

ノヴォグラドには深夜に着いた。割り当てられた部屋に私が見いだしたのは、大きな腹をした妊婦と、頬がこけ、赤い髪をした二人のユダヤ人である。三人目はもう寝ていて、頭から布にくるまり、壁際に横になっていた。割り当てられた部屋でその他に私が目にしたのは、かき乱された戸棚、床の上の女物外套の切れはしと人糞、そしてユダヤ人が年に一度だけ、過越しの日に用いる秘蔵の食器の破片だった。

「片づけてください」と私は女に言った。「奥さん、お宅の暮らしぶりは、たいそう汚らしい……」

二人のユダヤ人が、自分の居場所を明け渡し、フェルト底の靴を履いた脚で跳びはねながら、床の上の汚物や屑を片づけた。こけた頬をふくらませていたが、頬はぶるぶる震えていた。無言で跳びはねるようすは猿のようで、サーカスで見る日本人にも似ていた。

彼らは裂けた羽根布団を出してきた。私は壁の方を向き、ぐっすり眠っている第三の男と並んで横になった。するとすぐに困窮がおどおどと私の寝床の上を覆った。

いっさいが静寂によって扼殺され、窓の下をさまよっているのは、散漫に輝いている丸い頭を無数の青い手で抱えている月だけになった。

私はむくんだ両脚をもみほぐし、裂けた羽根布団の上に横たわると、眠りに落ちた。夢に第六師団長が現れた。どっしりとした雄馬にまたがった彼は、旅団長を追いまわしたあげく、その目に二発の弾丸を撃ち込んだ。弾は旅団長の頭を貫通し、両の目玉が地面に落ちた。第六師団長サヴィツキーは、重傷の旅団長に向かって、『きさまはなんだって旅団の進路を変更した？』と叫んでいた。——そこで目が覚めた。妊婦が私の顔を指でさぐっていたからである。

「旦那さま（パネ）」。女は私に言った。「あなたさまは夢で叫び、駆けだそうとしていらっしゃいました。あなたさまの寝床は別の隅にしつらえることにいたしましょう。さもないと、私の父さまをこづきなさるでしょうから……」。

やせた脚と丸い腹をした女は床から立ち上がると、寝ている人間を覆っていた布をはいだ。そこには老人が仰向け（あおむけ）に横になっていたが、死んでいた。喉が切り裂かれ、顔は真っ二つに割られ、あごひげには鉛のかけらのように血が青くこびりついていた。

「旦那さま（パネ）」。羽根布団を整えながら、女は言った。「斬り殺したのはポーランド人です。父さまは、娘が自分の死ぬさまを見ないですむよう、裏庭で殺してくれと懇願しました。ですが、彼らは自分たちがやりやすいようにしたのです。父さまは、この部屋で、私のことを思いながら死にました……。そして今、私は知りたいのでございます」女は突然、恐ろしい力をこめて言った。「——知りたいのでございます。あなたさまが今後、この地上のどこかで、私の父のような父親にお会いになることがあるかどうかを」

ノヴォグラド＝ヴォルィンスク、一九二〇年七月

私の最初のガチョウ

第六師団長のサヴィツキーは遠目に私を認めると立ち上がったが、巨人のようなその身体の美しさには驚かされた。紫色の乗馬ズボンを履き、真紅の帽子を斜（しゃ）にかぶり、無数の勲章を胸につけた立ち姿が、空を背にした軍旗のように、後ろの百姓小屋を真っ二つにしていたのである。サヴィツキーからは香水と、石鹸（せっけん）の甘く涼しい香りがした。長い両脚は、ぴかぴかの革長靴に肩まで嵌（は）まった女の子たちのようだった。

サヴィツキーは私に微笑（ほほえ）みかけ、鞭（むち）で机をぴしゃりとたたくと、参謀長が口述したばかりの命令書を引き寄せた。それはイヴァン・チェスノコフ宛の、連隊を指揮してチュグノフ——ドブルィヴォトカ方面に出動し、敵と接触した場合には殲滅（せんめつ）せよとの命令書だった。

『……この殲滅を』と師団長は書き始めるや、たちまち紙全体を自分の追加指示で真っ黒に埋めていった。『当該の同志が、その責任において最高度の水準で遂行することを期待する。もしも私が彼の立場にあれば、この任務を一撃で完遂するだろうことを、ひと月ならず前線で行動をともにしてきたチェスノコフ同志が疑うはずはないと思う……』

第六師団長は、飾り文字の命令書に署名すると、伝令将校の方に放り投げ、それから私に灰色の目を向けた。目の中では陽気さが踊っていた。

「何か話してもらおうか！」叫ぶと、鞭で宙を切った。

その後、師団参謀部への私の配属に関する書類を最後まで読んだ。

「指令は遂行しなければ」と師団長は言った。「指令を遂行し、前線以外のすべての便宜を図（はか）らなくては。読み書きは？」

「できます」。鉄のような、花々のような彼の青春をうらやみながら、私は言った。「ペテルブルグ大学の法学部で修士号を取りました」

「居酒屋ですら茶をしばくのがやっとのねんねかい」。サヴィツキーは笑いながら大声で言った。「しかも鼻には眼鏡ときている、なんという醜悪さだ！　眼鏡野郎は、審査も受けずに送り込まれてきて、たちまち殺られるのがオチだがな。お前は俺たちと生きるつもりか？」

「そのつもりです」と私は答え、寝場所を探しに、宿営係とともに村に出かけた。

　宿営係は私の行李を肩にかけて運んだ。私たちの前には、カボチャのように丸く黄色い村道が横たわっていた。死につつある太陽が薔薇色の吐息を空に散らしていた。

　彩色された花冠の窓枠が目につく農家に近づいたとき、宿営係は足を止め、すまなそうな微笑を浮かべて、こう言った。

「俺たちのところでは、どうしても眼鏡をかけた奴への悪さを止めることができない。どんなに勲功があろうと、眼鏡野郎はいたぶられるのさ。だがな、もしもあんたが女を――清らかな女を汚したなら、そのときには兵士たちの親切を当てにできるぜ」

　彼は私の行李を肩にかけたまま、一瞬ためらい、ごく近くまで寄ってきたが、そのあと絶望的な表情で飛びのき、前庭に向かって駆けだした。そこではコサックたちが干草の上に座り、かろやかに語り合っていた。

「さて、闘士諸君」と宿営係は言い、地面に私の行李を降ろした。「サヴィツキー同志の命令により、この人を君たちの宿舎で受け入れてもらう。いかなる愚行もないようにしてくれよ。それでなくても、学問の部署でさんざん苦しんだ人なんだから……」

宿営係はそこまで言うと、どす黒いまでに顔を紅潮させ、振り返りもせずに立ち去ってしまった。

私は帽子のひさしに手をやり、コサックたちに敬意を表したが、亜麻色の長い髪を垂らしたリャザン風の端正な顔立ちの若者が、私の行李に近づき、柵のそとに放り出した。それからこちらに尻を向け、見事な腕前で、恥知らずな音を連発しはじめた。

「砲兵番号二〇番ってわけだ」。年長のコサックが若者に叫び、笑いだした。「脱走兵どもをこましてやりな！」

若者がその単純極まりない技能を使い果たし、立ち去った後で、私は地べたを這いまわり、行李から飛び出した原稿や穴だらけの古着を拾い集めなければならなかった。回収し終え、庭の別の端まで運んだとき、室内の煉瓦（れんが）の上に鍋が置かれ、豚肉が煮られているのが見えた。肉は、遠くから見たときに故郷の村の家から立ちのぼるのに似た湯気を上げていた。私の中で飢えと孤独が類（たぐい）なくもつれ合った。私は壊れた行李の上に干草を敷くと、それを枕にして地面に横になり、『真実（プラウダ）』に載っているコミンテルン第二回大会でのレーニンの演説を読もうとした。ぎざぎざした丘の向こうから陽光が私を照らしていたが、足元をコサックたちが行きかい、例の若者が倦（う）むことなくからかってくるので、お気に入りの文章は茨（いばら）の道を歩み、私の頭までたどり着いてはくれそうになかった。そこで、新聞を置くと、玄関先で糸を撚っているこの家の主婦とおぼしき年寄りの女に近づいた。

「奥さん」と私は言った。「俺は食わなくちゃならないんだが……」

なかば盲（めし）いているらしいその女は、押し広がった白眼（しろめ）を私の方に上げ、それから再びうつむいた。少しの沈黙の後、女は言った。「同志、こんなことばかりで、わたしゃもう首を吊（つ）りたいよ」

「神様も魂もクソ食らえだ」と、私は腹を立ててつぶやき、老女の胸を拳で殴った。「あんたとは、ちと話し合わなくちゃならねえな」

振り返って見ると、近くに誰かのサーベルが落ちていた。厳粛な顔つきのガチョウが、庭をよたよた歩いたり、おとなしく羽づくろいをしたりするのが見えた。私はガチョウに追いつくと、脚で地面に押しつけ、踏みにじった。ガチョウの首が、私の長靴の下でぽきりと音を立てて折れ、血が流れだした。白い首が堆肥の上にだらりと落ち、殺された鳥の体の上で羽根がうごめいた。

「神様も魂もクソ食らえだ！」と叫びながら、私はガチョウの体をサーベルでほじった。「奥さん、こいつを俺に焼いてもらおうか」

老女は盲いた目と眼鏡を光らせながら、鳥を取り上げ、前掛けにくるむと、台所へと運んで行った。そして、少しの沈黙の後、「同志、こんなことばかりで、わたしゃもう首を吊りたいよ」と言うと、後ろ手に戸を閉めた。

コサックたちは、すでに鍋を庭に持ち出し、その周りに腰を下ろしていた。異教の祭司のように背をまっすぐに伸ばし、身じろぎもせず座っていて、ガチョウの方を見ようともしなかった。

「あの若造は俺たちにふさわしい」とひとりが言い、瞬(まばた)きを一つすると、スプーンで豚の煮汁をすすった。

コサックたちは、たがいに尊敬し合っている男どもの抑制のきいた優美さで晩餐(ばんさん)を始めた。私は砂でサーベルを拭(ぬぐ)うと、門の外に出たが、悲しい気持ちでまた戻って来た。庭の上空には、安物のイヤリングのような月が出ていた。

「兄弟」。突然、最年長のコサックのスロフコフが私を呼んだ。「あんたのガチョウができあがるまで、わしらと座って、いっしょに食わんか」

そして長靴の中から予備のスプーンを取り出し、手渡してくれた。私たちは自家製のスープを平らげ、豚肉を食べつくした。

「新聞というやつには、何が書いてあるんだ?」亜麻色の髪をした若者が尋ね、私に場所を譲った。「新聞にはレーニンがこんなことを書いている」。『真実(プラウダ)』を取り出しながら私は言った。「――レーニンはこう書いている、我々にはすべてが不足している……」

そして、勝ち誇る聾者(ろうしゃ)のような大声で、レーニンの演説をコサックたちに読み聞かせた。

夜は黄昏というシーツのさわやかな湿気で私をくるんでくれた。夜は母親のような優しい手を私の燃える額にそっと当ててくれた。

私は読み、歓喜を覚えながら、神秘の曲線をレーニンの直線で捉えようと待ち受けた。

「真実(プラウダ)はあらゆる者の鼻をくすぐるのだ」。私が読み終えたとき、スロフコフは言った。「あのかたは、どうすればこんがらかったなかから真実を引き出せるのかを、鶏が小石のなかから穀粒だけをついばむように、すぐに見つけてくださるのだ」

これが、わが師団の騎兵小隊長スロフコフが、レーニンについて語った言葉である。それから私たちは穀物置場に寝に行った。私たちは六人で、穴の空いた屋根の下で、たがいの脚をからませ、温めあいながら眠った。屋根の割れ目から星々がのぞいていた。

私は眠った。女性たちを夢に見たが、ただ、殺戮(さつりく)で真紅に染まった私の心臓は、なおも軋(きし)み、血を流し続けていた。

イサーク・バーベリ（一八九四―一九四〇）

ソ連期のロシア語作家。黒海沿岸の国際貿易都市オデッサのユダヤ人家庭に生まれる。早くから文学を志し、複数の言語で創作を試みた後、一五年末にペテルブルグに移り、マクシム・ゴーリキー主宰の雑誌に寄稿。ロシア革命以降は各地を転々とする。二〇年から、主に現在のウクライナ西部（ガリツィアおよびヴォルイニ地方）の領有をめぐるソヴィエト＝ポーランド戦争に赤軍第一騎兵隊の従軍記者として参加した。復員後に当時の経験や印象を用いて『騎兵隊』と題する短編群を執筆し、二六年に単行本として刊行。革命と戦争をその残虐や影も含めて特異な文体で描いた傑作と評価され、『オデッサ物語』（二三―二四）等と合わせて、短編の名手としての地位を確立した。『騎兵隊』は冒頭の「ズブルチ河を越えて」でソヴィエト側が係争の地に攻め込み、やがてポーランド側の反攻に遭って退却するまでを大枠とし、赤軍騎兵隊の主力であるコサック、ポーランド人、そしてガリツィア地方に多かったユダヤ人の三集団の相克を主題としているが、語り手の「私」が自分の出自を隠してユダヤ人虐殺の歴史を持つコサックに同行していることによって、「私の最初のガチョウ」におけるような微妙な陰影を生じてもいる。ただし戦争の正確な記録は作者の意図するところではなく、事実に根ざした個々のディテールやセリフも、しばしば現実の文脈から切り離されて断片化され、詩的なイメージや他の断片と結合し直されている。その結果、たとえば今回訳出した二編中の地名はすべて実在だが、作品内での相互の位置関係は現実の地理とは必ずしも整合していない。このような、事実をあくまで素材と見なし、比喩を駆使して凝縮された言語世界を構築しようとした、いわば記録文学の意匠をまとった純粋詩への志向は、「社会主義リアリズム」が標榜（ひょう）（ぼう）された三〇年代のソ連では理解と許容の埒外（らちがい）だった。バーベリは三九年に逮捕、翌年処刑された。

グラフィティ

フリオ・コルタサル
Julio Cortázar

山辺弦 訳

アントニ・タピエスに

遊びとして始まり、たいていは遊びのままで終わってしまうような、そんなことは山ほどある、自分の絵の隣に描かれたその絵を見つけて、きっときみはおかしくて笑いたくなっただろう、たまたまかそれとも気まぐれか、ただそんな風に考えるだけだったけど、二度目でようやく、わざと描かれているんだと気づいた、そのときはまじまじと絵を見つめ、さらにあとで戻ってきてもう一度眺めさえしたが、いつもどおり万事用心は欠かさなかった。通りにもっとも人がいない時間帯であること、辺りの街角にはパトカーが一台もいないこと、グラフィティには何気なく近づき、絶対に正面から見ないこと、道路の反対側や斜向かいから、気になっているのはすぐそばのショーウインドーだというふりをしながら見て、そのあとはすぐさま立ち去ること。

きみ自身の遊びは退屈しのぎのために始まったもので、実のところはそれほど、街で起こっているさまざまなことや、夜間外出禁止令や、塀の壁にポスターを貼ったり文章を書きつけたりしてはならないと威丈高に禁じられていることやらに対して抗議するつもりじゃなかった。きみはただ単に、色とりどりのチョークで絵を描くのを（いかにも美術評論家じみた、グラフィティという用語はきみの好みではなかった）面白がっていただけだし、たまにそれらの絵を眺めに戻ったり、あるいは少しばかり運がよければ、市のトラックがやってきて、雇われの清掃員が絵を消しながら負け惜しみに悪態をつく場面に居あわせたりするのを、面白がっていただけだった。政治的な絵じゃなかったとしても、そんなこと連中にとってはほとんどどうでもいいことだった、禁止はあらゆるものに及んでいたし、怖いものしらずの子供が描いた家や犬の絵だったとしても、やっぱり罵りと脅しの文句とともに消されてしまっただろう。もうこの街では、本当はいったいどこに恐怖が待ち構えているのか、はっきりと知ることはできなくなっていた。たぶん、だからこそきみにとっては、自らの恐怖に打ち克って、折に触れ場所と時間をうまく選び抜いては絵を描くことが面白かったのだろう。

　うまく選ぶ術を心得ていたきみのことだから、まず間違っても危険を冒すなんてことはなかったし、清掃トラックが続々到着するまでのあいだは、希望さえもが宿りそうな、かえって清らかなほどの広がりがきみの前に開けていたのだった。遠くから自分の絵を眺めていると、通りがかった人々が横目でちらと見ていくのが見えた、もちろん誰一人立ち止まったりはしなかったけど、それでいて誰一人絵から目を離さなかった、絵といってもその時々で、大雑把に二色で描かれた抽象的な図案だったり、鳥の形だったり、絡まり合った二人の人物だったりしたけれど。たった一度だけ、きみは黒いチョークで言葉を書きつけた。**わたしも痛みを抱えている**。二時間と経たず、今度は警察が直々にその絵を消し去りにやってきた。それからはきみは絵だけを描き続けた。

　もう一つの絵が君の隣に現れたとき、きみは恐怖にとらわれかけた、突然危険は倍になりつつあった、きみのように、監獄行きかもっとひどいことの崖っぷちで楽しんでやろうという気を起こしている人間が他に誰かいて、その誰かというのがこともあろうに女だったのだ。我ながら根拠はなかったものの、完璧な証拠よりも確かで特別な何かが、一本の線や、好んで使われる暖色系のチョークや、絵がまとう気配のなかに存在していた。たぶんきみは一人きりだったから、その埋め合わせとしての想像を膨らませたのだろう。きみはその女を崇め、その女を恐れ、この一度きりであってほしいと願い、きみの別の絵の隣に女がふたたび描いたときには、すんでのところで自ら犯人であるとバラすところだった、思わず笑い出したくなり、警官たちは目が節穴か間抜けかだと言わんばかりに、そのままずっと絵の前に立っていたくなったのだ。

これまでとは違った、さらに密やかで、さらに美しくも怖るべき時期が始まった。きみは仕事そっちのけでしょっちゅう出かけていったが、そこには偶然彼女に出くわすかもしれないという期待があったし、絵を描く場所にも、すぐにひと回りできる一帯の通りを選んだ。夜明け、日暮れどき、朝の三時に、きみは絵を描いた場所に戻ってみた。それは耐えがたいほど矛盾した時期だった、きみが描いた絵の隣に彼女の新たな絵を見つけても、通りに誰もいなければ心は憂鬱だったし、かといって何も見つけられずに、その通りがますます何もない虚ろなものに感じられるときも憂鬱だった。ある夜、きみは彼女がはじめて単独で描いた絵を見た。ガレージの扉に赤と青のチョークで描かれ、虫の喰った木材や釘の頭の質感が活かされていた。線も、色も、これまでにないほど彼女そのものだったが、それだけでなくきみはその絵が、何かを頼んでいる、または何かを問いかけていることを、きみに向かって呼びかけていることを感じとった。きみは夜明けごろ、パトロール隊が音もなく排水口に吸いこまれたかのようにまばらになってから戻り、その扉の余った部分を使って、いくつもの帆と舳先が並ぶ光景を手早く描いた。じっくり見てみなければ、ふざけて思いつきの線を連ねただけと言われそうなものだったが、彼女にはどう見たらいいのかわかるはずだった。その夜きみは警官二人に追われたがなんとか逃げおおせ、アパートでジンを何杯も飲み干すと、彼女に向けて話しかけた、口をついて出てくることを、まるで声でもう一つの絵を描き、船の帆が並ぶ港をもう一度描くかのように、何もかも彼女に語った、きみは彼女のことを褐色の肌の物静かな女性として想像し、唇や乳房を選んでやり、ちょっとだけ愛おしさを感じた。

すぐさま頭に浮かんだのは、彼女が返事を探しにくるはずだということ、今まさに自分の絵のところに戻っていくきみと同じように、彼女も自分の絵のところに戻るだろうということだった、だからきみは、市場で起こったテロ事件のせいでますます危険が高まっていたというのに、向こう見ずにもガレージ付近へいって、そのブロックを往復し、角のカフェでとめどなくビールをあおり続けた。うまくいくはずもなかった、彼女がきみの絵を見て立ち止まるはずはなく、そこを行ったり来たりしていたたくさんの女性のうち、誰が彼女であってもおかしくなかったからだ。二日目の夜が明けると、きみは大きな灰色の壁を選んで、カシワの葉のような斑点に囲まれた、白い三角形を一つ描いた。きみは例の角のカフェからその壁を見ることができ（ガレージの扉のほうはもう清掃されていて、パトロールが怒り狂ったように何往復もしていた）、夜になると少しだけ絵から遠ざかったものの、実際にはあちこち位置を変えつつ、人目を引きすぎないように店に入ってこまごましたものを買っては、どこからなら絵がよく視界に入るかをあれこれ選び抜いていた。夜のとばりも降りたころ、きみはサイレンの音を聞き、サーチライトの光がきみの瞳を横切った。あの壁のすぐそばに人だかりがごった返しているのを見て、用心も何もかなぐり捨てて駆け出したきみをかろうじて救ったのは、一台の車が起こした事故だった、角を曲がろうとしたときに護送車が目に入り、急ブレーキをかけたその車の陰に身を隠しながら、きみは激しい取っ組み合いを目撃した、手袋をした手に引きずられる黒髪、何発もの足蹴りと飛び交う怒号、青いズボンが隙間から見え隠れしたかと思うと、次の瞬間彼女は護送車に放りこまれ、連行されていった。

かなりの時間が経ってから（ああして震えているのはおそろしかった、灰色の壁に自分が絵を描いたせいで、あんなことになったのだと考えるのはおそろしいことだった）、きみは他の人たちに紛れこみ、青色の線でスケッチされた一個のオレンジを目にすることができたが、それこそは彼女の名前か、あるいは彼女の口に等しかった、警察が彼女を連行する前に乱雑に消し潰した、その未完成の絵のなかに、彼女はいたのだ。消し残った部分からだけでも十分に、きみの三角形にもう一つの図形で応えようとする思いが伝わってきた、円かそれとも螺旋（らせん）か、ある完全で美しい形、「そうよ」とか「いつでも」とか、「今すぐに」とかに似ている何か。

事情をよくわかっていたきみのことだから、今まさに警察本部でどんなことが起こっているのかを事細かに想像する時間は、ありすぎるくらいあっただろう。その手のことは街に少しずつ漏れ聞こえていて、人々は囚人の末路をよくわかっていた、街でふたたび姿を見かける者もちらほらいるにはいたけれど、かといって人々はすすんで彼らに会おうとはしなかっただろうし、むしろ大多数とおなじように、誰一人として自ら破ろうとはしない、あの沈黙のなかに潜りこむほうを選んだことだろう。きみにはわかりすぎるほどわかっていた、その夜はジンを飲んでも救われはせず、きみはただ後悔を噛（か）みしめ、色つきのチョークを踏み潰し、ついにはあられもなく泥酔して泣きむせんだのだろう。

そう、それでも日々は過ぎ去っていったし、きみにはもうそれ以外の生き方はできなかった。また仕事を放り出して通りをうろつき始め、人目を盗んではかつて彼女ときみが絵を描いた壁や扉を見つめた。すべては清掃され、整然としていた。そこには何もなかった、学校でくすねてきたチョークを使ってみたくてうずうずした小学生が、無邪気に描いた花の絵の一つさえもなかった。きみもまた自分を抑えきれずに、ひと月後のある夜明けに起き出すと、あのガレージのある通りに戻った。パトロールはおらず、壁面はどれもすっかり清掃されていた。家の玄関のところにいた猫にいぶかしげな目を向けられながら、きみはチョークを取り出し、まさにあの場所、彼女が絵を残していったあの場所で、木の部分をめいっぱい使って、緑色の叫び声を一つと、応答と愛とをこめた、赤く燃え上がる炎を一つ描き、その絵を楕円(だえん)で囲んだが、その楕円はきみの口でもあり、彼女の口でもあり、希望でもあった。曲がり角から誰かが歩いてきたので、きみは慌てて足音を殺しながら走り出し、積み上げられた空箱の山の後ろに逃げこんだ。千鳥足の酔っ払いが一人、鼻歌を歌いながら近づいてくると、猫を蹴り飛ばそうとして絵の下に前のめりに倒れた。きみはほっとして、ゆっくりとその場を離れ、太陽が顔を出し始めたころになって、まるで長い間眠ってなかったみたいに眠りこけた。

　まだ朝のうちに、きみは遠くから絵を見た。まだ絵は消されていなかった。正午に戻ってみた。驚くべきことに絵はまだそこにあった。町外れで騒動が起きたために(そんなニュースを耳にしていた)、市街のパトロールはいつもの持ち場を離れていたのだ。日暮れどき、その日一日多くの人たちの目に触れたその絵を、きみももう一度見に戻った。それから朝の三時になるまで待って、ふたたび戻ってみると、通りは人影もなく真っ暗だった。遠くからでも、きみはそのもう一つの絵を見つけることができた、自分の絵の左側の高いところにとても小さく描かれたその絵を、見分けられたのはきみだけだっただろう。渇きと恐怖がないまぜになったようにして、きみは近づいていき、オレンジ色の楕円と紫色のまだら模様を目にしたが、その絵からはまるで、腫れあがった顔や、垂れ下がった眼球や、殴打され潰された口が、飛び出してくるように思えた。わかってる、わたしだってわかってる、でもきみのために他に何を描けただろう？　今となってはどんなメッセージに意味があっただろう？　どうにかしてきみに告げなくちゃいけなかった、さよなら、でも、お願いだからやめないで、って。隠れ処に戻る前に、わたしはきみに何かを託していかなきゃいけなかった、もう鏡なんて一枚もないこの場所、果てのない暗闇に囲まれて、終わりがくるその時まで身を潜める隙間が一つあるきりのこの場所に戻る前にね、わたしはここで、たくさんのことを思い返している、そして折に触れて、かつて想像できみの人生を思い描いたときのように、また新しい絵を描くきみの姿を、新しい絵を描きに夜外へ出ていくきみの姿を、思い描いている。

フリオ・コルタサル（一九一四―八四）

アルゼンチンの小説家。『遊戯の終わり』（一九五六）、『すべての火は火』（六六）などに収められた幻想的短編の名手として、あるいは何通りもの読み方を誘う実験的な長編『石蹴り遊び』（六三）の作者として知られる。ガブリエル・ガルシア＝マルケス、マリオ・バルガス＝ジョサ、カルロス・フエンテス、ホセ・ドノソらとともに、ラテンアメリカ文学の「ブーム」を代表する作家である。キューバ革命やパリ五月革命をきっかけに政治意識に目覚め、ラテンアメリカにおける暴力や言論弾圧などを糾弾し始めた後期のコルタサルは、創作においても、自らの代名詞である幻想性と文学性を損なうことなく現実批判を盛りこむための手法を模索する。『愛しのグレンダ』（八〇）に収められた本作は、その試みがもっとも成功した例の一つと言える。というのも、グラフィティという形式に託された、沈黙と孤独とを破る危うくも奇跡のような対話を描き、現実と想像とを対峙させるこの物語を支えているのは、両者の境目をいつのまにか曖昧にしてしまう巧みな幻想的筆致であるからだ。だからこそこの想像の物語は、小説の外にある現実の「痛み」にまで、耳を傾けさせる叫びとなる。「お願いだからやめないで」と呼びかけられ、たとえ孤独と絶望のなかにあっても自分自身のグラフィティを描き出すことを託されているのは、「遊び」のように本作を読み始めたはずの、きみなのかもしれない。

Cross Current

5読書案内

戦争

戦争の物語はもっとも古い物語の一つです。世界最古の物語とも言われる**『ギルガメシュ叙事詩』**[★★★]やギリシャの悲喜劇、神々の神話に至るまで、西洋古代の物語は戦いに満ちています。それほどに戦争というものは幾多の生を巻き込み、日常を揺るがすドラマ、限りない悲しみ、人智を超えた運命の不可解さを思い知らせる、最大級の経験であり謎だったのです。

現代の「戦争」は、国家間の軍事衝突のみを指すわけではなく、内戦やクーデター、ゲリラ、テロなど、複雑な様相を見せています。本書に収めたアルゼンチンの作家コルタサルの「グラフィティ」をはじめ、中南米地域にはこの種の「戦争」を描いた作品が数多く生まれました。ここではその数例として、キューバ革命後の独裁を歪(ゆが)んだディストピアに作り変え痛烈に批判した**レイナルド・アレナス**の**『襲撃』**[★★☆]、虚像と孤独に苦しむ独裁者をひとりの人間として描き、権力の神話化に抗(あらが)った**ガルシア＝マルケス**の**『族長の秋』**[★★★]、中米における激動の政治動乱によって自らも亡命したエルサルバドルの**オラシオ・カステジャーノス・モヤ**が、時代の苦悩を名門一家の愛憎劇に託した**『崩壊』**[★★☆]などを挙げておきましょう。

ロシア革命を背景にしたバーベリの「ズブルチ河を越えて／私の最初のガチョウ」では、従軍者の視点から克明な描写がなされています。一方、同じく従軍者であるアメリカの**ティム・オブライエン**の短編**「レイニー河で」**[★☆☆]では、ベトナム戦争への招集を受けカナダへの逃亡を試みる大学生と、ある老人との出会いだけをあえて描き、戦いそのものを描かないことで、かえって避けがたい戦争への葛藤と従軍者の苦悩とが浮き彫りになっています。また、ベトナム側からこの戦争に従軍した**バオ・ニン**の**『戦争の悲しみ』**[★★☆]でも、鮮烈な戦場の描写はあるものの、核となるのは戦争による深い喪失を抱え込んだ若者たちの青春劇です。二作から

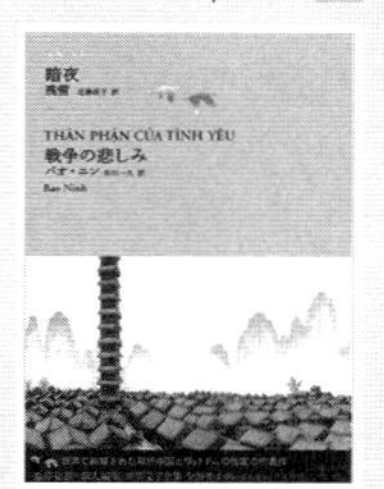

戦争の悲しみ
(河出書房新社)

は、一つの戦争に対する相異なる視点と、戦い自体よりもその経験が個人の内面に残したものを語るという共通した姿勢とが、ともに読み取れます。

　被害者も従軍者もともに傷つく不条理がなぜ起きてしまうのか、そもそも何が「私たち」と「彼ら」を隔てているのか、という問いは、戦争をめぐる重要な問いの一つです。典型的な分断の原因の一つは人種対立でしょう。ルーマニアのツェラーン「死のフーガ」の陰鬱な詩行は、被害者として虐殺されるユダヤ人に捧げられました。他方、たとえばパレスチナの**ガッサーン・カナファーニー**の**「ラムレの証言」**[★☆☆]は、ごく短いながらもイスラエルのユダヤ兵の加害性を告発し、私たちが報復テロと呼び非難する行為についても別種の視点を差し出します。こうした複数の視点は、ことさらに対立と分断を煽（あお）るものではなく、むしろ一つの視点からのみ美化や非難を被りがちな戦争という現象を、具体的経験を通して相対化させる、世界文学の与える知の一つです。その意味では日本人にとっても、満州での日本兵の横暴に対する人間的抵抗を描いた**白朗**（バイラン）の**「生と死」**[★☆☆]や、日本占領下のシンガポールにおける混乱と恋愛を描いた**苗秀**（ミャオシウ）の**『残夜行』**[★★☆]など、日本から見た「戦争」の文学、あるいは歴史観を相対化・重層化するためのテクストは多々あります。

　本書で紹介した**アディーチェ**は、「シングル・ストーリー」という表現で、上記のような画一的なものの見方を批判しています。彼女の長編で、ナイジェリアの内戦であるビアフラ戦争を扱った**『半分のぼった黄色い太陽』**[★★☆]では、民族間の争いが、植民地支配の爪痕や経済利権などの雑多な要素に左右され、被害者と加害者とが容易に入れ替わるものとして暴露されています。つまり、唯一不変のものとして乗り越えがたく思える「私たち」と「彼ら」との分断の物語は、人種や宗教や言語、国籍や利潤という実は曖昧な基準をもとに、無意識にあるいは人為的に構築され、争いに利用されていく方便でもあるのです。そうであれば「戦争」とは、軍事力だけではなく、言葉の上での戦いである、とも言えそうです。そして文学とは、他でもないその言葉を用いて、「戦争」の不条理に対抗する試みに他ならないのです。

（山辺）

Column

5

コラム

移民・亡命

いま世界から伝わってくるニュースには、「移民」とか「難民」「亡命」といった言葉が溢れている。国連などの定義では、国境を越えて移住する「移民」は、その原因が戦禍や災害、宗教・民族・政治的対立などである場合に「難民」や「亡命者」と呼び名を変える。こうした地理的越境は特に二〇世紀以降、戦争や政治的迫害、脱植民地的状況、経済構造の不均衡や各種技術の発展などを背景に急増した。それにともない目立つようになった「移民／亡命文学」（または「ディアスポラ文学」）は、文学一般にもおよぶさまざまな問題を問いかけている。

その数例を、革命後長く独裁が続いたことで、多くの移民／亡命作家を生んだキューバに見てみよう。たとえば亡命後の自叙伝『夜になるまえに』によって差別や迫害、言論弾圧の実態を暴いたレイナルド・アレナス（一九四三〜九〇）は、内部からは語り得なかった政治的問題を証言し告発することで、文学を取り巻く障壁の存在を浮き彫りにする。また、同じく亡命者で、英語でも創作をおこなったギジェルモ・カブレラ・インファンテ（一九二九〜二〇〇五）らの場合には、「スペイン語圏」である「キューバ」の文学という、当然のように国と言語とに結びつけられた旧来の文学観自体が揺らいでくる。考えてみればこうした文学観は、この二人をはじめ、特定の国や言語から排除された、あるいはその外に飛び出していったマイノリティたちの文学を見渡すにはあまりに窮屈だ。「移民／亡命文学」という領域は、彼らの存在が可視化されるとともに、彼らが語る異文化や外国語との接触、新たな自分との出会い、戻ることのできない故郷への葛藤などについてのさまざまな物語が、国や言語を越えて対話をはじめる場所なのである。

だが、もし「移民」や「亡命」という言葉を冒頭の定義よりも広く捉えるなら、その本質は、母国に限らず何かから隔たっているという「距離」の感覚と、何かを越えていく「越境」の行為とにある。そしてそもそも文学とは、「いま・ここ」に欠けているものを想像と言葉とで補いながら、国や言語だけでなく、私たちを「いま・ここ」に隔離している無数の境界を打ち破るために言葉を紡ぎだそうとする、「距離」と「越境」の営みに他ならない。たとえ国境や言語をひとつも越えなくても、すべての書き手と読み手は世界文学の地平へと「移民」し「亡命」しながら、無数の対話を交わしているのだ。自己を隔てているものとの格闘を体現する「移民／亡命文学」は、そもそもその格闘があらゆる文学実践の条件であり、「ボーダーレス」化する現代を生きる私たちにとってはより一層切実な課題であることを、あらためて考えるためのヒントでもある。

（山辺）

Chapter 6

Umwelt

章

環境

わたしたちを取り巻く世界

「環境先進国」として知られるドイツでは、「環境」のことをUmweltと言います。「周りの」という意味の前置詞umと「世界」という意味の名詞Welt（英語のworldと同じ語源）を組み合わせた言葉で、もとの意味は「個人を取り巻く世界」です。Umweltは「環世界」と訳されることもあります。嗅覚が優れたイヌや複眼で紫外線を感知するハチは世界をヒトとは違う方法でとらえます。それぞれの種がそれぞれの特性を生かして認識する「生き物の周囲の世界」、「人間や動物によって知覚された世界」が、「環世界」です。その生き物にとっての「環世界」が姿を変えることもあります。生き物はそれぞれの方法で世界を認識するだけでなく、それぞれの方法で世界に働きかけもするからです。考えてみれば、世界の認識方法や働きかけ方の違いは、異なる種の間だけでなく、異なる個人の間にもあるのではないでしょうか。

「環境」を「環世界」としてとらえたとき、文学は「環境」をどう描くか。そんな問いを持ちながら、「環境」や「環境問題」を扱ったこの章の作品を読んでみてください。

詩二編

ファン・ラモン・ヒメネス
Juan Ramón Jiménez

伊藤武好・伊藤百合子 訳

わたしはよく知っている

わたしはよく知っている、わたしは
永遠の木の幹だということを。
わたしはよく知っている、星は
わたしの血で養われていることを。
明るい夢はことごとく
わたしの鳥だということも……
わたしはよく知っている、死の斧(おの)が
わたしの根を断ち切るとき、
その下に大空が開かれるということを。

鳥達は何処（どこ）から来たか知っている

一晩じゅう
鳥達は自分の色を
わたしに唄ってくれた。

（さわやかな日の光をもつ
朝の翼の
色ではなかった。

消えかかる日の光をもつ
夕暮れの胸の
色ではなかった。

花や葉の
見慣れた色が
消えるように、

夜になると消える
日々のくちばしの
色ではなかった）

別の色だった、
人間が何もかも失った
はじめのパラダイス、

花や鳥が
知り尽くしている
パラダイスの色だった。

世界の果てまで飛びながら、
香りを撒(ま)き散(ち)らす
花と鳥よ。

人間が夢の中で追う
変わることのないパラダイスの
その色よ。

一晩じゅう
鳥達は自分の色を
わたしに唄ってくれた。

夜になると取り出す
別の世界にある
別の色だった。

わたしははっきり目を覚まし
いくつかの色を見た
それが何処から来たかよく知っている。

夜のあいだ
わたしに歌を聞かせてくれる鳥が
何処から来たかわたしは知っている。

風と波を越えて
わたしの色を唄ってくれる鳥が

何処から来たかわたしは知っている。

ファン・ラモン・ヒメネス（一八八一―一九五八）

スペインの詩人。膨大な数の詩作を残し、ノーベル文学賞も受賞したスペイン語詩の巨匠は、ロマン主義と象徴主義の影響を受けながら、ラテンアメリカ現代詩の父であるルベン・ダリオのもとで詩人としてのキャリアをスタートさせた。やがて自分自身、若い世代を牽引(けんいん)する存在となるヒメネスだが、一九三六年には、スペイン内戦の戦火を逃れるため、プエルトリコ、キューバ、アメリカを巡る移住生活を開始した。ヒメネスはこれらの移住先でも出版や教育などに精力的に関わり、当地の文学者たちにも大きな影響を及ぼすことになる。初期には色彩豊かで潤沢だった詩風は、やがて装飾を廃した簡潔で素朴な詩形へと変化し、完成度の高い表現を追求する「純粋詩」と呼ばれる形式へと至った。著名な作品として、ロバと詩人との交流の中に豊富なイメージを読み込む散文詩「プラテーロとわたし」（初版一九一四）がある。

ここに紹介する詩では、簡潔な表現のなかに、自然に対する近しさと遠さとがともにうたわれているると見てよいだろう。永遠へと連なる大いなる存在と、小さな自分自身とのつながりを自然のうちに幻視する詩人の観察眼には、調和の喜びだけではなく、想像力を介さなければそのつながりを思い出すことのできない人間たちへの警告までもが秘められているかのようである。「わたしは知っている」というリフレインを、わたしたち現代の読者はどのように受け止めるだろうか。

神々の村

石牟礼道子(いしむれみちこ)

「責任を回避するような気持ちはどこにもありません。次に二番目の水俣(みなまた)工場を閉鎖するかというご質問につきましては……」

「待てえっ」

という声が天井まで突き抜けた。誰の声だったろう。総立ちになった者たちがふたたびどっと壇上にかけ上り、誰が何を言っているのかわからない。社長の背広に手をかけ、何か口ばしっている者もいる。「水俣工場の閉鎖」という言葉が患者らの背中を射ぬいたのだ。患者らのおかげで水俣工場がよそにゆくと、市民から憎悪されてきたのである。

見定めて、わたしは師匠の肩にそっと手を置いた。

「行きましょう、今すぐ舞台へ」

大きくうなずいて師匠は立ち上った。巡礼たちの列がゆったりとした足どりで花道にさしかかった。若者たちが躰(からだ)をひいて坐(すわ)りこみ、道をつくった。澄んだ鈴鉦(れいしょう)の音とご詠歌が低く流れる中、永遠の映像が流れるごとくに、白装束の列が通った。

今やうつつの眼前において、何かが展開する、と誰しもが想い、好むと好まざるとにかかわらず、それまで体験したことのない世界の中に全会場の者が導き入れられつつあった。

それから一気にこの劇のクライマックスになった。

もの静けさの極のような気迫で、患者たちは社長の方へにじり寄った。社長の背中を押しているようにも、引っぱっているようにも見える若者たちがとり囲む中、浜元フミヨさんが両親の位牌(いはい)を社長の胸元近くにさしのばし、わなわなふるえている。師匠が巡礼の団長として何か言うつもりで真向かいに坐った。たぶん公式の場での対決の文言をいうはずであったろう。しかしそれはすぐには出てこなかった。はじめて接近した彼我の間は一メートルくらいだったろうか。

「首替え」の続くチッソの最高幹部、いま師匠の目の前にいる人は二年前、国が「公害認定」をした時、患者宅をまわった人である。任期の長かった前の吉岡喜一社長とは逢(あ)わずじまいだった。

「お前さまは……」

ひくく呻(うめ)いて師匠は絶句した。ふた息ばかりあったろうか。さらに低い声が吐息とともに絞り出された。

「ああ情けなか！　なして生きとるか！」

身を揉(も)みしだいている師匠の口からさきほどと同じ言葉が吐き出された。――わが身は、なして生きとるか、お前さまとはなしてここで逢(お)うか。やせたその頬(ほお)に滂沱(ぼうだ)と泪(なみだ)があふれ出した。末法の逆世の縁……。生き恥死に恥にまみれ、わが家だけでなく、人間苦の極相の中で死んだ者たちを看(み)とりながら、師匠は巡礼団をまとめてきたのである。師匠の胸底にある般若心経(はんにゃしんぎょう)の文言をわたしはなぞっていた。上阪する列車の中で聴いたあの「実る子」のいわれを。生まれてから一度もものを言ったことのない「坪谷小町」が、もの問いたげに首をゆすって家に居る。その前に生まれた女児は、同じ症状で死亡したのだ。さらには老いた父親が、船小屋の片隅で海老のように曲がったままなのを置いてきている。師匠はいまや現実の社長にではなく、何か超絶的な存在に対してものを言いたいのかも知れなかった。あるいはそれをも言いたくないのかもしれなかった。

言葉にならぬ想念の渦巻く只中を、根底からぎりりと切り裂くような声をあげたのは浜元フミヨさんだった。手甲をつけた両の掌をわななかせ、二つの位牌を、社長の胸もとに押しつけんばかりにさし出している。

「親さまでございますぞ!、両親でございますぞ」

会場は一瞬にして静まりかえり、息を呑んだ。二つの位牌がふるえながら上下した。

「どういう死に方じゃったと思うか……、弟も、弟は片輪、親がほしいっ!。親がほしい子どもの気持ちがわかるか、わかりますか」

自分の言葉に耐えかねてフミヨさんは絶句する。あたりに聞えた孝行者で、その看病ぶりは凄絶というほかなかった。まもなく彼女自身も発病する。この時チッソは高度成長も凋落の兆しを見せはじめた経済界の一角を荷う、突堤であった。日本興業銀行が江頭豊氏を吉岡喜一社長の後に配したのは、よほどに重要な人事であったろう。氏はくぐもりのきわまった目の色を自分の内心に向けた表情のまま、フミヨさんの気迫に打たれ、正座して、反射的にうなずいていた。

「わかります。ようくわかります。責任は感じています。ですから……」

この雰囲気と情況の中で、ほかにどういう言い方があったろう。荒れ狂っていた学生たちが互いの肩をつかみ合って悶え泣きしはじめた。

「親がほしい子どもの気持ちがわかるか！　わかりますか」

　場面が転換したかのように、舞台は車座風となっていた。社長をかばい、補佐するものはいなかった。まわりにはカメラを持った報道陣も含めて茫然と立っている者も多く、立錐の余地もなかったが、足の悪い患者たちの、ぎこちなく坐っている場所は、海底の水炎のごとくに揺れていた。宙をかきむしるかのような手つきでいざりながら、巡礼たちは正座した社長をとり囲んだ。誰かがとり縋ったらしくその背広が脱げかかっている。

　未認定患者の川本輝夫さんが泣きじゃくりながら、隣の若者にいった。

「何とかして（社長に）わからせる方法はなかもんじゃろうか、わからんとじゃろうか」

　まるで頑是ない子の、途方にくれたような表情と低い泣き声だった。一人の男が立って、ゆっくりと社長の肩を抱くようにした。巡礼団に付き添ってきたチッソの工員、田上信義さんだ。来年は合理化でクビだと自分で言っている。

「社長……」ふるえをおびたもの静かな声であった。

「わたしは……、水俣の従業員です。ちゃんとしてくれなければ、恥ずかしかです。よかですか」

　あとでこの労働者は言った。

「おら、はじめて社長にものいうたがなあ。はじめて逢うて」

　どこからか、お前も水銀をのめという声が飛んだ。むなしさが、舞台にも会場にもひろがった。

　少数の幹部たちが社長のまわりにいた。社長を退席させるべきかいなか、この情況では判断がつかないらしく無理もなかった。舞台の上は収拾もつきかねるほど人がいれまざっていた。巡礼たちの情念や総会屋の怒号がぶつかっては散乱し、喧噪をきわめる中で社長は挨拶をあきらめなかった。言葉ではなく声だけが聞こえた。それをも、徐々に無意味というものに変質して氾濫しつつあった。親がほしい、親がほしいというフミヨさんの声が、流れ落ちる瀑布の奥から湧くように続いていた。

海面の一角にふいに立った巨大な三角波のような、熱度の高い気分は急速に衰え、人間の哀れさだけが定着してゆくような場面であった。わたしは立って呼びかけた。まったく予測しなかった自分の行動だった。

「みなさん、もう席へ帰りましょう。これ以上は無意味です。あとは天下の眼がさばいてくれるでしょう」

人びとが無言で、醒めぎわの夢の中を横切るように壇を下りはじめた。

「私たちは水俣へ帰りましょう」

水俣以外のどこへ、帰れるところがあっただろうか。

踏切のそばの溝口家を出発前にたずねた。積年のかなしみが、その面ざしをただただ美しくするということもある。トヨ子ちゃんのお母さんはいつ逢っても、大きなまぶたを伏せたまま笑わなかった。

「死に支度ちゅうても、もう間に合いません。ああ、巡礼着ですね。早う揃えませんとね。気持ちはトヨ子の方にばかりゆくもんですから。わたしも長うはなかろうで、生きとる間はわが身から離さんぞちいいよります。たおれたところが死に場所ぞ。わたしはそう思うて、線路道ばゆききします。江郷下の小母さんも水俣駅から線路道通って和子ちゃんば背負うて来らしたが、線路はなあ、あの世とこの世ばつなぐ道でございます。ようまあ、あの和子ちゃんも包帯巻きにされて線路に落ちもせずに、わが家にもどって。

解剖されても家にもどれてよかった。水俣病は町の道は通れませじゃった。線路しか。家の横は汽車の通り道で。トヨ子はその話ば背中で聞いております。ヘソの緒切れても背中と胸でつながって、死ににゆきよるちゅうことの、わかっとります。母しゃんといえませずに、ががしゃんちゅうて、

ががしゃん、しゃくら、しゃくらの、あっこに、花の」

ががしゃんとしかいえずに、花ともいえませずに、あな、というて。背中でずり落ちながらのびあがって、苦しか声でいうとですよ。

――ああ、花ち。

死んでゆく子が親に花ば見せて、かなわぬ指で花ば数えてあなた、この世の名残りに。

母しゃん母しゃん花みてゆことといいよるが。ああわたしは、この病気のはじまってから、昼も知らず夜も分らず、ただただ雲を摑むような夜昼じゃったが、死んでゆく娘に教えられて目を上げましたら、桜の中にトヨ子の指のみえかくれして。ちりぢりふるえとる桜の雲でございました。

線路のぐるりには蓬のなあ、ずうっと生えとります。かがみまして、汽車ば待つ気いじゃったろか、ふらふらかがんで、トヨ子、どこにゆこか。花の向こうにゆこかいねえちゅうて、かがみますとふらふらするもんで、蓬ば摑みます。ここらの女ごはみんな蓬が好きで、団子にも餅にも蓬くろぐろ入れて、トヨ子がひなの祭にも蓬餅ば菱に切って供えました。まだ指も目立つほど曲がってはおりませんで、蓬餅よろこびましたが、あれが食いおさめで、あとの節句は祭どころじゃありませんでした。それで汽車待つ間にも手は蓬摘んで。

薬ですので、絞って飲ませたり煎じて自分も飲んだり、床ずれにつけたり、艾に摘んだりします

もので。線路にそってずうっと蓬のありまして、この道ゆけば、よかところにゆくような気のしておりましたが、トヨ子があっち、あっちといいますもんで、ひょいと立って、家に向かいましたら、ごーっと汽笛の鳴って通りました。桜の道のひらいて蓬の匂いのしよりました。

家の横が線路でございますけん、桜の道も蓬の道も、たどってゆけば、よかところにゆくとですよ。わたしより先に逝きました。何の薬も効かん病でございますが、蓬は気持にしっくりしますもんで、株主巡礼にも陰干ししてお守り袋にしたり、艾にしたりして身につけて行きます」

この人は、仲良し二人組のお婆さんより歳がうんと若かった。

憂いの深いまなざしなのに、なぜか瞼のあたりはいつも上気してほのかに赤く、美貌をひき立てて、いたましかった。おマスさんもまた艾を守り袋に入れている一人だった。お数珠に艾がくっつかぬよう別袋にしていたのは、田中の師匠さまをはばかってのことである。

「ご詠歌もろくに覚えんくせして、蓬じゃの艾じゃの、何の効能のあるか。効能のあるなら、株主巡礼にも高野山にも、行かんでよかじゃろうが」

そういわれるのがおちだったので、互いに手縫いの袋にそっと手をやり、

「お守りは持ってきたや?」

と囁き交わすのは、秘中の秘を打ち明け合うようで嬉しそうだった。宿に入る前、後ろから、のどの奥がずいぶんふさがっているような声がした。ふりかえるとやっぱりおマスさんだったが様子がかなりへんであった。

総会場の厚生年金会館に入る前日、大阪是宗町のチッソ大阪事務所に「挨拶」にゆくという男性患者たちの後ろからこの二人連れもエレベーターに乗るには乗ったのだが、支援者や報道陣に巻きこま

れ、中の様子もしかとはわからず、エレベーターが上がったか、下がったかも、うろ覚えのまま、押し出されてきたらしい。

「ああ、魂のぐあいのわるうなった」

とおマスさんがいうのを、トキノさんが気づかっている。

「魂のな、エレベータのなんのに乗ったもんで、電気にかかったばい」

「ああ、電気にかかっておかしゅうなった。社長さんにゃ逢われんし」

「ここはな、本社のチッソとちがうと。社長さんな、明日の株主会に見えらすと。あんた、そんため、ご詠歌習うたろが」

「明日逢わるるちな。わたしゃ魂に電気のかかって、ぐあいの悪かがなあ」

「和ちゃんば、ここまで抱えて来ただけでもぐあいの悪うなったろうに。それより、足のぐあいの悪かけん、魂も坐りの悪かろうよ。足ばまず治療せんことには」

ゆうべ宿舎で二人して「黒膏薬（こうやく）」を腰や肩や太股（ふともも）の後側に貼り合って寝た。「富士の入れ薬」だそうだ。腰にはとくにきちんと貼らないとおしっこの始末に困るのである。

「これがなあ、手のふるえてやおういかん」

かわるがわるそう訴え、ついでに、

「ああたもなあ、大事にせんと。とぽとぽ歩きおらすがなあ」

トキノさんがそういうとわたしの背中を撫ぜてくれた。それから二人とも無口になった。

十七年という歳月の毒素が、あのチッソ事務所の中からどっと流れ出して来て、二人の老女を押し包んだにちがいなかった。

大阪弁の若い人たちが寄って来て、抱えあげんばかりにいたわりながら巡礼団のいる所へ付きそってゆく。お手洗いのことをわたしは頼んだ。二人とも足がご不自由ですと。じっさいおマスさんの足の浮腫はひどくて、膝頭はぴかぴかに腫れ上っている。ご詠歌の声や文言が心もとないのはそのせいかもしれなかった。

　解剖された娘も、二人の息子もご亭主も自分も、身体だけでなく魂さえもままならない。それゆえ都会の人方が乗るというエレベータに乗せられた時、魂がいきなり電気にかかって、仲々自分の所へかえって来ない気がするというのであった。その気分はトキノさんにも伝染したらしい。

「わたしはねえ、社長さんに一日も早う逢いとうして行きましたがねえ」

　トキノさんは、あらたまった気分の標準語でいう。

「おられませんもんで、川村所長さんのまわりば、蝶々(ちょうちょう)のようになりましてね、まわりよる気分でしたよ、しゅり神山に魂あずけとりましたもので」

「しゅり神山ちな、わたしも連れて来た。あそこから和子の蝶々ば。守護霊ば」

「やっぱあそこにあずけとったなあ、和ちゃんも。なあ、今は会社の裏山ちゅうて、裏にしてしもうて。だいたいあそこの山が表山ですよ」

「ほんに、あそこが、しゅり神さんの表山よ。菜の花の蝶々の山で、狐(きつね)たちの山で。裾には井川まであって、万病の神さんで、大園(うぞん)の塘(とも)の女郎衆が願掛けに来よらしたげなですよ。誰も詣(まい)らんごつなって粗末にしてから、水俣病まで出て来たと、わたしは想うとります」

「おしゅらさまば、わたしは信仰しとる」

　宣言するように言ってトキノさんは唄(うた)う調子になった。

しゅり神山の菜種照り
沖にゃ白帆がゆくわいな

はじめて聴く古雅な節である。この人は患者たちの集会で興がのると、のびのある声で牛深ハイヤ節や江差追分をよく唄う。

「はじめて聴きましたが、よか唄ですねえ」

「はじめて唄いましたですよ」

けろりとした顔でトキノさんはいった。

会社の裏山はもと「しゅり神山」という立派な名を持っていて、そこは狐たちの持ち山であったと教えてくれたのはトキノさんである。

前面に不知火海、その沖は天草の島々、右手には梅戸の二子島、左手には明神ガ岬を連ねていた。天草島には眷属たちも棲んでいるので、チッソが来てこの山をうち崩した時、大方の狐たちはつてを求めて渡海した。もっとも近い御所浦島まで七、八里である。最初の組は漁師たちの舟を頼み、祖先の山、しゅり神山の見える御所浦島に渡った。人間の姿になって来て事情をのべ、本物の銭を持ってきたのもいたし、狐の姿のまま、舳のところに遠慮ぶかげに腰かけているので、それとわかったりした。しゅり神山で発破の音が続き、山の斜面が崩れる日は必ず幾組かの子連れ狐が、明神の浜辺をゆき来した。

「今は持ち合わせがございませんが、向うの島に渡してもらってから、必ず都合をつけて、渡し賃はお返しいたします」

と申し出たのも少からずいたという。そのことをトキノさんは、

「なあ、そういう時は人間も畜生もな、変りません。哀れでなあ、漁師はみんな親切ですから、お互いじゃちゅうて、渡してやりましたそうで」と語った。

「菜の花の頃は、雲も菜の花照りになって、わたしどもは狐照りちいいよりましたがね。狐どもの愛じゃの恋じゃのも、ありましたろうにな。

そら豆畠(ばたけ)の花がひらく頃には、子狐たちが親と磯辺(いそべ)に下りて来て、蝶々が潮の満ちてくる海面にひらひらするのを、猫の仔(こ)がするように手えさしのべて追いますのをね、親がはらはらして止めたりする眺めもありましたりね。よか眺めでございましたよ」

トキノさんは改まってくるとなめらかな東京弁になる。

「チッソの人方もね、魂の高かお人なら、しゅり神山のおしゅらさまのことは、お解(わか)りになりそうなものでございますよねえ。位の高か狐ですがねえ」

菜の花色したしゅり神山の雲の中から、守護霊の蝶々をこの二人が大阪まで連れて来たのは、エレベーターに一ぺん乗ったくらいで、弱りはてた魂が、「電気にかかってしまう」おそれが自覚されたからであったろう。次の朝二人は手をつなぎあって巡礼団に加わり、総会場に入った。

株式総会が終った次の日、巡礼団は高野山に登った。南の海辺に生い育った者たちに、高野の風は冷え冷えとしていた。道のべの黄苺(きいちご)の枝に、ぎっしりと願い文が結びつけてあるのが目をひいた。

「まあ、ぎっしり結びつけて」

「それぞれなあ、願いのあるもんじゃ」

婆さまたちは願い文の内容に関心を持ったかに見えたが、すぐに自分の想いの中に浸りこんでゆく様子だった。

「昨日は、狂うたなあ、みんな」

誰の声だったか、大きくはない、微笑を含んだ声が冷気の中にした。

「――ほんに……。思う存分、狂うた……」

澄んだ細い笑い声があがり、すぐに消えた。いつものおしゃべりは出ない。ゆるやかな山坂道だった。彼女たちの伏し目がちの表情が、弥勒菩薩さながらにふかぶかとしていたのが、今なお忘れがたい。晴れて胸の内を吐露し、狂える日もなかったのだ。重みのある山の風が、一行の足許をとりつつみ、頂きの方へと吹き抜けていった。

トキノさんが寄りそってきた。わたしと並ぶくらいの背丈である。

「高野のお山は寒かですねえ。やっぱり海辺がよございますねえ。

あのですね、昨夜、夢見ましてねえ。蝶々がですね、舟ば連れて、後さきになってゆきよるのでございます、花びらのようでもありました。光凪で、おしゅら狐が漕いでゆきよりましたがなあ、影絵でしたけど……。明神の岬から、しゅり神山のあの、おしゅらさまでした。どこにゆくつもりでしたろか。

昨日はフミヨさんの、親がほしい、親がほしいちゅうて哭きなさいましたので、わたしも貰い泣きしてしもうて、きよ子のことは言わずじまいでしたが、念の残りまして、ああいう夢見たのでしょうね。

チッソがしゅり神山に来ましてから八十年近くなりますげなですねえ。あの時、発破で空に打ちあげられて、ちりぢりになった蝶々たちの子孫が残っておって、明神やら梅戸やら、うちらの湯堂に寄りついておって、おしゅらさまが舟出しなはる時、後さきになって、ついてゆくとでございますよ。

昔恋しさにですね。恋路島ちゅう舟がかりの島もありますしね。

夢のさくらは、いや蝶々はきよ子でした。それでああたに、お願いですが、文ばひとつ、チッソの人方に書いて下はりませんでしょうか。いんえ、もうチッソでなくとも、世の人方の、お一人にでもとどきますなら。

ひとことでよろしゅうございます。

あの、桜の時季に、いまわの娘の眸になっていただいて、花びら拾うてやっては下はりませんでしょうか。毎年、一枚でよろしゅうございます。花びらばですね。何の恨みもいわじゃった娘のねがいは、花びら一枚でございます。地面ににじりつけられて、花もかあいそうに。

花の供養に、どなたか一枚、拾うてやって下はりますよう願うております。光凪の海に、ひらひらゆきますように。そう、伝えて下はりませな」

石牟礼道子（一九二七—二〇一八）

熊本県天草郡河浦町（現天草市）生まれ、水俣町（現水俣市）育ち。水俣病訴訟や自主交渉（患者とチッソの直接交渉）と並行して、近代文明と人間をテーマに作品を書いた。『苦海浄土』三部作のほか、自伝的作品『椿の海の記』（七三）、西南戦争の語りを題材とした『西南役伝説』（八〇）、祖母をモデルとした『十六夜橋』（九二）、島原の乱を題材とした『アニマの鳥』（九九）、水俣の埋め立て地で奉納された新作能『不知火』（二〇〇二）、詩集『はにかみの国』（〇三）、『石牟礼道子全集・不知火』（全十七巻＋別巻、〇四～一四）など。本書に収録したのは『神々の村』（〇四）結末部である。代表作『苦海浄土』三部作の第二部にあたり、『苦海浄土』（六九）と『天の魚』（六九）の間の出来事を扱うが、三部作完結編としての性質も持つ。

故障 ―― ある日についての、いくつかの報告

Christa Wolf
クリスタ・ヴォルフ

中丸禎子 訳

ある日のこと。その日のことをわたしは現在形で書けないが、桜並木は満開だったはずだ。わたしは考えまいとしたのだろう、「爆発する」と。桜並木が爆発した。一年前ならば、多少心にかかったとしても、あっさりそう考え、口に出すこともできた。緑が爆発する。この一文が自然現象をこんなにうまく表す年はないだろう。今年は果てしなく長い冬の後で、暑いほどの春が来た。あの時期に花をつけた果物は食べてはいけないという警告はずっと後になってから広まったが、その朝わたしは、いつもの朝と同じように、撒(ま)いたばかりの牧草の種をついばむ隣のメンドリたちに腹を立てていたに違いなく、まだ何も知らなかった。レグホーン種の白いメンドリ。わたしが手を叩(たた)き、しっしと声を出すと、メンドリたちは不安にかられたり、混乱したりして、とにもかくにも大部分が隣家の敷地の方へ走って行ってくれた。おまえたちの卵なんて、とわたしは意地悪く考えた。そんなもの誰も欲しがらないかもね。そして、早い段階でとても遠い未来からわたしを厳しく監視し始めたあの機関――一つの視線であって、それ以上のものではない――に、わたしは語りかけた。これ以降、わたしは自分が何ものにも縛られないと感じるだろう。自由なのだ、好きなことをしても、そして何より、好き

なことをしなくても。遠い未来にある、あの目標に向かって今まではあらゆる線が伸びていたが、その目標は吹き飛ばされてしまい、核分裂物質とともに原子炉の蓋の内側で燃え尽きようとしている。ごくまれな事例で――

＊　＊　＊

七時。その場所で、弟よ、あなたが今いるその場所で、時間通りにことが始まる。あなたの鎮静剤は半時間前に注射された。今彼らは病棟から手術室へとあなたを運んだ。こうした症例では朝一番に手術が行われる。わたしは思い浮かべる。今あなたは髪を剃(そ)られた頭の中に不快ではない旋回を感じる。そう、あなたは明晰(めいせき)な思考にとらわれたり、強烈な感情に襲われたりしてはならないのだ。たとえば不安のような感情に。すべてうまくいく。これは、彼らが麻酔であなたを昏睡(こんすい)させる前に、わたしが高エネルギー放射線に託すひとまとまりのメッセージだ。あなたはそれを知覚するだろうか？　すべてうまくいく。今わたしは、内なる目であなたの頭を見つめ、わたしの思考が貫通できる最も脆弱(ぜいじゃく)な個所を探す。もうすぐ露出されるあなたの脳に到達するように。すべてうまくいく。

あなたは質問できないので、先に伝えておこう。ここで話題にしている放射線は、愛する弟よ、断じて危険なものではない。仕組みは分からないが、その放射線が汚染された気層を通過しても汚染物質は付着しない。専門用語を使うと「放射能汚染」は生じない。（あなたが眠っている間に、弟よ、わたしは新たな語彙を習得する）。無菌状態で、正真正銘の無菌状態で、その放射線は、まず手術室へ、それから昏睡して無防備に横たわる身体へと到達し、触診し、一瞬のうちにそれがあなただと認識する。自分で言うよりずっとひどくあなたが身体をねじまげていたとしても、それでも認識するだろう。その放射線はあなたの意識喪失という堅牢（けんろう）な防衛線をやすやすと貫通し、燃えて脈打つ核を探す。言葉と違う仕組みを使って、その放射線は今、弱ってゆくあなたに力を貸す。そのことをあなたは信用しなくてはだめ、約束よ。決めたからね——

＊　＊　＊

全くの不意打ちではないはずだが、それでも思いがけず、わたしたちは報告を受けた。だが以前と同じだという気もしなかっただろうか？ そうだ、わたしの中の一人の人間が考えるのが聞こえた。いつも日本(1)の漁師たちだけと、なぜ思えたのか。なぜ、わたしたちには決して降りかかってこないと。「鳥たちと実験」(2)

軽率に、何の不安も抱かずに、わたしはシャワーを浴び、水は体をつたって落ちた。地面から次々と生えるキノコのように（キノコ！ 今年は食べられない！）無数の専門家が登場し、どの専門家も地下水には今後、長い長い間——おそらく今回の事故ではまだ！——危険はないと説明した。きよきながれを。(3)シャワーを浴びながら歌うのは悪いくせだ。ＳＡＮＹＯの小型ラジオから流れてくるさまざまな報告が聞こえにくくなる。もっともそれらは**あの報告**を毎時間のように焼き直し、細分化したものにすぎない。ますはおよぐよ。(3)放射性崩壊生成物が蓄積された魚。予測通り世論は二分し、専門家たちは、どの派閥に属しているか、楽観主義か悲観主義かで異なる意見を述べた。ある専門家は言った。いいえ。炉心がメルトスルーするはずがありません。別の専門家は言った。それは違います、あります。あります、ありますよ。可能性がゼロだなんてとんでもない。メルトスルーが起こると、あの現象も起こるかもしれない。科学者たちが冗談めかして「チャイナシンドローム」(4)と命名した現象だ。燃焼が収束しない限りは——あなたは知らないだろうけれど、弟よ、黒鉛の燃焼は発生しにくいが、収束も信じられないほどしにくいらしい。わたしたちはそんなことまで知る羽目になった——連鎖反応が続く限り、炉心は地球の中心を突き抜けてメルトスルーし、放射性を維持したまま、確実に変化しながら、けれども放射は続けながら、地球の反対側にまた現れるという。弟よ、あなたは記憶しているだろうか、家の前の砂山に掘った深い穴のことを。塩酸を満たしたビール瓶は土を浸食して地球の反対側に届くと信じ、わたしたちは危険物ラベルをきちんと貼って穴に埋めた。覚えているだろうか、セロファン紙でくるんで防水し、瓶の首にしっかり結びつけた手紙とその内容を。兄弟姉妹のみなさま——わたしたちは地球の反対側の住人たちをそう呼び、もちろん住所も書き込んで、このボトルメッセージを受け取った方は、こちらまでお知らせくださいますよう切に願います、と記したのだった。

何かを映像で思い浮かべられるとすれば、それはとてもありがたいことのはずだった。わたしたちはまだ間に合ううちに、地球の反対側の住人たちに謝罪すべきではないか。思い浮かんだその考えを突き詰められないでいるうちに、ラジオから耳が離せなくなった。アナウンサーが若手専門家にインタビューを始めた。スタジオにご足労いただき、ありがとうございます。今日はお子さんとどんなふうにお過ごしになりますか。いらっしゃると仮定しての質問です。子どもはいます、と彼は言った。妻にしっかり申し渡しました。今日は子どもたちに低温殺菌牛乳も、ホウレンソウも、グリーンサラダも与えてはいけない。公園や砂場に連れて行ってもいけない、念のためにです。そのときわたしは、歯ブラシに歯磨き粉を押し出しながら、誰かが言うのを聞いた。そういうことね。事態はそこまで進んだに違いない。

そのとき発話した誰かとは、わたしだった。わたしはそのころある実験をしていた。どのくらいの間一人でいられるか、自分自身と話し始めないでいられるかという実験だ。三日目にはもう、ひとりごとの第一声が出てきた、こんなふうに。さて。あとは洗濯をすませて、そしたら仕事はおしまい！　五日目の今日の状況はさらに厳しく、わたしは目の前にいない人々に向かい、声をあげ始めた。あなたたちにぴったりよ！　たとえば——

＊　＊　＊

頭蓋を切開するのにどんなのこぎりを使うのか、わたしは知らない。頭蓋をいくつかの部位に分ける「縫合線」をなぞるという。その気になればわれわれは、医師はあなたを安心させようと、技術の完壁さをアピールした。あなたの頭蓋冠をボンボンのついたニット帽みたいにさっと持ち上げ、またかぶせることもできます。でも今回その予定は全くありません。予定していることを——一部分だけを、正確に言うと頭蓋骨の右前方部分を切り外すことを——彼らはきっと首尾よくやったに違いない。あなたの脳実質は彼らの前に開かれている。わたしにとっては執刀医の手もとに集中する時間が始まる。彼の指先に集中する。言葉にならないインパルス。意識喪失が深まっても、あなたには安心していてほしい。苦しい？　どこに行きつくのだろうか、わたしたちが気づくことのできない苦しみは——

＊　＊　＊

人生は日々の連続だ。朝食を摂(と)る。オレンジ色の計量スプーンでコーヒーをフィルターに入れ、コーヒーメーカーをセットし、キッチンに広がる香りを楽しむ。においをこれまでよりも強く意識的に知覚することになろうとはこの日は思いもよらなかったし、それがあなたから失われるのはまだ知らなかった。医師はあなたに言った。機能障害の回避が不可能な症例もありますが、その場合もわれわれが最小限にします。卵をきっかり五分ゆでる、タイマーが壊れていてもそのわざは日々完遂される。刈変わらない味。この屋台骨が死の時代を超えて生命を支える。メクレンブルクの黒パンの切り口。刈り取られたライ麦の粒。そもそも、いつ、どのような仕組みで核種は――これも覚えたばかりの新語だ――穀粒に蓄積するのだろう。ニワトコがまだ茂っていなかったので、キッチンテーブルのわたしの席から、家の周囲の広大な穀物畑が濃い緑のなかに見えた。わたしはこの状況を表す言葉を探した。「褥」。緑の褥。田舎にいると、古びた言葉をつい使ってしまう。空にはあの日、雲一つなかった。(なぜさっき、わたしは「死の時代」と考えたのか?)君が涼しき影の中/そのなよやかな褥の上に/恋しきところなり君は/恋しきところなり君は。何年も、何十年ものあいだ、感覚にのぼることのなかった歌。わたしが自分の中に摂取するすべてのものに批判的なまなざしを投げかけるあの機関に、わたしは通知した。冷蔵庫の卵は事故の前にメンドリの胎内で育ったもの。被曝していない草と被曝していない穀物で育ち、消費組合に直送され、だから日付のスタンプはなく、新鮮さは保証つき。だが新鮮すぎることもない。たとえば昨日のものではない。

「おお空よ、光を放射する紺碧」

どのような法則に基づいて、どのような速度で放射能は広がるのだろうか、運がいいときと悪いときに。運がいいとは、誰にとって？　もしも放射能が風向きに恵まれて拡散したら、少なくとも発生現場のすぐ近くに住む人たちには役に立っただろうか。大気圏の上層に放射能が昇っていき、見えない雲になって旅をしたらどうだったのだろう。わたしの祖母の時代の人々は、「雲」という言葉を聞いても凝結した水蒸気以外のものを思い浮かべることはなかった。白く、ときに何か美しい形をつくり、ファンタジーをかきたてる、空に浮かぶ形成物。[8]雲は急ぎ、船は満帆／誰が君たちと空往(ゆ)きし、誰が君たちと海往きし……どこか別のところに行きたい人もいるのね。強制移住以外では旅をした経験のなかった祖母のコメントだ。なぜわたしたちは、弟よ、これほど移動に執着するのだろう？

　去年、収穫した実の重さに呻吟(しんぎん)しながらわたしたちが作ったプラムジャムは拍手喝采を浴びた。シナモンパウダーをふりかけるのが彼女の流儀だったが、わたしたちはそれに倣わなかった。逆にわたしは、若干躊躇(ちゅうちょ)しながらも干からびたパンの耳をプラーク家の飼い葉桶(おけ)に突っ込んだが、彼女ならそんなことはしなかったはずだ。固くなったパンは週末のパンスープの材料にしただろう。干しブドウ入り、ポーランド風、彼女の料理でわたしが唯一苦手だった味。罪深いことよ、彼女は言った――ほかの場面では使わなかった言葉だ――パンを粗末にするのは罪深いことよ、覚えておきなさい。それが唯一の格言だった。彼女は、わたしたちの祖母は慎(つつ)ましかった、弟よ――

＊　＊　＊

わたしたちは生きている。今この瞬間に好調だと、あなたについては言えないが。きっと絹のような糸でないにしても、何かの糸が、あなたの生命を、それでもつなぎとめている。[9]ペルロン糸かもしれない、とわたしは推量する。そして考える、金属の器具が今まさにあなたの脳膜に沿ってはしり、おそらく脳実質を押しずらしてマイクロスコープが先端についた別の器具の場所を確保する……昨日もう一度電話したときに、わたしは最近テレビで見たことをあなたに話さなかった。人間の脳の手術に特化して開発されたコンピューターには一〇〇分の一ミリ単位の正確な執刀プログラムが組んであり、人間の手よりもミスが少ないそうだ。けれどもわたしたちが確認しあったのは、執刀医の経験と指先の感覚は一〇〇パーセント信頼できるということだった——

＊　＊　＊

わたしは立ち尽くした。コーヒーカップを洗おうとしたまま、繰り返し繰り返し、能う限り強く考えた。執刀医の経験と指先の感覚を、あなたは信頼できる。郵便局に行く途中、わたしはヴァイスおじいさんにつかまった。いつお会いしても船を降りた船長さんみたい、元牛飼いさんには見えないとついまた考えてしまいます。元牛飼い？　彼は言った。とんでもない！　今年もまた仔牛を何頭も世話することになっとります。もちろん、ミルデニッツ川で釣りもやるし、ドルフ湖辺りの原でキノコ狩りもやりますよ。八三歳なんぞ年寄りとは言わん。親父みたいに九〇歳までは、さあ生きられるかどうか……まあ、なんてこと言うの！　バケツを手にした奥さんがドアを開けて出てきた。ぽっくり逝っちまうとでも言うの⁉——冬ですか？　彼女は言った、ああ、ひどかった、ひどかったですよ。ストーブは一日に何度も点け直したし、寒さはまるっきり終わりそうにありませんでした。ここを離れられなくて町の息子のところにも行けませんでしたし、どうやったってバスも走りませんでしたし。彼女は夫であるヴァイスおじいさんを「お父さん」[10]と呼んでいた。「お父さん」が一晩中離してくれないものだから、ここで捕虜のように生きています。するとヴァイスおじいさんは愉快そうに言った、捕虜ならもっとずっといい暮らしさ！　女は家にいるもんだ！　それを受けて奥さんが言った。お聞きでしょう、もう四〇年ずっとこの調子なの。

その光景をわたしたちは見たはずだ、弟よ。いずれにしてもわたしには、難民の少女のいる光景が一つ一つ、いやというほどはっきり見える。少女が母親と一緒に神にも見捨てられた農村の小さな農家に避難してくると、そこには百姓のおかみさんだけがいる。おかみさんは少女の母親とほぼ同時にチフスで死ぬ。わたしたちは知っている。チフスは戦後すぐにメクレンブルク一帯で猛威を振るった。農家の主である牛飼いのヴァイスが抑留から解放されて目にするのは、見覚えのない少女だけだ。ごく幼く、おそろしく孤独で、怖気（おじけ）づき、故郷はなく、この農家のほかには寝る場所もない。なるべくようになるものよ、人生は。ヴァイス夫人は言うが、「人生」を「不幸」に置き換えても、きっと同じ口調だろう。「不幸」と言えば、わたし自身が思うのは、大きな不幸はたくさんの小さな不幸から生じる、だから小さな不幸をなくしたい、ということで、毎日バスが時間通りに走るようにしてほしいと考える。まったく、とグートヤールさんは言った。「郵政大臣」も楽じゃない、何でもかんでもやらねばならん。彼は用意がいいのが自慢で、いつも一定額の現金を手元におき、今日のわたしのようにいくらかおろしたい人に用立てる。なんでも承ります、と彼は言う。ご用命はいつでも承ります、ですもんね、どう？　大正解でしょう！　ところで奥さん、夜に一人で家にいるのは怖くありませんか。一人でいるのに誰を怖がるの？　わたしが尋ねると彼は言った。こりゃ一本取られた、またまた大正解だ。傷痍（しょうい）軍人の彼がどのようにしてザクセン地方からここまで流れてきたのか。どのようにして自分と大家族のためにお金を稼ぎ、パンを得たのか。わたしはすべてもう一度拝聴した。そして長細い箱に手を伸ばした。赤十字くじを二本引かせてください。あたりくじは百万マルク、ちゃんと入れてありますよ、とグートヤールさんは言い、わたしたちは笑って、わたしが二本目のくじを開封して差し出すと、五マルク。青天の霹靂（へきれき）！　グートヤールさんが言った。彼は知る由もなかった、わたしがどれほどこのあたりくじを必要としていたか、げんかつぎをするその日のわたしがどんな心境だったか。あたった五マルクではずれくじを五本引いたことは、もうどうでもよかった。悪銭身につかず。グートヤールさんは言いさして、厩舎で働く若い同志[11]に急いで対応した。同志は書留を取りに来て、殺風景な狭い郵便室に酒臭い息を残して出て行った。養育費の督促です、グートヤールさんは言った。別れてからいっそう飲んだくれています。大して役に立たない女房だったが、酔っ払った亭主に黙って殴られる女は今日びおりません、ご意見いかがでしょう。ほとんどいませんね、とわたしは言った。そして原発事故についてのグートヤールさんの見解を尋ねずにはいられなかった。こんな言葉をご存知ですか、彼は言った。あったことはあったこと。それに、いつだって大げさに騒ぐじゃありませんか？　いずれにしても、これまでの人生で、もっと滅茶苦茶なかなかでさんざんな目にあいました。ここが痛い、あそこも悪い、そんな年寄りに、これ以上何かあるのかねえ。何につけても言える諺が一つ。見るは目の毒、聞くは気の毒。それが信条ですから、ラジオがごちゃごちゃ騒いでも、これからもまじめに聞くことはありません——

＊　＊　＊

手術は三、四時間かかる可能性があるという。今はようやく二時間ほど経ったところで、さらなる緊張を強いる作業が始まる。弟よ、わたしたちはそう感じる。こうしている間、あなたの時間はいったいどんなふうに過ぎるのだろう。わたしが郵便局から家までの四、五百歩を歩いた間に、あなたはどのような道のりを、どのような地形の中で進むのか。そのとき、何かが起こり、わたしは立ち止まった。弟よ。何が起こったの？　自分をコントロールできている？　わたしの言うことをよく聞いて。今は一九八六年。あなたは五三歳だ。わたしたちが人生と呼ぶものはまだずっと終わらない。そこにあるのは、呪われるがいい、あなたの中にあるのは、呆(ほう)けて耄碌(もうろく)した細胞だけじゃない。この細胞は死ぬほど退屈に、永遠に同じことを繰り返すしかなく、いつだってできることは一つ、腫瘍の形成だけだ。そこにはまだ何百万もの、いいえ、もっとよ！　何十億もの細胞がある——そっぽを向かないで、そんな身振りはだめ、今日は絶対にだめ！——わたしは言う。あなたの脳の複雑な構造の中で、何十億もの細胞は潑剌(はつらつ)とし、特に敏捷(びんしょう)なのもいて、そして最高度の好奇心を持っている。たった五分、自分の行く末がどうでもよくなったからといって、何かを経験したいと望む細胞たちを簡単に見捨てたり、死なせたりするなんて、あなたにはできない。死にたいほど疲れているの、心を通わせた弟よ。消え入りたいほど惨めなの？　普段ならあなたは大げさに騒いだりしない。意識をなくして横たわっているからといって、こっそりあちらへ行ってしまえると考えるの？　そこにいる誰も気づかないの？　もしかするとあなたの生命線がほころんでいるのかもしれない。それなら補助回線を足せばいい、ダブルステッチの方が丈夫よ、わたしたちの母ならそう言うだろう。（お願いよ、小さな弟のこと、気をつけてあげてね！）でもあなたはもう、二本の線をしっかり握っているはずだ。離してはだめ、弟よ！　しっかり握っていなくては。そう、そうしていて。少し手繰り寄せると、さっそくあなたが見えてくる。どんどん近く、ますますはっきり。今はとても近い。そうしていて。これでいい。お願いだからもうこんなことしないで。それは取り決めに反する。

　機器の針は誓って全く振れなかった？　一度もぴくりともしなかった？　大まかすぎる道具だが、執刀医たちはほかに頼るものがない。視神経は、と彼らは言う。運の悪いことに手術野のすぐ近くを走っている。常に管理(アンダー・コントロール)[12]を怠らないようにしよう。視神経についてのコメントはなかったよ。それなら視神経は家庭用ボタン糸くらいの強度を想定すればいいのかしら。そうではありません、って言ってたよ、とあなたはわたしに語った。視神経には喫緊のリスクは想定されていません。視神経についてそれ以上の言葉はなかったし、考えてもいないようだよ。どうすれば分かるかしら。わたしがいまだにかくもひそやかに想像しているすべてのものを、いったいどのような感覚、あるいはどのような諸感覚を使ってあなたは自分の中に取り入れるのか。見る聞く嗅ぐ味わう触れる――これで全部？　そんなことをいったい誰が信じるだろう。かつてのわたしたちが、それほど感知能力が低いまま今の道に送り出されたはずがない。高精度のガイガーカウンターが内蔵されていたら、というのはあまりにも高望みが過ぎ、滑稽にさえ聞こえるかもしれないけれど。何百万年も前の誰に予見せよと言えるだろう、ガイガーカウンターこそが、いつか、わたしたちが種として存続するチャンスを広げるだろうということを――

＊　＊　＊

だがその一方で、家の周囲に広がる瑞々（みずみず）しい緑の野が、今日、ガイガーカウンターの目盛上でどのように見えたのか、わたしは切実に知りたかったわけではない。それでもタンポポの葉は捨てたほうがよさそうだった。小さな柔らかい葉を道すがら摘み取るのは習慣になっていて、これまでの毎日と同じように今日もサラダにし、昼に食べるつもりだったのに。食べてはいけないものについては、別々の放送局に合わせた小型ラジオと大型ラジオがどの時間帯にも異口同音に繰り返し勧告した。野菜はだめ。子どもには低温殺菌牛乳も不可。リスクを表す新しい名前が流通する。**ヨウ素131**。甲状腺は人体組織のうちで放射性ヨウ素の蓄積の影響を最も受けやすい器官だと判明していた。あるラジオ放送局の所在地の薬局では、不測の事態を予見した人たちが、昨日からヨウ素剤の在庫の買い占めを始めていた。わたしは学んだ。買い占めは必須でも有効でもありません。確かに、安定ヨウ素の投与による甲状腺ブロックは有害な同位体ヨウ素を……

ニュースを聞いてあわててベルリンに電話をかけたが、もう知ってるわ、という答えが返ってきた。葉物野菜とホウレンソウはとにかく買ってはいけない、子どもたちには冷たい牛乳ももう飲ませないつもり、と下の娘は言った。（「おおミルク、不信心な心根、苦い飲料」[13]）昨日の午後は子どもたちと砂場に行って、そのあとお風呂に入れてしまったの。ほんとに悔しい。ねえ、聞かなかった？外から帰ったら子どもにはシャワーを浴びさせなくちゃいけないの。お風呂に入ると皮膚が軟らかくなって毛穴が開いて、放射性物質がよけいに体内に蓄積するのよ。大げさに騒ぎすぎですって？知ってさえいれば。

わたしは彼女の声のことを尋ねた。なんて声をしているの。彼女は言った、夜眠れないとこんな声になるわ。次はなぜ眠れないか知りたくなるでしょ、だから種明かしをするわ。今ごろになってようやくニュースを聞いたら、それは何もかも手遅れだという内容で、だから子どもたちはベッドで寝ていて、だからこの瞬間が耐えられないし、だから眠れない。不眠症のもっとましな原因があったら教えてよ。

あるわよ、わたしは言った。いいえ、ないわ。別の見方をすれば――

お母さん！彼女は言った、もうやめてよ。どうせ分かっているのに、そうでしょ？あの人たちは何一つ学ばない、と娘は言った。あの人たちはみんな病気なのよ。それとも、まだ何か起こらないといけないの？牛乳が廃棄されて、千リットル単位でよ、健康にいい食べ物であればあるほど、子どもたちが真っ先に被害を受けるんじゃないかとおびえるしかないのに。その間にも地球の裏側では子どもたちが死んでいくの、食べ物がないという、まさにその理由で。

二人とも無言でいた少しの間に、わたしは再びある思いにとらわれた。わたしたちの思考が、最高度の巧妙さで隠匿された秘密と接して擦り切れていくような思いだ。いくつかの光景が流れていくのが見えたが、わたしはそれらを言葉で表すつもりはない。それなのにわたしは、自分に対して問いかけずにはいられなかった。本当はもっと前に、今回浮かんだのと同じ光景を、もっとどぎつく、自分自身に逆らって容赦なく、言葉で表さなければならなかったのではないか。けれど同時に、それが問いかけではないことも知っていた。自分の中で進行するすべてのことには輪郭がなく、どの感覚を用いても充分にとらえられないままだと感じながらも、わたしは改めて讃嘆(さんたん)できた。すべてがかみ合う確実さはまるで夢遊病のようだ、と。大多数の人間は快適な生活を欲し、大多数はそびえ立つ演台の向こうの講演者や白衣の男たちを信じたがる。誰もが同調を求め、反論を警戒するが、こうした感情は、少数派の権力欲と傲慢さ、利欲、無遠慮な好奇心と自己愛に合致するように見える。この計算で帳尻が合わなかったのは、いったい何だったのだろう。

わたしは娘に頼んだ。もっと話してよ、子どもたちのことが一番いい。そして聞かせてもらった。坊やは蝶(ちょう)ナットを親指にはめて手を高く挙げ、台所をいばって歩きまわったわ。カスパールだよ。[14]カスパールだよ。想像してわたしも気持ちが昂(たかぶ)った。カスパールだなんて、どこで覚えたの。一歳半で変身ごっこって、みんなやるのかしら。自分だけが変身するんじゃないの、と彼女は言った。鍋つかみをかぶせた泡だて器はキッチンテーブルの上でダンスをするおばあさん。マリーが別の鍋つかみではたき倒すと、おばあさんは嘆きの声をあげるんだけど、そうすると坊やは大きな涙をほっぺたにぽろぽろこぼして泣くので、遊びを中断させる羽目になるの。

小さい男の子は、とわたしは言った。たくましく育てたいわね。

そんなことをしたら、と娘は言った。後でやりかえされるわ、確実にね。愛する能力を奪われた人は、他の人たちが愛することを妨害するに違いないもの。

でも坊やのことは、とわたしは言った。わたしたちが気をつけてあげないと。

生きてる限りそんな育て方しないわ、娘はそう言い、話題をマリーに移した。マリーにはお友だちがいるの、名前はユリウス。その子を毎日幼稚園から連れてきて二人で座るの。少し離れて、手をつないで小さい長椅子に。そしてお互いに聞くのよ。あなたはあたしのおともだち？　ぼくはきみのおともだち。きみはぼくのおともだち？　それから同じお菓子をかじり、一つのコップで飲むの。坊やは二人の前に立ちはだかって腰に手を当て、二人を見て、話を聞くの、貪欲かつ一心不乱にね。

あらあら待ってよ、とわたしは言った。シェイクスピアやギリシア悲劇を見てももう何も感じないでしょう、あなたの子どもたちの物語と比べるとね。そういえば、知ってる？　地上核実験をしていた六〇年代の被曝量は今よりも多かったんだって。

さすがのなぐさめ上手ね、娘は言って——

＊　＊　＊

太陽は今、家に、通りへ続く草原に満ちていた。今日が今年いちばん天気のいい日の一つになるのは明らかだった。この日はあなたから欠落している、弟よ。あなたの五感が何に従事しているにせよ——それはこの日を認識することではない。一点の曇りもないこの青空はあなたから逃れるが、この純潔のシンボルの中で、今日、何百万もの不安なまなざしが交差する。医師たちは、正確に、十字型にあなたの右眉の上を切開し、血管をすべて注意深く結紮し、頭皮を可能な限り大きく開き、脳実質を脇にずらしてガーゼに包んだ。それからきっと集中し、脳下垂体を傷つけずに病変の核にぎりぎりまで近づこうとする。脳の特定の部位が損傷を負うと、と若い看護婦があなたに告げた。人格変化が起こる可能性もあります。ご親切にどうも、とあなたは言った。わたしは無遠慮にたずねた。人格にそんなにこだわっているの？　習慣的案件ってやつさ、あなたは言った。かつては平和主義者だった患者が、急に好戦的になって看護婦を襲ったりする。だから見ててごらん、とあなたは言った。その原理を使って平和達成も実現できるはずだよ。子どもが生まれたら電極を埋め込むんだ。そうね、とわたしは応じた。美しく新しき世界。ところで前脳は、あなたの目標指向的行為を司るだけでなく、大脳皮質の連合中枢の大部分を含みもする。人間の場合は意識。わたしは正確無比で取りこぼしのない道具を――そもそも金属なのだろうか？――否応なく想像した。あなたの意識が存在する場所を触診するには、その道具がふさわしいはずで――

＊　＊　＊

野菜作りは、わたしたちの土ではどのみち難しい。ローム質の大地は固く、三日も雨が降らないと石のようになってとても耕せるものではない。それでもわたしは、鍬や熊手で土を砕き、畝を作ろうとした。畝の間には苗刺し棒を使って、深すぎないよう、浅すぎないよう穴をあけ、スープ用スイバの茶色く丸い種と、とても小さくてとがったリーフレタスの種と、ホウレンソウの種を蒔きたい、すべては入念に、怒りながら。自分の怒りに気づいたのは、作業をしながらぶつぶつ文句を言っていたからで、手を止め、自分に向かって声に出して問いかけた。どうして怒ってるの？

彼らがわたしたちからリーフレタスとホウレンソウの楽しみまで奪ったから。

彼らって誰？

リンゴの木の下の畑にはコショウソウを植える。コショウソウは「豊富なビタミンA、C、D、Eとヨウ素を逃がさないよう、優しく扱ってください」。突然わたしは、自分への問いにとらわれた。存在のうちに地獄のような危険をはらむ、あの技術を運用する人たちは、指先にくっつくごく小さな穀種を大地に埋め、やがて芽が出るのを見たい、何週間も何カ月も植物の成長を追い続けたいと願ったことが、人生で一度でもあるのだろうか。その論理的な誤りに、わたしはすぐに気づいた。すでに色々なところで言われても書かれてもいるように、過酷な仕事に携わる科学者や技術者が息抜きのために庭仕事に精を出すことは多い。それとも、このテーゼは年齢層の高い人たちだけにあてはまり、発言権を持つ若手にとっては過去の遺物なのだろうか？　わたしは決めた。科学や技術に携わるあの男たちがおそらく知らない、仕事と喜びのリストを作ろう。その結果はどうなる？　正直に告白しよう、分からない、と。わたしはただこう考えた。わたしたちの脳の個々の部分はおそらく相互に作用するので、何カ月も授乳を続ける女性には脳の特定の部位の抑制が働き、母乳を毒するかもしれない新技術を支持する言葉や行動を拒否するのではないか。

わたしは家の周りを歩きまわる。窓はすべて開け放してあった。暖かい空気を入れるためだけでなく、どんな場合にも電話が聞こえるようにするためだ。わたしたちが今年植えたばかりのスグリと桜は、いずれにしても根を張った。芝生用の草の種も芽を出し、途中で分断されない広い芝生がほしいというわたしたちの願いはかなうだろう。ゼニアオイは家の壁に沿って急速に成長したし、ダリアのうちの二本にいたっては、柔らかい葉の先端が地殻を突き破って顔をのぞかせていた。よしよし、わたしは自分が言うのを聞いた。よしよし、よしよし。おまえたちのせいじゃない。おまえたちはするべきことをしているの。

光を放射する空。それについてももう考えられない。放射線治療は組織学的所見に基づき回避できました。教授があなたにそう言うのは、まだずっと先のことだ。今わたしたちはもっと前の時点にいて、そんな幸運な経過を本当に切実に願っている。

待っていた電話が来るには早すぎたが、それでも電話が鳴ったので、わたしは家に駆け込んだ。女性の声を聴いてその主が分かった。わたしたちはそう頻繁に電話する間柄ではなかったのに。何もないのですが、声が聞きたかったんです。──良いことを思いついてくれたわね。──ご存知ですか、お慕いしているんです。──そう願っていたわ。予想してもいた。──じゃあ、今確認してくれたわけですね。──そうよ、嬉しい。──今の時代にも今日みたいな日があるんですね。「連鎖反応」という言葉には、子どものころに血にぬれた恐怖を吹き込まれました。──その言葉が出てきたときには、わたしはもう子どもではなかったわ。それはそうと、今日弟が手術を受けているの。──まあ。弟さんがいらっしゃるのは知りませんでした。深刻なのですか？　それではこれで失礼します。

電話を切った後、彼女が見えた。本と雑誌がどんどん増えていく部屋にいて、ほっそりした体を縮め、あまり動かない。型破りな軌跡がいくつかの思考と語彙を彼女の頭の中に描くと、彼女は今でも型破りに、一つ一つの思考と語彙を、しかるべき場所に、すなわち紙の上に書きつける。彼女の古い書き物机。中庭に面したベルリン窓。わたしは追想せずにはいられなかった。他者を理解すること、この友人に対してもときどき難しかったことを、親愛の情がどれほど容易にするか。おそらくは、と彼女は言っていた。理解してもらえるように、とにかく努力すべきでした。けれど理解されないでいることは、ある種の自己防衛でもあるんです。そんな告白の連鎖は断ち切らないと。文学全体の評価を考えるならね、とわたしは彼女に警告した。

感動は適切ではない、少なくとも今日は。

この惑星の釉薬（ゆうやく）は剝（は）がれている、違いますか？　友人は言った。この一文は、机の上の原稿用紙の前へ進み出てきた。わたしは机に近づいてみて、同業者たちをうらやんだ。死、堕落、没落、自分自身を取り巻くさまざまな脅威――かつて原稿用紙に書きつけた線。彼らは惑わされることなく、言葉の虜（とりこ）として、絶対に距離の縮まらない一つの目標に向かってその線をたどり続けた。わたしは回転椅子に座り、原稿用紙を眺め、一文一文を読み、自分が何も感じないことに気がついた。文章か、あるいはわたしか、もしくはわたしたちの双方が変わってしまっていて、わたしはある種の文書を思い出さずにはいられなかった。その文書に化学処理を施すと、真実を記した秘密の文字が浮かび上がって、些細（ささい）なことを故意につづっていたもとのテクストはダミーだと判明する。放射線が照射されるとわたしのページに書かれた文字が色あせ、場合によっては消えるのをわたしは見たし、耐久性の高い隠し文字が行間に現れるかどうかはまだ分からなかった。わたしは悪（あ）しき自由に関する新しい知見を得た。知ってしまった、どんな服従も、自分に義務として課した服従さえも無効にする、そんな自由があるのだと。この義務が解体してもおかしくない、とわたしは初めて判断し、それに代わり得る強い習慣などないことを思い知った。ああ。どんなに喜ばしいだろう、わたしが目標に向かって進みつづけていくならば。目標との距離が決して縮まらないとしても。

それなのに、目標なく、どうやって歩いていけるだろう？

訳注

この翻訳で「＊＊＊」で示した個所は、原文では通常の段落替えではなく、前段の最終文字の一行下から書き始められている。前段の文章が完結しない個所や、次段が小文字で始まる個所があり、前後に文章が続くことが示唆されている。

（1）ビキニ環礁におけるアメリカの水爆実験の降灰により、マグロ漁船第五福竜丸の乗組員二三名が被曝した「第五福竜丸事件」（一九五四年）を指す。

（2）シュテファン・ヘルムリンの詩「鳥たちと実験」（一九五七）より。

（3）「きよきながれを」「ますはおよぐよ」と訳した In einem Bächlein helle（明るい小川の中）および Die launische Forelle（気まぐれな鱒）は、クリスティアン・シューバルト作詞、フランツ・シューベルト作曲「鱒」（一八一七）の歌詞の一部。平井多美子訳「鱒」の該当部分を当てはめた。

（4）アメリカの原発でメルトスルーが起こると、核燃料が地球を通り抜けて地球の反対側にある中国に到達するのではないか、というブラックジョーク。同名の映画でよく知られるようになった。

（5）原語 Ausfälle は「機能障害」と「放射能灰の降下」双方を意味する。

（6）出典不詳。ハインリヒ・ファラスレーベン「こうして我々は歌と響きを区別する」（一八四八）によく似た詩行がある。「君が涼しき影とともに／その緑なす褥とともに／甘きところなり君は」

（7）ベルトルト・ブレヒト「海賊のバラード」より。「光を放射する」と訳したドイツ語 strahlen は、「光を放つ」という意味と「放射線を発する」という意味があり、『故障』の中では両方の意味で使われている。

（8）フリードリヒ・シラーの戯曲『マリア・ストゥアルト』第三幕第一場の台詞より。

（9）ドイツのＩＧ社で製造されていたナイロン糸。

（10）原文「私たちの父」（unser Vater）は、父親のほか、「キリスト教の神」を意味することもある。

（11）原文 Kollege は「職場の同僚」の意味もあるが、旧東ドイツでは社会主義政党の党員を指す語でもあった。

（12）原文 unter Kontrolle は原発の制御・管理の意味でも用いる。フォルカー・ザッテル監督の原子力に関するドキュメンタリー映画『アンダー・コントロール』（Unter Kontrolle, 2010）のタイトルとしても用いられている。

（13）シュテファン・ヘルムリン「ミルク」（一九五七）の引用。なお、シラー「ヴィルヘルム・テル」には、「信心ある心根のミルク」という表現が出てくる。

（14）「カスパール」とは、ドイツの人形劇に登場する道化。

クリスタ・ヴォルフ（一九二九〜二〇一一）

ドイツ語作家。ワイマール共和国ランツベルク（現ポーランド領）生まれ。第二次世界大戦終結後にソ連領メクレンブルクに強制移住、同地は一九四九年にドイツ民主共和国（東ドイツ）となる。幼少期の体験は『幼年期の構図』（一九七六）のモデルとなる。『引き裂かれた空』（六三）で社会主義国家建設を支持するが、『クリスタ・Tの追想』（六八）以降、『夏の日の出来事』（八九）、『残るものは何か？』（九〇）で、現代社会に適合できない人々や生きづらさに目を向ける。現代社会の根源を追究する立場から、『どこにも、居場所はない』（七九）では近代初期を、『カッサンドラ』（八三）や『メデア さまざまな声』（九六）ではギリシア文明期を題材とした。

『故障』（八七）は、原発事故が起こったある一日の作家の思考を描く現代社会批判の側面と、脳腫瘍の手術を受ける弟の意識や感覚のあり方への問いを通じた文明批判の側面を持つ。『チェルノブイリ原発事故』（保坂一夫訳、〈クリスタ・ヴォルフ選集〉、恒文社、一九九七）として全訳が刊行されている。

Cross Current

6 読書案内 環境

「環境」という言葉を聞くと、まずは「環境問題」や「環境保護運動」が思い浮かびます。一九六二年にアメリカの生物学者**レイチェル・カーソン**が刊行した**『沈黙の春』**[★★☆]は、近い将来に鳥の鳴き声のしない「沈黙の春」がおとずれる、という警告で始まります。人間の生命が、人間を取り巻く空気や水や土、そこで生きる動植物の生命と密接に関わること、環境汚染は将来に予期せぬ影響を与えること。『沈黙の春』は、今日広く共有されている環境観を多くの人が意識するきっかけになった、環境保護運動の原点です。

『故障』はチェルノブイリ原発事故、『苦海浄土』は水俣（みなまた）病に触発されて書かれましたが、個々の環境問題の告発にとどまらず、風景や動植物、人間など語り手の「環世界」を独特の視点から観察し、人類と個人の生き方や自然や文明との関わり方を問い直しています。情景描写が思索と結びつく『故障』に興味を持った人は、フランスの男性思想家**ジャン＝ジャック・ルソー**の随想集**『孤独な散歩者の夢想』**[★★☆]を読んでみてください。たとえば「第七の散歩」では、老いた語り手が植物の観察を通じて自己を探求する思考が丁寧に描かれています。さまざまな視点と声で語る『苦海浄土』が好きな人には、ジンバブエの男性作家**チェンジェライ・ホーヴェ**の小説**『骨たち』**[★★★]をおすすめします。この作品は一九八〇年のジンバブエ独立前夜を扱っています。独立闘争の戦士を息子に持つ老女マリタの生き方が、彼女と関わった人々や「精霊たち」の声で複層的に語られ、独特で豊かな「環世界」が表現されています。

「鳥達は何処から来たか知っている」には「人間が何もかも失ったはじめのパラダイス」というフレーズが出てきます。キリスト教圏では、「パラダイス」、すなわち「エデンの園」が、文明発生以前の手つかずの自然のイメージの原点です。聖書には解説書もたくさん出ています

ムーミン谷の冬
（講談社）

が、解説書を読む前でも、読んだ後でも、ぜひ『旧約聖書』の**「創世記」**〔★★☆〕を読んでみてください。そして、日本古典の自然観と比較してみてください。古典には優れた自然描写がたくさんありますが、特におすすめしたいのは**『万葉集』**〔★★★〕です。収録された詩歌の作成時期は七世紀後半から八世紀後半の百年にわたります。この百年は仏教が浸透していく時期と重なり、歌人たちの死生観、自然観、人間観が変化していきます。

都市が発達した近代以降、「自然」はしばしば癒しの場所として描かれました。ヴォルフ、石牟礼(いしむれ)と同世代のユダヤ系ドイツ人作家**アンネ・フランク**が隠れ家で書いた童話**「花売り娘」**〔★☆☆〕では、主人公クリスタが毎日十五分だけ夜の野原に寝転がり、つらい日々を支える活力を得ます。「花売り娘」で心を解放する自然は、しかし、人間を閉じ込めることもあります。中国の男性作家**魯迅**(ルーシュン)の**「故郷」**〔★☆☆〕では、自然豊かな田舎は、変化しない、階級と身分を縛る場所として描かれています。自然はときに厳しい顔を見せます。フィンランドのスウェーデン語作家**トーベ・ヤンソン**の**『ムーミン谷の冬』**〔★☆☆〕では、主人公ムーミントロールが家族の中で一人だけ、冬眠から目覚めてしまいます。同じく冬眠から目覚めたミイとともに、ムーミントロールは初めて雪を見、一日のうちで一度も日が昇らない極夜の世界を生き延びます。

作家たちは環境を表現する際に言葉を使いますが、言葉は、環境を認識するためにも必要です。アメリカの思想家**ヘレン・ケラー**は、自伝**『わたしの生涯』**〔★☆☆〕で、自身の環境を研ぎ澄まされた名文で描きます。目と耳が不自由な作者は、師アニー・サリバンの助けで、ものや動作や概念にそれぞれ名前があると知ったことで、触覚や嗅覚を駆使してものごとを認識できるようになります。人間が世界を認識する営為は、言語活動と切り離せないものですが、言葉や思考は、ときに人間の本能をあざむきます。現代アメリカの生物学者**キャロル・キサク・ヨーン****『自然を名づける』**〔★★★〕は、生物学の分類・命名の歴史を、人間が生物を認識する際に用いる本能「環世界センス」と科学の対立としてひもといています。

（中丸）

Column 6

コラム

ノーベル文学賞

ノーベル賞の受賞者は、毎年秋に発表される。知られざる人物が脚光を浴び、意外な受賞者が物議を醸すことも少なくない。本書には三人のノーベル文学賞作家の作品を収録した。ファン・ラモン・ヒメネスは一九五六年に「スペイン語で高い霊性と芸術的な純粋さを形成する叙事詩によって」、ガブリエル・ガルシア＝マルケスは一九八二年に「一大陸の生と葛藤を映し出す豊かで複合的な詩的世界で空想的なものと現実的なものが一体化する、長編小説と短編小説によって」、莫言（モーイエン）は二〇一二年に「伝説、歴史、同時代を幻覚のような鋭利さで融合させたことによって」受賞した。ではこの賞は、いつ始まり、誰が、どのようにして選考しているのだろう？

ノーベル賞の創設者アルフレド・ノーベルは、ダイナマイトの発明で財を成したスウェーデン人科学者である。自身の遺産を基金とし、毎年の利子を五等分して「前年のうちに人類に対して最も大きな利益を作り出した者に対して」授与するよう遺言した。スウェーデン語、ロシア語、英語、フランス語、ドイツ語を流暢（りゅうちょう）に話し、小説も執筆したノーベルは、物理学賞、医学・生理学賞、化学賞、平和賞と並び、文学賞を設定した（経済学記念賞はノーベルの遺言によらず、一九六八年に設立された）。

ノーベル賞の選考団体は賞ごとに異なり、文学賞はスウェーデン・アカデミーが選考する。一七八六年に国王グスタフ三世が創設した、一八名の会員から成る組織だ。主な業務は「スウェーデン語の純正さ、強さ、高貴さのため」の活動、すなわち、スウェーデン語の辞書・文法書の刊行や、スウェーデン語での文化活動の表彰である。二〇世紀に入り、ノーベルの遺言によって新たに「世界文学」を対象とするノーベル文学賞の選考が加わった。

ノーベル文学賞の選考作業は、アカデミー会員のうち四～五名が「ノーベル委員会」を立ち上げることから始まる。委員会は授賞前年の九月に、スウェーデン・アカデミー会員、各国の文学アカデミー会員や主要大学文学部教授、過去の受賞者に推薦を依頼。例年三〇〇名ほどの候補者から五月に最終候補者五名を選出する。アカデミー会員全員で検討と議論を行い、十月に投票で受賞者を決定すると、アカデミー常任理事が記者会見を開き、スウェーデン語、英語、フランス語、ドイツ語で受賞者の名前と理由を読み上げる。受賞を逃した候補者や選考過程は五十年後に公開される（メディアが発表する

「今年の有力候補者」は公式発表されたものではない）。ノーベルの命日である十二月十日に、平和賞受賞者はオスロでノルウェー国王から、文学賞を含む五賞の受賞者はストックホルムでスウェーデン国王から、メダル、賞状、賞金を受け取り、受賞演説を行う。授賞式に出席しない場合、翌年六月十日までに何らかの形で演説を行うことが、賞金授与の条件となる。

ノーベルの遺言には、「彼がスカンディナヴィア人であるか否かに関わらず」という文言がある。スウェーデン・アカデミーは、ノーベル文学賞の公正さを示すため、創設直後はスウェーデン人への授与を避けた。「スカンディナヴィア人」で最初に受賞したのはノルウェー人のビョルンソン（一九〇三年）であり、スウェーデン人のラーゲルレーヴが受賞したのは第九回の一九〇九年である。世界文学を対象とすることで賞を権威付け、話者人口五〇〇万人（当時。二〇一九年現在は一千万人）のスウェーデン語と文学の保全・発展を図る発想の転換だ。

ラーゲルレーヴはノーベル文学賞を受賞した最初の女性でもある。遺言の「彼が」という文面から、ノーベル自身は男性作家を想定したようだが、スウェーデン・アカデミーは早い段階から、ノーベルの遺言を慎重に解釈しつつ、「正統な文学」のイメージを刷新し続けた。一九一三年、イギリス領インドのタゴールがアジア初の受賞者となった。一九三九年には印欧語に属さないフィンランド語で執筆するシランペーが、一九四五年にはラテンアメリカ初の作家としてチリのミストラルが受賞。第二次世界大戦終結直後に反戦作家ヘッセ（一九四六年・スイス）、戦後復興期に敗戦国日本の川端（かわばた）（一九六八年）、冷戦時代にソ連の反体制作家パステルナーク（一九五八年）やソルジェニーツィン（一九七〇年）に授与したのは、アカデミーの政治的スタンスの表れである。一九八〇年代以降は、ショインカ（一九八六年・ナイジェリア）がアフリカ大陸初、マフフーズ（一九八八年・エジプト）がアラビア語圏初、ウォルコット（一九九二年・セントルシア）がカリブ海地域初、モリスン（一九九三年）がアフリカ系アメリカ人女性初の受賞を果たすなど、非欧米圏やマイノリティ作家が注目された。グローバル化・移民問題がクローズアップされた二〇〇〇年代以降は、フランス在住の中国語作家高（ガオ）行健（シンジェン）（二〇〇〇年）、モーリシャス島にルーツを持つフランス語作家ル・クレジオ（二〇〇八年）、ルーマニア出身のドイツ語作家ミュラー（二〇〇九年）、日本出身のイギリス人英語作家イシグロ（二〇一七年）など多様な言語状況の作家に授与されている。

一方、ノーベル文学賞は、王政と連動する保守性、選考過程の不透明性、選考結果の妥当性を疑問視されることも多い。たとえば、高行健と莫言のスウェーデン語訳は、アカデミー会員のイェラン・マルムクヴィストが手掛けている。この背景には会員の習得言語の偏りがある。マルムクヴィストは受賞すれば自身の訳書が売れる直接的な利害関係者であると同時に、中国語を解する唯一の会員として中国語作家の選考に関わっている。また、二〇一七年秋から一八年春にかけて「スウェーデン・アカデミーの危機」が起こった。#MeToo 運動でアカデミー会員の夫が告発され、長年のセクハラのほか、ノーベル文学賞受賞予定者の漏洩（ろうえい）なども明るみに出た。会員夫婦への対応をめぐってアカデミー内部でも厳しい意見対立があり、六名の会員が活動を停止した。従来のアカデミーは終身制で会員の辞任・後任補充ができず、「危機」以前に二名が別の理由で活動を停止していた。「危機」により、活動人数は十名となり、ノーベル文学賞の決定（会員の過半数）や新会員の選出（会員の三分の二）に必要な賛成票が得られなくなった。これを受け、創設以来の終身制が廃止され、二〇一八年のノーベル文学賞の発表は翌年に延期された。人口が少ないスウェーデンでは、さまざまな文化活動が狭い人間関係の中で完結し、資金や利権が集中する傾向がある。二つの出来事は、その中での公平性の確保という課題を改めて浮き彫りにした。

　ノーベル文学賞は、二〇一五年にジャーナリストのスヴェトラーナ・アレクシエーヴィチ、二〇一六年に歌手のボブ・ディランと、従来「文学」の枠外とされたジャンルの作家に授与された。ディランは授賞式を欠席し、期限ぎりぎりに行った受賞演説で、「文学賞」受賞の戸惑いを語り、「ディランの曲は文学か？」という、自分でも考えたことのなかった問いにスウェーデン・アカデミーが一つの答えを出したことへの「感謝」を述べた。ノーベル文学賞が示す文学の定義はもちろん、普遍的なものではなく、一つの団体の価値判断にすぎない。アレクシエーヴィチやディランをその分野の代表格と見なすことには異論もあるだろう。それでもやはり、「文学とは何か」「何が文学か」という問題提起を、わたしは興味深く受け止めている。

（中丸）

ノーベル文学賞のメダル。ノーベルの横顔をあしらった表面は各賞共通。裏面のデザインは賞によって異なり、文学賞では詩と音楽の女神ミューズが描かれている。

ボブ・ディランの賞状。「スウェーデン・アカデミーは、2016年10月13日、アルフレド・ノーベルの1895年11月27日の遺言により、2016年のノーベル文学賞をボブ・ディランに授与することを決定した。新しい詩的表現を、アメリカの偉大な歌の伝統の中で創生したことを評して」。賞状は手がきで、受賞者によってデザインが異なる。

Chapter 7

amore

章

いつだってつなわたり

物語が文字で書きとめられるずっと前から、愛は文学の特権的なテーマでした。それはなぜか。愛の経験がいつも言葉と深く関わるからではないでしょうか。運命の相手と出会い心を強く揺るがされたとき、私たちは言葉で自身の気持ちを探り、相手の感情に思いを致し、やがて相手に言葉を伝えます。だからこそ文学は愛の心理や愛の諸相を形にすることに適したジャンルなのかもしれません。

この章に収められた作品は、そんなふうに言葉によってかたどられた世界のさまざまな愛のかたちを提示します。愛と文学が関わるといっても、物語がいつも幸福な愛や当たり前の愛を描くわけではありません。むしろ愛が危機に瀕した瞬間や、愛が当たり前のものではなくなる瞬間にこそ、文学は愛と出会うのかもしれない。異性同士の愛、手が触れられる距離にある愛、結婚がゴールである愛から逸脱する時にこそ、文学は愛を描こうとするのではないでしょうか。だって、他人の幸福な、普通の愛の話を聴くことほど退屈なものはありませんからね！　そう、愛はいつだってつなわたり。

ジタネット

Colette
コレット

十時。今夜、セミラミス・バーでは、あんまり煙草を吸ったものだから、わたしのリンゴのコンポートには、なんだかメリーランド煙草の臭いがしみついてしまったみたい……。今日は土曜日。常連の女たちのあいだに、休みまえの興奮が拡がってゆく。明日は休日、めったにない日だもの、まずは朝寝坊にはじまって、パヴィヨン・ブルまでのんびりタクシーでゆき、両親の顔を見る、それから郊外のちっぽけな寄宿学校に入れっぱなしの子供たちをつれだして、この晴れた日曜日、シャトレの澄んだ滋養になる空気を吸わせてやろう……。

セミラミスのお店は、てんやわんや、日曜の晩餐の中核をなす山のようなポトフが用意されている。「牛肉が三十リーヴル(1)ですからねえ、あんた、それに鶏のガラはまるまる六羽分！　これだけあったら文句ないでしょ、まったくの話。ディナーではこれを肉料理にして、夜食ではサラダにつかうわけよ！　コンソメ・スープもとれるわ、ありあまるぐらいのコンソメがね！」女将は落ち着きはらって、はてしなく煙草をくゆらせながら、テーブルからテーブルへと人喰鬼の善良なかみさんみたいな微笑をふりまいて歩き、ウィスキー・ソーダを機械的にすすっている。わたしのカップのなかにあるのは、

工藤庸子 訳

すっかりなまぬるくなった苦いコーヒー。わたしの犬は、煙草の煙のせいで風邪っぽく、早く帰ろうとせき立てる。

「あたしのこと、わからない？……」すぐそばから声が聞こえた。

とても簡素な身なりの、ほとんどみすぼらしい黒衣の若い女が、わたしにまなざしで問いかけている。髪の毛の色もくすんでいて、ペイパーナイフのような羽根を飾った麦藁帽と、ほとんど見分けがつかない。服装は白いカラー、小さなスカーフ、ちょっとくたびれたパール・グレイの手袋……。白粉、唇のルージュ、まつ毛の墨、そんな不可欠の化粧はしているけれど、いかにもぞんざいに、しょうがないから、惰性でやったという感じ。わたしは心当たりをさがす、と、突然、あの綺麗な目、セミラミスのコーヒーのような、きらきら光る暗い鳶色の大きな瞳が、教えてくれた。

「まあ、ジタネットじゃないの！」

彼女の名前、いかにもミュージック・ホール向きのばかばかしい名前が、わたしたちの出会いの記憶とともによみがえった……。

もう三年か四年もまえのことだけれど、わたしがアンピレ座でパントマイムをやっていたときに、ジタネットは楽屋でおとなりさんだった。ジタネットとその女友達は、カップルの《コスモポリタン・ダンサー》というふれこみだったが、風通しがいいようにと廊下のドアを開けっ放しにして着替えていたのである……。ジタネットは男役の踊り手で、女友達――リタだったか、リナだったか、ニナだったか――は、カフェの女歌手、イタリア女と姿を変え、コサックふうの革ブーツをはくかと思えば、マニラのショールを身にまとい、耳のしたにカーネーションをはさむ……。可愛らしいカップル、いやむしろ可愛い夫婦者と書くべきかもしれない。それというのも、なんとなく指導者ふうの態度や視線が彼女にはあるし、しかもジタネットには権威が感じられて、ほとんど母親のような優しい気遣いで女友達の首のまわりに、ウールの分厚いショールをまいてやったりもする……。ニナか、リタか、リナか、そんな名の女友達については、記憶がはっきりしない。染めたブロンド、明るい色の目、白い歯、男心をくすぐるはすっぱな若い洗濯女のようなところがあったような気もするが……。

彼女たちは可もなく不可もなしという踊り方をした。これまでの経歴は、腐るほどある「ダンスの演し物(だしもの)」というに尽きていた。まだ若くって、身体も柔らかいのだし、女たちのたむろするバーとか劇場の立ち見席とかを物欲しげにうろつくのは、正直うんざりなのだ。とすれば週決めの謝礼をはらうために小銭をかせぎ、バレエの先生になにか演し物をこさえてもらい、衣裳(いしょう)係もたのみ……そしてよほど、そう、よほど運がよければ、パリの劇場、そして地方、外国の劇場で仕事にありつけるというわけだった……。

そんなわけで、その月、ジタネットと女友達は、アンピレ座に「ありついて」いた。三十日のあいだ毎晩、彼女たちはつつしみぶかくてさっぱりとした好意、ミュージック・ホールの楽屋にしか育たぬように思われる、あの控えめで慇懃(いんぎん)な遠慮を見せていた。わたしが瞼(まぶた)のしたに最後のルージュを一筆入れるころ、彼女たちは額に汗をにじませ、息切れで唇をふるわせて舞台からあがってくる。そして調馬訓練をうけたポニーのように息をはずませながら、まずは、だまってわたしに微笑(ほほえ)みかける。一息入れると、こんばんはと挨拶するかわりに、簡潔で役に立つ情報を親切につたえてくれるのだった。「極上のお客さんよ！」とか、あるいは「最低だわ、今日の連中ときたら！」

それからジタネットは、自分の衣裳を脱ぐまえに、女友達のコルサージュの紐(ひも)をほどいてやり、プリント更紗(さらさ)でできたキモノ・ガウンを肩に投げかける。リタか、ニナか、リラか、やくざっぽくて神経のたかぶった小娘は、さっそく笑ったり、悪態をついたり、ぺちゃくちゃ話したりしはじめる。
「ようく気をつけなさいよ」と彼女はわたしにむかって声高に言う。「まただよ、ローラースケートのやつらが、舞台のうえに筋をつけちゃってさ。今晩、ドジやらなければ、よっぽどついてるってことよ！」ジタネットの声が、やや低い音域でこれに答える。「舞台ですてんところぶのって、縁起がいいんだって……三年以内におなじ小屋にもどってこられるって意味らしいよ。ほらあたし、ボルドーのブッフ座で書き割りの溝に足をつっこんじゃったことがあって……」

彼女たちはわたしのおとなりで、ドアをすっかり開けはなって、無邪気に堂々と暮らしていた。働き者で優しい小鳥たちのようにかさこそと音をたて、幸せそうにいっしょの仕事にはげみ、相手のなかに逃げ場をもとめ、売春のようにみじめなつきあいや、しばしば根性の悪い男からおたがいによって守られていた……。わたしはあのころのことを考える。陰気で独りきりの、変わりはてたジタネットをまえにして……。

「ちょっと坐らない？　ジタネット、いっしょにコーヒー飲みましょうよ……それで……お友達は、どこにいるの？」

彼女は坐って首をふる。

「もう、いっしょじゃないの、あの友達とはね。あたしの話、知らなかったの？」

「あら、ちっとも知らなかったのよ……さしつかえなかったら話してくれない……？」

「もちろん、さしつかえなんかないわよ。あなたは、芸人さんだもの、あたしみたいに……あたしがそうだったみたいに、つまり、あたし今じゃもう、女でなくなってしまって……」

「そんな大変なことだったの？」

「大変よ、考えようによっちゃね。性格によるんじゃない。あたしはこんな性格だから、情がうつっちゃうほうなのよね。リタに情がうつっちゃってね、あの娘(こ)はあたしのすべてって感じで、いつか変わることがあるなんて、思ってもみなかった……あのことがあった年は、たまたますごく景気がよくってね。アポロ座の仕事がおわるかおわらないうちに、周旋屋のサロモンが声をかけてくれて、それで、アンピレ座のレビューで踊ることになったわけ。そりゃ豪勢なレビューだったわよ、衣裳は千二百枚とかいうし、イギリスふうの踊り子(ガールズ)なんかもいて。あたしはね、ああいうところで踊るの、あんまり好きじゃないの、いつも思うんだけど、あんまりたくさん女のいるレビューって、しまいには喧嘩(けんか)とか、ライバルとか、陰口とかいうことがおおいのよ。半月もレビューをやってみると、以前ののんびりした小さな演し物がなつかしくなるのよね。それも、あの娘(こ)、リタがあたしに対して態度を変えるから、なおさらなの。あっちこっちで、おとなりさんができるじゃない、だれかれなく友達になっちゃうし、リュシー・デロジエの楽屋にシャンパーニュを飲みにゆくとかいってさ、あの赤毛の大女よ、飲み物に毒を入れそうなやつ、なにしろいつだってぶった切った鯨骨のコルセットなんかつけてるんだものねえ……一瓶二十三スーのシャンパーニュなんてさ、そんな値段でまともなもの買えると思う?……あの娘(こ)やけにもったいぶって、感じわるくなっちゃったのよね。ついにある晩、あの女の楽屋にのぼってっちゃったの、それもあの女芸人に口説かれてるなんて自慢げに言いながらよ。聞きたいんだけど、それってずいぶんな話で、あたしに失礼じゃない? あたし、気が滅入(めい)ったわよ、なにもかも変な具合に見えちゃって。ハンブルクとか、ベルリンのヴィンターガルテンかなんかのまっとうな契約もらって、このいつまでもおわりっこないレビューから逃げだすためなら、なにあげてもいいって気持ちだった!……」

ジタネットは、わたしのほうにくすんだコーヒー色の綺麗な目をむけたが、その目はかつての活力と辛辣さをうしなってしまったように思われた。

「こういうことがおきたって、そのまんま話しているのよ、わかるでしょ。あれこれ作り話したり、意地わる言ったりしてるわけじゃないの」

「もちろん、わかってるわ、ジタネット」

「そんならいいけど。それでね、ある日、性悪のあの娘ったら、こう言うわけよ。《ねえ、ジタネット、あたしペチコートがほしい（当時はまだペチコートのほうがおおかったのよ）、かっこいいのがほしいわ、あたしのみっともないじゃないの》あたりまえだけど、財布の紐はあたしがにぎってた、そうじゃなかったら食べられたかどうかもあやしいもんだわ！　あたしは彼女にただこう言ったわけ。《いくらのペチコートがほしいの？》そしたら《いくら、いくらとはなにさ！》って怒り狂って答えたのよ。《まるでペチコート一枚買う権利もないみたいじゃないの！》こうなったら、もう喧嘩はさけられないわよね。それで、あの娘をだまらせるために、あたし、ただこう言ったの。《ほら、鍵をあげるわ、好きなだけ取んなさいよ、だけど、明日は部屋代を払わなくちゃいけないんだから、それを考えてよ》あの娘、五十フランのお札をとって、ギャラリー・ラファイエットが混まないうちに行かなくっちゃとか、ぬけぬけと言って、おおあわてで着替えするわけよ！　あたしはのこって洗濯屋からもどってきた二枚の衣裳の手入れをしてた。あの娘の帰りを待って、ただただ縫い物をやってたの……そのうちにふっと気がついたのよね、リタのドレスなんだけど、絹モスリンのスカート下のフリルをすっかりとっかえなければいけないって。いちばん近くの、ブランシュ広場まで、ひとっぱしり行ったわけ、もう夜だったけど……こうやって話しているだけで、今さっき見たことみたいな気がしてくるわ！　ちょうどお店からでてきたとこで、あぶなくタクシーにひかれそうになっちゃって、そのタクシー、歩道に寄ってきて止まろうとしていたんだけど、なにが見えたと思う？　あの大女のデロジエが車からおりてくるじゃない、髪型もひどけりゃ身なりもひどいんですけどね、それで、さよならって手をふってるわけ、リタに、車のなかには、あたしのリタがいたの！……あんまりびっくりしたもんだから、脚をちょんぎられたみたいに、そこにつっ立ってた……だから、あたしが合図をしよう、リタを呼びとめようって思ったときには、タクシーはずうっと遠くにいて、リタをのせたまままあたしたちの家のほうにむかっていたわ、コンスタンス街のほうに……。

　あたしは、腑抜けみたいになって家に帰ったわけ。もちろん、もうそこにいたわよ、リタはね。なんて顔つきだろう……まったく！　あたしにあの娘のことがちゃんとわかっているみたいにあの娘のことをわかっているひとでなくちゃ、理解できないでしょうね……。

　それはともかくですよ！　あたし相変わらずばかみたいに、こう訊いたわけ。《それで、あんた、ペチコートは？――買わなかった。――じゃ、五十フランは？――なくしちゃったわ》面とむかって、あたしにそう言うんですからね、すごい目をして！……わからないでしょうけど、わからないでしょうけど……」

　うつむいたまま、ジタネットはカップのなかでスプーンをせっせとかきまわしている。

「わからないでしょうね、あたしにはどんなにショックだったか、その言葉が。まるであたし自分の目で見たみたいだった、二人が約束して会って、車でドライブなんかして、あの女の家具付きのアパートに行って、ナイト・テーブルのうえにはシャンパーニュがおいてあって、なにからなにまで、見てしまったみたいな……」

彼女は小声でくり返す。「なにからなにまで……なにからなにまで……」ようやくわたしがさえぎって、

「それで、あなたはどうしたわけ？」

「べつになにも。夕食のあいだじゅう、いんげん豆つきの腿肉（ももにく）にぼろぼろ涙こぼしてたわ……そいでね、一週間後に、あの娘（こ）は出ていった。あたし、ありがたいことに、死ぬほどひどい病気になっちゃって、そうでなかったら、もちろんあの娘（こ）のこと、とても愛してたけど、きっと殺してたと思う……」

　彼女は冷えたコーヒーをいつまでもかきまわしながら、平然と、殺すとか死ぬとか言うのだった。この素朴な娘は、本性とつかずはなれずに生きていて、人生のみじめさを全部ふりほどくためには、ほんのひとつの動作、いとも簡単で、ほとんど暴力的ですらない動作で足りるのだということを知っている……。なぜって死んでいるのも、生きているのと大差ない、ちがうのは、死はえらんだ状態だけれど、生きるほうは、えらんだわけじゃないというだけで……。

「死にたいと思ったの、ジタネット？」

「もちろんだわ、そりゃ」とジタネットは答える。「ただね、あまりひどい病気だったから、ほら、できなかったのよ。それに、あたしのおばあさんがね、じきにあたしを引きとってくれて、具合がよくなるまでめんどう見てくれたの。おばあさん、年寄りじゃない？　先に逝くってわけにもいかないわよ……」

「それで、今では、ちょっとは元気になったの？」

「ううん」とジタネットはいっそう小さな声で言う。「だいいち、すこしは不幸でなくなりたいなん

て、思わないんだわ。あっさりあきらめちゃうなんて、恥ずかしい気がして。あんなに愛してた友達なんだもの。あなたも言うんでしょう、みんなにもさんざん言われたけど、《気晴らしをしなさい……時間がたてば自然に忘れるよ……》って。反対はしないわよ、時間がたてば自然に忘れるってこともね、でも人によるのよ。あたしって、ほら、リタのほかにはなんにも知らないじゃない？　たまたまそうなっちゃって、男友達っていたことないし、子供がどんなものかも知らないし、両親はあたしがとっても小さなときに死んでしまったの。でもね、恋人どうしが幸せそうにしていたり、子供たちを膝にのっけた家族づれなんかを見ていると、いつも思ったものよ、《あの人たちがもっているものの全部があたしにはあるんだわ、だってあたしには、リタがいる……》ってね。だからね、あたしの人生は、こんな具合におわっちゃったわけ、もうなにも変わりっこないのよ。おばあさんのとこに帰って、あたしの部屋に入るたんびにね、リタの肖像画とか、あたしたちがいっしょにやったいろんな演し物の写真とか、二人でつかっていた小さな化粧台とか、見るじゃない。そのたんびにおなじことのくり返しよ、泣いて、叫んで、あの娘の名を呼んでみる……そりゃつらいけど、そのくせ、そうせずにはいられないの。変な言い方だけれど、でもね……もう、なんにもやることがなくなってしまいそうな気がするのよね、苦しむのをやめてしまったら。このつらさだけは、ずうっとあたしにつき合ってくれてるんだもの」

訳注

（1）重量の単位で一リーヴルは五〇〇グラムを指す。

コレット（一八七三―一九五四）

フランスの作家。ブルゴーニュの片田舎で育ち、通俗作家ウィリーと結婚してパリに出る。夫の名で刊行された『学校のクロディーヌ』（一九〇〇）が爆発的な人気を呼んだのち、パントマイム役者として舞台に立ちながら、数年後に自活。『さすらいの女』（一一）『シェリ』（二〇）をはじめとする多作な国民作家となり、その流麗なフランス語は作文の手本とされる。コレットの世界の住人は、美しい自然のなかの官能的な少女、大都会の片隅で生きる芸人、麻薬依存の美青年や老紳士、「ココット」と呼ばれる高級娼婦（しょうふ）など。「ジタネット」を収めた『ミュージック・ホールの舞台裏』（一三）には観客席の男たちの目線がない。孤独な女たちが身を寄せ合う舞台裏の生活や同性どうしの深い愛着を、語り手の「わたし」は身をもって知っている。

ある夫婦の冒険

イタロ・カルヴィーノ
Italo Calvino

和田忠彦 訳

アルトゥーロ・マッソラーリは工場で夜間勤務にあたっていた。退けるのは朝の六時だった。帰りには長い道のりが待っていた。季節のいいときには自転車で、冬の雨の多い何か月かは電車で帰ることにしていた。家に着くのは六時四五分から七時のあいだ、つまり妻のエリデの目覚し時計が鳴るすこし前だったりすこし後だったりする。

物音はたいていふたつ。目覚し時計の音とかれが入ってくる足音とがエリデの頭のなかで重なり合い、彼女を眠りの底につれていく。彼女は枕に顔をうずめ、あと何秒か早朝の濃密な眠りを搾りとろうとする。少ししてベッドから跳ね起きたときには、寝呆けたままガウンに袖を通していた。顔には髪がかかったままだった。そんな格好で彼女は台所に姿をあらわし、アルトゥーロのほうは仕事に抱えていく鞄から空の容器を取り出している。弁当箱とポットをかれは流しに置く。すでにオーブンには火を入れ、コーヒーも火にかけてあった。かれが姿をみつめたとたん、エリデは片手で髪をかき上げ、しっかり目をあけなければという気になるのだった。夫が戻ってきて最初に目にするのが、いつもこんな散らかり放題の家に寝ぼけ顔の自分の姿なのが、ちょっと恥ずかしいとでもいうようだった。ふたりがいっしょに寝ていたころはまったく様子が違っていた。朝はいっしょに顔を合わせ、そろって同じ眠りからぬけだしたものだ。互いが対等だった。

時にはかれのほうが、目覚し時計の鳴る一分前に、コーヒー・カップを手に彼女を起こしに入っていくこともあった。するとなにもかもがずっと自然にいくのだった。眠りからぬけだすときのしかめっ面が甘いけだるさをまとい、伸びをしようと上げたむきだしの両腕がかれの首に巻きつくことになる。ふたりは抱き合う。アルトゥーロは七分丈のレインコートを着ていた。かれが近づくと彼女には外の天気が分かった。雨降りなのか、霧が出ているのか、雪がつもっているのか、それがコートの湿り具合と冷たさで分かるのだった。それでいて彼女はきまってこう尋ねるのだった。「天気はどう？」するとかれはいつものように皮肉混じりに、自分の身にふりかかった厄介ごとを仕舞いのほうから順に検討しながら、ぼそぼそと話しはじめるのだった。自転車の帰り道の様子、工場から出たときの天気、それが前の晩工場に入ったときとちがっていたこと、それに仕事での揉め事、職場でのうわさ話、といった具合に。

朝のこんな時間、家はいつも暖かくはなかったが、エリデは素っ裸で、すこし身震いしながら、狭い洗面所で体を洗うのだった。後からかれが落ち着きはらってはいってきて、服を脱ぐと自分も体を洗う。ゆっくりと、作業場の埃と汚れを洗い流すのだった。そうしてふたりでひとつの洗面台のまわりにいるうちに、小刻みに震える裸同然の体を、時々押しつけ合ったり、石鹸や歯磨き粉を相手の手から取り合ったりしながら、言いたいことを話しつづけているうちに、打ち解けてきて、そして時には交替で相手の背中をこすっているうちに、いつしかそれが愛撫に変わり、そのまま抱き合っていることもあった。

ところがエリデが突然、「あらっ、もうこんな時間」といって駆け出し、立ったまま大慌てで靴下どめやらスカートやらを身につけると、せわしなくブラシで髪をとかしつけ、口に細いヘアピンをくわえたまま整理だんすの鏡をのぞき込む。アルトゥーロは彼女の背後に行く。煙草（たばこ）には火がついている。煙草をふかしながら立ったまま彼女をみつめるときのかれは、所在なくその場にいなければならないことに、きまってどこかしら窮屈そうにみえた。エリデは用意ができると廊下でオーヴァーをはおり、キスを交わしてからドアを開けるが、そのときにはもう階段を駆け降りていく彼女の足音が聞こえてくるのだった。

ひとりアルトゥーロが残る。エリデのヒールが階段を駆け降りる音を耳で追ってゆく。そして彼女の気配が感じられなくなると、今度は心の中で、小走りに中庭を抜け門をくぐり舗道に出て路面電車の停留所にたどり着くまで、彼女の姿を追いかけてゆくのだった。電車の音ははっきり聞こえた。ブレーキが軋（きし）んで停（とま）り、ステップをカンカーンと響かせてひとりひとり乗り込んでゆく。よし、乗ったな、そう思うとかれには、男女の労働者の群れに混じって《一一番》の電車にしがみついて、毎日同じように工場へと運ばれていく妻の姿が目に見えるのだった。吸いさしを揉消（もみけ）し、鎧戸（よろいど）を閉め、部屋を暗くして、かれはベッドにもぐりこむ。

ベッドはエリデが起きて出ていったままになっていた。だが、かれアルトゥーロの寝る側にはしわひとつなく、今しがた整えられたばかりのようだった。かれは律儀に自分の場所に横たわる。だがその後で片方の脚を妻のぬくもりが残っている側に伸ばしてみる。それからそこにもう一方の脚も伸ばしてくる。そうして少しずつ全身をエリデの場所に移動させ、彼女のからだの形をとどめたままの、ほんのり温かな窪（くぼ）みのなかで、顔を枕にうずめ、彼女の薫りにくるまれて眠りにおちるのだった。

夕方、エリデが帰ってくるころになると、その少し前からアルトゥーロは家の中を回ってストーブを点けたり、料理の下拵えをしておくのだった。夕食の前のちょっとした時間に、ベッドを整えるとか、軽く掃き掃除をするとか、それに洗濯物を水に漬けておくとか、なにがしか家事らしいことはかれもしないわけではなかった。エリデがそれを見て中途半端もいいところだと思ったとしても、正直なところかれにはそれ以上頑張る気はなかった。かれがやっているのは彼女を待つための儀式のようなものにすぎなかった。それが壁に囲まれた家の中で彼女を迎えることだった。外には明りが灯り、夕方の買い物帰りの女たちであふれ、時ならぬ活気を呈している界隈をあちらこちら店に寄って買い物をすませてから、彼女は帰ってくるのだ。

ようやく聞こえてきた階段を上る足音は、朝とはうって変わって重たげだった。なにしろエリデは一日の仕事に疲れた体でいっぱい買い物をかかえて上ってくるのだ。アルトゥーロが踊り場に出て、彼女の手から買い物袋を受取り、ふたりは話を交わしながら部屋に入る。彼女がオーヴァーも脱がずに台所の椅子に座り込んでいる間に、かれのほうは買い物袋から品物を取り出す。少しして、「さあ、しゃんとしなくっちゃ」といって彼女は立ち上がり、オーヴァーを脱いで部屋着に着替える。ふたりは食事の用意をはじめる。まず二人分の夕食、それから一時の夜食用にかれが工場にもっていく軽食と、次の日彼女が工場にもっていく分の弁当と、それから明日かれが目覚めたときのために用意しておく昼食とを。

彼女はちょっといそがしく立ち働いては藁の椅子に腰をおろし、かれに用事を言いつける。かれのほうは体を休めたあとで、全部自分で片付けるくらいの意気込みでこまごまと動きまわるのだが、すでに心ここにあらずといった風情で、いつもどこかしらぼうっとしていた。ときどきふたりが衝突するのはそんなときで、口汚く罵りあうはめになる。それは、かれがもうちょっと気を配ってきちんとやってくれたらいいのにとか、もう少し彼女のことをかまってくれたり、もう少しそばにいてくれたり、もう少し優しい言葉をかけてくれればいいのにと、彼女が望むせいだった。ところがかれのほうは、彼女が帰った当座は見るからにうれしそうにしているのだが、すぐに思いは家を離れ、早く出掛けなければならないことばかり考えている。

もう動き回らなくてもいいように全部を手の届く位置に並べて、食卓の準備が整うと、今度は、ふたりとも一緒にいられる時間がほとんどないというじりじりした気持ちに駆られる瞬間がくる。そしてスプーンを口まで運ぶ間も惜しむかのように、そのまま手を取り合っていられたら、と思うのだった。しかしコーヒーも飲みおえないうちに、かれのほうは自転車に故障がないかどうか確かめている。ふたりは抱擁を交わす。アルトゥーロは、そのときになってはじめて自分の妻がどんなに優しくあたたかいかが分かるかのようだった。だがかれは自転車を担ぎ、気をつけながら階段を下りてゆく。

エリデは皿洗いをすませ、もう一度家の中を隅々まで見渡し、夫がやったことを確かめ、首をふるのだった。今度はかれのほうが暗闇の通りを、まばらな信号をぬけて自転車を走らせ、今ごろはガスタンクを過ぎたあたりだろう。エリデはベッドにはいり、明かりを消す。横になった自分の場所から片方の爪先を夫のいた場所にすべらせ、かれのぬくもりを探ってみるのだが、きまって彼女のいる場所のほうが温かなのに気づくのだった。アルトゥーロも同じ場所で眠った徴(しるし)だった。そこで彼女はとてもいとおしい気持ちになるのだった。

イタロ・カルヴィーノ（一九二三—八五）

イタリアの作家。キューバに生まれ、二歳でイタリアのサン・レーモに移り、十八歳まで過ごす。第二次世界大戦末期の一九四四年から参加したレジスタンス体験を投影した小説第一作『くもの巣の小道』（四七）で一躍脚光を浴びる。五〇年代は、後に『ぼくらの祖先』（六〇）としてまとめられる『まっぷたつの子爵』（五二）に始まる歴史空想三部作を、六〇年代は、SF、寓話、リアリズムなどの要素を多彩に取り入れながら、『マルコヴァルド』（六三）『レ・コスミコミケ』（六五）『柔らかい月』（六七）など短編形式による試行錯誤を続ける。『見えない都市』（七二）により、ひろく世界の建築、美術、音楽に影響をあたえた後、ポストモダン小説の先駆的規範ともされる『冬の夜ひとりの旅人が』（七九）、哲学的断章による連作短編集『パロマー』（八三）へと作風を移しながら、物語る行為そのものを問い続けてゆく。本作は五〇年代の作風の転回期に当たるもので、『短篇集』（五八）第三部に「むずかしい愛」の総題で収録された。連作はいずれも「ある〇〇の冒険」という題を持っている。

白い犬とブランコ

莫言（モーイエン）

藤井省三 訳

高密県東北郷原産の大きく白い従順な犬は、何代も続くうちに純血種は殆ど見かけなくなった。今では人々の飼う犬は、雑種で、たまに白い犬がいたとしても、必ず体の一部に混じり毛が生えており、純血でないことが分かる。それでもその混じり毛の部分は、体全体の面積に較べればそれほど大きくなく、あまり目だたぬところに生えるので普通「白犬」と呼ぶのが習慣で、名と実とが違うなどと粗さがしをすることもなかった。一匹の全身真っ白で前足だけが黒ずんだ白犬が、とぼとぼと故郷の小川にかかる崩れかかった石橋をわたってきたとき、私は橋のたもとの石段で冷たい川の水をすくっては顔を洗っていた。旧暦七月末ともなれば、低湿地の高密県東北郷は堪えがたいほどに暑く、県都(1)から村に通じるバスから降りた私は、服までびっしょり濡れて、顔や首には黄色い土埃がびっしりと付いていた。顔を洗い終わると、素っ裸になって川に飛び込みたくなったが、石橋に続く茶色い田舎路を遠くから歩いて来る人影が見えたので、やめにして立ち上がり、フィアンセがくれたハンカチセットの一枚をとりだし、顔や首を拭いた。もう昼を過ぎており、太陽はやや西に傾き、東南の風が吹いていた。涼しい東南の風は、人の肌を優しく吹き、コーリャンの穂先をそうっと揺らしては、ざわざわと音を立て、次第に近づいてくる大きな白犬の毛を乱し、尾をゆらした。犬が近づき、私にも黒い前足が見えた。

その足の黒い白犬は橋のたもとまで来ると、立ち止まり振り向いて田舎路を眺めたが、また顔を上げて私の方を見た。犬の両眼は濁っている。犬の眼は遥（はる）か遠くを見ているかのように、焦点が定まらず曖昧なる暗示を帯び、この荒涼たる暗示は、私の心の奥ふかくに一種の不安を呼び起こした。

進学のため故郷を離れてからは、両親もよその省に住む兄のもとに引っ越し、家族がいなくなったので、私も帰郷したことがなかった。たちまち十年が過ぎ、故郷は遠からずまた近からず、といったものに感じられるようになっていた。夏休みの前に、私が教師をしている専門学校に父が遊びにきて故郷のことを話し始めたときは、思わず感慨に耽（ふけ）ったものだ。父は私に故郷のようすを見て来て欲しいと言ったが、仕事が忙しくとても無理だと私が答えると、合点がいかぬというようすで首を振っていた。父が帰ると、私は次第に不安になった。そうしてとうとうきっぱりと心を決めて、故郷に帰って来たのだった。

白犬はもう一度茶色の畦道（あぜみち）を振り返ると、再び私の顔を見上げたが、その眼はやはり濁っていた。私は犬の黒い足先を見つめながら、なにかを懸命に思い出そうとしていたが、犬は真っ赤な舌を引っ込め、私に向かってほえた。そして、犬は橋のたもとの石杭（いしくい）の前で、後ろ足を上げて、いつものようにオシッコをした。それが終わると、さきほど私が歩いた橋のたもとからの道を、ゆっくり這（は）い下（お）りて来ると、私のそばに来て尻尾を丸め、舌を出し、ペチャペチャと水を飲み始めた。

犬は誰かを待ってでもいるかのようで、水を飲むにしてものんびりとしており、特に喉が乾いているようすは見受けられなかった。川の水面には、例の捕らえどころのない犬の顔が映し出され、水底の魚がひっきりなしにその影をよぎった。犬も魚も私が恐くないと見えて、私には犬と魚の生臭い臭いがぷーんと鼻につき、犬を蹴飛ばし川の中で魚を捕らせてやりたい、などというひどいことを考える始末であった。それではあまりにかわいそうかな、と思った時、犬は尻尾を立て顔を上げると、ジロッと私を睨み、ゆっくりと橋のたもとへと歩き始めたが、やがて首のまわりの毛を逆立てながら、来た道を不安そうに駆け戻るのが見えた。道の両脇は濃緑のコーリャンの大きな穂であった。それは真っ白な雲を浮かべた青空を埋めて風に漂い、どこまでも続く原野を覆っていた。私は橋のたもとに戻り、旅行鞄を提げると、大急ぎでこの橋を渡ろうと思った。ここから村までまだ六キロあるが、事前に村の人に連絡していなかったので、早めに着いたほうが宿を頼むのに都合がよかろう。こんなことを考えているうちに、白犬が小走りに、道をかき分けて、道ばたのコーリャン畑から、コーリャンの葉を一山背負った人を先導してきた。

　私は農村で二十年近く暮らしたので、このコーリャンの葉が牛や馬の高級飼料であることは当然知っていたし、この時期にコーリャンの葉を採ったところで、収穫に大して影響しないことも分かっていた。一山のコーリャンの葉がよろよろと近づいてくるのは、遠くから見ていても気が重くなった。風を通さぬほどに密生したコーリャン畑で葉を刈る苦労ときては、汗だらけとなり息が苦しくなるのはもちろんのこと、なんといっても辛いのは、汗をぐっしょりかいた肌に葉のうぶ毛がふれることだった。私は思わずホッとため息を吐いた。コーリャンの葉を背負ってはるばるとやってくる人が、次第にはっきりと見えてきた。藍色の単衣の上着に黒いズボン、裸足に黄色のゴム靴、髪を垂らしてさえいなければ、それが女性とは気づかなかっただろう——たとえ私の目の前のコーリャン畑から姿を現わしたにしても。女は顔を地面と水平に傾け、首を長く突き出していた。これは肩の負担を減らすためだろうか？　女は片手で背負子の下端を支え、もう一方の手を首から後ろに回して背負子の上端をつかんでいた。日の光が顔や首筋のキラキラと輝く大粒の汗を照らしていた。コーリャンの葉は青々と鮮やかである。女は一歩一歩進んで、とうとう橋にたどり着いた。彼女が背負うコーリャンの束は橋の幅ほどもあったので、私は白犬がさきほどしるしを残した石杭のそばに立ち尽くして、犬と女が橋を渡るのを見送っていた。

　突然、私には白犬と女とが一本の目に見えぬ綱でつながれており、犬が早く遅く歩くにつけ、この綱もピンと張ったり弛んだりするように思われた。私の前まで来ると、犬は私を見た。例の焦点の定まらぬ両眼で。犬の眼に浮かんだあの曖昧なる暗示は、一瞬にして異常に明晰となり、二本の黒い前足が一度に私の心のベールを引き裂くと、すぐに彼女のことが思い出された。彼女の低く垂れた顔が私のそばをすうっと通り過ぎると、荒い息づかいと鼻をつく汗の臭いが永いこと私の意識に残った。ドサッと、背中の重いコーリャンの葉を下ろすと、彼女は身体をゆっくりと伸ばした。後ろの葉の束は、彼女の胸の高さに達している。葉の束が触れていたあたりの彼女の身体には、はっきりと葉のあとがついている。特に力が入っていたところには、びっしょり濡れてぐしゃぐしゃになった葉が付着している。女の肉体のぐしゃぐしゃのコーリャンの葉がついたあたりは、今やすばらしい快感を覚えているに違いない。すがすがしい清流に架かった橋の上で、田野を渡る風に吹かれて、彼女は解放感と満足感に浸っているに違いない。解放感と満足感は、幸福の大事な要素であり、このことは私も過去に経験がある。

　彼女は腰を伸ばしたものの、しばらくは感覚が戻らぬようすであった。土ぼこりを被った顔には、汗の流れたあとが幾筋もついている。生気溢れた唇が大きく開かれ、長い溜め息を次々と吐いている。鼻筋はネギのように美しく通っている。顔は黒く、歯は真っ白だ。

私の故郷は美人の産地で、歴代、選ばれて宮廷に入れられる者がいた。今でも首都で映画女優をしている者が二、三おり、私も彼女たちに会ったことがあるが、この女優たちでもこの女と比べたら見劣りしてしまう。彼女も顔にけがさえしなければ、とっくに大スターになっていたかもしれない。十数年前、彼女は花のように美しく、両眼は星のように輝いていた。

「暖（スワン）ちゃん」と、私は声をかけた。

彼女は左眼で私を見つめていたが、白眼は不気味に充血している。

「暖ちゃん、叔母ちゃんの」と、私は言いつくろうかのように、もう一度、声をかけた。

私は今年で二十九、彼女は二つ歳下だ。別れて十年、すっかり変わっており、ブランコの事故で彼女に大けがをさせてしまったその傷痕さえなかったら、彼女だとは分からなかったろう。白犬も私のほうを探るようにして見ているが、算（かぞ）えてみればこれももう十二歳、老犬となったわけだ。まだ生きていたとは意外だが、まだまだ元気がいいようだ。あの年の端午節(2)には、この犬もバスケットボールぐらいの大きさしかなく、父が県都の祖父の家から抱っこして連れてきたのだ。十二年前、純血の白犬はほとんど絶滅し、このていどに黒い毛が混じっている犬でもなかなか手に入らず、白犬と呼ばれていた。祖父は養犬の仕事をしていたのだが、父は親戚同士の誼（よしみ）で拝み倒しこの犬をようやく貰（もら）ってきたのだった。雑種のブチ犬が村中に溢（あふ）れていたときだったので、父がこの犬を抱っこして連れ帰ると、人々の称賛の的となり、三十元もの大金を払ってでも譲り受けたいという者まで現れたが、もちろんこれは丁重にお断わりした。当時の農村、高密県東北郷のこの辺鄙（へんぴ）なわが村でも、いろいろと楽しみはあったが、犬を飼うこともその一つであった。大災害にでもあわなければ、食べることには困らなかったので、犬は大いに繁殖した。

私が一九歳、暖(ヌワン)が一七歳のあの年、白犬が生後四ヵ月だったとき、解放軍の大部隊と軍用車の隊列が北からやってきて、続々と石橋を渡っていった。私たち高校生は橋のたもとにアンペラ小屋を建て、解放軍にお茶の接待をした。学生宣伝隊は小屋の前でドラや大鼓を打ち鳴らして、歌を唱(うた)い踊りを披露した。橋は狭く、先頭のトラックはタイヤの外側を橋桁からはみ出しながら、用心深く渡った。二台目は後輪で一枚の石材を割り、もんどりうって川に落ちた。荷台の炊事道具が相当壊れ、河いっぱいに油が浮いた。一団の兵士が河に飛びこむと、運転手を運転台から救い出し、ずぶ濡れのまま岸にかつぎあげた。二、三の白衣姿の軍人が駆け寄る。白手袋をはめた男が、レシーバーを持って大声で叫んでいる。私と暖は宣伝隊の幹部だったが、唱うのも忘れ目を見張ってこの騒ぎを見ていた。そのあとで、二、三人の大柄な師団幹部[4]たちがやってきて、私たちの学校の貧農・下層中農代表[3]である郭麻子(クオマーツ)おじさんと握手し、学校革命委員会の劉(リュウ)主任と握手し、手袋をはめると私たちに手を振った。それから一列に並んで、部隊が川を渡っていくのを見守っていた。郭麻子おじさんは私に笛を吹かせ、劉主任は暖に唱わせた。暖が「何を唱うんです?」と聞くと、劉主任は「『兵隊さん、大好き』を唱いな」と言った。そこでこの曲を吹きこの歌を唱ったのだ。兵士たちは列を組んで橋を渡り、車は次々と川の浅瀬を渡った。(「小川の水は清く澄み、麦は谷を覆い尽くす」)トラックの正面には白い波頭があがり、通過の後には茶色の濁流が残された。(「解放軍がやってきて、ぼくらの取り入れ助けてくれる」)トラックが渡り終わると、二台の小型ジープが間の抜けたようすで川に入った。一台が高速で渡ると、五、六メートルも水しぶきが上がった。もう一台は頭から川に突っ込み、溺れてしまったとばかりブルンブルンと奇妙な叫びを上げ、水中から黒煙を上げた。(「世間話に花咲けば、辛い昔が思い出される」）まずい！　と一人の師団幹部が言った。別の幹部は、とんまな野郎だ！　と言う。猿の王（ワン）に人を出して引き上げさせろ！（「同じ釜のご飯を食べ、同じランプの火を点（とも）す」）たちまち数十人の解放軍が出て、川の中でエンストを起こしたジープを押す。解放軍はみな軍装のまま川に入ったので、膝ぐらいの深さだというのに胸まで水に濡れ、濡れた軍服は濃緑色に変わって身体に貼りつき、尻や脚の肉づき加減がよく見えた。（「兵隊さんは家族も同然、ぼくらを親身に思ってくれる」）二、三の白衣の人たちが、びしょ濡れになった運転手を赤十字のマークがついた車に運ぶ（「党のご恩は忘れません、兵隊さんは大好きだ」）師団幹部たちが向き直り、どうやら橋を渡るつもりらしい。私は笛を構え、暖は口を大きく開いたまま、ぽかんと彼らを見ていた。黒縁メガネをかけた幹部が私たちに向かってうなずいてみせながら言った。「歌が上手だね、笛も上手だ」郭麻子の伯父は「師団長殿、お疲れさまでした。この子たちときたら調子っぱずれで、お恥ずかしい次第です」と言うとタバコの箱を取り出し、封を切り、恭（うやうや）しく差し出したが、幹部たちは丁寧に断わった。対岸に車輪の数が特に多いトラックが止まっており、数人の兵士が荷台に乗って数本の巨大なワイヤドラムと白い棒杭を下ろしていた。黒縁メガネの幹部が近くにいた若く凛々（りり）しい将校に向かって言った。

「蔡（ツァイ）隊長、君たち宣伝部隊から楽器でも贈ってあげ給え」

部隊が渡り終えると、村々に分かれた。師団司令部は私の村に置かれた。駐屯中は正月が来たような騒ぎで、村人全員が興奮していた。わが家の別棟から数十本の電話線が四方八方へと伸びた。凛々しい蔡隊長は楽器演奏や唱歌担当の演芸隊の兵士とともに暖の家に泊まった。私は毎日遊びに行き、蔡隊長とも親しくなった。蔡隊長はよく暖に歌を唱わせた。彼は背の高い青年で、髪はボウボウ、きりっとした眉をしている。暖が唱っている間、彼はうつむいてひたすらタバコを吹かしていたが、耳がヒクヒクと動くのに私は気づいた。彼が言うには、暖(ヌワン)には才能がある。申し分ない才能が。ただ惜しいことにつくべき先生がいない。彼は私も相当有望だと言った。彼はわが家の例の黒い足をした白い小犬が大そうお気に入りだったが、父がそれを知り差し上げたいと申し出たところ、彼はこれを断わった。部隊が出発する日、うちの父ちゃんと暖の父ちゃんが連れだって蔡(ツァイ)隊長を訪ね、私と暖を一緒に連れて行ってくれないかと頼んだ。蔡隊長は、帰ったら師団幹部の耳に入れておくから、年末の募兵時には二人を連れていけるだろう、と言った。別れ際、蔡隊長は私に『吹奏楽器演奏法』、暖には『革命歌唱歌法』の本を一冊ずつくれた。

「叔母ちゃん」私は気づまりを覚えながら言った。「ぼくのこと、覚えていませんか」

私たちの村は雑多な姓が入り混じっており、張(チャン)・王(ワン)・李(リー)・杜(トウ)など各地からの寄り合い世帯で、各姓の輩行[5]もかなり乱れており、叔母の代の女性が甥の代の男性に嫁いだり、甥の代の男が叔父の奥さんと駆け落ちすることが時々起きたが、歳さえ釣り合いがとれていれば、もの笑いの種にされることはなかった。私が暖を叔母ちゃんと呼ぶのは、小さい頃からの習慣で、血のつながった親戚という感覚はない。十数年前、「暖ちゃん」と「叔母ちゃん」の両方をごちゃ混ぜにして呼んでいたころは、特別な感情を抱いていたものだ。離れ離れになって十年、互いに歳をとると、昔の呼び方で呼んだにせよ、もうそんな感情が湧くこともない。

「叔母ちゃん、本当にぼくのこと覚えてないの?」聞いてから、私は自分の迂闊(うかつ)さを責めた。彼女の顔には、先ほどから驚きの色が現れていたからだ。相変わらず汗が吹き出し、ゴワゴワの髪が頬に張りついている。真っ黒な顔が青ざめている。左眼は濡れてキラキラと輝いた。右眼はなく、涙も流れず、深く窪んだ眼窩には、不揃いの黒い睫毛が一列に生えている。私は胸が締めつけられる思いがしてこの窪んだ眼窩から、それとなく視線をそらすと、彼女の柔らかな眉毛と朝から日に当たり汗で濡れて光っている髪の毛を見た。彼女の左頬がかすかに震えると、眼窩の睫毛とその上の眉毛もそれにつれてけいれんし、奇妙で痛ましい表情となった。ほかの人ならこういう彼女を見てもさして関心も抱かぬことだろうが、私は心の痛みを覚えぬわけにはいかなかった……

十二、三年前のあの夜、ぼくは君の家まで駆けつけてこう言ったんだ。「叔母ちゃん、ブランコが空いたよ。さあ、思い切り漕いでこようよ」君が答えた。「あたし、眠いの」ぼくが言う。「ぐずぐずするなよ！　寒食[6]から八日も経つんだ。生産大隊[7]じゃ明日にでもブランコの台をバラしちまうよ。今朝、御者係が隊長に馬車用の手綱をブランコに使うのは困る、今にもすり切れそうだって、ブツブツ言ってたんだ」君はあくびをしてから言った。「それなら行くわ」白犬は少し大きくなっていたが、細身になったせいか小犬のときほどは可愛くなかった。犬はぼくたちのあとからついてきたが、月の明かりに照らされて犬の毛は銀色に輝いた。ブランコは村の広場の隅に立っている。二本の柱と一本の横木、二箇の鉄の吊り輪に二本の太いロープ、そして座板。ブランコ台は月光を浴びて音も無く立っており、その不気味さときたら地獄の門のようだった。ブランコ台の裏は広場の溝が走り、溝の中には延々と槐の木が立ち並び、硬くとがったとげは、青い月に向かって爪を立てていた。

「あたしが座るから、あなたが漕いでね」と君が言った。

「天まで届くほど漕いでやるさ」

「シロも一緒よ」

「シロと駆け落ちしようってのかい」

君は白犬を呼ぶとこう言った。「シロ、おまえの大好きなブランコよ」

君が片手でロープをつかみ、片腕で白犬を抱きかかえると、犬は窮屈そうにフンフンと鳴いた。ぼくが座板に立ち、両足の間に君と犬をはさみ、よいしょよいしょと漕ぐと、ブランコは次第に勢いがついてきた。ぼくらはしだいに高く上がり、月光が水のように流れた。耳もとで風がサワサワと起こり、ぼくはめまいがした。君はカラカラと笑い、白犬はワンワンと吠え、とうとう横木と水平になる高さまで上った。目の前には田畑と川が、家並と墓地の丘が交互に現れ、涼しい風が前後から吹きつけた。ぼくは顔を下に向け、君の眼を見つめて尋ねた。「叔母ちゃん、どうだい？」

君が答える。「いいわ、最高よ」

手綱が切れた。ぼくはブランコ台の下に落ち、君と白犬は槐の茂みまで飛んでゆき、槐のとげが君の右眼に刺さった。白犬は茂みから出てくると、ブランコ台の下で酒に酔ったようにぐるぐると輪を描いた。ブランコで目が回ったのだ……

「ここんとこ……暮らし向きはどうだい？」と私はモグモグと言った。

彼女の両肩から力が脱け、緊張していた頬が一度に弛むのに私は気づいた。それに伴う生理的反応なのか、それとも故意にしているのか、大きく見開かれた左眼から、突然冷ややかな光が放たれ、私は思わずゾクッとした。

「悪いわけないでしょ。食べて、着て、亭主も子供もいる。片目を別とすれば、みんな揃ってる、こういうのを『悪くない』って言うんでしょ？」彼女はまくし立てるように答えた。

私はしばしば言葉に詰まったが、ちょっと考え込んだのちようやく口を開いた。「ぼくは母校に残って教えてるんだ。もうじき講師にしてくれるって……故郷はいいもんだね。故郷の人たちもなつかしいし、小川や石橋、畑、コーリャンやきれいな空気、小鳥のさえずりも……夏休みになったんで、帰ってきたんだ」

「なにがいいっていうの、こんなオンボロ村。こんなボロい橋がなつかしいの？　コーリャン畑ときたら、クソ暑いったらありゃしない。蒸籠で蒸されてるみたい」彼女は話をしながら、緩い坂を下りていき、汗の吹き出たあとが白い紋様となっている男ものの紺の中山服[8]の上着を脱ぐと、近くの岩の上に投げかけ、腰を下ろして顔や首を洗った。彼女が身につけているのはだぶだぶの丸首シャツだけだったが、それもボロボロで穴だらけ、昔は白かったろうに、今や黒ずんでいる。シャツの端はズボンの中に突っこまれており、白い包帯をねじってズボンを締めていた。彼女はもう私にはかまわず、水をすくっては顔や首、腕を洗った。しまいには、人目も気にせず、シャツの端をズボンから引っぱり出してまくりあげると、水をすくって胸のあたりを洗った。シャツはすぐに濡れてしまい、大きく垂れた乳房にぴったりと貼りついた。その二つのものを見て、私は自分とは無関係ながらあれこれと思ったものの、それもそれだけのことであった。まさに田舎の子供たちが唱う通りだ。結婚前は金の乳、結婚したら銀の乳、子供を生んだら犬っころの乳。そこで私は尋ねた。

「子供は何人？」

「三人」彼女は髪をたばね、シャツをはたきながらピンと伸ばすと、またズボンの中に突っこんだ。

「一人しか生めなかったんじゃないの[9]」

「二度も三度も生んだわけじゃないわ」私がふしぎそうな顔をしているのを見ると、彼女は無表情のまま説明した。「一度に三人生んだの。ズルズル、ズルズルと犬みたいにね」

私は不謹慎にも笑い声を立ててしまった。彼女は上着を手に取ると、膝の上で二、三度はたき袖に腕を通すと、下から上へとボタンを掛けていった。大きな葉の束のそばに蹲（うずくま）っていた白犬も起き上がり毛並をゆすりながら背伸びをした。

　私は言う。「よく働くんだね」

「働かなくってどうするのよ？　この世で受ける苦しみには定めがあって、逃がれようがないんだから」

「子どもは男？　女？　両方いるの？」

「三人とも男よ」

「それは幸運だね、男の子に恵まれて」

「厄運よ！」

「この犬はあの時の？」

「明日にも死にそうだけどね」

「あっという間に十何年も経（た）ったんだね」

「そしてあっという間に死んでしまうの」

「そんな」私は次第にいらいらしてきたので、葉の束のそばに座っている白犬の方を向いて言った。

「この老犬だって、まだまだ生きられるよ！」

「あら、あんたらが長生きするのは結構で、わたしらが長生きするのはいけないっていうの？　白い御飯（おまんま）食ってる者（もん）が長生きするなら、糠（ぬか）食ってる者だって長生きしたいわよ。上の人と同じに下の者だって生きたいわよ」

「いったいどうしたんだい」と私は言う。「誰が上で、誰が下だって？」

「あんたが最上流の人じゃない。大学の講師さまなんでしょ！」

私は耳まで赤くなり、ぐっと言葉に詰まった。堪忍袋の緒が切れて、よっぽど手厳しく言い返してやろうとも思ったが、また気が変わった。私は旅行カバンを提げると、乾いた笑いを立てながら言う。

「たぶん八叔（バーシュー）の家に泊まっているから、暇があったら遊びにおいでよ」

「わたし、王家丘子（ワンチアチウツ）に嫁入りしたの、知ってて？」

「今はじめて知ったよ」

「知ろうが知るまいが、大した変わりはないわ」彼女はさらっと言った。「こんなみっともない叔母ちゃんで嫌じゃなかったら、寄ってちょうだい。うちの村で『めっかち暖（ヌワン）』の家と言えば、すぐに分かるわ」

「叔母ちゃん、君がこんなに変わってしまうなんて……」

「これが運命（さだめ）よ、人の運命は天が決めることだから、あれこれ言ってもしかたないわ」彼女はゆっくりと橋の上まで登ってくると、葉の束の前で立ち止まって言った。「さあ、背負うのを手伝ってくれない、頼むわ」

私は胸がカッと熱くなり、勇気を出して言った。「ぼくが背負うよ」

「いいわよ」と言いながら、彼女は荷物の前で膝をつき、背負子（しょいこ）に腕を通すと、「さあ」と促した。

私は彼女の背中にまわり、葉を束ねた縄をつかんで、思いっ切り引き上げると、彼女はその勢いに乗って立ち上がった。

彼女の身体は再び曲がり、楽にしようと調整して彼女が二、三度力いっぱい背中の荷を揺さぶると、コーリャンの葉がザワザワと音を立てた。下の方から彼女の低く太い声が聞こえてきた。「寄ってちょうだい」

白犬は私にワンワンと吠えると、先に走っていった。私は橋のたもとに立ち尽くし、大きなコーリャンの葉の束がゆっくりと北へ向かって移動し、白犬が白い点となり、人と大きな荷とが白い点よりは大きい黒点となるまで見送ったのち、ようやく南へ向き直り歩き始めた。

橋から王家丘子の村までは三キロ半。

橋から私たちの村まで六キロである。


私たちの村から王家丘子村までの九キロ半の道を、八叔（バーシュー）は自転車で行けと言った。私は、だいじょうぶだよ、そのくらいなら歩いて行ってもじきに着くよと言う。八叔が言うには、今では豊かになってどの家にも自転車はある、数年前までのように全村に一台あるかないかで借りたくとも借りられず、またそんな貴重品は誰も借りたいとも思わなかった時代とは違うんだ、と。私は、路地の裏まで自転車が走っているのを見てるからそのくらいは分かっている、でもインテリ[10]稼業を何年もやってると痔（じ）になるものだから、自転車には乗りたくないんだ、やっぱり歩いて行くよ、と答えた。八叔は言う。学問をするっていうのもどうやらいいことではなさそうだ、あれこれ病気するだけじゃなく、人間までおかしくなるようだな、おまえさんはあの家へ遊びに行くっていうけどな、めっかちに唖（おし）、村の者（もん）に笑われてもいいのかい、魚は魚同士、エビはエビ同士でって言うだろう、自分の身分をわきまえなくっちゃあ、と。私は、八叔、おたくに逆らうつもりはないけど、ぼくだってこの歳まで無駄に飯を食ってきたわけじゃない、それなりの考えはあるつもりだよ、と答えた。八叔は不平そうに自分の仕事にとりかかり、これ以上は私の邪魔をしなかった。

私は橋のたもとで、是非ともう一度、彼女と白犬に会いたい、もし今度もあんな大きなコーリャンの葉の荷物があったなら、命をかけても代わりに背負ってあげたいと思った。白犬と彼女、どちらも案内役となり、私を彼女の家まで導くことだろう。誰もが県都まで出かけるのでファッションに敏感となり、誰もが流行を追う時代になったというのに、故郷の人は私のジーンズをボロ服のように見下し、私を閉口させた。そこで弁解するには、一本三元六〇銭のバーゲン品ということにした——実際は二十五元もしたのだが。大安売りで買ったズボン、ということにすると、村人たちも納得してくれた。王家丘子の村人には、このズボンが安売りということを言ってないのだから、彼女と犬に出会わないと、村に着いてから道をきくこととなり、どうしても村人の好奇心をかりたててしまう。それを思うと、彼女か白犬との出会いを願う気持ちがいっそう強くなった。だがそれも叶(かな)わなかった。石橋を渡るや、真っ赤な太陽がコーリャン畑の中から顔を出し、川の中には幅広い赤い光の柱が横たわり、鮮やかな色に河面を染めあげた。太陽は気味の悪いほど赤く、まわりが黒ずんで見えるのは、まもなく雨になるからであろう。

　私は折り畳み傘を差しながら、風混じりの小つぶの雨の中、村に着いた。老婆がちょうど肩を斜めにして村の通りを渡っているところで、大きな襟が風にはためき、老婆も少しよろめいていた。私は傘をすぼめて手に提げると、近づいて道を尋ねた。「おかみさん、暖(ヌワン)さんの家はどこです?」女は半身に構えて立ち止まったが、困ったようすで輝きの失(う)せた眼をぐるぐる回していた。風が老女の白髪に吹きつけ、襟をはためかせ、細い木は大きくしなった。雨粒は銅貨ほどあったが、降りがまばらだったので、ときおり女の顔に当たるていどであった。「暖さんの家はどこです?」私は再び尋ねた。「どこの暖さんかい?」と老女が聞くので、私はとうとう「めっかちの暖」という言葉を口にした。老女はジロッと私のことを見ると、腕を上げて道端の青瓦の家を指した。私は門の前で大声で叫んだ。「暖叔母さん、ごめん下さい」

　私の声に最初に応じたのは、あの黒い足をした白犬だった。白犬は人のまわりを飛び跳ねては吠え立て、自分の家だというので気が大きくなり、咬みついたり脅したりするような性悪の犬ではなく、軒下の干し草を敷いた寝床にゆったりと蹲り、うっすらと眼を開けては小声で吠えている。血統種の白犬の温厚な気品を良く表していた。

　私がもう一度声をかけると、家の中から暖が歯切れよく返事するのが聞こえたが、私を出迎えに現れたのは顔中赤ひげを生やし、茶色の瞳の荒くれ男であった。男は茶色の眼で憎々しげに私のようすを窺っていたが、例のジーンズに視線を止めると、口を醜くゆがめ、顔には狂暴な表情が浮かんだ。男は一歩進むと――私は慌てて一歩下がったが――右手の小指を突き立て、私の目の前でサッサッと振りながら、口からアーアーウーウーという声を途切れ途切れに発していた。私は八叔から暖叔母の亭主は唖だと聞かされていたが、当人のこの狂態を見ると、やはり心は重く沈んだ。片目が唖の嫁になる、こんなお似合いはほかになし、道理から言えば恨みっこなしなのだが、それでも私の心はたちまち重く沈んだのだ。

　暖叔母、あのときぼくらは若かった。蔡隊長は出発に際し、大きな希望をぼくたちに残していった。出発の日、君は隊長をじっと見つめ、流す涙はすべて彼のためであった。蔡隊長は顔面蒼白となり、ポケットから水牛の角でつくった小さな櫛を取り出して君に渡した。ぼくも泣き出してしまい、こう言った。「蔡隊長、ぼくらは呼びに来て下さるのを待っています」隊長が言った。「待っていたまえ」コーリャンが真っ赤に実る晩秋まで待つと、県都に募兵の解放軍がやってきたという噂で、ぼくら二人は興奮のあまりおちおち寝てもいられなくなった。学校の先生が用事で県都に行くおりに、二人は蔡隊長が来ている人民武装部[11]までようすを見てくるようにお願いした。先生は出かけて行った。そして戻ってきた。先生はぼくたちに告げた。今年募兵に来た解放軍はみな黄色の上着に青いズボンの空軍地上勤務兵で、蔡隊長の部隊ではない、と。ぼくが落胆すると、君は自信たっぷりに言った。「蔡隊長がわたしたちに嘘（うそ）つくわけないでしょ！」ぼくは言った。「とっくに忘れちゃったんだよ」君の父さんも言った。「おまえたちは本気にしすぎるよ。あの男はおまえたちのことを子供と思ってからかったのさ。好人（ハオレン）は兵（ビン）にならぬ、好鉄（ハオティエ）は釘（ティン）にならぬと言うだろう。やっとこさ卒業したんだ、家の手伝いでもしたらどうだ、もうつまらぬことを考えるのはやめろ」君は言う。「あの人がわたしのこと、子供と思っているはずないわ。あの人はわたしのこと、子供なんかと思うはずないわ」こう言いながら、君の頬は真っ赤に染まっていった。君の父さんが言った。「よく言ってくれるぜ」ぼくは驚いて君の顔に表れた変化を見つめながら、君の顔にかすかに浮かんだあのふしぎな表情に気づいて、しどろもどろに言った。「たぶん、今年来なけりゃ来年来る、来年来なけりゃ再来年来るよ」まったく蔡隊長は堂々たる美青年だった。手足はすらりと長く、顔の彫りが深く、ひげはいつもきれいに剃（そ）り、剃り跡が青かった。あとで君は正直に打ち明けた。出発の前夜、彼は君の顔を抱き寄せると、そうっと口づけした、と。君は、口づけのあとに隊長がうめくようにつぶやいたと言った。本当に純真で可愛い子だね、と。これを聞いてぼくはわけのわからぬ怒りを覚えたものだ。君は言った。「兵隊になったら、わたしは彼のお嫁さんになるの」ぼくは言った。「夢でも見てるんだろ！ ブタ肉百キロつけたって、蔡隊長は嫌だと言うさ」「彼が結婚したくないなら、わたし、あんたのお嫁さんになるわ」「いやなこった！」ぼくは大声を出した。君はジロッとぼくを見て言った。「お高くとまんないでよ！」今、思い出しても、君はあの時とてもきれいだった。君のつぼみのような胸のふくらみに、ぼくはいつも胸をときめかしたものだ。

啞が私を馬鹿にしていたのはたしかで、彼の突き立てられた小指は私に対する軽蔑と憎しみを表しているのだ。私は満面に笑みを浮かべ、彼の友情を勝ち取ろうとしたが、男は指を互い違いにして両手を組み奇妙な形を造ると、私の眼前に突き出してきた。私は少年時代の悪ふざけで蓄積した知識から、この手まねに対する低級で下品な解答を探し当て、一瞬、ガマ蛙（がえる）を手にしたときのような感覚を覚えた。私はいっそ逃げ出してしまおうかとまで思ったとき、三人の同じような顔つきで同じような服装の坊主頭の男の子たちが家から出てきて入り口に並び、同じように茶色の小さな眼で私を見つめているのに気がついた。三人ともみな頭が右に傾（かし）げ、それは三羽のまだ羽が生いそろわぬ性質狂暴な雄鶏（おんどり）の子のようであった。男の子たちの顔は妙に老けており、額には皺（しわ）ができていた。顎の骨が大きく突き出て、三人ともそれをかすかに震わせている。私は急いでアメを取り出すと男の子たちに言った。「さあ、お食べ」すると啞はただちに子供に手を振り、口から二、三の単音節を発した。男の子たちは眼を大きく見開いて、私の掌（てのひら）の中の色とりどりのアメを見つめていたが、じっとして動こうとはしなかった。私が立ち去ろうとすると、啞は私の前に立ちふさがり、乱暴に腕を振り回しながら、口から恐しげな奇声を発した。

暖（ヌワン）が前で手を組み少しよろめき加減で出てきた。なかなか姿を現さなかった理由が私にもよく分かった。洗いたてのインダンスレン染めの青い上着、折り目がピシッとついたグレーのテトロン製のズボン、彼女はたった今、着替えたものに違いない。インダンスレン染めの青い布を縫い合わせた[12]李鉄梅（リーティエメイ）式[13]の上着には長いことお目にかかっておらず、奇妙な懐かしい思いがした。胸が豊かな若い婦人がこの式の上着を着ると一種独特に美しさが出てくる。暖は首がスラリと長い女性で、顔の形もきれいであった。彼女は右眼の眼窩に義眼を入れていたので、顔の左右のバランスが元に戻っていた。彼女の苦しみぬいてきた気持ちを思い、私の心は痛んだ。人生というものを私は悲観的に眺めながらも、彼女の思いが私の心の琴線に触れると、一切が察せられ、胸の震え出すのを感じた。凝視してはならないあの右眼、それは命を持たず、にぶい光を放っていた。彼女は私に見つめられているのに気づくとうつむき、啞の脇を抜けて私のそばまで来た。そして私の肩からショルダーバッグをはずして言った。

「中に入って」

　啞はカンカンに怒って乱暴に彼女を引き離し、眼からは火花が散りそうだった。彼は私のズボンを指し、もう一度小指を突き立て振り回しながら、口からアーアーという叫びをあげており、五官が顔面の局所に集中したかと思うと一気に離散して、怖(おそ)ろしい表情をつくった。最後に、男は地面に唾(つば)をペッと吐くと、骨太の足で踏みつけた。どうやら啞が示す憎悪は、もろにジーンズに関係があるようだ。私はこんなズボンを穿(は)いて帰郷したことを後悔し、村に戻ったら八叔(バーシュー)に頼んで腰まわりがダブダブのズボンに穿き替えようと心に決めた。

「叔母ちゃん、ほら、兄さんはぼくのこと、分からないんだよ」私はおずおずと言った。

　彼女は啞を手で押しとどめると、私を指さし、親指を立て、それから私たちの村の方角を指し、私の手を指し、胸ポケットの万年筆と校章を指して、字を書くしぐさをし、指で四角い本の形を描くと、再び親指を立て、天を指した。その表情ときたら実に豊かで生き生きとしていた。啞はしばし茫然(ぼうぜん)としていたが、すぐに全身からとげとげしさが消え、眼には子供のようなすなおな輝きが浮かんだ。彼は犬が吠えるような声をあげて笑い、大きく開いた口からは黄色くなった奥歯が見えた。彼は手の平で私の胸を叩（たた）くと、地団太を踏み、唸（うな）り声（ごえ）を発し、顔はゆがんで真っ赤になった。私にもよくその意味がわかり、いたく心を動かされた。自分が啞の兄貴の信頼を得たことで、私は全身が軽くなるのを感じた。三人の男の子も恥ずかしそうに前に出てくると、ジイーッと私の手の中のアメを見つめていた。

「お食べよ！」と私は声をかけた。

男の子たちは父親の顔を見上げる。啞がへへっと笑うと、すばやく飛びつき、私の手からアメを取っていった。アメが一粒地面に落ちると、それをめがけて三つの坊主頭が一斉に動いた。啞はこのようすを見ながら笑っている。暖（スワン）は軽く溜め息をついて言った。

「こんなありさまを見られちゃって、恥ずかしいったらありゃしない」

「叔母ちゃん……そんなことないさ……いい坊やたちじゃないか……」

啞は敏感にようすを察し、私の方を見て笑いかけると向き直り、大きな足の先を使ってひとかたまりになっている男の子三人を引き離した。子供たちはハーハーと息をしながら、睨（にら）み合（あ）いを続けている。私は手持ちのアメを全部とり出すと、三等分し、子供たちに与えた。啞がアーアーと叫びながら、男の子たちを打（ぶ）つしぐさをした。子供たちは両手を後ろにかくし、じりじりと退いた。啞がもっと激しく叫ぶと、頰を震わせながら一人一粒ずつアメを父親の節くれだった大きな手の中に置いた。そして号令一下、飛び散って影も形も見えなくなった。啞は三粒のアメを掌に載せたまま、もの珍しそうに眺めていたが、やがて私の方を向き、アーアーと言いつつ手まねをした。私は理解しかねたので暖の方を向いて助けを求めた。暖が言う。「前からお噂は聞いていた、北京土産の高級なアメを頂いたので、自分も一つ賞味させてもらう、と言ってるの」私は食べ物を口に放り込むしぐさをしてみせた。

彼は笑って、丁寧に包み紙を剝くと、アメを口に放り込み、もぐもぐ口を動かしながら首を傾げていた。まるで何かを聞いているようだ。彼はまた親指を立てた。今度は私にも、アメが上等だと賞めているということがよくわかった。たちまち彼は二粒めも口に入れた。私は暖に、今度来るときは、必ずもっと上等なアメを兄さんにお土産にもってくるよ、と言った。暖は「また来てくれるの？」と尋ねた。私はきっと来ると答えた。

唖は二粒めを食べ終わると、ふっと思いついて手に残っているアメを暖の前に差し出した。暖は目を閉じた。「アー」唖は一声唸った。私は胸がドキドキするのを覚えながら、彼がまた手を暖の眼前に突き出し、暖が眼を閉じ首を振るようすを見ていた。「アー、アー」唖は怒って叫びながら、左手で暖の髪を引っぱって彼女の顔が上を向くように押さえつけ、右手でアメを自分の口もとまでもっていくと、歯を使って包み紙を破り、二本の指で彼のよだれがベッタリとついたそのアメを、彼女の口の中に無理矢理押しこんだ。彼女の口は小さい方ではなかったが、彼のキュウリのような指と比べると、ことのほか小さく見えた。彼の黒く太い指の下で、彼女の唇は美しくなまめかしく見えた。彼の大きな手の下で、その顔はあまりに華奢なものに変わった。

彼女はアメを口に入れたものの、なめもせず出しもせず、その表情はふだんと全く変わりがなかった。唖は自分の勝利を誇って、私に得意そうに笑いかけた。

彼女がもぐもぐと言った。「中に入りましょうよ。風が強いというのに馬鹿みたいじゃない」私は横目で庭を見ていると、彼女が言う。「なあに？　あれはね、メスの親ロバ。蹴るやら嚙むやら、馴れてない人は近づかないほうがいいの。主人にはおとなしいのよ。春に主人はあっちの牛を買い入れたの。一月前に子牛を生んだばかりなの」

彼女の家の庭には大きな小屋があり、その中でロバと牛を飼っていた。牛は痩せ細り、足もとでは丸々と太った子牛が乳を飲んでいる。子牛は後ろ足を踏んばり、尻尾をふりながら、ときおり頭を母牛の乳房にぶつけるので、母牛は痛そうに背を丸めたが、眼からは深く黒い光が放たれていた。

啞の酒量は底なしで、強烈な「諸城白乾(チューチョンバイカル)」[14]一瓶を空けたが、そのうち九割を彼が、一割を私が飲んだ。彼は顔色一つ変わらぬというのに、私の方は頭がくらくらした。彼はもう一本開けると、私の杯になみなみと注ぎ、これを両手で押し頂き私に勧めた。私はこの友情に背きたくはなかった。すぐに破れかぶれの決意をして、杯を受けとり飲み乾(のほ)した。もう一杯勧められてはたまらないと思い、座ってられないふりをして、蒲団(ふとん)[15]の上に寄りかかった。彼は興奮のあまり顔を真っ赤にし、暖(ヌワン)に向かって手まねをすると、暖も手まねでしばらく応じながら、小声で私に言った。「飲み比べで主人と張り合ったりしたらだめよ。十人がかりでも勝てないわ。酔いつぶれたりしちゃだめよ」彼女はきつく私を見据えた。私は親指を立てて彼をさし、小指を立てて自分をさした。こうして酒が下げられ、ギョウザが運ばれて来た。私は「叔母ちゃん、一緒に食べたら」と言った。暖が啞の承諾を得ると、三人の男の子がオンドルにはい上がり、押しあいへしあいしながら、パクパクと平らげはじめた。暖はオンドル[16]にも上がらず、ご飯をよそったり、白湯(さゆ)をついだりして私たちの給仕をした。一緒に食べるように勧めても、お腹に入らないわ、食べたくないの、と言った。

食後には風も止(や)み、雨雲も晴れ、灼熱(しゃくねつ)の太陽が真南に昇っていた。暖はたんすから一枚の黄色の布をとり出すと、三人の子を指し、啞に向かって東北の方角を指し示した。啞が頷(うなず)いている。暖が私に言った。「ゆっくり休んでってね。私は近くの町まで行って子供たちの服を縫ってくるから。[17]私の帰りは待たないで、午後になったら帰るのよ」彼女はキッと私を一目睨むように見ると、包みをかかえて風のように庭から出てゆき、そのあとを白犬が舌を出しながら追った。

啞は私と対座していたが、眼が合うたびにニッコリと笑った。三人の男の子はひとしきり騒いだあとは、オンドルの上にくずおれて、ほとんど同時に睡ってしまった。太陽が顔を出すと、とたんに暑くなり、セミが外の木の上でやかましく鳴いていた。啞がシャツを脱ぎ、上半身の発達した筋肉を露わにすると、身体から発散される野獣のような臭いが私の鼻をついた。私は恐ろしくもあり、退屈でもあった。啞はパチパチとまばたきをしながら、両手で胸をこすり、ネズミの糞のような垢をこすり出していた。そのうえ彼は、時々トカゲのように舌をチロッチロッと素早く出しては、分厚い唇をなめていた。私は気分が悪くなり、暑さも加わり、橋の下の清流を思い出していた。窓から差し込む日の光が、私のジーンズの足を照らしている。私は腕を上げて時計を見ようとした。「アーアーアー!」と啞が叫びながら、オンドルを下りると、引き出しからクォーツの腕時計を探し出し、私に見せた。私は彼の祈るような表情を見つめながら、心に背いて小指で自分の腕時計を指し親指で彼のクォーツを指した。果たして彼は大へん喜ぶと、クォーツを右手にはめたので、私が左手を指してあげると、彼は困ったように首を振った。私はひとしきり笑った。

「ずいぶん暑いですね。今年は作物も良く育ちますよ。秋には二毛作の収穫ですね。おたくのロバはなかなか元気がいい。三中全会[18]以後、農民の暮らしはずいぶん良くなりましたね。兄さんも金持ちになった。テレビを買ったらいいですよ。『請城白乾』はさすがですね、強烈だった」

「アーアー、アーアー」彼は顔一面に幸せの色を浮かべ、指をそろえた手で頭をさわり、首を打った。誰かの首を切り落とすというのか、私は驚いてしまった。そのようすを見た彼は、あせって手を震わせながら「アーアーアー、アーアーアー」と唸る。指で自分の右眼を指し、再び頭をさわり、そのまま手を下に滑らせて首のところで止めた。ようやくわかった。彼はなにか暖(ヌワン)のことを私に話したいのだ。私は頷いた。彼は自分の二つの黒い乳首をさわり、息子をさし、そしてお腹を撫(な)でた。私にはよくわからず、首を揺すった。彼はあせって両膝を立て、ありとあらゆるしぐさを繰り出して私に意味を伝えようとした。私は力強く頷きながら、手話を勉強しなくては、と思った。最後に私は満面汗だくになって彼に別れを告げたが、これはすぐに相手にも通じた。彼は子供のように純真な表情を顔に浮かべると、自分の胸を叩き、そして私の胸を叩いた。私は思わず大声で言った。「兄さん、ぼくらは兄弟同士だ！」彼は手の平でポンポンポンと息子たちを叩き起こすと、寝ぼけ眼(まなこ)のまま私を送らせた。門まで出たとき、私はショルダーバッグから例の折り畳み傘を取り出して彼に贈り、その場で使い方を教えてあげた。彼は宝物のように傘をさし、何度も開いたり畳んだりしていた。三人の息子は、広がったかと思うと小さく畳まれる傘を見つめながら、顎を震わした。私は彼を軽く指で突くと、南の帰り路を指した。「アーアー」彼は叫びながら手を振り、急ぎ足で家に戻って行った。彼が取りに行ったのは刃渡り二〇センチのナイフで、牛の角でできた鞘(さや)を払うと私の目の前に差し出した。刀の刃は冷たく光り、切れ味が良さそうだ。彼が背伸びをして門口に生える柳の親指ほどの太さの枝をひっぱり、ナイフの刃を当てると、枝はブツ切りにされて地面に散った。

彼はナイフを私のショルダーバッグに押し込んだ。

歩きながら考えた。彼は唖ではあってもなかなかの男であり、結婚した暖叔母ちゃんも辛い思いを味わってはおるまい。言葉が話せなくとも、そのうちに慣れて、手まねや目つきで生理的欠陥を乗り越え意思疎通が可能であろう。私があれこれ心配していたのも、杞(き)の人が天の崩れることを憂えたようなものだったのかもしれない。橋に着く頃には、もう彼女のことを思うのはやめ、川に跳びこんで水浴びすることばかり考えていた。道には人気がなかった。午前中に降った雨もとっくに乾き、地面は黄土色の土ぼこりに覆われていた。道の両側では艶(つや)やかなコーリャンの葉がサラサラと音をたて、草むらでイナゴが飛び交い、内側のピンクの羽根がチカチカと輝いて羽ばたくと、「カタカタ」と音がした。橋の下の水音が勢いよく響いてきたかと思うと、橋のたもとに蹲っている白犬の姿が現れた。

　白犬は私を見ると吠えた。真っ白な歯が剝(む)き出(だ)しになった。私は奇妙な予感を覚えた。白犬は起き上がり、コーリャン畑に向かって歩き始めると、何度も振り向いては吠え、まるで私を案内するかのようである。探偵小説の一場面が心に浮かび、思いきって犬のあとについていくことにしたが、同時にショルダーバッグに手を入れて、啞がくれたナイフをしっかりと握った。密生したコーリャンをかきわけていくと、布の包みをそばに置いて座っている彼女の姿が見えた。彼女はまわりのコーリャンを押し倒して空間をつくり出していたが、これを囲んで立つコーリャンは屛風(びょうぶ)のようであった。私が入っていくと、彼女は包みから黄色の布を引き出し、倒したコーリャンの上に広げた。その顔には暗い影が差している。白犬は端の方で蹲ると、真っすぐに伸ばした前足の上に顔を載せ、「ハー、ハー」と荒く息をした。

　私は全身が固くなり、歯が震え、あごが強張(こわば)って、なかなか言葉が出なかった。「君は……町へ行ったんじゃないのかい？　どうしてこんなところに……」

「わたしは運命を信じるわ」一筋の涙が彼女の頰を流れた。「わたしは白犬に言ったの。『シロやシロ、おまえにもしわたしの心がわかるなら、橋まで行ってあの人を連れてきておくれ。あの人が来たならわ」

「ご主人はナイフまでくれたんだ」

「君は早く家に帰ったほうがいい」私はバッグからナイフを取り出して言った。

ば、二人はまだ因縁があるんだよ』って。そうしたらシロはこうしてあなたを連れてきた

「あなたが行ってから十年になる。生涯会えないだろうと思っていたわ。結婚はまだなの？　まだなのね……あなたもあの人に会ったからわかったでしょ。可愛がったらめちゃくちゃ可愛がるし、殴るとなると半殺しになるまで殴るの……わたしがちょっと男の人と話でもすると、すぐに疑ぐるの。いっそ縄でもつけてくれればいいと思うわ。しかたないからわたしは一日中、白犬とお話するの。シロや、眼がつぶれてからはおまえが一緒にいてくれたけど、わたしよりどんどん先に年をとっていくのね。あの人と結婚して二年目に妊娠したけど、お腹が風船のように膨らみはじめて、お産のときには歩くこともできない、自分の足元も見えない始末よ。生まれたのは三つ子で、一人二キロしかなくて、猫の子たちのように痩せてたわ。泣くとなれば一遍に泣くし、おっぱいとなれば三人一遍。おっぱいは二つしかないんだから順番に飲ませると、待たされてる子が泣き出すの。あの二年というもの、わたしは倒れてしまいそうだった。坊やたちが生まれると、わたしはずうっと気がかりでね。神さま、どうか父さんのようにしないで下さい、三人とも口がきけますようにって……七、八ヵ月になったとき、わたしは冷水を浴びたような心地になったわ。あの光景は残酷だった。どの子を呼んでも反応がなくて、泣いても泣き声が一本調子なの。天に祈ったわ。神さま、うちの一家全員を唖にはしないで下さい、一人ぐらいは口がきけて、わたしの話の相手をしてくれてもいいじゃないですか、って……でも結局みんな唖だった……」

私は首をうなだれて、どもりどもり言った。

「お……叔母ちゃん……みんなぼくのせいなんだ。あのとき、ぼくがブランコに誘わなかったら……」

「そうじゃないわ。あれこれ考えたけどやっぱり自分が悪いの。あの年、あなたに言ったでしょ、蔡(ツァイ)隊長がわたしの頬に口づけしたって……もしわたしに度胸があれば、無理してでも部隊を訪ねて行けばよかったの。そうしたら彼も迎えてくれたかもしれない。彼は心底からわたしのことを好きだったんだから。そのうちにブランコの事故が起きてしまったの。あなたは進学後、手紙をくれたのに、わたしはわざと返事をしなかったわ。こんな醜い顔では、あなたの妻になる資格がないと思ったの。二人で辛い思いを味わうより、一人でがまんした方がいいってね。馬鹿だったわ。本当のことを言って、もしあのときわたしがあなたと結婚したいと言ったら、あなたは承知してくれた?」

私は彼女の異常に輝く顔を見つめながら、夢中で答えた。「承知したとも。結婚したとも」

「うれしいわ……もうわかっているでしょ……気味悪がるといけないと思って、義眼をつけておいたわ。今ならちょうどできる時なの……お話のできる子が欲しいわ……承知してくれたら、わたしは救われるし、もし断わられたらわたしは死ぬわ。あなたにも言いたいことは山ほどあるでしょうけど、どうか何も言わないでね。

…………

訳注

(1)中国語では「県城」、県政府所在の都市。

(2)旧暦五月五日の節句。

(3)土地革命戦争中の一九三〇年代初めに中国共産党により定められた階級区分。六〇年代から文化大革命期にかけては、貧農・下層中農は労働者、革命幹部、革命軍人、革命烈士軍属及びそれらの子弟と共に「紅五類」という特権層を形成した。
（4）一個師団は約一二七〇〇人。八〇年代半ばまで中国陸軍には三六個の軍があり、一軍は三個師団で編成された。
（5）世代・親等による一族内の長幼の序。
（6）かんしょく、又はかんじき。冬至後一〇五日目、陽暦四月上旬の頃の節句。明清以後はふつう寒食明けの清明節を祝う。寒食節には若い男女によりブランコ競技がされた。
（7）人民公社制度下の、戸数二〇〇〜三〇〇からなる下部集団、自然村の規模。
（8）中華民国期に孫文が日本の詰め襟の学生服に似せて制定した国民党の制服。人民共和国では一般人もこれを着用し、日本では人民服とも呼ばれる。
（9）一人っ子政策を指す。
（10）原文は知識分子、チーシフェンツ。高卒以上の頭脳労働者を指す言葉。
（11）県に設けられる軍系統の部門。募兵、復員兵の世話などを行う。
（12）抗日戦争中不屈の闘争に立ち上がる一家を描いた現代京劇『紅灯記』のヒロイン、文化大革命期に繰り返し上演された。
（13）襟が高く、前は右側のボタンでとめる伝統的な上着のこと。
（14）山東省東南部、高密の隣県諸城県産の蒸留酒。
（15）日中、寝具はたたんでオンドルの隅に積みあげておかれる。
（16）高めの腰かけほどの高さの煉瓦積みの台。中の煙道に煙りを通して暖房とする。
（17）当時ミシンが普及していなかった農村では、町の仕立て屋でミシンを借りて自家用の服を縫っていた。
（18）一九七八年十二月の中国共産党第十一期第三回中央委員会総会を指す。このときの経済改革への転換にともない、農業分野では自由市場の承認など生産請負制への道がひらかれた。

莫言（一九五五―）

中国の作家。山東省高密県の出身で、多くの作品が故郷であるこの土地を舞台としている。家は貧しく小学校を中退したが、小さい頃から読書をよくした。工場の臨時工を経て、一九七六年に人民解放軍に入隊する。軍の図書室の管理員をしながら執筆を始め、解放軍の文芸誌に『春の雨降る夜に』（八一）を発表した。ガルシア＝マルケスの影響下に、日中戦争を描いた『赤い高粱（コーリャン）』シリーズの大ヒットで作家としての地位を確立した。同作に代表される、現実と幻想を織り交ぜた独特の手法が作品の一つの特徴である。本作は第一短編集『透明な人参（にんじん）』（八六）収録作で、川端康成（かわばたやすなり）『雪国』の秋田犬をめぐる一節から着想したものだという。二〇一二年にノーベル文学賞を受賞した。

Cross Current 7 読書案内

愛

「愛」をめぐる文学というと、しばしばフランスの小説があげられます。フランスでは**ラファイエット夫人『クレーヴの奥方』**〔★☆☆〕以下、恋愛心理を分析的に描く心理小説が一つの系譜をなすからです。同作は、高貴な男女の恋物語ですが、禁じられた恋、秘められた恋、視線と視線の交錯の劇と、さまざまな仕掛けがあって今読んでも瑞々しい感動を与えてくれます。**ゾラ**の**『ナナ』**〔★★☆〕、**フローベール**の**『ボヴァリー夫人』**〔★★☆〕、**メリメ**の**『カルメン』**〔★☆☆〕というように、この系列は愛の傑作揃(ぞろ)いで、どれを読んでも外れがない。

カルヴィーノの「ある夫婦の冒険」は短編集**『むずかしい愛』**〔★☆☆〕に収められています。このタイトルが示すとおり、カルヴィーノに当たり前の純愛小説はありません。たとえば別々の物語の書き出しが並べられて進行する**『冬の夜ひとりの旅人が』**〔★★☆〕は小説についての小説で、その仕掛けにひきこまれますが、実は物語の断片をめぐって放浪する「男性読者」と「女性読者」の愛の物語でもあります。本をめぐって愛が生まれる点では、**ブローティガン『愛のゆくえ』**〔★☆☆〕も手にとってほしい。住み込みの図書館員の「私」が美女と恋に落ちるのですが、その図書館に収蔵されているのは、人々が自分だけの思い出を綴(つづ)った本だという、なんとも魅力的な設定です。言葉や文字が媒介となり愛が始まる物語として、**ハン・ガン**（**韓江**）**『ギリシャ語の時間』**〔★☆☆〕もおすすめ。それぞれ言葉と視力を失った女と男がお互いの存在を探りあてるように距離を縮めていく過程は、静かだがスリリングで美しい。

愛の物語は愛の可能性よりむしろその不可能性を描いてきたと言えるかもしれません。たとえばアイルランド出身の**ワイルド「漁師とその魂」**〔★☆☆〕は人間の男と人魚の女という結ばれ得ない二人の間の愛を、死という障害を越えてでもそれに賭ける漁師の姿を通して描き出しま

中国が愛を知ったころ
（岩波書店）

す。フォークナー**「エミリーに薔薇を」**［★☆☆］も、不可能な愛をめぐる物語。エミリーは愛する相手と結ばれるために、禁断の一手である死を用いるのです。こうしてあまりにも強い愛は、ちょっと怖ろしい愛にも変貌する。フエンテスの短編**「純な魂」**［★☆☆］は兄妹の間の不可能な恋を題材にしていますが、最初は思い出話のように始まる妹の手紙の文面から、段々と彼女の兄への強い執着と兄の運命が浮かび上がり、衝撃のラストへとなだれこみます。

私たちは愛を普遍的なものと思いがちですが、**『中国が愛を知ったころ』**［★☆☆］をはじめとする**張愛玲**（アイリーン・チャン）の恋愛小説は、自由恋愛が結婚制度といかに葛藤をもたらすかを浮き彫りにします。**マフフーズ**の**〈カイロ三部作〉**［★★★］はエジプトの社会と近代史をトータルに描き出しつつも恋愛が重要なテーマとして全体を貫いていて、イスラム圏における女性の置かれた社会的位置がいかに近代西洋のそれと異なるものであるかが見えてくる。

異性愛を多く扱いましたが、同性愛の物語では、**プイグ『蜘蛛女のキス』**［★★☆］がおすすめです。冒頭から二人の会話が延々と続くのですが、その中で二人が囚人であること、ゲイであること、一方が映画好きであることが浮かび上がってきます。二人は会話を交わす中で惹かれ合っていくのですが、実はバレンティンの方には隠された思惑があり……。実験的な仕掛けも多いですが、物語としてとても面白い。**フォースター『モーリス』**［★★☆］も同性愛の物語として有名ですが、許されない恋、相手への思いやりと葛藤、純粋な心の襞を丹念に追っていき、それらの一連の流れが美しいラストシーンに結実します。

最後に個人的なおすすめとして、現実の愛が文学に昇華された例をあげておきます。歌人の**河野裕子**と夫の**永田和宏**の歌とエッセイを編んだ**『たとへば君』**［★☆☆］は、二人の言葉を通して出会いから死別までの夫婦の愛の道筋をたどります。闘病生活の中で、二人の心は揺れ動き、時に擦れ違い、お互いを受け止め合う。その全てを二人の歌が形にしていく。それらの言葉は、河野が死の直前に家族に託した絶唱へ収束しますが、死の前日に詠まれたこの歌ほど、人を打ち震えさせる愛の物語とはめったに出会えません。

（戸塚）

コラム7 魔術的リアリズム

Column

五年十年も続く洪水や旱魃（かんばつ）、突如天に昇り消え去る女、豚の尻尾をもつ赤ん坊。コロンビアのガルシア＝マルケスによる『百年の孤独』（一九六七）は、驚嘆すべき奇想天外な無数の逸話があたかも現実であるかのように描かれ受け入れられる、摩訶（まか）不思議な小説世界によって熱狂を呼んだ。その手法を名指すさいに使われたのが「魔術的リアリズム」という用語である。その実態は複雑なのだが、西欧近代から見た「現実」を逸脱する不合理の総称である「魔術」的な世界を、「リアリズム」「現実」を合理的・客観的に描き出そうとする「リアリズム」「現実」で描く、と、一応の説明をしてみるだけでも、相矛盾する二つの語が混在している複雑さが少し見えてくるだろう。

さて、小説同様に摩訶不思議なのは、これ以降世界中の多くの作家たちが「魔術的リアリズム」の実践者として語られてきたことだ。特にアフリカや（日本を含む）アジア、中東や中東欧など、西欧文化の中心から半ば隔たった地域では、『百年の孤独』と同じく奇天烈（きてれつ）かつ豊穣（ほうじょう）な物語が数多く現れた。『百年の孤独』の場合のように、西欧と半ば近く半ば遠いこれらの地域の複雑さを描くには、非西欧的「魔術」の世界と客観的「現実」の双方を捉えるこの手法がふさわしかった、とでも言えようか。

ところがこの用語、まもなく一人歩きをはじめ、今では専門家ほど安易に使うことをためらう厄介な代物に変わっている。元は美術史用語だった「魔術的リアリズム」の意味するところはそもそもが多義的で、冒頭の定義も単純に過ぎるほどなのに、この語は流行とともに世界中でさらなる拡大解釈をされ続け、単なる「幻想」文学や「ファンタジー」と混同された無意味な形容と化したり、最悪の場合には本を売るためだけの商業的レッテルとして乱発されたりした。そうした乱用はかえって各作品の独自性を見えなくさせ、特に発信地である中南米では長いこと後続の作家たちの足枷（あしかせ）であり続けた。名高い「魔術的リアリズム」の流行と誤用は、文学批評という制度がもたらす光と影に警鐘を鳴らす事例だ。

だがより肯定的に見れば、この語には世界文学の果てしない海へと漕ぎ出すための、ひとまずの羅針盤としての役割も残っている。こうした用語のおかげで私たちは、海底火山をうごめくマグマの噴出のように、時に従来の文学地図を塗り替えながら作家たちが共鳴し合う心踊るような星座の繋（つな）がりを発見し、世界文学を旅して巡る面白さを発見するだろう。しかしやがてこう思うかもしれない、この素敵な作品の面白さは、「魔術的リアリズム」なんて語では括（くく）りきれないのでは。では一体何と呼ぶべきか。実は、その疑いこそが真の羅針盤だ。信じるべき唯一の答えを与えるよりも、多くの疑いと問いを与えるためにこそ、批評の言葉は存在するのだから。（山辺）

Chapter 8

8章 kötülük

悪

絶対やってはいけません

私たちは日々、善と悪の境界線のはっきりした世界を生きているつもりでいます。そして多少はみだすことがあったとしても、自分はあの暗い、闇の世界とは縁がないものと思っています。

しかし、その境界線はそれほど自明のものでしょうか。ふとしたことから誰かに突然思いもしなかった「罪」を着せられ、有無をいわさず「罰」をうけさせられることもあります。あるいは自分が世間では「罪」とされる行為をどんな「罰」もかえりみずにせねば生きられないような人間だったらどうでしょうか。他人から賞賛され、推奨される善行はある意味ではするのがたやすい。それにくらべ、《絶対やってはいけません》とされる悪行をおこなうのは難しい。だからこそ、それでもせずにはいられない「悪」にこそ人間のなにかがあらわれていると見ることはできないでしょうか。

夏の暑い日のこと……

Franz Kafka
フランツ・カフカ

川島隆訳

夏の暑い日のことだった。私は妹といっしょに家に帰る途中、とある屋敷の門の前を通り過ぎた。妹が気まぐれに門を叩(たた)いてみたのか、うっかり叩いてしまったのか、拳を振り上げただけで全然叩いてはいないのか、私には分からない。百歩ほど先、左に曲がってゆく街道沿いに村が始まっていた。知らない村だ。ところが、すぐさま村外れの家からわらわらと人が出てきて、こちらに合図してくる。敵意はないが警告を発しているようで、自分たちも驚愕(きょうがく)し、恐怖に身を縮めている。彼らは私たちが通り過ぎた屋敷を指さし、門を叩いただろうと注意していた。屋敷の主があなたがたを訴えるぞ、すぐ審問が始まるだろうと。私はとても落ち着いており、妹にも落ち着くよう言った。そもそも叩いてはいないようだし、仮に叩いたのだとしても、だからって訴訟になるなど、世界中どこでもありえない。私は同じことを周囲の人々にも分からせようとした。彼らは私の言うことを聞いてはいたが、判断は差し控えた。あとで彼らは、妹さんだけでなく、兄であるあなたも訴えられるだろうと言った。私はニヤニヤしながら頷(うなず)いた。私たちはみな振り返り、屋敷のほうに目をやった。遠くで煙が上がるのを見ると、火のないところに煙は立たぬと思う。それと同じだ。実際、ほどなくして、開け放たれた屋敷の門の中へ騎馬隊が入ってゆくのが見えた。土ぼこりが巻き上がり、すべてを覆い隠し、高く掲げられた槍(やり)の穂先だけがチカチカ光っている。そして屋敷の中に姿を消したと思う間もなく、部隊は馬首をめぐらせたらしく、こちらに向かってきた。私は妹をせっつき、立ち去るよう促した。私が一人で全部片づけるからと。妹は、兄さん一人を残してゆけないと言い張ったが、それならせめて着替えてきなさいと私は言った。紳士方の前に出るなら、もっとましな服を着ていないとねと。とうとう妹は言うことを聞き、遠い家路をたどりはじめた。やがて騎馬隊が私たちのところまで来ると、彼らは馬上から、妹はどこだと訊(き)いてきた。びくびくもので答えた。今はここにいませんが、あとで来るでしょうと。この返事は、ほとんどどうでもいいものと受け取られた。私を見つけたことが特に重要らしかった。場を仕切るのは二人の紳士。若くて元気な男である裁判官と、アスマンという名の寡黙な助手だった。私は農民たちの寄合所(よりあい)に入るよう言われた。首を振ったり、ズボン吊(つ)りをいじったりしながら、紳士たちに鋭い目で見られつつ私はのろのろ歩きだした。まだ私は固く信じていた。都会人である私が、もとより名誉を汚されることもなくこの農民どもから解放されるには、一言あれば十分だと。けれども、私が部屋の敷居をまたいだとき、先回りして私を待っていた裁判官は言った。「この男は気の毒だな」と。私の現状の話ではなく、これから私の身に起きることの話をしているのは、火を見るより明らかだった。この部屋は寄合所というより監獄の独房に似ていた。大きな敷石。殺風景な暗灰色の壁。一箇所に鉄の輪が埋めこまれている。中央に、半ば寝台で半ば手術台のようなものがあった。

フランツ・カフカ（一八八三―一九二四）

チェコ（当時オーストリア領）の作家。プラハのユダヤ人家庭に生まれ育つ。母語はドイツ語。プラハの労災保険局に勤めながら、夜間に執筆する二重生活を送った。巨大な虫に変身したサラリーマンを描く『変身』（一九一二執筆）など、コミュニケーションの困難や生きづらさを克明に描く特異な作風で注目を集めるが、若くして肺結核を発病。四十歳で夭折（ようせつ）した。膨大な遺稿が親友マックス・ブロートの手で編集・出版され、第二次世界大戦後に大ブームとなり、実存主義の先駆と見なされる。本作も生前未発表の無題の断片。ブロートが「屋敷の門を叩く」と題し、（わずかに改変して）発表した。「何も悪いことはしていないのに」突然逮捕される男を描く未完の長編『訴訟（審判）』（一四～一五執筆）を短く凝縮したようなテクストである。また、謎の権力をもつ「屋敷」とそれに従属する「村」の構図は、晩年の長編『城』（二二執筆）で描かれる「城」と「村」の関係を予感させる。

神の恵みがありますように

Aziz Nesin
アズィズ・ネスィン

護雅夫 訳

凶悪犯のゼンゴがつかまった。五県の境域内で、彼がおどしつけ、やっつけないものは誰一人いなかった。人びとを戦慄させた山賊が、ようやくわなにかかったのである。

彼が市役所の前の大通りをとおるとき、その端から端まで、彼を見るために来た群衆でいっぱいだった。その両手は、大きい環の鎖でしばられ、ぶらさがった鎖の端は、地面にひきずって、ガチャガチャ音をたてていた。右側に二人の憲兵、左側に二人の憲兵、うしろに五人の憲兵がつき、憲兵隊長の下士官が前を歩いていた。

みんなが彼に関心をもち、見たがっていたものの、誰も彼にちかづけなかった。うしろにいるものが、この凶悪犯を見ようとして前にいるものを押すと、前のものは、それにさからってあとずさりし、この凶悪犯にちかづくのを恐れていた。憲兵たちにかこまれたゼンゴが進むにつれて、群衆は左右に分かれ、彼の前は空(あ)けられた。しかし、散らばった群衆は、遠くからであれ、ゼンゴに唾をはきかけるのをやめなかった。ゼンゴに石を投げるものすらいた。年よりの女たちは、こぶしをにぎりしめていた。

「あん畜生！　ゼンゴ！……」

「くたばれ！　ゼンゴ！……」

どんな悪党でも、多少は、一人や二人は、かれが好きだというものはいるもんだ。少なくとも、その近親は、可愛がる。だが、ゼンゴについては、誰一人、実の兄弟すら、彼を嫌っていた。彼が一刻も早く絞り首にされるのを、誰よりも望んでいたのは、彼の住む村の連中、近親だった。

いかに乱暴な、いかに狂暴な悪党についてさえ、でっちあげであっても、いくつかの良いところは語りつがれるもんだ。たとえば金持ちから奪って、貧民に分け与えたとか、孤児の娘たちのために結婚披露宴をひらいてやったとか。何ごとであろうと、何か一つ良いことがあるというものだ。けれど、ゼンゴについては、誰も、何一つ良いことは言わなかった。このゼンゴは、子供のときから乱暴者だった。殺人を、しかも、何の理由もないのに情容赦なく人を殺すのをたのしみとしていた。彼が殺すのは、金持ちであろうと貧民であろうと、女であろうと男であろうと、老人であろうと若者であろうと、彼にとってはまったく問題ではなかった。何年も、山々を独りで歩きまわっていた。彼の仲間になろうと、彼にちかづくものは、誰一人いなかった。

彼が捕らえられたとき、もっていたのは五リラほどの小銭だけだった。しかし、彼が殺したものから一〇リラずつ奪ったとしたら、彼のポケットには金貨がつまってるはずだった。だが、彼は金銭をもってなかった。というのは、彼は金銭のために人を殺したのではなかったからである。彼は、人を殺すために人を殺していたのである。あらゆる人間を殺して、この大地で、独りで、らくらくと暮らすことを望んでいたのかもしれない。より正しくは、彼が、何故、人を殺すのか誰にもわからなかった。多分、彼自身にもわからなかったのだろう。

子供のとき、つかまえたにわとりの頭を、歯でひきちぎったという。そのあと、猫の眼をえぐり、犬の腹を裂きはじめたという。

彼がはじめて山へのぼったのは、結婚初夜のことだったといわれる。

ゼンゴは、彼の村随一の金持ちだった。ただ彼自身の村だけでなく、近辺のあらゆる村々でも随一の金持ちだった。こういうわけで、大変美人の娘と結婚した。娘の父親に、百頭の羊群と、金貨三百リラをわたして、娘と結婚したのである。娘は床入りする夜まで、ゼンゴの顔を見たことはなく、この夜、はじめて見たのだった。見たとたん、金切り声をあげ、両手で顔をおおって、逃げだした。しかし、逃げだせるところはなかった。ゼンゴが戸をおさえていたからである。娘は顔を手のひらでおおい、泣き泣き背中を壁にもたれかけさせて、隅にうずくまった。指のあいだからゼンゴを見て、大声で泣いていた。

ゼンゴを見たら、恐れぬわけにはいかなかった。背丈は二メートルをこえていた。両手はオールくらい大きかった。さらに、何はさておき、その顔……。生まれたとき、騾馬の顔をした赤んぼが生まれたと、全村民があわてふためいた。その頭は、ただ騾馬の頭に似てるだけではなかった。すこし騾馬、すこし豚、すこし水牛……。おどろくべき頭だった。あらゆる動物に似ていたが、ただ人間にだけ似ていなかった。

彼の母親はこの赤んぼを熊にはらまされたのだと言うものすらあった。ゼンゴは、成長するとさらに恐ろしくなった。額はせまかった。茶碗ほども大きい両眼のうち一つは額に、一つは右下についていた。

でっかい鼻は、面に突きささったナイフの柄さながらだった。口はまがっていて、大きかった。なまのあばら肉(ビルゾラ)のような下唇は垂れさがり、大きな歯が見えた。顔じゅうが、毛でおおわれていた。美人の新婦は、こんなゼンゴを見ると、恐怖のため震えながら、隅にうずくまり、両手で顔をおおった。指のあいだからゼンゴを見るたびに、金切り声をあげていた。

ゼンゴは笑おうとしたが笑えなかった。何故なら、どう笑っていいのかわからなかったからである。両手をひらき、新婦に向かっていった。新婦にほほえみかけ、彼女に、「恐れないで、恐れないで。おれを」と、頼むつもりだった。

彼女に頼みこみ、自分が人間であることをつげ、

「大声たてるなよ。外で聞くものがあったら、恥ずかしいよ。大声あげるない！　お前が望むなら、あきらめるよ。明日(あす)の朝、実家に帰れ！……」と言うつもりだった。

しかし新婦は、このことがわからなかった。ゼンゴが両手をひらいて自分に向かって来るのを見ると気を失って、空袋(から)のようにその場で倒れてしまった。

ゼンゴは冷静さを失わずに、新婦を優しくなでながら、しめ殺した。それから、彼女を抱いて、朝方まで一緒に寝た。そして、夜が明けぬうちに、こっそり山へのぼって行った。

そののち、一週間もたたぬうちに、ゼンゴは娘の父親を殺した。しかし、これは、なみの殺人ではなかった。父親を、ばらばらに切り刻み、それぞれを村道にまきちらしたのである。あくる朝、あちこちの道に、指、耳、鼻がちらばっていた。

ゼンゴはそのあと、自分の二人の兄妹(きょうだい)を殺した。兄妹は、彼のように醜くもなく、恐ろしくもなかった。彼は妹の頭から石油をかけ、夜、火をつけた。妹は、夜の暗闇のなかで、炎につつまれて、山々に向かって駆けながら焼け死に、灰になってしまった。

兄を、ある夜、斧でばらばらにたたき切り、頭、腕、胴体、脚を、べつべつの木につるした。
そののちも、ゼンゴの殺人はあとを絶たなかった。まず、自分の親類たちを殺した。子供といわず、女といわず、老人といわず殺していた。殺しても怒りがおさえきれないと、死体を焼きはらった。彼は山で暮らしていた。動きがとれなくなって、つかまりそうだと知ると、県の境界を越えて逃げだすのだった。

一度捕らえられたが、刑務所の壁に穴をあけて逃亡した。

憲兵たちにかこまれて大通りを歩いていく凶悪犯に、群衆は石を投げ、顔に唾をはきかけていた。しかし、彼にちかづくのを恐れていた。

彼の胸には、弾薬帯がななめにかけられていた。彼は巨人さながらに歩き、大変大きい脚は、駱駝の足の裏のように、がしがしと地面を踏みつけていた。

武器、弾薬を取りあげられたゼンゴは、刑務所の地下にある独房に投獄された。裁判がはじまった。ゼンゴは弁護士を頼まねばならなかった。しかし、金銭を持っていなかった。自分の村にある広大な土地、全財産、家畜群、家を売りはらって、莫大な金銭を手にいれた。しかし、こんどは自分を弁護してくれる弁護士が見当たらなかった。ゼンゴを憎まぬものは誰一人いなかったので、どの弁護士も、彼の弁護をひきうけようとはしなかった。たとえひきうけても、何の役にもたたなかったろう。どんな弁護士でも、ゼンゴを死刑からまぬがれさせることができぬことはわかっていた。そのためにも、弁護をひきうけなかったのである。しかし、結局ゼンゴは一人の弁護士を見つけ、この弁護士に多額の金銭をわたした。

誰も彼も、死刑からまぬがれさせることができなければ、ゼンゴはその弁護士を殺すだろうと言っていた。処刑されるまえに刑務所から逃げだし、多分、法廷で、弁護士を殺すだろうというのである。彼は、ある人を殺そうと計画すれば、必ず殺すのだった。一〇人、一五人かかっても、この並々ならぬ大男にはかなわなかった。

ゼンゴ自身は、弁護士が自分を、たんに死刑からまぬがれさせるだけでなく、刑務所からさえ解放してくれると信じこんでいた。あれほど多額の金銭(かね)を弁護士に渡したんだから、弁護士はゼンゴをすくわねばならなかった。

裁判は長びいたが、最後に、弁護士がゼンゴを弁護する順番になった。何がおころうと、まさしく、この法廷でおこるはずだった。ゼンゴは、銃剣を手にした一〇人の憲兵にかこまれて裁判所へ来た。両手に手錠をかけられたゼンゴに向かって、群衆のなかから多くのものが、

「くたばれ！ ゼンゴ！……」

「絞首刑、絞首刑！ ゼンゴ！」

とさけんでいた。

法廷にはいるさい、ゼンゴの手首にかけられていた手錠がはずされた。ゼンゴは、二人の憲兵にはさまれて、法廷へはいってきた。

弁護のために、弁護士が立ちあがって、咳(せき)ばらいした。これは、震えた、怖がった咳ばらいだった。ゼンゴには、弁護されうるようなところは何一つなかった。すべての罪状は、証人たち、記録類から明々白々だった。ただわかってるだけでも、二〇人を惨殺していた。そのほか、わかってないものがどれだけあるか、知れたものではなかった。弁護士は、すくえるかもしれぬという期待から、ゼンゴは精神異常者であると主張したが、診療の結果、ゼンゴが精神異常者でないことが、医師の診断書か

らわかっていた。弁護士がゼンゴを弁護できる言葉は、ほんとうに一つもなかった。法衣の腕のゆったりした袖にいれた手で、まず裁判長を、ついでゼンゴを指さし、口をきった。

「裁判長、および、判事団の皆さま……。私の弁護依頼人は無罪であります。同人の無罪を示すには、そのさわやかなひたい、その同情心にみちた眼を一目見るだけで十分だと思います。裁判所におねがいします。被告席にいる弁護依頼人を、よっく御覧ください。同人に負わされている多くの罪状が、この罪なき、このさわやかな、この明るい容貌から、期待できるでしょうか？　いいえ、できません！」

弁護士は、興奮して熱弁をふるった。この弁論は一時間つづいた。話すさい、声を、あるいは低くし、あるいは高くして、ハープの弦のように震わせ、また、あるいは早く、あるいは遅く、弁じたてた。しかし、その全努力は無益だった。彼のどの言葉も、刑事たちにも、傍観者にも、効果的な影響をいささかも与えなかった。どうあっても、ゼンゴをすくえぬことを知っていた弁護士は、少なくとも、被告からわたされた金銭に報いるよう弁護していた。ただ一人だけ、弁護士の言葉に心を打たれたものがいた。彼は泣いていた。それはゼンゴであった。ひたいの、茶碗のように大きい眼は、涙ぐんでいた。弁護士を見るとき、ほほえもうと努めていた。裁判は、判決をくだすため一か月延期された。

ゼンゴは、法廷から出ると、弁護士の手に接吻した。彼の全生涯を通じて、彼を「良い人物」と呼んだ唯一人の人物は、この弁護士だったのである。

彼は刑務所から弁護士に、さらに、五千リラおくった。それより前にも、多額の金銭をわたしていた。

「神の恵みがあるように。このような弁護士に神の恵みがあるように……」と言っていた。

裁判長が判決をくだした。死刑……。ゼンゴは、弁護士を見て、ほほえんでいた。刑務所から弁護士に、さらに五千リラおくった。

判決が最高裁判所からもたらされ、死刑が承認された。ゼンゴは、

「神の恵みがあるように。このような弁護士に神の恵みがあるように……」と言っていた。

死刑の判決は、議会でも承認された。ゼンゴは笑っていた。うれしそうだった。ゼンゴはすべての金銭(かね)を弁護士にゆずった。

ゼンゴは、絞首台へ連行されるため、独房から出されるとき、

「神の恵みがありますように。このような弁護士に恵みがあるように……」とつぶやいていた。ほほえんでいた。

アズィズ・ネスィン(一九一六―九五)

トルコの作家。宗教的な環境で育つが、のちにイスラームと決別。アンカラの士官学校、イスタンブールの工科技術学校で学んだのち、将校として勤務する。四四年に職権濫用の罪で逮捕されて罷免されたのちは、雑誌や新聞で旺盛な執筆活動を展開する。鋭い社会風刺・政治批判のため、発禁処分ばかりか、たびたび当局に逮捕・拘束される。九〇年代にはサルマン・ラシュディ『悪魔の詩』を翻訳し、議論を呼ぶ。長編・短編・戯曲・詩・コラムなどあらゆる方面で作品を残したが、ユーモアと風刺を特徴とする短編で特に評価が高く、国際的な文学賞も受けている。ペンネームのネスィンは「何者?」の意味。「神の恵みがありますように」は、短編集『あっぱれ』(五九)に収録された。

毒もみのすきな署長さん

宮沢賢治

四つのつめたい谷川が、カラコン山の氷河から出て、ごうごう白い泡をはいて、プハラの国にはいるのでした。四つの川はプハラの町で集まって一つの大きなしずかな川になりました。その川はふだんは水もすきとおり、淵には雲や樹の影もうつるのでしたが、一ぺん洪水になると、幅十町もある楊の生えた広い河原が、恐ろしく咆える水で、いっぱいになってしまったのです。けれども水が退きますと、もとのきれいな、白い河原があらわれました。その河原のところどころには、蘆やがまなどの岸に生えた、ほそ長い沼のようなものがありました。

それは昔の川の流れたあとで、洪水のたびにいくらか形も変わるのでしたが、すっかり無くなるということもありませんでした。その中には魚がたくさん居りました。殊にどじょうとなまずがたくさん居りました。けれどもプハラのひとたちは、どじょうやなまずは、みんなばかにして食べませんでしたから、それはいよいよ増えました。

なまずのつぎに多いのはやっぱり鯉と鮒でした。それからはやも居りました。ある年などは、そこに恐ろしい大きなちょうざめが、海から遁げて入って来たという、評判などもありました。けれども大人や賢い子供らは、みんな本当にしないで、笑っていました。第一それを云いだしたのは、剃刀を二梃しかもっていない、下手な床屋のリチキで、すこしもあてにならないのでした。けれどもあんまり小さい子供らは、毎日ちょうざめを見ようとして、そこへ出かけて行きました。いくらまじめに眺めていても、そんな巨きなちょうざめは、泳ぎも浮かびもしませんでしたから、しまいには、リチキは大へん軽べつされました。

さてこの国の第一条の

「火薬を使って鳥をとってはなりません、

毒もみをして魚をとってはなりません。」

というその毒もみというのは、何かと云いますと床屋のリチキはこう云う風に教えます。

山椒の皮を春の午の日の暗夜に剥いて土用を二回かけて乾かしうすでよくつく、その目方一貫匁を天気のいい日にもみじの木を焼いてこしらえた木灰七百匁とまぜる、それを袋に入れて水の中へ手でもみ出すことです。

そうすると、魚はみんな毒をのんで、口をあぶあぶやりながら、白い腹を上にして浮かびあがるのです。そんなふうにして、水の中で死ぬことは、この国の語ではエップカップと云いました。これはずいぶんいい語です。

とにかくこの毒もみをするものを押さえるということは警察のいちばん大事な仕事でした。

ある夏、この町の警察へ、新しい署長さんが来ました。

この人は、どこか河獺に似ていました。赤ひげがぴんとはねて、歯はみんな銀の入歯でした。署長さんは立派な金モールのついた、長い赤いマントを着て、毎日ていねいに町をみまわりました。

驢馬が頭を下げてると荷物があんまり重過ぎないかと驢馬追いにたずねましたし家の中で赤ん坊があんまり泣いていると疱瘡の呪いを早くしないといけないとお母さんに教えました。

ところがそのころどうも規則の第一条を用いないものができてきました。あの河原のあちこちの大きな水たまりからいっこう魚が釣れなくなって時々は死んで腐ったものも浮いていました。また春の午の日の夜の間に町の中にたくさんある山椒の木がたびたびつるりと皮を剝かれて居りました。けれども署長さんも巡査もそんなことがあるかなあというふうでした。

ところがある朝手習の先生のうちの前の草原で二人の子供がみんなに囲まれて交る交る話していました。

「署長さんにうんと叱られたぞ」

「署長さんに叱られたかい。」少し大きなこどもがききました。

「叱られたよ。署長さんの居るのを知らないで石をなげたんだよ。するとあの沼の岸に署長さんが誰か三四人とかくれて毒もみをするものを押さえようとしていたんだ。」

「何と云って叱られた。」

「誰だ。石を投げるものは。おれたちは第一条の犯人を押さえようと思って一日ここに居るんだぞ。早く黙って帰れ。って云った。」

「じゃきっと間もなくつかまるねえ。」

ところがそれから半年ばかりたちますとまたこどもらが大さわぎです。

「そいつはもうたしかなんだよ。僕の証拠というのはね、ゆうべお月さまの出るころ、署長さんが黒い衣だけ着て、頭巾をかぶってね、変な人と話してたんだよ。ね、そら、あの鉄砲打ちの小さな変な人ね、そしてね、『おい、こんどはも少しよく、粉にして来なくちゃいかんぞ。』なんて云ってるだろう。それから鉄砲打ちが何か云ったら、『なんだ、柏(かしわ)の木の皮もまぜて置いた癖に、一俵二両(テール)だなんて、あんまり無法なことを云うな。』なんて云ってるだろう。きっと山椒の皮の粉のことだよ。」

　するとも一人が叫びました。

「あっ、そうだ。あのね、署長さんがね、僕のうちから、灰を二俵買ったよ。僕、持って行ったんだ。ね、そら、山椒の粉へまぜるのだろう。」

「そうだ。そうだ。きっとそうだ。」みんなは手を叩(たた)いたり、こぶしを握ったりしました。

床屋のリチキは、商売がはやらないで、ひまなもんですから、あとでこの話をきいて、すぐ勘定しました。

　　毒もみ収支計算

費用の部

　一、金　二両(テール)　山椒皮　一俵

　一、金　三十銭(メース)　灰　一俵

　　　計　二両三十銭也(なり)

収入の部

　一、金　十三両　鰻(うなぎ)　十三斤

　一、金　十両　その他見積り

　　計　二十三両也

差引勘定

二十両七十銭　署長利益

あんまりこんな話がさかんになって、とうとう小さな子供らまでが、巡査を見ると、わざと遠くへ遁げて行って、

「毒もみ巡査、

なまずはよこせ。」

なんて、力いっぱいからだまで曲げて叫んだりするもんですから、これではとてもいかんというので、プハラの町長さんも仕方なく、家来を六人連れて警察に行って、署長さんに会いました。

二人が一緒に応接室の椅子にこしかけたとき、署長さんの黄金（きん）いろの眼（め）は、どこかずうっと遠くの方を見ていました。

「署長さん、ご存じでしょうか、近頃、林野取締法の第一条をやぶるものが大変あるそうですが、どうしたのでしょう。」

「はあ、そんなことがありますかな。」

「どうもあるそうですよ。わたしの家の山椒の皮もはがれましたし、それに魚が、たびたび死んでうかびあがるというではありませんか。」

するとすると署長さんが何だか変にわらいました。けれどもそれも気のせいかしらと、町長さんは思いました。

「はあ、そんな評判がありますかな。」

「ありますとも。どうもそしてその、子供らが、あなたのしわざだと云いますが、困ったもんですな。」

署長さんは椅子から飛びあがりました。

「そいつは大へんだ。僕の名誉にも関係します。早速犯人をつかまえます。」

「何かおてがかりがありますか。」

「さあ、そうそう、ありますとも。ちゃんと証拠があがっています。」

「もうおわかりですか。」

「よくわかってます。実は毒もみは私ですがね。」

署長さんは町長さんの前へ顔をつき出してこの顔を見ろというようにしました。

町長さんも愕(おどろ)きました。

「あなた？　やっぱりそうでしたか。」

「そうです。」

「そんならもうたしかですね。」

「たしかですとも。」

署長さんは落ち着いて、卓子(テーブル)の上の鐘を一つカーンと叩いて、赤ひげのもじゃもじゃ生えた、第一等の探偵を呼びました。

さて署長さんは縄(しば)られて、裁判にかかり死刑ということにきまりました。

いよいよ巨きな曲がった刀で、首を落とされるとき、署長さんは笑って云いました。

「ああ、面白かった。おれはもう、毒もみのことときたら、全く夢中なんだ。いよいよこんどは、地獄で毒もみをやるかな。」

みんなはすっかり感服しました。

宮沢賢治（一八九六—一九三三）

日本の詩人・小説家。岩手県花巻の生まれ。少年時代から植物採集や鉱物採集に熱中した。盛岡高等農林学校農学科を卒業した一九一八年から童話を書き始める。二〇年、父との宗教上の対立から上京、自活しながら童話を多産した。同年、妹トシの病を機に帰郷、稗貫農学校の教師を務めながら創作活動を続けた。二四年、詩集『春と修羅』と童話集『注文の多い料理店』を出版したが、本作を含む多くの作品は生前未刊行。賢治の童話は独特な自然観や倫理観に基づき、時に人間の酷薄な本性や自然の残酷な摂理をも暴き出した。二六年に農学校を退職し、下根子桜で自活しながら青年たちを集めて羅須地人協会をつくり、農業や芸術論を講じた。

Cross Current

8 読書案内 悪

本書に収められた**カフカ**の「夏の暑い日のこと……」が気になったひとは、ぜひ同じ作者の未完の長編**『訴訟（審判）』**[★★☆]や、その影響を受けた**安部公房**（あべこうぼう）の長編**『壁』**[★☆☆]を読んでみてはどうでしょうか。『壁』では、登場人物のカルマ氏（この名前自体「業」の意味ですが）は、ふとしたことでわけもなく「悪人」にされてしまいます。周囲の人間の態度は一変し、平穏な日常生活のなかに棲（す）むグロテスクな面がむきだしになっていきます。この二冊を読むと、たんたんとしたお役所仕事や、書類手続きで「悪」がつくられていくのがよくわかります。

小説を読むことの楽しさは、自分ではまずできないおぞましい悪事をやってのける人物に感情移入できてしまうことにもあります。だからこそ、「神がいないのなら、すべては許される」という（身勝手な）思想をいだいた学生ラスコーリニコフが、金貸しの老婆とその罪なき姪を斧で惨殺するという、筋だけ聞けば週刊誌の記事のような、一九世紀ロシアの作家**フョードル・ドストエフスキー『罪と罰』**[★★☆]に、日本もふくめた世界中の人々が熱中したのです。

ドストエフスキーの「神なき世界」は、どんな残酷なことも起こってしまう世の中が前提になっていました。アメリカの女性作家、**フラナリー・オコナー**の短編**「善人はなかなかいない」**[★☆☆]では、刑務所から逃亡した男「はみだしもの（ミスフィット）」は、神の奇跡の不在を理由に、偶然出会った一家を皆殺しにしていきます。ラストシーンは衝撃的ですが、読者は「はみだしもの」に同情もしそうになります。目をそむけたくなる凶行をおこなう人物に、なぜこのような感情をいだくのか、不思議でもあります。

「悪」は、私たちの心の投影でもあります。周囲から悪意しか浴びせられなかった、ネスィン「神の恵みがありますように」のゼンゴは、実際に大悪党になっていきました。パキスタン

ロマン
（国書刊行会）

の女性作家、**ハディージャ・マストゥール**の短編**「ダーダーと呼ばれた女」**［★☆☆］では、主人公の女性は、やはり社会からはみだしてしまい、厭(いと)われて、自ら「悪い奴」を意味する「ダーダー」を名のって、あらゆる悪事に手を染めていきます。

人の手によって生み出された「悪」を描いた古典的な作品は、一九世紀英国の女性作家**メアリー・シェリー**の**『フランケンシュタイン』**［★★☆］でしょう。フランケンシュタイン博士につくられた名もなき人造人間は、人間あつかいされないがため、まさに「怪物」になってしまいます（この「怪物」が、創造主である人間フランケンシュタインの名前で一般に知られているのは象徴的な事態です）。

宮沢賢治の「毒もみのすきな署長さん」では、「悪」が自分のアイデンティティそのものであるような人物が出てきました。**伊藤計劃(いとうけいかく)**の**『虐殺器官』**［★☆☆］では、米国情報軍に属するクラヴィスは、日常的に人間を殺しているという「罪」が自分の存在を形作っていると感じています。しかし、人間にもとより人を殺さなくてはならないという虐殺のプログラムが仕込まれていたらどうでしょうか。殺人すらも、自分が自分であるための根拠にはならないありふれた日常だ、という現実を書いたという意味では、やはり現代的な作品でしょう。

最後に、こういった文学そのものを破壊する「悪」を描いた作品をあげておきます。現代ロシアの作家、**ウラジーミル・ソローキン**の**『ロマン』**［★★★］です。主人公の青年「ロマン」（この名前自体、「小説」の意味になっています）は、のどかな結婚式の夜に、『罪と罰』ばりの斧を手に、村のひとびとを皆殺しにしていきます。一九世紀的な小説に対するアンチテーゼですが、その長い描写は途中から凄惨というよりは、儀礼的な、羅列的な、滑稽なものになっていきます（当然ながらロマンその人自身も解体されていきます）。文学をつかって思いつくかぎりの不謹慎なこと、「悪」をやってやろうとした怪作です。

（秋草）

Column

8

コラム

メタモルフォーゼ

代わり映えのしない自分ではなく、全く別の誰かに変身できたらいいな、と夢見たことはないだろうか。現代の映画やアニメには、ごく普通の人が変身してヒーローやヒロインになり、みんなを救う物語があふれている。

人間が動物や植物、あるいはモノに姿を変えること、またその逆に人ならざるモノが人に姿を変えることを、ギリシャ語の「メタモルフォーシス」に由来して「メタモルフォーゼ」と呼び、それをモチーフにした物語は「変身譚（たん）」と呼ばれる。あらゆる時代と地域に見出される「変身譚」は、物語の生まれた気候や風土の影響を受ける。極北の大自然で暮らす人々の紡いだ民話、広大な草原を駆ける遊牧民の物語、灼熱のアフリカで育まれた諸民族の伝承などを、読み比べてみるのも面白い。ラフカディオ・ハーンは『怪談』において、「雪女」や「むじな」など、日本に伝わる変身譚を紹介した。コンゴの現代作家カマ・シウォール・カマンダは、寓話集『グリオの夜』で、アフリカの民間伝承をいきいきと描いている。

後世の文学や美術にもっとも大きな影響を与えたのは、古代ローマの詩人オウィディウスによって書かれた『変身物語』だろう。大神ゼウスは、人間界の美女を誘惑するために、白鳥や雄牛、黄金の雨に姿を変えたとされる。白い牛に化けたゼウスにだまされ、その背に乗って海を渡った美女エウロペは、「ヨーロッパ」の語源となった。

「メタモルフォーゼ」は神の力を表すだけではなく、人間への祝福や神罰としてひき起こされもする。ペローの『寓話集』で、妖精の魔法で姫君に姿を変えるシンデレラは、内面の美しさが外見に反映されたとも読める。野獣が真実の愛に目覚め高貴な王子に戻る「美女と野獣」は、呪いから解き放たれ本来の自分を見出す話だ。

人間界と自然界をつなぎ、さらに幻想や神秘性を織りこむ「メタモルフォーゼ」の物語は、一九世紀の作家たちも好んだ。スウェーデンのハンス・アンデルセンは、地上に憧れて人の脚を手に入れるが、恋に破れ海の泡となって消える『人魚姫』の悲劇を描いた。イギリスのブラム・ストーカーの怪奇譚、『吸血鬼ドラキュラ』は、人間の心の奥底に潜む、不気味な獣性を暴いている。

現代文学にも、「メタモルフォーゼ」のテーマは生きのびた。フランツ・カフカの『変身』（一九一五）では、主人公グレゴール・ザムザの姿が、ある朝起きると巨大な虫に変わっている。中島敦（なかじまあつし）の『山月記』（一九四二）では、山中に消えた若き詩人が虎と化す。

現実には不可能なはずの「メタモルフォーゼ」が、文学の世界では時に現実を超えるリアルとして迫ってくる。肉体という器に閉じ込められた悩める人の魂は、本来あるべき自由に憧れ、想像の中で自然との一体化を求めるのかもしれない。

（福田）

Chapter 9

La vie et la mort 9章

生死

この世のむこう側

いま生きている私たちは、生きているからこそいつかは必ず死にます。大切な家族とも、親しい友だちとも、別れる日が来ます。愛しい存在を悼む涙を流す日も、想い出に浸るうちにいつしか忘れる日も来るでしょう。ときに理不尽な不意打ちに襲われて、ときに自ら求めるかたちで、人間の生はぷつりとはかなく途切れるものです。そして自分が死ぬときはたった一度きり。誰にも代わってもらえません。いのちの果てにあるのは、生との断絶、まったくの虚無なのでしょうか。

《この世のむこう側》には、いったいどんな世界があるのでしょう？国や時代、言葉がちがっても、このことを問いかけなかった文学はおそらくないのです。本章に収められた作品は、死を生の対極にあるもの、恐れ遠ざけるべきものとは描いていません。「おだやかな夜」にあらがう、強烈に燃焼された生を訴える詩があります。生と死のはざまの世界を漂う幻のようないのちの物語、あるいは平凡な日常に訪れる不思議な死者の物語は、生と死が共にある世界を描いています。

あのおだやかな夜におとなしく入ってはいけない

Dylan Thomas
ディラン・トマス

田代尚路 訳

あのおだやかな夜におとなしく入ってはいけない。
老人は日の終わりに、燃え上がり、荒れ狂うべきだ。
激怒せよ、憤怒せよ、消えゆく光に向かって。

賢人は死に際、闇が必然だと知るが、
自分の言葉が稲妻を走らせたことなどなかったから、
あのおだやかな夜におとなしく入ってはいかない。

善人は最後の波が迫りくるとき、この世でのはかない行為が
緑の入江できらめいていたならどんなに眩(まぶ)しかったろうと泣き叫び、

激怒する、憤怒する、消えゆく光に向かって。
野性人は、飛翔（ひしょう）する太陽を捉え、歌い上げてきたが、
実は太陽が進みゆくのを嘆いていたのだと、遅まきながら悟り、
あのおだやかな夜におとなしく入ってはいかない。

真面目な人は死に瀕（ひん）し、潰（つい）えゆく視力で、
何も映さぬ眼（め）も流星のように燃え立ち、明るむことができるのを見て、
激怒する、憤怒する、消えゆく光に向かって。

そして、悲しい高みにいる父よ、
激しくほとばしる涙で、どうかぼくを呪ってくれ、罵ってくれ。
あのおだやかな夜におとなしく入ってはいけない。
激怒せよ、憤怒せよ、消えゆく光に向かって。

ディラン・トマス（一九一四—一九五三）

イギリス、ウェールズの詩人。スウォンジー・グラマースクール在学中から詩の創作をはじめる。一九三四年、詩「太陽が照らぬところに光が差す」が『リスナー』誌に掲載され、T・S・エリオットらの注目を浴びた。生と死の循環に視点を置きつつ、そこにキリスト教やウェールズの伝承、さらにはフロイト心理学から借りたイメジャリーを取り込んだ作風が特徴的である。代表作は、本作「あのおだやかな夜におとなしく入ってはいけない」（四七）のほか、「緑の導火線を通して花を駆りたてる力」（三三）、「ファーン・ヒル」（四五）など。五三年、滞在中のニューヨークで過度の飲酒が原因で急死する。

沖合の少女

Jules Supervielle
ジュール・シュペルヴィエル

福田美雪 訳

海の上にたゆたうこの道は、どうやってできたのでしょう？　どこの船乗りが、どんな建築家の手を借りて、深さ六千メートルもの大西洋の沖合の水面に、これをつくったのでしょうか？　色あせて青灰色へと変わった赤レンガの家々が建ち並ぶこの長い通りを、スレートや瓦葺き（かわらぶ）の屋根を、つつましく代わり映えのしない店を？　そして小窓のたくさんついたあの鐘楼は誰が？　また、中は海水に満たされているだけなのに、ビンの破片を刺しこんだ壁をめぐらせて庭園のように仕立てられ、ときおり壁の上を魚がはねるこの場所は、いったい誰の手によるものなのでしょう？

どうやってこれらのものは、寄せては返す波に小ゆるぎもせず、建ったままでいるのでしょう。

そしてこの、一人ぼっちの十二歳になる少女。まるで固い地面を歩くかのようにしっかりと、水の道の上を木靴で歩むのです。どうしてこんなことが起こったのでしょう？

これらのことを眺めたりわかったりするにつれて、その次第を語ることにしましょう。それでも、謎のままに残ることもありますが、それは仕方ありません。

船が近づいてくると、水平線上にその姿が現れもしないうちから、少女は深い眠りに襲われ、村も完全に波の下に消えてしまうのです。ですから、船乗りたちの誰一人、望遠鏡の端っこにでも村を見とがめることはなく、その存在を想像したことさえありませんでした。

子どもは、自分が世界にたった一人の少女だと思いこんでいました。そもそも、自分が少女であるとわかっていたのでしょうか？

彼女はちょっとすきっ歯で、小鼻も少々上を向きすぎ、たいそう可愛(かわい)らしいとは言えませんでした。けれども透き通るような白い肌をしており、そこにいくつかの穏やかさのしみ、つまりはそばかすが散っていました。そして、控えめながらきらきら輝く灰色の瞳によって動かされるかのような、その小さな姿は、時の奥底から肉体をつらぬいて魂にまで届くような大きな驚きを、あなたにももたらすことでしょう。

この小さな街のただひとつの通りで、子どもは時おり左右を見渡すのでした。まるで誰かが軽く手を挙げるか会釈するかして、親しげな挨拶を送るのを待っているかのように。しかしそれは、彼女がわれ知らず与える印象に過ぎません。というのも、この辺鄙(へんぴ)でいまにも消えそうな村に、何ものも訪れるはずがなかったからです。

何を食べて少女は生きのびているのでしょう？　釣りでもするのでしょうか？　そう考えるのはよしましょう。彼女はたんすや台所の食料戸棚に食べ物を見つけるのでした。二日か三日おきには肉もありました。ジャガイモやそのほか数種類の野菜、時々は卵なんかも。

食料はひとりでに棚の中に生じるのです。少女がつぼの中からジャムをすくって食べても、それは依然として手つかずのまま減らないのでした。まるで物事がある日この状態になり、それが永遠にそのまま続くかのように。

朝がくると、パン屋の大理石のカウンターの上に、紙にくるまれた焼きたてのパンが半リーヴル[1]、少女を待っているのでした。でもカウンターの向こうに誰の姿もなく、パンを彼女に差し出す手も、いや指一本さえも、見たことはなかったのです。

彼女は朝早くから、いろんな店の金属のシャッターを上げて回るのでした（こちらには「居酒屋」、あちらには「鍛冶屋」、「モダンなパン屋」、「小間物屋」などと書いてありました）。そしてあらゆる家のよろい戸を開け、海風にあおられないよう固定し、天気によっては窓を開けっぱなしにしたり閉めたりします。いくつかの家の台所ではかまどに火をおこし、三、四軒の屋根から煙が立ちのぼるようにしました。

陽が沈む一時間前になると、彼女は淡々とよろい戸を閉めはじめます。そして波形のシャッターを下ろして回るのでした。

少女はなにがしかの本能、あらゆることを見張るようにと突き動かす日々の霊感によって、これらの仕事をこなすのでした。暖かな季節には、どこかの窓辺にカーペットを干したり、シーツをかわかしたりしました。何としてもこの村を人が住んでいるかのように、できるだけそれらしく見せかけるかのように。

そして一年を通して、少女は吹きっさらしの村役場の旗を手入れしなければなりませんでした。

夜になると、ろうそくをともしたり、ランプの灯の下で縫物をしたりしました。街の何軒かの家には電気が通っており、彼女はごく自然で優雅な動きでスイッチをひねるのでした。

一度だけ、少女はある家の扉のノッカーに、黒い喪章を結びつけたことがあります。こうすると見た目にいいと思ったのでした。

二日間そのままにしておいて、それからひっこめました。

別のときには、なにかニュースを知らせるかのように、いきなり村の太鼓を叩き始めました。海の端から端まで響きわたるような声で、何かを叫びたいという荒々しい衝動にかられたのです。しかし、喉がつまってまったく声を出すことができません。顔や首が水死人のように黒ずんでしまうほど涙ぐましい努力をしてもだめなのです。それで太鼓をいつもの場所、村役場の大ホールの左奥のすみっこに片づけねばなりませんでした。

少女は螺旋階段を通って、鐘楼まで上るのですが、その階段は、姿を見たこともない無数の足にすり減らされていました。ゆうに五〇〇段はあるにちがいないわ、子どもは考えていました（実際には九二段でしたが）。黄色いレンガのすきまから、見渡せる限りの青空がのぞけます。そして昼も夜も正確な時刻に鳴らせるように、ハンドルを巻き上げて錘式の大時計を満足させねばなりませんでした。

地下聖堂や祭壇、暗黙の命令をくだす石の聖人像、きちっと並んで老若男女を待ち受ける、かすかにささやくような椅子の列、金の装飾が歳月と共にくすみ、なおも古びようとしている礼拝堂。これらすべてのものが子どもを惹きつけ、また遠ざけもするのでした。彼女はけっしてこの高い建物のなかに入らず、ただ時おり手持無沙汰なときに、クッションを張った扉のすきまからのぞき、息を殺してすばやく中の様子を見るにとどめていました。

少女の部屋にあるトランクの中には、家族関係の書類が入っていました。ダカールやリオデジャネイロ、香港などからきた何通かの絵はがきも。シャルル、ないしはC・リエヴァンというサインが記され、（北）ステンヴォルドに宛てたものでした。沖合の少女は、こうした遠くの国々も知らないばかりか、このシャルルとかステンヴォルドが何のことかもわかりませんでした。

たんすの中には、写真アルバムもしまってありました。写真のうち一枚は、大海原に住むこの少女にじつによく似たひとりの娘を写したもので、彼女はよくそれをうやうやしく眺めるのでした。少女にとって写真の娘は、自分より正当なもの、本物として映りました。娘は輪回しの輪を手にしています。少女も村じゅうの家で、同じような輪を探しました。そしてある日、やっと見つけたと思いました――樽(たる)にはめる鉄のたがだったのですが――。少女が輪を回して海の道を走ろうとしたとたん、それは沖合のほうへと転がっていってしまいました。

別の写真では、娘は船乗りの恰好をした男と、めかしこんだ痩せぎすの女に挟まれて立っています。沖合の少女は、男というものも女というものも一度も見たことがなかったので、この人たちは何をしたいのかしらと、長い間いぶかったものです。夜更けにふと、稲妻に打たれたように頭がはっきりする時など、そのことを考えていました。

毎朝少女は大きなランドセルをしょって、村の学校に通いました。中にはノートや文法書、数学、フランス史、地理の教科書が入っています。

少女はまた、学士院会員でソルボンヌ大学教授のガストン・ボニエと、科学アカデミーの受賞者ジョルジュ・ド・レイアンの共著である、ありふれた植物や実用的な植物、有害な植物など、八九八の図版が載った小さな図鑑も持っていました。

少女はその序文を読み上げます。

「温暖な季節には、いともたやすく野原や森の植物を大量に採集することができる。」

けれど、歴史、地理、国々、偉人たち、山々、河川や国境など、これらすべてのことが、大海原でもっとも孤絶された、小さな街のひと気のない通りしか知らない子どもに、どうして理解できたでしょう？　そもそも地図上で見ている大洋にしたところで、彼女はその上に自分が暮らしているのだとは知りませんでした。ある日、一瞬だけそんなことを想像しましたが。しかし少女はばかげた危険な思いつきだわと振り払ってしまいました。

時として、少女はこの上なく従順に耳をすまし、いくつかの単語を書きつけました。耳を傾けては、また書き始めるという具合です。まるで見えない先生から書き取りの試験を受けているかのように。そして文法書を開き、お気に入りの六〇ページの練習問題一六八番の上に、長いこと息をつめて顔をうつむけるのでした。その箇所では、文法書が沖合の少女に直接ことばを語りかけてくれるような気がするのです。

「あなたは――ですか？　あなたは――考えていますか？　あなたは――話していますか？　あなたは――ほしいですか？　――話しかけるべきですか？　いったい――起きたのですか？　――責めているのですか？　あなたは――できますか？　あなたは――してしまったのですか？　いったい――問題ですか？　このプレゼントを――もらいましたか？　ああ！　――不満なのですか？

（――の部分に、必要に応じて助詞を補い、適切な疑問代名詞を書き入れなさい。）

時々少女は、なにかしら文章を書きつけたいという強烈な気分に駆られます。そして精一杯集中してそれに取り組むのでした。

たくさん書いたうちの一部は、このようなものです。

「これを分けましょう、いかが？」

「私のいうことをよく聞いて。お座りください。お願いだから、動かないで！」

「もしここに高い山の頂の雪が少しでもあったなら、一日はもっと早く過ぎるのに。」

「泡よ、私をとりまく泡よ、いつかはなにか固いものになってくれないの？」

「輪舞を踊るためには、少なくとも三人必要です。」

「それはほこりっぽい道を逃げ去ってゆく、首のない二つの人影でした。」

「夜、昼、昼、夜、雲たち、そしてトビウオたち。」

「物音が聞こえたと思ったのですが、それは海鳴りでした。」

少女はまた、小さい街や彼女自身のニュースをつづった手紙をしたためました。誰に向けたものでもなく、末尾で誰にキスを送ることもなく、封筒の表には宛名もありません。

手紙を書き終えると、少女はそれを海に投げます――厄介払いするためではなく、きっとそうすべきものだと思うから――おそらくは、遭難した航海士が絶望して、ビンのなかに最後のメッセージを入れて波に託すような気持ちで。

波に浮かぶこの街では、時間が過ぎないのでした。少女はいつまでも十二歳でした。部屋のたんすについた鏡の前で、いくら小さな胸を膨らませようとしても無駄なこと。ある日は、アルバムの中の娘と、広いおでこやお下げ髪がそっくりなのにうんざりしました。少女は自分自身にも、そして肖像写真にもいらだち、実年齢以上に大人っぽくしようと、髪をほどいてばさっと肩に散らしました。もしかしたら周りを取り巻く海でさえも、彼女の変化を受けて、泡立つひげを生やした大きなヤギの姿をとって、見物に駆けつけてくるのではと期待したのかもしれません。

ところが、大海原は虚ろなままで、いくつかの流れ星のほかに、少女を訪ねるものはありませんでした。

ある日のこと、まるで運命がうっかりしたかのように、亀裂が生じました。蒸気を吐き出す本物の小さな貨物船が、この村の海の道に近づいてきたのです。ブルドッグのように一徹で、ほとんど荷を積んでいないものの、しっかり波をとらえる貨物船（喫水線の下に入った美しい赤い縞が、陽光にきらめいていました）が通り過ぎる間、家々が波間に消えることもなく、また少女が眠気に襲われることもありませんでした。

ちょうど正午でした。貨物船はサイレンを鳴らしましたが、その音が鐘楼の鐘にかき消されることもなかったのです。それぞれの音は、別々のものとして響きました。

人間が立てる物音を初めて耳にした少女は、窓辺に駆け寄ると、あらん限りの声で叫びました。

「助けて！」

そして、小学校のスモックを船に向かってはためかせました。

舵を取る水夫は振り向きもしませんでした。ひとりの水夫がたばこの煙を吐き出しながら、まるで何事もないかのように、デッキを横切りました。他の船乗りたちは、下着の洗濯を続け、舳先のほうではイルカたちが、スピードを上げる貨物船に道を譲るかのように、わきへ退いていきました。

少女はすばやく道に下りたち、船が通りすぎた跡に身を横たえて、その航跡に長々と口づけをしました。あんまり長くそうしていたので、ふたたび身を起こした時には、もう航跡は記憶をもたない無垢なる海の一端にすぎませんでした。家に帰ると、少女は「助けて！」と叫んだことに我ながらびっくりしました。そのとき初めて、この言葉の真の意味を理解したのです。その意味が子どもを怯えさせました。男たちには声が届かなかったのかしら？　それとも、耳が聞こえないか、目が見えないのかしら？　もしくは、海の深さよりもなおつれない人たちだったのだろうか？

そのとき、ひとつの波が少女を迎えにやってきました。明らかに遠慮して、いつも村とは距離を置いていましたが、並外れて大きな波で、他の波よりもずっと大きなしぶきをあたりにまき散らすのでした。てっぺんには、本物を完璧に真似（まね）てつくった二つの泡の瞳がありました。いくつかの事柄についてては理解し、またそのすべてに賛成しているわけではない、そんな波だとも言えたでしょう。一日に何百回も生まれては消えるのですが、よくできている二つの瞳は必ず波頭の同じところに忘れずにつけ直していました。なにかに興味をひかれると、その波は七秒おきにうねりを繰り返さねばならないことも忘れ、その波頭を一分近くも空中にとどめている姿が見受けられました。

この波はもう長いこと、少女になにかしてやりたいと思っていましたが、何をすべきかがわからなかったのです。でも、貨物船が遠ざかってゆくのを見て、とり残された少女の不安を理解しました。もうためらうことなく、波は一言もいわずに、少女をそこから遠くない場所へと、手をとるように連れ去りました。

波ならではの流儀で少女の前にひざまずくと、この上ないうやうやしさをこめて、波は少女をふところの奥へとくるみこみました。まるで死の力を借りて彼女を奪いとろうとするかのように、とても長いことそのまま抱きかかえていました。少女もまた、波の重大な企てを手伝おうと、息を殺し続けました。

しかしついに目的は遂げられず、波は少女を、ウミツバメよりも小さくなるまで高々と空中に放り上げました。ボールのように投げては受けとめされるたびに、少女はダチョウの卵ほどもあるあぶくの間に落ちてくるのでした。

とうとう、何も起こらず、子どもに死をもたらすこともかなわないとわかった波は、涙の詫びを込めた大いなるさざめきを上げて、少女を家へと連れ戻しました。

そして、かすり傷ひとつ負わなかった少女は、希望もなくよろい戸を開け閉めする日々をまた始めることになりました。水平線上に船のマストが現れるたびに、海のなかにしばらく姿を消す日々を。

甲板の手すりに肘をもたせかけ、沖合で夢を見る船乗りさんたち。あまり長い間、宵闇のなかで愛(いと)しい面影に想(おも)いを馳(は)せることのないように！　あなたは人っ子一人いないどこかの土地に、ひとつの存在を生みだしてしまうかもしれません。まったき人間の感覚がそなわっていて、死ぬことも生きることも、愛することもできないのに、それでいて生きもすれば愛しもするし、たえず死の淵にいるかのような存在――海の孤独に取り巻かれた、はてしなく恵まれないひとつの存在を。まるでこの大海原に住む少女のように。彼女はあるとき、四本マストの帆船「ル・アルディ（大胆）」号の船員、ステンヴォルド出身のシャルル・リエヴァンの頭の中から生まれました。彼は航海中に、十二歳になる娘を亡くしたのですが、ある晩、北緯五十五度、西経三十五度地点において、あんまり長い間その子のことを強く思いつめすぎたのです。少女にとってはじつに不幸なことでした。

訳注

（1）重量の単位で一リーヴルは五〇〇グラムを指す。

ジュール・シュペルヴィエル（一八八四―一九六〇）

フランスの作家。ウルグアイに生まれるが、生後まもなくフランス人の両親を亡くし、叔父夫婦に引き取られる。九歳頃に自らの生い立ちを知るとともに、物語を書き始める。中等教育以降はパリで受け、フランス語で執筆するが、二つの国を行き来しながら南米の作家たちとも交流した。第一次世界大戦後に発表した詩集が「新フランス評論」（N.R.F.）グループの目に留まり、詩集『船着場』（一九二二）、『引力』（二五）はとくに高く評価された。散文のような詩、詩のようなコントなど、既存の形式から自由な文体がシュペルヴィエル作品の特徴である。第二次世界大戦中は、ウルグアイに留まることを余儀なくされ、戦後に在パリ・ウルグアイ公使館に属しながら、幅広いジャンルで文筆活動を展開。とくに後期作品では、聖書や神話に想を得た神秘的な物語世界を紡いだ。現実と幻想、生と死のあわいを揺れ動く作風がひときわ表れた本作は、一九三一年に刊行された短編集の表題作である。日本でも、堀口大學らの訳によって広く親しまれてきた。

世界でいちばん美しい溺れびと

Gabriel García Márquez
ガブリエル・ガルシア＝マルケス

山辺弦 訳

沖の方からこちらへやってくる、秘密めいた黒いかたまりを最初に見つけたこどもたちは、敵の船にちがいないと胸を躍らせた。旗もマストも立っていないのを見てこんどは、ひょっとしてクジラかもしれないと考え直した。けれど、浜に打ち上げられたかたまりから、山のような海藻（サルガッソー）やクラゲの足や、魚やら難破船の残骸やらをとりのぞいてみてようやく、それがじつは溺死体だったと気づいた。

こどもたちは午後のあいだずっと溺死体と遊び、砂に埋めたり掘り返したりしていたが、ある人がたまたまそれを見て、これは一大事と村じゅうに知らせてまわった。いちばん近くの家まで溺死体をかついでいった男たちは、これまでのどんな死人よりももっと重い、馬ほどもある重さなのに気づいて、あんまり長いこと海に浮かんでいたせいで、骨の髄まで水が染みこんでいるのだろう、と口々に言いあった。地面に横たえてみると、どんな男よりもずうっと大きく、家にもやっとのことで入ったくらいだったが、考えられるのは、おそらく溺死体のなかには死んでからますます大きくなるものもあるのだろう、ということだった。海の匂いを放ち、コバンザメや泥んこを鎧（よろい）のように身にまとっていたから、人間の死体ではないかと思える手がかりはその姿かたちのほかにはなかった。

顔の汚れをとってやらずとも、誰かよそものの死体だということはわかった。村には粗末な板小屋がやっと二〇ばかり、花もない石ころだらけの中庭といっしょに、荒れ果てた岬の端にぽつりぽつり立っていた。土地がほんのわずかしかないばかりに、母親たちは風がこどもをさらっていきはしないかといつも怯えていたし、長い年月のあいだには何人か村から死人も出たが、その死体は崖から放り捨てなければならなかった。けれども海はいつも穏やかで、魚は大漁に獲れ、男たちの数はみんな合わせてもボートが七艘あれば足りた。だから溺死体を見たときも、ただお互いに顔を見合わせさえすれば、みんながそこに揃っていることはわかった。

その日の夜、みなは漁に出るのをやめた。男たちは近くの村々にでかけて、行方のわからなくなった者はいないかと訊ねてまわり、女たちは残って溺死体の世話をしてやった。ハネガヤ編みのタワシで泥を落としてやり、髪に絡んだ海の底の小石をほどき、鉄でできた魚のうろこ取りでコバンザメをこそぎ取ってやった。そうしているうちに女たちは、死体にくっついた海草が遠い海の底深くに生えるものだということや、着ている服はまるでサンゴの迷宮のなかをさまよってきたみたいに、ぼろぼろにちぎれていることに気がついた。そのうえ、海で溺れた者のようにさびしそうな顔つきも、川で溺れた者のように困り果てた痛々しい表情も見せずに、気高く死を耐え忍んでいるのがわかった。けれど、死体をすっかりきれいにしてみてはじめて、女たちはそれがどんな男だったのかに気づき、息を呑んだ。これまでに見たこともないほど、いちばん背が高く、いちばん力強く、いちばん男らしく、いちばん逞しいというだけでなく、いま目の前に見ているはずなのに、本当にこんな男がいるのだなんて夢にも信じられないほどだった。

村じゅうを探しても、その溺死体を寝かせられるほど大きなベッドも、お通夜に使えるほど頑丈なテーブルもなかった。村いちばん背丈のある男たちのよそいきのズボンも、いちばん体格のいい男たちが日曜日に着るシャツも、いちばん足が大きな男たちの靴も入らなかった。場違いなほど巨大で美しい溺死体に心奪われた女たちは、死んでもちゃんとしていられるようにと、縦帆のきれはしを使ったズボンと、嫁入り道具の麻布を使ったシャツを作ってやることにした。みなで輪になって座り、一針ごとに死体を眺めやりながら縫っていたが、その夜くらい風がしつこく吹きつけ、カリブの海がざわついていたことはついぞおぼえがなかったので、それもどうやらこの死人とかかわりがあるように思えた。もしこの立派な男がこの村に住んでいたなら、男の家の戸口はどこよりもゆったりとして、天井はどこよりも高く、床はどこよりもしっかりとしたものになったろう、ベッドの枠は船のあばら木と鉄のボルトで組まれ、男の妻となった女は村いちばんの幸せ者になったことだろう。堂々とした男ぶりのあまり、海の魚だってただ名前を呼ぶだけで獲られにやってきたことだろう、せっせと精を出して働くものだから、この上なく不毛な岩地にも泉を湧き出させ、あの崖に花の種を蒔くことだってできただろう。女たちは男をこっそり自分の亭主と比べてみたが、この男がたった一晩でやってのけることも、うちの人には一生かかったってできやしないだろう、そう考えると、だんだんと夫が世間でいちばん頼りないしみったれに思えて、心底うんざりした。そんな出口のない絵空事に迷いこんでいると、なかでもいちばん歳取った女が、さすがはいちばん歳を重ねているだけに、愛しいというよりは痛ましいと言いたげに溺死体を見つめていたかと思うと、溜め息まじりにこう呟いた。

「名はエステバンって顔をしてるね」

その通りだった。ほとんどの女はもう一度顔を見ただけで、そのほかの名前なはずはないと腑に落ちた。いちばん若い女たちがいちばん意固地になって反対し、もし洋服を着せ、エナメル革の靴をはかせて花で飾ってやれたら、きっとラウタロって名前に思えるはずよ、と夢見て譲らなかった。でもそれはしょせん夢物語だった。布地はけっきょくわずかしか集まらず、裁ち方もまずければ縫い方はもっとひどいズボンは小さすぎたし、心臓の奥に不思議な力が残っているのか、シャツのボタンは何度も弾け飛んだ。真夜中過ぎには、びゅうびゅう吹いていた風の音も先細り、海も水曜日のまどろみに落ちていった。訪れた静けさが、もはや少しの疑いさえも消し去ってしまった。間違いなく男はエステバンだった。服を着せてやったり、髪をとかしてやったり、爪を切ったりひげをそぎ落としてやったりしていた女たちは、彼をこのまま地べたに放り出しておくより仕方がないと思うと、痛ましさに胸が震えるのを抑えられなかった。いまやはっきりとわかるのは、死んでまでも持て余すようなこの途方もない体を抱えて、生前はさぞ惨めな思いをしていたに違いない、ということだった。戸をくぐるときは横向きになり、梁には頭をぶつけてばかり、よその家を訪ねようものなら、柔らかく赤らんだ蟹のような手をどこへやったものかわからずに突っ立っている、そんな人生に縛りつけられた彼の姿が目に浮かんだ、いっぽうその家の奥さんはいちばん頑丈な椅子を探しだしてきて、生きた心地もしないくらいに肝を冷やしながら、エステバンさん、お願いだからどうかおかけになって、と言うのだが、彼のほうは壁にもたれかかり、笑顔を作りつつ、奥さん、どうぞお構いなく、このままで結構ですから、と、かかとは剝き出しのまま口にするその答えは、よその家にいくたび繰り返され、背中は赤く擦りむける、奥さん、どうぞお構いなく、このままで結構ですから、そうするのもただ、椅子をばらばらにして恥をかかないためだった、たぶん彼はまるで気づいてもいなかっただろうが、まだ帰るなよエステバン、コーヒーが沸くからそれだけでもさ、そう言ってくれていた人たちは、彼が帰ったあと手のひらを返し、もうあのウドの大木はいなくなった、助かったよ、とんまな色男がいっちまってさ、そう陰でささやいていたのだ。こんな風なことを、夜が明ける少し前に、死体を前にした女たちは考えていた。しばらくして、朝日がまぶしくないようにと顔にハンカチをかけてやった姿を見ていると、もう生き返ることはなく、助けてやることもできない、それは自分たちの夫だってなんら変わりはしないとしみじみ感じられ、女たちの心にはせきを切ったように涙が溢れはじめた。すすり泣きをはじめたのはいちばん若い女の一人だった。ほかの女たちは、お互いに元気づけあっていたものの、やがて溜め息が嘆きへと変わり、すすりあげればあげるほど泣きたい気持ちが高まっていった、というのも女たちにとって、時間が経つにつれますますその溺死体はエステバンへと変わりつつあったからで、彼を悼んで泣きに泣いたものだから、ついには彼こそがこの世でもっとも寄るべのない、もっともおとなしく、もっとも律儀な男、あの哀れなエステバンとなったのだった。だから男たちが帰ってきて、この溺死体は近くの村の者でもなかったと知らせたとき、女たちは涙にかきくれながらも、つかの間の歓喜を覚えたのだった。

「神様、ありがとうございます！」女たちは吐息まじりに言った。「この人はわたしたちのものよ！」

男たちはこの大騒ぎを、女たちがまたくだらないことに夢中になっているんだとしか考えなかった。夜じゅうあちこちを訊ねまわって疲れ果てた男たちの望みは、ただとにかく、雨も降らず風もない昼間がきて、焼けつくような太陽が燃え盛るそのまえに、この突然現れた厄介事を始末してしまいたい、ということだけだった。彼らは帆布と帆竿の余りで即席の担架をいくつかこしらえ、船用の長い縦梁にくくりつけて、重い死体を崖まで支えていけるようにした。くるぶしには商船の錨を鎖でつなごうとした、そうすれば目の見えない魚が泳ぎ、潜水士でさえ元いたところに死ぬほど戻りたくなるような海のいちばん深くまで、まっすぐに沈みこんでいき、これまでほかの死体に起きたように、悪い海流のせいで岸辺に押し戻されるようなこともないはずだった。だがさっさと片づけようとすればするほど、女たちは思いつく限りのあの手この手で、時間稼ぎをこころみるのだった。驚いためんどりみたいにあたりをうろちょろしながら、大きな箱のなかから海難除けをつまみ出してきたかと思えば、こちらでは溺死体の首に順風満帆のお守りをかけてやりたいと言って邪魔をし、あちらでは導きの腕輪をはめると言って邪魔をする、そんな具合だったから、女たちそこをどきな、邪魔にならねえとこへいくんだ、おいこら、仏さんの上に転んじまうとこだったぞと、何度もそうわめいているうちに、男たちの腹のなかには疑いの気持ちが湧き起こり、なんだってこんなよそものに、大祭壇かってくらいこんなにじゃらじゃら飾り立ててさ、カモに山ほど鍋釜しょわせてやったところで、サメたちはむしゃむしゃ食らいつくだろうによ、とぶつくさ言いはじめたが、女たちのほうではお構いなしに、安物だが自前の供えものを手に持ち腕に抱き、足はよろめきながら、涙で足りないぶんは溜め息となって出ていく、それでとうとう男たちは思うさまぶちまける、いったいなんでこんなにばか騒ぎしてるんだ、こいつはただの流れ仏、どこの馬の骨かもわからない溺死体、糞ったれの死骸なんだぞ。そのとき、こんなにも心ない言葉に悔しくなった女の一人が、死体の顔からハンカチをどけた、すると男たちまでもがはっと息を呑んだのだった。

男はエステバンだった。あらためてそう言わなくても彼だとわかった。もしこの人の名前はウォルター・ローリー卿だと教えられていたならば、英米風の喋り方や肩に乗った金剛インコ、人食い族を殺してしまう火縄銃を思い浮かべて、男たちですら畏れいっていたことだろう、でもエステバンはただ世の男の一人にほかならず、そこにニシンみたいに転がっているのだった、靴ははかず、はいているズボンは寸足らずで、爪はといえばナイフでしか削れないほどごつごつしていた。ハンカチを取って顔を見ただけで、彼が恥ずかしい思いをしているのがわかった、こんなに体が大きく、こんなにどっしりとして、こんなに美しい顔をしているのは、けっして彼が悪いわけじゃないとわかった、もしこんなことになると知っていたなら、きっと溺れ死ぬにももっと迷惑のかからないところにしていたことだろう、本当に、自分で首にガレオン船の錨を巻きつけておくのでした、そうして事故のふりをしてあの崖から転げ落ちていれば、こんな風にあなた方の仰る糞みたいな死人としてお荷物になることもなかったでしょうし、もう私とはなんのかかわりもないつまらぬ死骸のことで、誰にもご迷惑をおかけすることはありませんでした。この男の人となりにはきわめて真摯なところがあり、ついにはいちばん疑り深い男たち、妻が自分を夢に見るのにうんざりして、溺れびとたちの夢でも見はじめるのではないかと心配し、海に出てあれこれ考えながら過ごす夜がやりきれないと感じていたような、そんな男たち、さらにはもっと剛直な男たちでさえ、エステバンの誠実さに身の奥底が震えるのだった。

　こうして、身よりのない溺れびとのために、村人たちは考えられるかぎり豪勢な葬式をあげることになった。近くの村まで花を探しにやってきた女たちは、話をしてやっても信じようとしないほかの女たちを連れて戻ってきたが、遺体を見るやその女たちまでもが引き返してさらに花を持ってきた、花も人も次から次へと集まってきて、往来もままならなくなった。最後の別れのときになると、みな彼をみなしご同然で海へ帰すのがつらくなり、いちばん善良な人たちのなかから父親と母親を選んで、ほかの者たちは彼のきょうだいや、おじおば、いとこになったので、彼をつうじて村に住む人全員がお互い身内になってしまった。村人たちの泣く声を遠くに聞いた船乗りには、進む方角を見失った者もいて、ある男などは古いセイレーンの言い伝えを思い出し、主柱に自分の体を縛りつけさせたという。村人たちはわれ先にと、彼を肩にかついで崖の急な坂を下りていこうとしたが、誰がその役をやるか言い争うさなかのこと、溺れびとの輝くような美しさを前にして、男も女も、これまでどれだけ村の通りが荒れ果てていたか、中庭には花が咲かず、自分たちの見る夢もどれほど味気ないものだったかを、はじめて思い知ったのだった。錨はつけずに、もしそうしたければいつでも戻ってこられるようにとの思いをこめて海へ流したが、遺体が底の見えない深みへと沈んでいくまでの、何世紀にも思えるあいだ、みなはずっと息もできずにいた。お互いに顔を見合わせたりしなくても、もうみんなが揃っているとはいえず、ふたたび揃うこともうけっしてないのだとわかった。けれど、これからすべてが変わっていくだろうということもわかっていた、彼らの戸口はどこよりもゆったりとして、天井はどこよりも高く、床はどこよりもしっかりとしたものになっていくのだった、そうすれば思い出のなかのエステバンは、梁にぶつかることもなくどこでも自由に歩きまわれるようになり、これからは誰も、もうあのウドの大木は死んじまった、可哀想によ、とんまな色男は死んじまったのさ、そう陰でささやいたりする者などいなくなる、なぜならばこれからは、みながエステバンをいつまでも忘れないように玄関を明るい色で塗り、一生けんめい岩場に泉を掘り、あの崖に花の種を蒔いていくのだ、そしたら将来は、明け方に遠洋をゆく豪華客船の乗客たちが、たくさんの庭が放つむせかえるような香りに目を覚ますことだろう、操舵室からひと仕事しに降りてくる船長は、きらびやかな制服に身を包み、手には天体観測器、北極星章や戦勲のメダルをどっさりつけたまま、カリブ海の水平線に見えるバラの咲く高台を指さしながら、十四もの言葉でこう言うだろう、あちらをごらんなさい、いまは風さえも穏やかにベッドの下で眠りにつくあの場所、あちらです、あまりに太陽が輝くので、ヒマワリさえもどこを向いてまわったらいいのかわからなくなるあの場所、そう、あれこそが、エステバンの村なのです。

ガブリエル・ガルシア＝マルケス（一九二七―二〇一四）

コロンビアの小説家。架空の町マコンドに奇想天外な逸話が溢れる『百年の孤独』（一九六七）は瞬く間に大ベストセラーとなり、ラテンアメリカ文学を世に知らしめた「ブーム」期の頂点としてのみならず、二〇世紀世界文学の傑作としても世界中に影響を与えた。『予告された殺人の記録』（八一）、『コレラの時代の愛』（八五）など代表作は多いが、『百年の孤独』と双璧をなすのが、中南米の独裁者の本質に迫った『族長の秋』（七五）である。この二作の間に出版された短編集『エレンディラ』（七二）に収められた本作では、新しい語り口の実験と、物語としての完成度が両立している。「大人のための残酷な童話」として、語り部が直に語るようなシンプルな語彙や構造を備えながら、それがやがて『族長の秋』を思わせるピリオドのないリズムの波へと変わっていき、波のまにまに垣間見える詩的なイメージが読者の心に刻まれる。名もなき村の中へ闖入した一つの個は、名前を与えられ、その個の名は想像された未来のなかで、美しく変貌した共同体の名へと変わる。まるで、哀しみのなかのその希望こそが、死者がもたらす最上の贈り物であるかのように。

Cross Current

9 読書案内 生死

「生死」と文字にすると重くなりがちですが、じつは私たちが子供の頃に親しんだ児童文学にも、かけがえのない人との出会いと別れを描いた傑作が多くあります。たとえば、**佐野洋子**(さのようこ)の**『百万回生きたねこ』**［★☆☆］や、**スーザン・バーレイ**の**『わすれられないおくりもの』**［★☆☆］、あるいは**ルーシー・モード・モンゴメリ**の**『赤毛のアン』**［★☆☆］などを読み返すと、限りある時間の中で、いま自分が日常を生きていることの不思議に、気づかされるかもしれません。

西欧では、人間のうちに「生へ向かう力」と「死に向かう力」がせめぎあっていると考えられてきました。「死ぬように生きる」よりは、むしろ死の中に新たな生を見出すことを選ぶ者もいます。中世騎士道文学の傑作、**『トリスタン・イズー物語』**［★★☆］は、王に忠誠を誓う騎士トリスタンと、金髪の王妃イズーが、媚薬によって宿命的な恋に落ち、死においてのみ結ばれる悲劇を描いています。敵同士の家に生まれ、引き裂かれるうら若き恋人たちの悲劇を描いた、**シェイクスピア**の戯曲**『ロミオとジュリエット』**［★★☆］も忘れてはなりません。これらの物語はジャンルの垣根を超え、オペラやバレエ作品などにも翻案されています。

生と死の越えがたい境界は、文学における「異界」の表現という普遍的なテーマとも結びつきます。ギリシャ神話の「オルフェウスとエウリュディケ」も、**『古事記』**［★★★］の「イザナギとイザナミ」も、愛する亡き妻を迎えに冥府に下るものの、地上へと連れ戻せずに終わる夫の物語です。「人ならざるモノ」が漂う世界でかなう、生者と死者との出会いは、つかの間の幻に過ぎないのでしょうか。**小泉八雲**(こいずみやくも)こと**ラフカディオ・ハーン**が編んだ**『怪談・奇談』**［★☆☆］には、「耳なし芳一(ほういち)」や「破約」など、生者を訪れる幽霊や怨霊の話が多く収められています。

生と死が地続きであるかのような想像世界は、ラテン・アメリカ文学の特徴でもあります。

ペドロ・パラモ
（岩波書店）

二〇世紀メキシコの作家**フアン・ルルフォ**の代表作『**ペドロ・パラモ**』[★★☆]では、顔も知らぬ父を探しに主人公がひと気のないコマラという町を訪ねます。語り手や時系列がどんどん入れ替わる謎めいた構成ですが、荒れた地から死者のさざめきが立ちのぼり、町の秘密が明らかになる終盤では、生前の父ペドロのかなわぬ愛の過去が鮮やかな印象を残します。

亡き父への叫びにも似たディラン・トマスの詩、「あのおだやかな夜におとなしく入ってはいけない」が印象に残った方は、**茨木**(いばらぎ)**のり子**の『**おんなのことば**』[★☆☆]や、**宮沢賢治**の『**春と修羅**』[★☆☆]を手に取るのもよいでしょう。夫や妹など、愛する者の看取りと永遠の別れを、静かでもあり、激しくもある力強い言葉で紡いだ詩篇が収められています。

主人公が極限状況に置かれ、唯一無二の「私」という存在が消滅するぎりぎりの瞬間を描いた文学もあります。アメリカの**アンブローズ・ビアス**の「**アウル・クリーク鉄橋での出来事**」[★★☆]や、アルゼンチンの**ホルヘ・ルイス・ボルヘス**の「**隠れた奇跡**」[★★☆]は、いずれも死に臨む死刑囚の最後の意識を描いた、息づまるような迫力のある短編です。

「終活」という言葉が定着した現代は、人類があらかじめ身辺を整理して死に臨める、初めての時代かもしれません。この超高齢社会を二〇世紀半ばに予見し、『**死を忘れるな**』[★☆☆]を書いたのが、イギリスの作家**ミュリエル・スパーク**です。ほぼ全員が七〇代以上の登場人物たちのところにかかってくる、「死を忘れるな」という不審な電話。ミステリアスな導入から、老齢を迎えて人生の諸問題にぶつかる男女の人間模様や社会格差を痛快に描いています。

本章の「沖合の少女」や「世界でいちばん美しい溺れびと」が示す通り、「生死」の文学は、シリアスなものとは限りません。フランスの**マルセル・エーメ**の「**死んでいる時間**」[★☆☆]は、一日ごとに生と死を繰り返す不思議な男を主人公に、「生きている」実感とは何ぞや、という問いかけを投げてきます。ユーゴスラビアの現代作家**ダニロ・キシュ**は、「**死者の百科事典**」[★★☆]において、語り手の父の生涯を徹底的に記述するという発想から、無名の人々の生はより大きな「歴史」の流れに包みこまれることを描いています。

(福田)

column 9

コラム

日本における世界文学

日本の戦後文学者、中村真一郎の長編小説『雲のゆき来』（筑摩書房、一九六六）の中に、登場人物がゲーテの「世界文学」という概念に言及する、次のような場面がある。

> 「ゲーテは好きですか」／と、私は当然の連想からそう訊いた。私にとってはヨーロッパ文明の中心から離れたところで「世界文学」を夢みていたこの詩人は、私の好きな「普遍的教養人」の大きな実例だった。しかも彼にとっては、多くのヨーロッパ人とは異って、晩年においてはその「世界像」は西欧の枠を超えていた。あの『西東詩篇』における東方と西欧との呼び掛け合い。

主人公の「私」は、この場面で中国人の楊嬢という人物と会話を交わしている。楊嬢がゲーテの弟子エッカーマンに言及し、「私」はその流れでエッカーマンの師であるゲーテを思い浮かべ、そこからゲーテの「世界文学」という理想に思いを馳せるのだ。

このように、小説の登場人物がゲーテに言及し、あまつさえその「世界文学」について考えるというのは、物語の中の出来事としていささか奇妙な事態ではある。なぜ中村の小説の中ではこのようなことが起こるのか。

中村真一郎の小説の登場人物は、しばしば作者自身に非常によく似ている。中村のように文学について考え、文学について議論を交わし、時に自ら創作活動を行っている。人々と交わされる議論や内省の内容は、作者中村の文学観を色濃く反映しており、この点で中村の小説は中村自身の文学評論に限りなく似てくる。実際、普遍的な「世界文学」というものへの憧れは、誰よりも中村自身が強く持ち、彼の評論の中で繰り返し述べられたことであった。

ことは中村真一郎に限らない。日本の近代文学は「世界文学」という概念と切っても切れない密接な関係にあったのである。ゲーテ的な「普遍的教養人」への憧れ、東西の枠を越えた文学への夢は、日本の近代文学者たちが共有してきたことだったと言える。では、「世界文学」という概念はなぜ近代の日本に受け入れられ、それほどの広がりを見せるに至ったのか。

ここで注目したいのは、『雲のゆき来』の「私」が、

「ヨーロッパ文明の中心から離れたところで『世界文学』を夢みていた」とゲーテのことを捉えていることである。このような、ドイツにおいて抱かれていたヨーロッパに対する遠さの感覚は、日本の近代に人々が抱いていた感覚と近しい。だから日本人にとって、ドイツ発の「世界文学」という概念は受け入れられやすかったのである。

　ヨーロッパの中で国民国家として後発国だったドイツでは、一八世紀に国民精神や国民文化を体現する「国民文学」の系譜を強調する文学史が書かれた。ゲーテの「世界文学」という概念は、そうした「国民文学」運動に抗して提唱されたのであった。

　明治時代の日本でも、文学が自己確立を果たしていく過程で、「国民文学」と「世界文学」という一見対立し合う概念が、対をなすようにして登場した。後発の国民国家である日本でも、まずはドイツと同じように「国民文学」の確立を目指していけばよい。そうすれば、それは自ずと「世界文学」への道につながっていくはずである。文学の近代化とは「国民文学」の発展であり、それは同時に「国民文学」の世界化、普遍化を意味していたのである。

　こうした考え方の一つの表れが、日本における国民文学史と世界文学史との同時的な発生である。明治時代には西洋の文学史の影響を受けて、近代的な国文学史が登場した。それと並行して、世界文学史もこの頃書かれ始めるのである。たとえば、一九〇七年に刊行された『世界文学史』（博文館）を見てみよう。同書は、中国・インド・イランにおける古代文学、ギリシャ・ローマの古典文学、中世文学とルネサンスを経て、ヨーロッパの啓蒙主義にいたる世界の文学の流れを通時的に描き出している。同書の序文では、世界文学史が、「各国文学の長短異同を鑑査し、其(その)相互の感化影響を考察し之(これ)に系統と順序とを与へ」るものとして捉えられている。ここには、複数の各国文学史の寄せ集めとしての「世界文学史」とは別の考え方が見てとれる。すなわち、各国文学はそれぞれ無関係に別々の歴史の流れを形成していくのではなく、相互に浸透しながら一つの「世界文学史」として発展するというのである。同書の著者はドイツ文学者の橋(はし)本忠夫(もとただお)であり、こうした文学史観にはゲーテの普遍的な「世界文学」という考え方の反響が見てとれよう。

　中村真一郎が生まれたのは、こうして「世界文学」という概念が、既に日本に広がり始めていた時期であった。中村が生まれた大正期は、ゲーテの文学作品がドイツ文学者によって盛んに紹介された時代であり、中でも茅野(ちの)蕭々(しょうしょう)がゲーテの「世界文学」概念を解説する文章を発表していた。昭和初期になると、そのように大正期に移入された「世界文学」の概念を、そのまま体現するかのような書物が生み出された。それが、各種の『世界文学全集』である。

　中村真一郎が少年時代に耽読(たんどく)したと回想するのは、世界と日本の文学作品を子供向けにリライトしたアンソロジー、『小学生全集』（興文社、一九二七―二九）である。

このアンソロジーは、当時流行したいわゆる円本全集の一つであり、こうした円本全集の代表格が新潮社の『世界文学全集』（一九二七―三二）であった。『世界文学全集』に収められたのは、世界の文学の中でも欧米の限られた国の文学ではあったが、それでも世界の文学を総覧するかのような書物が現実のモノとして存在したことは、「世界文学」という考え方を受け入れる上では大いに助けになったと言えるだろう。

中村真一郎は、中学・高校・大学と進学していく中で、翻訳や原書を通して「世界文学」を読む読書主体として自己形成をはたしていく。中村は中国古典からギリシャ・ローマ古典、一九世紀の英米文学から二〇世紀のフランス文学まで幅広い範囲の文学作品を読んだが、中村の周囲には他にもこうした読書経験を共有した福永武彦や加藤周一といった青年作家たちがいた。日本の軍国主義化が進み、洋書の入手も難しくなっていった中で、彼らはマチネ・ポエティックというサークルを結成する。その集まりでは、西洋の押韻詩を模倣した日本語の押韻詩の創作やその朗読などが行われた。また中村自身は、西洋一九世紀に発達した長編小説を日本で実現することを志し、堀辰雄の指導のもとで初の長編を書き進めていった。彼らは戦争による抑圧の下で、それぞれの「世界文学」への夢を温めていたのである。

戦争の終わりは、長らく抑圧されていた「世界文学」への志向性を解き放つことになった。中村は同時代の欧米文学、とりわけアメリカやフランスにおける意識の流れや無意志的記憶といった新しい心理の描き方、複数の視点から一つの総合的な世界を立ち上げるような二〇世紀文学の方法に着目して評論を書き、ネルヴァルとプルーストの心理的方法をとり入れた『死の影の下に』（真善美社、一九四七）以下の長編五部作を発表していく。中村の近傍にいた福永武彦や野間宏ら戦後作家や、西欧文学に精通した阿部知二らは、「日本文学の世界文学化」を提唱する。それは、日本文学はそれ自体「世界文学」の一つとして発展していくべきだという主張であり、こうした考え方は一九五〇～六〇年代にかけて、戦後作家による「全体小説」の試みへとつながっていくことになる。大岡昇平、野間宏、武田泰淳、大西巨人といった作家が戦後社会や戦争といった大きな機構の全体を描き出すような大長編を試みるが、冒頭に引いた中村の『雲のゆき来』も、そうした全体小説の試みの一つとして捉えられる。

時は流れ、現代の日本でも「世界文学」という概念は再び脚光を浴び、流行のきざしを見せている。だが、私たちはかつて戦後作家が小説や評論で思い描いたような、「世界文学」への志向性が日本にも存在したということを、一度は思い起こしておくべきだろう。その上で私たちは、現代という時代にあって新たな「世界文学」をどのように思い描くべきか、またそのような概念のもとで何が可能となるのか、見極めていくべきなのであろう。

（戸塚）

出典一覧

ことば■本書のための訳し下ろし。
由煕■『由煕　ナビ・タリョン』（一九九七年・講談社）
ヘルツル真夜中に消える■『中東現代文学選２０１２』（二〇一三年・中東現代文学研究会）
わたしは逃亡者■本書のための訳し下ろし。
影法師■『完訳アンデルセン童話集（三）』（一九八四年・岩波書店）
なにかが首のまわりに■『なにかが首のまわりに』（二〇一九年・河出書房新社）
あの日々■『新・世界現代詩文庫８　現代イラン詩集』（二〇〇九年・土曜美術社出版販売）
土くれ■『ダブリナーズ』（二〇〇九年・新潮社）
狂人日記■本書のための訳し下ろし。
子供■『石垣りん詩集（現代詩文庫）』（一九七一年・思潮社）
私の兄さん■『厳寒の夜　プレームチャンド短篇集』（一九九〇年・日本アジア文学協会）
終わりの始まり■本書のための訳し下ろし。
死のフーガ■本書のための訳し下ろし。
『騎兵隊』より二編■『騎兵隊』（松籟社より近刊予定）
グラフィティ■本書のための訳し下ろし。
詩二編■『ヒメネス詩集』（二〇一三年・未知谷）
神々の村■『苦海浄土』（二〇一一年・河出書房新社）
故障――ある日について、いくつかの報告■本書のための訳し下ろし。
ジタネット■本書のための訳し下ろし。
ある夫婦の冒険■『むずかしい愛』（一九九一年・福武書店）
白い犬とブランコ■『中国の村から　莫言短篇集』（一九九一年・JICC出版局）
夏の暑い日のこと……■本書のための訳し下ろし。
神の恵みがありますように■『口で鳥をつかまえる男　アズィズ・ネスィン短篇集』（二〇一三年・藤原書店）
毒もみのすきな署長さん■『宮沢賢治コレクション５　なめとこ山の熊　童話Ｖ』（二〇一七年・筑摩書房）
あのおだやかな夜におとなしく入ってはいけない■本書のための訳し下ろし。
沖合の少女■本書のための訳し下ろし。
世界でいちばん美しい溺れびと■本書のための訳し下ろし。

訳者紹介（五十音順）

秋草俊一郎（あきくさ・しゅんいちろう）➡編者紹介を参照。

伊藤武好（いとう・たけよし）
一九四五年、東京外国語大学スペイン語科卒。スペイン及びラテンアメリカ七カ国の日本大使館に勤務、元ボリビア大使。ヒメネス『プラテーロとわたし』、『ヒメネス詩集』を、妻・百合子と共訳。二〇〇二年没。

伊藤百合子（いとう・ゆりこ）
一九二三年生まれ。夫・武好との共訳『プラテーロとわたし』『ヒメネス詩集』のほか、外交官一家としての生活をつづった随筆作品などがある。

大畑末吉（おおはた・すえきち）
一九〇一年生まれ。ドイツ、北欧文学者、翻訳家。立教大学、一橋大学、早稲田大学教授を歴任。著書に『アンデルセンの生涯』『ファウスト論集』、訳書にアンデルセン『即興詩人』、『完訳版アンデルセン童話集』など。一九七八年没。

川島隆（かわしま・たかし）
一九七六年生まれ。京都大学大学院文学研究科研究指導認定退学。京都大学准教授。著書に『カフカの〈中国〉と同時代言説——黄禍・ユダヤ人・男性同盟』など。訳書に『ポケットマスターピース01 カフカ』（共訳）ほか。

工藤庸子（くどう・ようこ）
一九四四年生まれ。東京大学大学院人文社会系研究科修了。東京大学名誉教授。著書に『近代ヨーロッパ宗教文化論——姦通小説・ナポレオン法典・政教分離』など。訳書にコレット『シェリ』『わたしの修業時代』など。

くぼたのぞみ
一九五〇年生まれ。東京外国語大学卒業。翻訳家・詩人。著書に『鏡のなかのボードレール』『記憶のゆきを踏んで』など。訳書にクッツェー『マイケル・K』『モラルの話』『鉄の時代』、アディーチェ『アメリカーナ』『半分のぼった黄色い太陽』ほか多数。

坂田貞二（さかた・ていじ）
一九三八年生まれ、ヒンディー語・文学者。一九六三年東京外国語大学インド・パーキスターン語学科卒業、拓殖大学名誉教授。著書に『入門ヒンディー語』、訳書に『ヒンディー語民話集』、『北インドの昔語り』など。

鈴木珠里（すずき・しゅり）
東京外国語大学地域文化研究科博士前期課程修了。文学修士。イラン現代詩を研究・翻訳するかたわら、中央大学総合政策学部等の非常勤講師としてペルシア語を教える。ペルシア語教室「ヘディーエ（贈り物）」を主催。訳書に『現代イラン詩集』『古鏡の沈黙』。

田代尚路（たしろ・なおみち）
一九七九年生まれ。東京大学大学院人文社会系研究科博士課程単位取得満期退学。大妻女子大学准教授。共訳書にピーター・バリー『文学理論講義—新しいスタンダード』、『ポケットマスターピース12 ブロンテ姉妹』。

谷崎由依（たにざき・ゆい）
小説家、翻訳家。著書に『舞い落ちる村』、『囚われの島』、『鏡のなかのアジア』、『藁の王』。訳書にイーガン『ならずものがやってくる』、ブラワヨ『あたらしい名前』、ホワイトヘッド『地下鉄道』ほか多数。近畿大学文芸学部准教授。

中丸禎子（なかまる・ていこ）➡編集協力者紹介を参照。

中村唯史（なかむら・ただし）
一九六五年生まれ。東京大学大学院人文社会系研究科修了。京都大学教授。共編著に『自叙の迷宮』、『再考ロシア・フォルマリズム』ほか、翻訳にトルストイ「ハジ・ムラート」、ゴーリキー「二十六人の男と一人の女」ほか。

橋本悟（はしもと・さとる）➡編集協力者紹介を参照。

平野嘉彦（ひらの・よしひこ）
一九四四年生まれ。京都大学大学院文学研究科修士課程修了。東京大学名誉教授。著書に『ツェラーンもしくは狂気のフローラ——抒情詩のアレゴレーゼ』、『土地の名前、どこにもない場所としての——ツェラーンのアウシュヴィッツ、ベルリン、ウクライナ』など。

福嶋伸洋（ふくしま・のぶひろ）
一九七八年生まれ。東京大学文学部西洋近代語・近代文学科卒業。東京外国語大学大学院博士後期課程修了（博士）。共立女子大学文芸学部准教授。著書に『リオデジャネイロに降る雪——祭りと郷愁をめぐる断想』など。

福田美雪（ふくだ・みゆき）➡編者紹介を参照。

藤井省三（ふじい・しょうぞう）
一九五二年生まれ。東京大学大学院人文系研究科修了。文学博士。名古屋外国語大学教授、東京大学名誉教授。著書に『魯迅と日本文学』など。訳書に魯迅『故郷／阿Q正伝』、張愛玲『傾城の恋／封鎖』、莫言『透明な人参』、李昂『海峡を渡る幽霊』ほか。

細田和江（ほそだ・かずえ）
中央大学大学院総合政策研究科博士後期課程修了（博士）。現在は東京外国語大学アジア・アフリカ言語文化研究所特任助教、人間文化研究機構人間文化研究推進センター研究員。論文「ヘブライ文学からイスラエル文学への系譜」（『ユダヤ・イスラエル研究』三〇号、二〇一六年）など。

護雅夫（もり・まさお）
一九二一年生まれ。東洋学者、歴史学者。著書に『李陵』、『古代遊牧帝国』など。訳書にネスィン『口で鳥をつかまえる男』、カルピニ／ルブルク『中央アジア・蒙古旅行記』など。一九九六年没。

柳瀬尚紀（やなせ・なおき）
一九四三年生まれ。英文学者、翻訳家、随筆家。著書に『辞書はジョイスフル』『ジェイムズ・ジョイスの謎を解く』『翻訳はいかにすべきか』など。訳書にジョイス『フィネガンス・ウェイク』、キャロル『不思議の国のアリス』ほか多数。二〇一六年没。

山辺弦（やまべ・げん）➡編者紹介を参照。

和田忠彦（わだ・ただひこ）
一九五二年生まれ。東京外国語大学名誉教授。著書に『声、意味ではなく』『タブッキをめぐる九つの断章』『遠まわりして聴く』など。カルヴィーノ、エーコ、タブッキはじめイタリア近現代文学の訳書多数。

読書案内　紹介図書一覧 100

各章末の読書案内（ブックガイド）ページでとりあげた作品の書誌情報を記しました。「最初に読みやすい本」［★☆☆］、「少し歯ごたえのある本」［★★☆］、「さらにハードな本」［★★★］と三段階で難易度の目安をしめしていますが、これはあくまで選者の主観によるものです。

また、この図書一覧は網羅的なものではなく、複数の訳書があるものについては、文庫等、入手しやすいものを中心に、任意で紹介する図書を選んでいます。

最初に読みやすい本 44 ［★☆☆］

安部公房『壁』新潮文庫、一九六九年 ➡p.318

伊藤計劃『虐殺器官』（新版）ハヤカワ文庫JA、二〇一四年 ➡p.319

茨木のり子『おんなのことば』童話屋の詩文庫、一九九四年 ➡p.347

イプセン、ヘンリク『人形の家』原千代海訳、岩波文庫、一九九六年／矢崎源九郎訳、新潮文庫、一九五三年 ➡p.100, 173

イヨネスコ、ウージェーヌ「禿の女歌手」諏訪正訳、『イヨネスコ戯曲全集1』所収、白水社、一九六九年 ➡p.54

ウルフ、ヴァージニア『ダロウェイ夫人』丹治愛訳、集英社文庫、二〇〇七年 ➡p.54

ウルフ、ヴァージニア『自分ひとりの部屋』片山亜紀訳、平凡ライブラリー、二〇一五年 ➡p.55

エーメ、マルセル「死んでいる時間」『マルタン君物

語』所収、江口清訳、ちくま文庫、一九九〇年➡p.347

オコナー、フラナリー「善人はなかなかいない」『フラナリー・オコナー全短篇（上）』所収、横山貞子訳、ちくま文庫、二〇〇九年➡p.318

オ・ジョンヒ（呉貞姫）『鳥』文茶影訳、段々社、二〇一五年➡p.173

オブライエン、ティム「レイニー河で」『本当の戦争の話をしよう』所収、村上春樹訳、文春文庫、一九九八年➡p.198

カナファーニー、ガッサーン「ラムレの証言」岡真理訳、『短篇コレクションⅠ』所収、河出書房新社、二〇一〇年➡p.199

カミュ、アルベール『異邦人』窪田啓作訳、新潮文庫、一九六三年➡p.139

カルヴィーノ、イタロ『むずかしい愛』和田忠彦訳、岩波文庫、一九九五年➡p.294

河野裕子・永田和宏『たとへば君　四十年の恋歌』文春文庫、二〇一四年➡p.295

クリストフ、アゴタ『悪童日記』『ふたりの証拠』堀茂樹訳、ハヤカワepi文庫、二〇〇一年、『第三の嘘』堀茂樹訳、ハヤカワepi文庫、二〇〇六年➡p.101

ケラー、ヘレン『わたしの生涯』岩橋武夫訳、角川文庫、一九六六年➡p.243

小泉八雲（ラフカディオ・ハーン）『怪談・奇談』平川祐弘編、講談社学術文庫、一九九〇年➡p.346

佐野洋子『百万回生きたねこ』講談社、一九七七年➡p.346

太宰治「道化の華」『晩年』所収、新潮文庫、二〇〇五年／『晩年』所収、角川文庫、二〇〇九年➡p.101

張愛玲『中国が愛を知ったころ』濱田麻矢訳、岩波書店、二〇一七年➡p.295

バーレイ、スーザン『わすれられないおくりもの』小川仁央訳、評論社、一九八六年➡p.346

白朗「生と死」下出宣子訳、『中国現代文学珠玉選　小説〈3〉』所収、二玄社、二〇〇一年➡p.199

ハン・ガン（韓江）『ギリシャ語の時間』斎藤真理子訳、晶文社、二〇一七年➡p.294

フエンテス、カルロス「純な魂」『フエンテス短篇集　アウラ・純な魂他四篇』所収、木村榮一訳、岩波文庫、一九九五年➡p.295

フォークナー、ウィリアム「エミリーに薔薇を」『フォークナー短編集』所収、龍口直太郎訳、新潮文庫、一九五五年➡p.295

フランク、アンネ「花売り娘」『アンネの童話』所収、中川李枝子訳、文春文庫、二〇一七年➡p.243

ブローティガン、リチャード『愛のゆくえ』青木日出夫訳、ハヤカワepi文庫、二〇〇二年➡p.294

ヘッセ、ヘルマン『車輪の下』高橋健二訳、新潮文庫、一九五一年／実吉捷郎訳、岩波文庫、一九五八年／井上正蔵訳、集英社文庫、一九九二年➡p.139

ポー、エドガー・アラン「ウィリアム・ウィルソン」

中野好夫訳、『ポオ小説全集1』所収、創元推理文庫、一九七四年／『黒猫・アッシャー家の崩壊』所収、巽孝之訳、新潮文庫、二〇〇九年 ➡p.100

ボルヘス、ホルヘ・ルイス『パラケルススの薔薇』鼓直訳、国書刊行会、一九九〇年 ➡p.55

マストゥール、ハディージャ「ダーダーと呼ばれた女」『ダーダーと呼ばれた女』所収、鈴木斌訳、大同生命国際文化基金、一九九二年 ➡p.319

マン、トーマス『トニオ・クレーガー』浅井晶子訳、光文社古典新訳文庫、二〇一八年／平野卿子訳、河出文庫、二〇一一年 ➡p.100

宮沢賢治「春と修羅」『宮澤賢治詩集』所収、谷川徹三編、岩波文庫、一九五〇年 ➡p.347

メリメ、プロスペル『カルメン』杉捷夫訳、岩波文庫、一九六〇年／堀口大學訳、新潮文庫、一九七二年／工藤庸子訳、新書館、一九九七年 ➡p.294

モンゴメリ、ルーシー・モード『赤毛のアン』村岡花子訳、新潮文庫、一九五四年 ➡p.346

梁石日『血と骨（上）・（下）』幻冬舎文庫、二〇〇一年 ➡p.172

ヤンソン、トーベ『ムーミン谷の冬』山室静訳、講談社青い鳥文庫、二〇一四年 ➡p.243

尹東柱『空と風と星と詩』金時鐘訳、岩波文庫、二〇一二年／上野都訳、コールサック社、二〇一五年 ➡p.138

ラファイエット夫人『クレーヴの奥方』永田千奈訳、光文社古典新訳文庫、二〇一六年／生島遼一訳、岩波文庫、一九七六年 ➡p.294

魯迅「故郷」『阿Q正伝・狂人日記 他十二篇（吶喊）』所収、竹内好訳、岩波文庫、一九八一年／『故郷／阿Q正伝』所収、藤井省三訳、光文社古典新訳文庫、二〇〇九年 ➡p.243

ワーズワース、ウィリアム『ワーズワース詩集』田部重治訳、岩波文庫、一九六六年／前川俊一訳、彌生書房、一九六六年 ➡p.138

ワイルド、オスカー「漁師とその魂」『幸福な王子／柘榴の家』所収、小尾芙佐訳、光文社古典新訳文庫、二〇一七年 ➡p.294

ンディアイ、マリー「見出されたもの」『みんな友だち』所収、笠間直穂子訳、インスクリプト、二〇〇六年 ➡p.172

少し歯ごたえのある本

40

［★★☆］

「創世記」『聖書』所収、共同訳聖書実行委員会訳、日本聖書協会、一九八八年 ➡p.243
『トリスタン・イズー物語』ベディエ編、佐藤輝夫訳、岩波文庫、一九八五年 ➡p.346
アチェベ、チヌア『崩れゆく絆』粟飯原文子訳、光文社古典新訳文庫、二〇一三年 ➡p.172
アディーチェ、チママンダ・ンゴズィ『半分のぼった黄色い太陽』くぼたのぞみ訳、河出書房新社、二〇一〇年 ➡p.199
アレナス、レイナルド『襲撃』山辺弦訳、水声社、二〇一六年 ➡p.198
オビオマ、チゴズィエ『ぼくらが漁師だったころ』粟飯原文子訳、早川書房、二〇一七年 ➡p.101
カーソン、レイチェル『沈黙の春』青樹簗一訳、新潮文庫、一九七四年 ➡p.242
カステジャーノス・モヤ、オラシオ『崩壊』寺尾隆吉訳、現代企画室、二〇〇九年 ➡p.198
カフカ、フランツ『城』前田敬作訳、新潮文庫、一九七一年／池内紀訳、白水Uブックス、二〇〇六年 ➡p.54
カフカ、フランツ『審判』池内紀訳、白水Uブックス、二〇〇六年／原田義人訳、新潮文庫、一九七一年／辻瑆訳、岩波文庫、一九六六年 ➡p.318
カルヴィーノ、イタロ『冬の夜ひとりの旅人が』脇功訳、白水Uブックス、二〇一六年 ➡p.294
キシュ、ダニロ『若き日の哀しみ』山崎佳代子訳、創元ライブラリ、二〇一三年 ➡p.101
キシュ、ダニロ「死者の百科事典」『死者の百科事典』所収、山崎佳代子訳、創元ライブラリ、二〇一八年 ➡p.347
北杜夫『楡家の人びと〈第一部〜第三部〉』新潮文庫、二〇一一年 ➡p.173
ギンズブルグ、ナタリア『ある家族の会話』須賀敦子訳、白水Uブックス、一九九七年 ➡p.173
クッツェー、J・M『マイケル・K』くぼたのぞみ訳、岩波文庫、二〇一五年 ➡p.101
コール、テジュ『オープン・シティ』小磯洋光訳、新潮社、二〇一七年 ➡p.139
シェイクスピア、ウィリアム『ロミオとジュリエット』松岡和子訳、ちくま文庫、一九九六年 ➡p.346
ジェバール、アシア『愛、ファンタジア』石川清子訳、みすず書房、二〇一一年 ➡p.55

シェリー、メアリー『フランケンシュタイン』芹澤恵訳、新潮文庫、二〇一四年／小林章夫訳、光文社古典新訳文庫、二〇一〇年➡p.318

シャラーモフ、ヴァルラーム『極北コルィマ物語』高木美菜子訳、朝日新聞社、一九九九年➡p.55

スパーク、ミュリエル『死を忘れるな』永川玲二訳、白水Uブックス、二〇一五年➡p.347

センベーヌ・ウスマン「ニーワン」『ニーワン セネガルのこころ』所収、山本玲子・山本真弥子訳、サイマル出版会、一九九〇年➡p.172

ゾラ、エミール『ナナ』川口篤・古賀照一訳、新潮文庫、二〇〇六年➡p.294

太宰治『人間失格』角川文庫、二〇〇七年／新潮文庫、二〇〇六年➡p.101

ドストエフスキー、フョードル『二重人格』小沼文彦訳、岩波文庫、一九八一年➡p.100

ドストエフスキー、フョードル『罪と罰』江川卓訳、岩波文庫、一九九九－二〇〇〇年／亀山郁夫訳、光文社古典新訳文庫、二〇〇八－〇九年／工藤精一郎訳、新潮文庫、一九八七年➡p.318

バオ・ニン『戦争の悲しみ』井川一久訳、『暗夜／戦争の悲しみ』所収、河出書房新社、二〇〇八年➡p.198

ビアス、アンブローズ「アウル・クリーク鉄橋での出来事」『ビアス短篇集』所収、大津栄一郎編訳、岩波文庫、二〇〇〇年➡p.347

プイグ、マヌエル『蜘蛛女のキス』野谷文昭訳、集英社文庫、二〇一一年➡p.295

フォースター、E・M『モーリス』加賀山卓朗訳、光文社古典新訳文庫、二〇一八年➡p.295

ブラワヨ、ノヴァイオレット『あたらしい名前』谷崎由依訳、早川書房、二〇一六年➡p.139

フローベール、ギュスターヴ『ボヴァリー夫人』芳川泰久訳、新潮文庫、二〇一五年／山田爵訳、河出文庫、二〇〇九年／伊吹武彦訳、岩波文庫、一九六〇年➡p.294

ベケット、サミュエル『名づけえぬもの』安藤元雄訳、白水社、一九九五年➡p.54

ボルヘス、ホルヘ・ルイス「隠れた奇跡」『伝奇集』所収、鼓直訳、岩波文庫、一九九三年➡p.347

苗秀『残夜行』福永平和・陳俊勲訳、めこん、一九八五年➡p.199

リルケ、ライナー・マリア『マルテの手記』大山定一訳、新潮文庫、一九五三年／松永美穂訳、光文社古典新訳文庫、二〇一四年➡p.138

ルソー、ジャン・ジャック『孤独な散歩者の夢想』永田千奈訳、光文社古典新訳文庫、二〇一二年／青柳瑞穂訳、新潮文庫、二〇〇六年／今野一雄訳、岩波文庫、一九六〇年➡p.138, 242

ルルフォ、フアン『ペドロ・パラモ』杉山晃・増田義郎訳、岩波文庫、一九九二年➡p.347

ワイルド、オスカー『ドリアン・グレイの肖像』福田恒存訳、新潮文庫、一九六二年／仁木めぐみ、光文社古典新訳文庫、二〇〇六年➡p.100

さらにハードな本 16 ［★★★］

『ギルガメシュ叙事詩』矢島文夫訳、ちくま学芸文庫、一九九八年➡p.198

『古事記』『古事記（上・中・下）』次田真幸編注、講談社学術文庫、一九七七年／『古事記』池澤夏樹訳、河出書房新社、二〇一四年➡p.346

『萬葉集〈1〉〜〈4〉』（佐竹昭広・山田英雄・工藤力男・大谷雅夫・山崎福之校注）岩波書店、新日本古典文学大系、一九九九―二〇〇三年➡p.243

ガルシア＝マルケス、ガブリエル『百年の孤独』鼓直訳、新潮社、二〇〇六年➡p.139

ガルシア＝マルケス、ガブリエル『族長の秋』鼓直訳集英社文庫、二〇一一年➡p.198

ゲーテ、J・W『ヴィルヘルム・マイスターの修業時代』山崎章甫訳、岩波文庫、二〇〇〇年➡p.100

ゲーテ、J・W『ヴィルヘルム・マイスターの遍歴時代』山崎章甫訳、岩波文庫、二〇〇二年➡p.100

ジョイス、ジェイムズ『フィネガンズ・ウェイク』柳瀬尚紀訳、河出文庫、二〇〇四年➡p.54

ソローキン、ウラジーミル『ロマン Ⅰ・Ⅱ』望月哲男訳、国書刊行会、一九九八年➡p.319

デュ・ガール、ロジェ・マルタン『チボー家の人々（1）〜（13）』山内義雄訳、白水Uブックス、一九八四年➡p.173

ホーヴェ、チェンジェライ『骨たち』福島富士男訳、講談社、一九九〇年➡p.242

ボードレール、シャルル『パリの憂愁』福永武彦訳、岩波文庫、一九六六年／山田兼士訳、思潮社、二〇一八年➡p.138

マフフーズ、ナギーブ〈カイロ三部作〉塙治夫訳、国書刊行会（『張り出し窓の街』二〇一一年、『夜明け』『欲望の裏通り』二〇一二年）p.295

マン、トーマス『ブッデンブローク家の人びと』望月市恵訳、岩波文庫、一九六九年➡p.173

ヨーン、キャロル・キサク『自然を名づける―なぜ生物分類では直感と科学が衝突するのか』三中信宏・野中香方子訳、NTT出版、二〇一三年➡p.243

ラシュディ、サルマン『真夜中の子供たち』寺門泰彦訳、早川書房、一九八九年➡p.101

編者紹介

秋草俊一郎…（あきくさ・しゅんいちろう）

一九七九年生まれ。東京大学大学院人文社会系研究科修了。

博士（文学）。現在、日本大学准教授。

専門は比較文学、翻訳研究など。

著書に『ナボコフ　訳すのは「私」——自己翻訳がひらくテクスト』（東京大学出版会、二〇一一年）、

『アメリカのナボコフ——塗りかえられた自画像』（慶應義塾大学出版会、二〇一八年）。

訳書にバーキン『出身国』（群像社、二〇一四年）、クルジジャノフスキイ『未来の回想』（松籟社、二〇一三年）ほか。

戸塚学…………（とつか・まなぶ）

一九八〇年生まれ。東京大学大学院人文社会系研究科修了。

博士（文学）。現在、武蔵大学准教授。専門は日本近現代文学。

論文に「堀辰雄「聖家族」におけるラディゲ翻訳―文体と心理の相即」（『国語と国文学』二〇一六・一〇）、

「中村真一郎における王朝の発見―「世界文学」概念の受容と影響（『文学』二〇一六・九・一〇）、

「『文章読本』から『四季』へ―中村真一郎における文体の概念」（『中村真一郎手帖』二〇一九・四）ほか。

奥彩子…………（おく・あやこ）
一九七六年生まれ。東京大学大学院総合文化研究科修了。
博士（学術）。現在、共立女子大学教授。
専門は、ユーゴスラヴィア文学。
著書に『境界の作家ダニロ・キシュ』（松籟社、二〇一〇年）、
『東欧地域研究の現在』（共編著、山川出版社、二〇一二年）、
『東欧の想像力』（共編著、松籟社、二〇一六年）。
訳書にキシュ『砂時計』（松籟社、二〇〇七年）、
ダムロッシュ『世界文学とは何か』（共訳、国書刊行会、二〇一一年）。

福田美雪……（ふくだ・みゆき）

一九八〇年生まれ。東京大学大学院人文社会系研究科博士課程単位取得退学。パリ第三大学博士課程修了（文学）。現在、青山学院大学准教授。

専門は十九世紀フランス文学。

著書に『フランス文学を旅する六〇章』（共著、明石書店、二〇一八年）、『教養のフランス近現代史』（共著、ミネルヴァ書房、二〇一五年）ほか。

訳書に『イマジュリー　十九世紀における文学とイメージ』（共訳、水声社、二〇一九年）。

山辺弦……（やまべ・げん）

一九八〇年生まれ。東京大学大学院総合文化研究科修了。博士（学術）。現在、東京経済大学准教授。

専門は現代スペイン語圏のラテンアメリカ文学。

著書に『抵抗と亡命のスペイン語作家たち』（共著、洛北出版、二〇一三年）。

訳書にアレナス『襲撃』（水声社、二〇一六年）、ピニェーラ『圧力とダイヤモンド』（水声社、二〇一七年）、アプター『翻訳地帯』（共訳、慶應義塾大学出版会、二〇一八年）ほか。


【編集協力者】

中丸禎子（なかまる・ていこ）

一九七八年生まれ。東京大学大学院人文社会系研究科博士課程単位取得退学。博士（文学）。現在、東京理科大学准教授。専門は北欧文学、ドイツ文学。著書に『アイスランド・グリーンランド・北極を知るための六五章』（共編著、明石書店、二〇一六年）、論文に「「父の娘」のノーベル文学賞」（「文学」二〇一六・九・一〇）ほか。

橋本悟（はしもと・さとる）

一九八〇年生まれ。ハーバード大学東アジア言語文明学科において博士号取得。現在、メリーランド大学准教授。専門は、比較文学・美学、東アジア文学、批評理論。日本語による論文に、「漢字で書き、用いている〈文学〉」（山下範久編『教養としての世界史の学び方』）、「世界文学と東アジア」（「文学」二〇一六・九・一〇）ほか。

『故障』翻訳協力
由比俊行
一瀬裕太郎

本書の編集作業にあたってサントリー文化財団「人文科学、社会科学に関する学際的グループ研究助成」の助成を一部受けた。記して感謝する。

世界文学アンソロジー——いまからはじめる

第一刷発行　二〇一九年七月三一日

編者　秋草俊一郎・戸塚学・奥彩子・福田美雪・山辺弦

装釘　宗利淳一

発行者　株式会社三省堂
代表者　北口克彦

発行所　株式会社三省堂
〒101-8371　東京都千代田区神田三崎町二丁目22番14号
電話　03-3230-9411［編集］　03-3230-9412［営業］
https://www.sanseido.co.jp/

DTP　原島康晴（エディマン）

落丁本・乱丁本はお取り替えいたします。

〈世界文学アンソロジー・364pp.〉
ISBN978-4-385-36235-9